ullstein

Das Buch

Polizistin Klaudia Wagner ist eigentlich aus dem Ruhrgebiet in den Spreewald gezogen, um dort mehr Ruhe zu finden. Doch ihr beruflicher Start in Lübbenau war nicht nur dramatisch, sondern auch steinig. Seitdem ist die Situation für die Kriminalobermeisterin kaum einfacher geworden: Klaudia muss mit ihrem ungeliebten Kollegen Demel in einem neuen Fall ermitteln. Ein toter Mann wurde in einem Fließ gefunden. Erste Spuren führen zu einem Gurkenbauern aus der Gegend, der Tote stammte aus Rumänien und war dort als Erntehelfer beschäftigt. Ein ausländerfeindlicher Hintergrund könnte das Motiv sein. Klaudia hatte das Opfer zuvor im Streit mit einem Neonazi beobachtet. Doch dann gibt es eine weitere Tote, und Klaudia muss erkennen, dass die Intrigensümpfe im Spreewald tief sind. Eine Fehde, die weit in die Vergangenheit zurückreicht, wirft auch heute noch ihre Schatten …

Die Autorin

Christiane Dieckerhoff, Jahrgang 1960, machte eine Berufsausbildung zur Kinderkrankenschwester, ist Mutter zweier erwachsener Kinder und lebt in Datteln. Sie schreibt vor allem aktuelle und historische Krimis.

Von Christiane Dieckerhoff ist in unserem Hause bereits erschienen:

Spreewaldgrab · Spreewaldtod ·
Spreewaldrache · Spreewaldwölfe

CHRISTIANE
DIECKERHOFF

SPREEWALD
TOD

KRIMINALROMAN

Ullstein

Besuchen Sie uns im Internet:
www.ullstein-buchverlage.de

MIX
Papier
FSC® C083411

Originalausgabe im Ullstein Taschenbuch
1. Auflage Februar 2017
2. Auflage 2019

Umschlaggestaltung: zero-media.net, München
Titelabbildung: © FinePic®, München
Satz: LVD GmbH, Berlin
Gesetzt aus der Berling und der Neuen Helvetica
Druck und Bindearbeiten: CPI books GmbH, Leck, Germany
ISBN 978-3-548-28761-4

Prolog

Hört das Herz eines Menschen auf zu schlagen, ist er nicht sofort in Gänze tot, auch wenn es so scheint. Also war auch der junge Mann noch nicht ganz tot, der in dieser mondhellen Nacht im Fließ trieb. Sein Körper wurde von der sanften Strömung getragen, Fingerknöchel und Fußrücken glitten durch den zähen Schlamm und schreckten Strudelwürmer und Flohkrebse auf. Angelockt durch den Duft seines Blutes, setzte sich eine Mücke auf den ungeschützten Nacken des Mannes und stach zu, aber das spürte er nicht mehr. Sein Bewusstsein war mit einem Schlag erloschen, auch wenn seine Hirnzellen noch weitere zwei Minuten leben würden. Sein Herz hatte noch ungefähr acht Minuten, obwohl es schon längst aufgehört hatte zu schlagen. Die Zellen in der Lunge des Mannes würden noch eine, vielleicht zwei Stunden überleben, obwohl die Atemwege mit brackigem Flusswasser gefüllt waren. Die Muskelzellen hatten noch acht Stunden zu leben, und nach einem Tag würden gasbildende Bakterien im Magen-Darm-Trakt anfangen, seine Innereien zu verflüssigen. Sein Sperma würde erst nach drei Tagen zugrunde gehen. Und zwar in einem Kühlfach der Rechtsmedizin in Berlin. Aber noch trieb der Mann im dunklen, trüben Wasser. Er wurde nicht einmal von dem Entenpärchen bemerkt, das auf einem Baumstamm schlief, der das Fließ an dieser Stelle verengte. Eine Schulter des Mannes verfing sich im Gestrüpp der Äste, und der Körper drehte sich sanft mit der Strömung, bis er sich an den Stamm schmiegte, so als wolle er Schutz suchen, sich verstecken. Aber es war zu spät. Das Schicksal hatte den jungen Mann schon gefunden.

1. Kapitel

»Puh, das war mal laut.« Kriminalobermeisterin Klaudia Wagner schüttelte den Kopf. Noch immer dröhnten die Beats in ihren Ohren.

»Ist doch toll«, widersprach Wibke Bredau, die mit ihr am Rand der Tanzfläche saß. Ihr hatte Klaudia es zu verdanken, dass sie diesen Sommerabend im *Hecht* und nicht in ihrer stickigen Einliegerwohnung verbrachte. »Mal was anderes.«

»Ich weiß nicht.« Klaudia griff sich ins Haar und ließ etwas Luft an ihren schweißfeuchten Nacken.

Nachdem der Spreewald im Frühjahr fast abgesoffen war, hing nun die Hitze wie eine Heizdecke über den Fließen. Klaudia beneidete die Enten, die den ganzen Tag auf dem Wasser herumschwammen. Die Sahara konnte nicht heißer sein als der Spreewald in diesem August. Den Urlaubern war es recht. So mussten Ferien in Deutschland sein.

Doch wenn man im Dachgeschossappartement eines Kollegen lebte und seine Tage im ebenso stickigen Dachgeschoss des Polizeireviers in Lübben verbrachte, war man froh über jede Abkühlung. Aber die hatte nicht einmal das heftige Gewitter gebracht, das Montag wie die apokalyptischen Reiter über Lübbenau hereingebrochen war. Also war Klaudia Wibkes Anruf sehr willkommen gewesen. Das Hechtfest ist toll, hatte die Spusi-Technikerin gesagt, und: Du brauchst Abwechslung! Du kannst schließlich nicht immer nur arbeiten und grübeln. Das letzte Argument hatte den Ausschlag gegeben. Klaudia wollte fort aus der Hitze und fort von ihren Gedanken, die sich so schnell zu der Sache mit Joe verirrten.

»Ich hol uns was zu trinken.« Wibke stand auf und beugte sich vor, um die Gläser mitzunehmen.

»Ich hab noch nicht mal ausgetrunken«, protestierte Klaudia. Wenn sie zu viel Bier trank, würde sie die meiste Zeit in der Schlange der Frauen verbringen, die am Fließ entlang vor dem einzigen Damenklo anstanden, und dazu hatte sie wenig Lust.

»Stell dich nicht so an«, antwortete Wibke. »Bei der Hitze musst du viel trinken.«

»Ich bezweifle, dass dieser Rat für Babbenbier gilt«, murmelte Klaudia, leerte aber doch ihr Glas. Es hatte keinen Sinn, Wibke zu widersprechen. »Du willst doch sowieso nur mit dem Bassisten flirten.« Sie wischte sich den Schaum von der Oberlippe.

»Mit ihm oder seinem Sohn.« Wibke zwinkerte ihr zu und schlängelte sich zwischen den Gästen hindurch, die noch immer auf der Tanzfläche herumstanden, als könnten sie nicht glauben, dass die Band eine Pause machte.

Klaudia schaute ihr nach. Die Kollegin trug ein geblümtes Sommerkleid und ihr dichtes rotes Haar zu einem Zopf geflochten, der ihr bis zur schmalen Hüfte reichte. Für einen Moment überlegte Klaudia, ob sie sich nicht die Haare wachsen lassen sollte, verwarf den Gedanken jedoch gleich wieder. Mit Anfang vierzig war sie zu alt für Experimente, und um so einen dichten Zopf wie Wibke zu haben, würde sie eine Haartransplantation brauchen. Freundschaftlicher Neid stieg in ihr auf. Die

Kollegin musste Mitte dreißig sein, aber so wie sie aussah und sich bewegte, ging sie auch für Mitte zwanzig durch. Sie zog die Blicke auf sich, Männer jeder Altersgruppe strafften die Schultern, und die Frauen bekamen schmale Lippen, wenn sie Wibke sahen.

Mich würden sie nur bemerken, wenn ich ihnen auf die Füße trete, dachte Klaudia. Aber das war ihr nur recht. Sie fühlte sich wohl mit ihren mausblonden, schulterlangen Haaren und ihrem Standard-Outfit, bestehend aus Jeans und Polohemd. Klaudia lehnte sich zurück und malte mit dem Zeigefinger in dem feuchten Kreis herum, den ihr Glas auf der Tischplatte hinterlassen hatte. Nach der Sache im Frühjahr konnte sie gut auf männliche Aufmerksamkeit verzichten. Apropos verzichten: Der liebe Kollege Demel drängelte sich nun ebenfalls über die Tanzfläche, leider nicht in Richtung Theke, sondern in ihre.

Klaudias Unterkiefer versteifte sich. Geh weiter, dachte sie und starrte auf die Tischplatte vor sich. *Zuckende Gliedmaßen, Blut.* Hastig schaute sie auf und damit direkt in Peter Demels wasserblaue Augen.

»Hi«, sagte er.

Unwillkürlich schob Klaudia ihren Stuhl zurück. Seine schweißfeuchten blonden Haare lockten sich an den Schläfen. Zu T-Shirt und Jeans trug er einen dezenten Dreitagebart, der sein Gesicht schmaler wirken ließ.

Lustlos erwiderte sie seinen Gruß. Seit der Sache im Frühjahr versuchte sie, dem Kollegen aus dem Weg zu gehen. Was ganz gut funktionierte, weil Demel zur Dienststelle in Königs Wusterhausen gehörte.

»Du hier?«, fragte Demel das Offensichtliche.

»Sieht so aus.« Klaudia hatte nicht die Absicht, es ihm leichtzumachen. Sie wollte nicht mit ihm reden.

Demel blinzelte verlegen. Er sah aus, als wüsste er nicht, was er als Nächstes sagen könnte. Was hatte er erwartet? Dass sie ihn einlud, sich zu ihr zu setzen? Warum nur war er an ihren Tisch gekommen? Er hätte so tun können, als würde er sie nicht sehen. Sie hätte das gemacht. Dunkel genug war es, und der Raum war voller Menschen.

»Darf ich?« Demel zeigte auf den Stuhl, auf dem gerade noch Wibke gesessen hatte.

Oh nein, bitte nicht, dachte Klaudia, nickte aber. Der Demel von früher hätte sich einfach so gesetzt, rittlings und breitbeinig. Aber auch Demel hatte seit der Sache mit Joe viel von seiner raumgreifenden Art verloren. Das machte ihn nicht sympathischer, aber immerhin erträglicher.

»Was macht der LKW-Fahrer aus der Neckarsulmer Straße?«, fragte er.

Der will doch jetzt nicht wirklich Small Talk machen? Klaudia schielte an Demel vorbei zur Theke. Wo blieb nur Wibke? Mist. »Ist immer noch tot«, sagte sie schließlich, bevor die Pause zu peinlich wurde.

»Wir haben morgen zusammen Bereitschaft. Wusstest du das?«

»Nein.« Diesmal kam Klaudias Antwort schneller. »Warum?«, fügte sie hinzu, obwohl sie die Antwort ahnte. Seit den Ereignissen im Frühjahr war die Dienststelle in Lübben unterbesetzt, und jetzt hatte sich auch noch ihr rennradbegeisterter Kollege Thang Rudnik bei der Teichfahrer-Weltmeisterschaft in Bischdorf das Fußgelenk gebrochen. Also war klar, dass sie Verstärkung brauchten. Aber musste es ausgerechnet Peter Demel, die Allzweckwaffe aus Königs Wusterhausen sein? *Teich-*

fahrer-Weltmeisterschaft. Klaudia schüttelte unwillkürlich den Kopf. Sie hatte nicht einmal gewusst, dass es so etwas überhaupt gab.

»Mach dir keine Sorgen«, sagte Demel über die ersten Beats der wieder einsetzenden Musik hinweg. »Jetzt ist sowieso Saure-Gurken-Zeit.«

»Ich nehm dich beim Wort«, sagte Klaudia.

Demel sah aus, als wollte er noch etwas sagen, aber als Wibke nun doch an den Tisch zurückkehrte, verabschiedete er sich hastig.

»Hab ich den Kollegen etwa vertrieben?« Wibke schob ein Glas schäumendes Schwarzbier über den Tisch und setzte sich mit einem zufriedenen Seufzen.

»Das war wohl eher ich.«

»Bist du immer noch sauer auf ihn?«

»Sauer?« Klaudia schüttelte den Kopf. Sauer war man, wenn einem jemand den letzten Parkplatz vor der Nase wegschnappte. »Hilflos«, »fassungslos«, »außer sich« waren Worte, die eher zutrafen, wenn man vor versammelter Mannschaft als dämliche Fotze beschimpft wurde. »Nicht wirklich«, antwortete sie schließlich, weil jede andere Antwort zu heftig für einen netten Abend mit Schwarzbier und Seniorenrock war. »Aber irgendwie hängt das trotzdem in der Luft.«

»Ihr solltet darüber reden.«

»Machen wir.« Klaudia trank einen Schluck. Schaum stieg ihr in die Nase. Hastig setzte sie das Glas ab. Kleine Sünden bestraft der liebe Gott sofort.

»Das solltest du wirklich tun.« Wibke beugte sich vor, damit sie nicht so schreien musste. »Wenn du hierbleiben möchtest, musst du reinen Tisch machen.«

Wer sagt, dass ich hier bleibenmöchte?, dachte Klaudia und drehte mit beiden Händen das Glas auf dem Tisch. Sie schaute in den bräunlichen Schaum, beobachtete das Platzen der feinen Bläschen. Dieses Gespräch führten sie nicht zum ersten Mal. Klaudia fühlte sich wie das Kind in Brechts *Der kaukasische Kreidekreis*: Wibke drängte sie, zu bleiben, und ihr Vater wollte, dass sie nach Hause kam. Nach Hause. Unwillkürlich blies Klaudia die Wangen auf. Ihr Zuhause war nicht das Haus ihres Vaters gewesen, sondern die Eigentumswohnung in Essen. Aber da brütete die Neue vom Ex jetzt ihr Kind aus. Wenn sie nicht schon geworfen hatte.

Eifersucht ist schrecklich nicht wahr?, hörte sie Joes wispernde Stimme. *Eifersucht tötet.* Klaudia rieb sich die schweißfeuchten Arme. Träge wie Eiswasser trieb Joes Stimme durch ihre Gedanken. Dabei sollte er doch ein für alle Mal verstummt sein. Schließlich hatte sie ihn erschossen. Fröstelnd hob Klaudia die Schultern. Auf einmal lag Wibkes Hand auf ihrem Unterarm.

»Joe wirst du auch nicht los, wenn du wegläufst«, sagte die Kollegin.

»Kannst du Gedanken lesen?« Klaudia hob das Glas und trank das bittersüße Bier. Mit jedem Schluck, der kalt durch ihre Kehle rann, verblasste Joes Gesicht. Wibke hatte ja recht. Ein Umzug würde auch nichts ungeschehen machen. Der tote Kollege würde sie ebenso verfolgen, wie es der lebende getan hatte. Außerdem wäre sie in jeder anderen Dienststelle die Neue, die innerhalb eines Jahres zweimal gewechselt hatte. Also ein potentielles Problem. Hier glaubten die Kollegen zumindest nicht mehr, dass sie eine trockene Alkoholikerin war, auch wenn sie nicht wussten, was sie so lange außer Gefecht gesetzt hatte. Ihr krankes Ohr ging nur sie selbst etwas an, und außerdem verhielt es sich seit ihrem Zusammenbruch vorbildlich.

»Ich finde auf jeden Fall, dass du bleiben solltest«, sagte Wibke mit Nachdruck.

»Du erwähntest es gelegentlich.« Klaudia lächelte nachdenklich. Nach den Ereignissen im Frühjahr war Wibke so etwas wie ihre Freundin geworden. Dabei war Klaudia sich überhaupt nicht sicher, ob »Freundin« der richtige Begriff war. Sie hatte keine Erfahrung mit Freundschaft. Als Tochter einer alkoholkranken Mutter hatte sie lange Zeit nicht gewagt, andere Menschen in ihr Leben zu lassen, und als sie nach dem Tod ihrer Mutter zu ihrem Vater zog, hatte sie nicht gewusst, wie man Freundschaften schloss. Freundinnen hatten immer nur die Zwillinge nach Hause gebracht, oder die Austauschschülerinnen.

»Wir wussten nicht, wohin mit dem Mädchen«, drang eine Stimme vom Nebentisch in ihre Gedanken. Irritiert stellte Klaudia das Glas ab.

»Den ganzen Platz mussten wir evakuieren.«

Erleichtert griff sie wieder nach ihrem Bierglas. Nicht von ihr war die Rede, sondern von dem Blitz, der am Montag auf dem Campingplatz am Schloss eingeschlagen und nicht nur den Kollegen von der Feuerwehr eine unruhige Nacht beschert hatte.

»Was ist nun mit deinem Bassisten?«, fragte sie, um Wibke abzulenken.

So bereitwillig Wibke ihr zuprostete, so wenig ließ sie sich vom Thema ablenken. »Irgendwann musst du dich deinen Dämonen stellen.«

»Vielleicht hast du ja recht.« Klaudia antwortete ohne Überzeugung. Sie hasste sich selbst für ihre Unentschlossenheit. »Du siehst ja, wohin mich das Weglaufen gebracht hat.«

»Ins wunderschöne Lübbenau. Ich weiß!« Wibke hob die Hände, um möglichen Widerspruch abzuwehren. »Aber das mit Joe hätte dir überall auf der Welt passieren können. Und hier ist es jetzt ja wohl unwahrscheinlicher als irgendwo anders, dass dich noch einmal ein Kollege umbringen will.«

»Du meinst, außer PH?« Wie alle im Revier, sprach Klaudia den Spitznamen mit englischer Betonung aus.

»So schlimm ist er gar nicht«, verteidigte Wibke den Chef des Lübbener Polizeireviers. »Und immerhin kennst du die Leute hier jetzt. Woanders würdest du wieder bei null anfangen.«

»Wen kenn ich schon?« Freudlos lachte Klaudia auf.

»Mich zum Beispiel«, antwortete Wibke prompt. »Und Schiebschick. Hier wimmelt es nur so von netten Menschen. Du wirst sehen.«

»Hier wimmelt es von Touristen.«

»Stimmt nicht.« Wibke drehte sich um. »Im Gegenteil. Heute wimmelt es hier nur so von Einheimischen. Zum Beispiel die Gurkenbauern und ihre Leute dahinten. Das ist der Thomas.« Sie zeigte auf einen Mittvierziger, der ein Mädchen über die Tanzfläche schob. »Nein«, korrigierte sie sich, als das Paar eine elegante Drehung hinlegte und sie das Gesicht des Mannes sehen konnten. »Das ist der Marco. Er und seine Frau bewirtschaften einen Hof in Klein Radden.«

»Die ist aber jung.« Klaudia musterte das Mädchen, das gelangweilt zur Decke starrte.

»Die Kleine doch nicht.« Wibke prustete in ihr Bier. »Die könnt doch glatt seine Tochter sein.«

»Vielleicht ist sie es.«

»Nein.« Wibke schüttelte den Kopf. »Marco und seine Frau haben keine Kinder.«

»Du kennst auch wirklich jeden hier, oder?«, sagte Klaudia scherzhaft.

»Nur die Älteren.«

»Das ist jetzt nicht dein Ernst?«

»Doch wirklich«, beteuerte Wibke. »Alles alter Gurkenadel.«

»Du etwa auch?« Klaudia kühlte sich die Stirn an ihrem Glas. Sie versuchte sich Wibke huldvoll lächelnd als Gurkenkönigin mit Krönchen und Silbergurke in der Hand vorzustellen. Ein Kichern kitzelte sie in der Kehle.

»Aber natürlich.« Wibke warf sich in die Brust. »Hab ich dir etwa nicht erzählt, dass mein Opa den Spargel in den Spreewald gebracht hat?«

»Du kommst wirklich vom Hof?« Klaudia nippte an ihrem Babbenbier. Wenn man sich erst einmal an den Geschmack gewöhnt hatte, schmeckte es richtig süffig.

»Ursprünglich ja. Mein Vater war Wiedereinrichter, aber der Hof ist schon lange weg. Nach dem Tod meiner Mutter hat er seinen Kummer in Selbstgebranntem ertränkt.«

»Lebt er noch?«

»Ja«, antwortete Wibke. »Irgendwie schon.« Sie wischte sich über die Wangenknochen und grinste schief.

»Das tut mir leid.« Klaudia fragte nicht nach, was diese geheimnisvolle Bemerkung bedeuten sollte. Sie alle hatten ihr Päckchen zu tragen, und ihr eigenes war gerade schwer genug.

»Muss es nicht.« Wibke drehte den Bierkrug in den

Händen. Sie atmete tief ein. »Ich mag meinen Job. Die akribische Spurensuche und so. Außerdem ist es nicht so einfach mit der Landwirtschaft hier, und es wird von Jahr zu Jahr schwieriger.«

»Schwer ist es überall.«

»Wahrscheinlich«, antwortete Wibke. »Das ist übrigens der Thomas.« Sie zeigte auf einen Mann am Rande der Tanzfläche. »Macht jetzt in Bio. Soll aber nicht ganz astrein sein.«

Klaudias Herzschlag setzte aus und wummerte dann in ihrer Kehle. *Joe. Grelles Licht. Bleilider. Kann nicht schlucken. Kann nicht atmen.* Ihre Hände verkrampften sich um das Glas in ihrer Hand, führten es zum Mund. Mit dem Bier schluckte sie ihre Panik herunter. »Und was bedeutet das?« Sie räusperte das Krächzen aus ihrer Kehle und rettete sich in einen lahmen Scherz. »Nimmt er etwa Turbodünger?«

»Keine Ahnung«, antwortete Wibke achselzuckend. »Die Leute reden halt. Vielleicht wundern sie sich auch nur, weil er nach so langer Zeit zurückgekommen ist und den Hof übernommen hat. Schließlich hat er bis vor zwei Jahren in Berlin im IT-Bereich gearbeitet.« Wibke tauchte den Zeigefinger in den Bierschaum und steckte ihn nachdenklich in den Mund. Sie schien nichts von Klaudias Panikattacke bemerkt zu haben.

»Und warum ist er zurückgekommen?«

»Aussortiert haben sie ihn, sagt seine Mutter. Zu alt.«

»Zu alt?« Klaudia schätzte diesen Thomas auf Anfang vierzig. Höchstens. Sie zwang sich, ihn genauer anzuschauen. Sein Gesicht war hagerer als Joes. Irgendwie passte der schmale Kopf nicht richtig zu den kräftigen Schultern. Je länger sie hinschaute, umso mehr Unterschiede bemerkte sie: Der Mann war breiter gebaut und auch kleiner als Joe. IT hin oder her. Ihr Herz beruhigte sich. Ein Bauer halt, wie auch dieser Marco. Die beiden Männer strahlten etwas Bodenständiges aus. Man konnte sie sich gut auf einem Trecker vorstellen, oder auch in einem mit Spreewaldgurken beladenen Kahn.

»Er ist etwa zwei Jahre älter als ich«, bestätigte Wibke Klaudias Vermutung. »Ist direkt nach dem Abi nach Berlin. Hat es nicht ausgehalten in der Provinz. War ihm immer alles zu klein hier und zu eng. Und nun ist er wieder da. Schon verrückt, oder?«

»Nicht verrückter als so manches andere, was einem im Leben passieren kann.« Klaudia biss sich auf die Unterlippe. Ihre Augen füllten sich mit Tränen.

»Scheiße.« Wibke griff nach ihrer Hand und drückte sie. »Tut mir leid. Lass uns tanzen.«

Ihren Widerspruch ignorierend, zog sie Klaudia auf die Tanzfläche, wo sie so ausgelassen tanzte, dass Klaudia gar nichts anderes übrigblieb, als trotz der Hitze ebenfalls herumzuhopsen.

»Gezz bin ich ma dran, wa?« Schiebschick schob sich zwischen Klaudia und Wibke. Seit den Ereignissen im Haus der alten Frau Nowak betrachtete sich der Kahnführer als Klaudias persönliche Leibwache.

»Aber benimm dich.« Scherzhaft drohte Wibke ihm mit dem Zeigefinger. »Nicht, dass mir Klagen kommen, wa?«, imitierte sie den Kahnführer.

Atemlos wischte sich Klaudia die schweißnassen Hände an ihrer Jeans ab und ließ sich von Schiebschick im Schneckenslowfox über die Tanzfläche schieben.

Es war weit nach Mitternacht, als sie sich dann doch noch in die Schlange vor dem Damenklo einreihen musste. Wibke begleitete sie auf den Anleger und nutzte die Auszeit für eine genussvolle Zigarette.

Grillen zirpten, und vom Fließ hallte das dumpfe Klacken der vertäuten Boote, die in der leichten Strömung aneinanderstießen. Paare saßen engumschlungen auf den Holzbohlen des Anlegers und schauten ins Wasser.

»Ist es nicht herrlich?« Wibke legte den Kopf in den Nacken und schaute zum nächtlichen Himmel hoch. »Im Frühjahr hab ich gedacht, es hört nie wieder auf mit dem Regen. Und nun ist Sommer.«

»Wenn nur die Mücken nicht wären.« Klaudia erschlug ein besonders blutrünstiges Exemplar, das sich auf ihrem Arm niedergelassen hatte.

»Die stechen nur die Zugereisten. Nächstes Jahr ignorieren sie dich.« Wibkes Zigarettenrauch schob sich als Schleier vor die Sterne.

»So schnell gibst du nicht auf, oder?« Klaudia verschränkte die Arme vor der Brust. Die leichte Brise trocknete den Schweiß auf ihrer Haut und ließ sie frösteln.

»Nicht, wenn es sich lohnt.« Wibke schnippte die Zigarette ins Wasser. Wie ein Glühwürmchen flog sie durch die Nacht, bevor sie mit einem Zischen verlosch.

Klaudia trat zur Seite, um einer Frau Platz zu machen, die gerade die Toilette verließ.

»Danke.« Freundlich lächelnd schob sich die Frau an ihr vorbei. Sie stutzte, als sie Wibke sah, und ihr Lächeln bekam etwas Starres.

»Na? Auch mal wieder abtanzen?«, fragte Wibke.

»Mein Gott, die Wibke.« Die Frau strich sich die blonden Haare aus der Stirn und musterte Klaudias Kollegin wie eine Laufmasche. »Dich hab ich ja ewig nicht gesehen.« Ihre Stimme klang, als hätte sie auch weiterhin gut auf dieses Vergnügen verzichten können.

Klaudia musterte sie neugierig. Die Frau trug die klassische Kombi der guterhaltenen Enddreißigerin: Flip-Flops, weich fallende Bluse, um eventuell vorhandenes Hüftgold zu kaschieren, und knielange Stretchjeans.

»Gut siehst du aus«, sagte die Frau zu Wibke, und der verkniffene Zug in ihren Mundwinkeln vertiefte sich.

»Das macht die Arbeit in den Schutzanzügen«, antwortete Wibke fröhlich. »Eigenschweißbehandlung nennt man das. Solltest du auch mal probieren, Anja. Nicht immer nur die Polen für dich arbeiten lassen.«

Ups, dachte Klaudia und musterte die Kollegin von der Seite. So kenn ich dich ja gar nicht.

Die Frau hob die Augenbrauen. Bevor sie zu einer Entgegnung ansetzte, verließ die nächste Frau die Toilette, und Klaudia war an der Reihe.

Was geht denn hier ab?, fragte sie sich, während sie mit den Knöpfen ihrer Jeans kämpfte. Das war ja eine ganz andere Wibke. Als sie wieder auf den Anleger trat, war die blonde Frau verschwunden.

»War das eine Freundin von dir?«

»Wer? Anja Rohloff?« Lachend schüttelte Wibke den Kopf. »Nicht wirklich. Wir hatten mal den gleichen Männergeschmack.«

An plaudernden Menschengruppen vorbei schlenderten sie am Fließ entlang zur Brücke, die zum Freilichtmuseum führte.

»Und du hast ihr die Liebe ihres Lebens ausgespannt?«

»Eher umgekehrt.«

»Und das nimmt sie dir übel?« Kopfschüttelnd folgte Klaudia der Spusi-Technikerin an einer Gruppe rauchender Männer vorbei, die über Gurkenpreise diskutierten, zurück in den *Hecht*.

Die Band spielte einen Schmusesong, und nur wenige Paare drehten sich auf der Tanzfläche. Klaudia sah das gelangweilte Mädchen wieder, das mit dem Gurkenbauern getanzt hatte. Engumschlungen glitt sie nun mit einem dunkelhaarigen Jungen über die Tanzfläche, der altersmäßig besser zu ihr passte.

Klaudia griff gerade nach dem Glas, das Wibke ihr reichte, als jemand sie anrempelte und sie gegen ihre Freundin stolperte. Der Inhalt des Glases ergoss sich über Wibkes Kleid, und auch sie bekam eine ordentliche Dusche über Brust und Bauch. Erschrocken hielt sie die Luft an.

»Lass mich!«, sagte eine Frauenstimme hinter ihr. »Ich kann tanzen, mit wem ich will.« Sie klang jung, schrill und wütend.

»Ein deutsches Mädchen mit einem Polacken.«

Verwaschene Vokale. Deutlich angetrunken. Klaudias Nackenhaare richteten sich auf, ihre Muskeln spannten sich.

»Sie will nicht mit dir tanzen. Also lass sie in Ruhe.« Wieder eine männliche Stimme, sympathisch, osteuropäischer Akzent.

Ein Schnaufen gefolgt von einem Schmerzensschrei ließen Klaudia herumwirbeln.

Ein kräftiger Mittzwanziger mit militärisch kurzen Haaren und blauem Hemd trat einem am Boden liegenden Jungen in die Rippen. Klaudia erkannte ihn sofort, es war der Junge, der gerade noch so verträumt seine Wange an die des Mädchens geschmiegt hatte. Die Kleine bückte sich nach ihrem Tanzpartner, als eine Hand sie aus Klaudias Blickfeld zerrte.

»Polackensau.« Noch einmal trat der Typ zu. Ächzend krümmte sich der dunkelhaarige Junge in der Bierpfütze zu Klaudias Füßen.

»Hey, mal langsam.« Sie fingerte ihre Dienst-ID aus der Gesäßtasche und hielt sie dem Kerl unter die Nase. In solchen Fällen wirkte der Ausweis immer wie eine kalte Dusche. »Noch ein Tritt, und du verbringst den Rest der Nacht in Polizeigewahrsam.«

Die Fäuste geballt, stand der Mann vor ihr. Klaudia ließ ihn nicht aus den Augen. Adrenalin flutete ihr System. Ihr Herz wummerte in den Schläfen, ihr Blickfeld verengte sich, bis sie nur noch den Mann im blauen Hemd sah. Ein Nerv an seinem Auge zuckte, das Kinn schob sich vor. Eine steile Falte wuchs zwischen seinen Augen.

Greif mich an, dachte Klaudia und erschrak selbst, wie sehr sie sich wünschte, diesen Kerl auf die Bretter zu schleudern und ihm die Hand zu verdrehen, bis er wimmerte. Wieder zuckte der Nerv an seinem Auge. Klaudia registrierte die winzige Bewegung des Oberkörpers, die ihr zeigte, dass auch ihr Gegner darauf brannte, es ihr zu zeigen.

Im letzten Moment legte sich eine Hand auf seine Schulter und zog ihn zurück. Für einen Augenblick sah es so aus, als wolle er sie abschütteln, aber dann gab er nach. Jedoch nicht ohne dem am Boden liegenden Jungen noch ins Gesicht zu spucken.

»Hey, stopp!« Klaudia trat einen Schritt vor, streckte die Hand aus, aber plötzlich schoben sich Körper zwischen sie und den Typen im blauen Hemd und versperrten ihr den Weg.

Die Menge bildete eine Gasse, die der Kerl durchschritt wie ein Feldherr. Ihm folgten vier Männer mit ebenso kurz geschorenen Haaren. Klaudia schaute sich um. Demel war schon längst gegangen. Nur Wibke und sie waren noch hier. Keine Chance, den Schläger festzusetzen.

»Scheiße!« Klaudia bückte sich und half dem Jungen auf die Füße. Seine schwieligen Handflächen passten so gar nicht zu diesem schlanken Bürschchen mit dem gegelten Haar. Er schwankte und presste die Hände gegen den Magen.

»Brauchst du einen Arzt?« Sie musterte ihn. Auch einigermaßen ramponiert sah er noch gut aus. Mädchen flogen auf solche Typen. Klaudia erinnerte sich noch gut an ihre eigene Jugend. In genau so einen Bengel hatte sie sich als Fünfzehnjährige unsterblich verliebt. Der Junge war achtzehn gewesen, Lehrling in einer Kfz-Werkstatt und fuhr einen getunten Opel Kadett. Die große Liebe hatte genau drei Wochen angehalten, dann hatte er eine neue Freundin und sie ein gebrochenes Herz.

Ohne zu antworten schüttelte der Junge ihre Hand ab und lief hinaus. Auch vor ihm teilte sich die Menge wortlos.

2. Kapitel

»Lass mich!« Dorina drückte die Fingernägel in die Hand ihres Bruders, die ihren Oberarm wie eine Eisenklammer umschloss. Sie wollte zu Vlad, ihm helfen. Er brauchte sie. Wenn er mit ihr getanzt hätte, und nicht mit Julia, wäre das alles nicht passiert.

»Du bleibst hier«, zischte Dorin, ohne seinen Griff zu lockern. »Siehst du denn nicht, was das für Typen sind?«

Na und, dachte Dorina, gab aber ihren Widerstand auf. Wenn du nicht mit dem Kopf durch die Wand kommst, nimm die Tür, sagte ihre Mutter immer. Und die Tür war in diesem Fall, nachzugeben. Die Rechnung ging auf. Ihr Bruder ließ sie los, und sie rieb sich die Arme. Dorin war eine richtige Plage. Dabei konnte sie gut auf sich selbst aufpassen. Schließlich war sie kein Kind mehr, und außerdem: Was war schon dabei, wenn sie mit Vlad flirtete? Sie schlief ja schließlich nicht mit ihm. So blöd war sie nun auch nicht.

Im Gegensatz zu dir, dachte sie und schaute zu Gabriella hinüber, die gerade vom Händewaschen zurückkam. Dorin schloss seine Freundin in die Arme, und die beiden knutschten, als hätten sie sich Wochen nicht gesehen.

Dorina schüttelte den Kopf. Glaubten die beiden wirklich, dass sie nicht mitkriegte, wenn sie sich nachts aus der Unterkunft schlichen? Wahrscheinlich trieben sie es auf dem Gurkenflieger. Dorina schauderte bei dem Gedanken. Wenn sie am Montag wieder neben den beiden lag, würde sie nichts anderes denken können. Sie würde so etwas nie tun. Aber Gabriella mit ihrem langweiligen hennaroten Dutt, den fahlen Sommersprossen und den breiten Schultern musste sich schon etwas einfallen lassen, damit jemand wie Dorin sie beachtete. Ihr Typ wäre er zwar nicht, aber Dorina verstand, warum Gabriella so bereitwillig die Beine für ihn breitmachte. Dorin hatte das gleiche dunkle Haar wie sie, nur lockte sich seins etwas, während ihres glatt und glänzend bis zur Hüfte reichte. Sie hatten auch beide die dunklen Augen ihrer Mutter. Doch während sie auch ihr schmales Gesicht und den zierlichen Körperbau geerbt hatte, war Dorin grob und breitschultrig wie ihr Vater.

Dorina stellte ihr Glas auf die Theke und wandte sich ab.

»Wohin willst du?«, fragte Dorin sofort.

»Hände waschen«, antwortete sie. Sie achtete darauf, dass ihre Stimme ein wenig piepsig klang.

»Lauf bloß nicht dem Typen hinterher.«

»Gabriella kann ja mitkommen.« Scheinheilig klimperte Dorina mit den Wimpern. Sie wusste genau, dass Dorins Freundin sich auf keinen Fall noch einmal in die Schlange vor dem Damenklo einreihen würde. Es fiel ihr schwer, ihre Ungeduld zu verbergen. Hoffentlich war Vlad nicht verletzt. Dieser Scheißtyp hatte auf ihn eingetreten, als wäre er ein räudiger Köter. Aber für Leute wie den sind wir nichts Besseres, dachte Dorina. Einfach, weil wir dunkle Haare haben und eine andere Sprache sprechen.

Sie verließ den Schankraum und trat auf den Anleger. Unbewusst atmete sie tiefer ein. Die Luft schmeckte nach Entengrütze und sonnenwarmem Holz. Ein Windhauch strich ihr über die Wangen. Sie drehte die Haare zu einem Knoten, den sie am Hinterkopf festhielt, um Luft an ihren Nacken zu lassen.

An Gruppen von rauchenden Männer und Frauen vorbei, die über die Gurkenernte lamentierten, lief sie zur Brücke, die die beiden Ortsteile von Lehde miteinander verband, und stieg hinauf. Die Holzplanken knarrten unter ihren Füßen. Von der Mitte der Brücke aus hatte sie eine gute Rundumsicht. Trotzdem sah sie keine Spur von Vlad. Mit der Enttäuschung schoss Schmerz von ihrem

Nacken in die Schläfen. Auf einmal war ihr alles zu viel. Die Musik. Die Gerüche der Nacht. Die lachenden Menschen. Jeder Geruch, jedes Geräusch, selbst der leichte Sommerwind in ihrem Nacken kratzte auf ihrer Haut. Dorina kannte dieses Gefühl. Nicht mehr lange, und ihr Kopf würde sich mit glühenden Kohlen füllen, und ihre Augenlider würden vor Schmerz anschwellen. Sie musste zurück zum Hof. Für einen Moment überlegte sie, Dorin Bescheid zu sagen, aber ihr blieb nicht genügend Zeit. Außerdem war sie alt genug, auf sich selbst zu achten.

Dorina lief über die Brücke zu den Fahrrädern. Kurze Zeit später radelte sie am Fließ entlang. Der Mond spiegelte sich im Wasser, und Irrlichter tanzten durch den Wald. Um Dorina herum raschelte und wisperte es in Unterholz und Schilf. Sie dachte an Oma Asches Geschichten von Wanderern, denen Irrlichter für den Preis eines Schmalzbrotes den Weg wiesen. Aber wehe dem, der nicht bezahlte. Dorina hatte nichts, was sie einem Irrlicht anbieten konnte, außerdem brauchte sie keinen Wegweiser, gab es doch am Fließ entlang nur diesen einen Weg nach Leipe. Der Fahrtwind kühlte den Schmerz, der hinter ihrer Stirn lauerte.

Kurz hinter einer Brücke brachte eine laute Männerstimme sie dazu, abzubremsen. Dem Wasserlauf folgend, machte der Weg an dieser Stelle eine Kehre, so dass sie nicht sehen konnte, wer vor ihr war. Obwohl sie gut Deutsch sprach, verstand sie kein Wort von dem, was die sich überschlagende Männerstimme schrie. Unschlüssig lauschte sie in die Nacht, bevor sie ihr Rad wendete, um zurück nach Lübbenau und von dort die Landstraße entlang nach Leipe zu radeln. Für einen Moment erstarb das Schreien, und sie hörte eine andere, leisere Stimme.

Vlad, schoss es ihr durch den Kopf. Es war Vlads Stimme, da war sie sich sicher. Was war hier los? War der Schläger ihm etwa gefolgt? Die andere Stimme schrie Vlad nieder. Sie musste ihm helfen. Nur womit? Mit zitternden Händen kramte sie in der Satteltasche des Rades. Ein Schraubenschlüssel schien ihr das Geeignetste zu sein. Nur lag er viel zu leicht in ihrer Hand. Trotzdem steckte sie ihn in die Gesäßtasche ihrer Jeans und legte ihr Rad an den Wegrand. Vielleicht konnte sie ihn ja werfen. Sie war gut im Werfen.

Leise schlich sich Dorina im Schatten der Bäume an die Streitenden heran. Die beiden Männer standen sich mit gesenkten Köpfen und erhobenen Fäusten gegenüber und beschimpften sich lautstark. Vlads Gesicht konnte sie gut sehen, doch er bemerkte sie nicht. Der andere Mann stand mit dem Rücken zu ihr. Auch wenn sie ihn nur von hinten sah, war Dorina sich sicher, dass es nicht der Typ war, mit dem Vlad sich auf dem Hechtfest geprügelt hatte. Aber warum war er so wütend?

Dorina zog den Schraubenschlüssel aus der Hosentasche und umklammerte ihn. Das Herz wummerte ihr in der Kehle, vergessen der Kopfschmerz, der eben noch an ihren Schläfen genagt hatte. Sie kniff die Augen zusammen, wollte zielen, trat unwillkürlich einen Schritt näher, zögerte. Konnte es wirklich sein?

Sie tat einen weiteren Schritt, eine Hand presste sich auf ihren Mund, auf ihre Nase. Panisch hob Dorina die Hände, zerrte an den Fingern. Der Schraubenschlüssel fiel ihr auf die Füße. Sie trat um sich, traf ein Schienbein und hörte das schmerzhafte Zischen ihres Angreifers.

»Hast du den Verstand verloren?«

Dorinas Widerstand zerplatzte wie ein Ballon. Bleierne Müdigkeit rieselte in ihre Muskeln, machte sie schlapp und wehrlos. Sie kannte die Stimme, seit sie denken konnte. Ihre Beine gaben nach, die Hände fielen ihr auf die Oberschenkel. Widerwillig ließ sie sich von ihrem Bruder zurück zu ihrem Rad zerren, wo Gabriella auf sie wartete.

»Sag mal«, fauchte Dorin. »Hältst du mich eigentlich für blöd?«

»Vlad braucht Hilfe.«

»Vlad kommt gut allein zurecht«, herrschte ihr Bruder sie immer noch flüsternd an. »Und nun komm.« Er zerrte sie weiter. Gabriella folgte ihnen.

»Lass mich.« Dorina riss sich los. Der plötzliche Schmerz hinter ihrer Stirn ließ sie auf den Weg sinken.

»Was ist?« Dorin kniete vor ihr. Er nahm ihr Gesicht in beide Hände und musterte sie im hellen Mondlicht. »Migräne?«

Dorina nickte vorsichtig.

»Bring sie zum Hof«, sagte Dorin zu Gabriella und half Dorina auf die Füße. »Ich kümmere mich um Vlad.«

»Komm.« Gabriella schob das Fahrrad neben Dorina.

Ihr Widerstand verpuffte. Sie nahm ihr Rad und folgte Gabriella. Ihr war, als tanze ein Irrlicht auf dem Weg, aber dann verschwand es zwischen den Bäumen. Die beiden Frauen radelten den Weg zurück, den Dorina gekommen war.

3. Kapitel

... die Fesseln zerren an meinen Gelenken. Schweiß brennt mir in den Augen. Das Herz pumpt gegen den Druck in meiner Brust an. Dunkelheit. Schwärze. Tod.

Panisch riss Klaudia die Augen auf und starrte auf die Schräge über ihrem Bett. In ihrem Ohr quiekte das *Nessun Dorma*.

Sie hob die Hände vors Gesicht. Sie war nicht gefesselt, war nicht in dem Haus am Fließ. Sie war in ihrer Einliegerwohnung in Uwes Haus. Es war nur ein Traum. Nur ein böser, immer wiederkehrender Traum. Klaudia angelte nach dem dünnen Laken, das vor dem Bett lag, breitete es über sich und boxte ihr verschwitztes Kissen zurecht. Dann schloss sie die Augen und visualisierte ein Stoppschild, um den Aufruhr in ihrem Kopf zu beenden. Wie sie es in der Kur gelernt hatte, malte sie es auf die Innenseite ihrer Lider: achteckig, weißer Rand, knallroter Hintergrund, weiße Schrift. Sie drehte sich auf den Bauch, das morgendliche Zwitschern der Vögel legte sich wie eine Decke über ihren Tinnitus. Klaudia sank tiefer in die Matratze, ihr Atem beruhigte sich, ihr Kopf füllte sich mit Schlaf und ... ihre Blase funkte SOS.

»Oh Mann.« Klaudia strampelte das Laken fort und schlurfte ins Bad. Der Wecker, den sie hier deponiert hatte, damit sie nicht ständig in dem Zeitloch versackte, das zwischen Dusche und Wasserkocher lauerte, tickte laut. Erst Viertel nach vier? Gähnend kratzte sie sich einen Mückenstich am Oberarm auf. Apropos versackt. Sie dachte an den gestrigen Abend. Na ja, so richtig versackt war sie nicht. Seit ihrem Hörsturz trank sie nur wenig und auf keinen Fall irgendwelche Schnäpse. Sie wollte nicht noch einmal im Nichts landen. Außerdem war der Abend nach der Schlägerei sowieso gelaufen gewesen. Eigentlich hatten sie und Wibke am Fließ entlang nach Lübbenau zurücklaufen wollen, aber Schiebschick hatte es sich nicht nehmen lassen, sie zu staken. Die nächtliche Fahrt auf dem schwarzen Wasser der Spree, in dem sich das Mondlicht spiegelte, war fast das Beste an dem Abend gewesen.

Sich den Bauch kratzend, kehrte Klaudia ins Schlafzimmer zurück. Ihre Füße verfingen sich in ihrem feuchten Polohemd, das zusammengeknüllt vor dem Einbauschrank lag. Vielleicht war sie doch betrunkener gewesen, als sie gedacht hatte. Obwohl beide Fensterflügel weit geöffnet waren, stank der Raum nach Schwarzbier.

Klaudia ging zum Fenster und schaute hinaus in die ruhige Seitenstraße, in der sie nach der Sache mit Joe wieder wohnte. Vom Markt her verkündete das schüchterne Bimmeln der Kirchenglocken die halbe Stunde. Grau hingen Federwolken am Himmel. Noch hatte es die Sonne nicht über den Horizont geschafft, aber schon malte sie erste pastellrote Streifen in das Morgengrau. Tränen tropften auf Klaudias Zehen. Sie wischte sich die Augen. Die Tränen überfielen sie oft in diesen einsamen Stunden, wenn der Schlaf schon hinter ihr und der Tag noch vor ihr lag. Irgendwo in der Straße schlug eine Tür, und kurz darauf hallten gleichmäßige Schritte über das Kopfsteinpflaster. Gleich würde der alte Dassow mit seinem Border Collie auf seiner frühmorgendlichen Runde vorbeikommen.

Klaudia beugte sich vor und zur Seite, damit sie in den Hof schauen konnte. Uwes Sharan stand nicht auf seinem üblichen Platz. Sie biss sich auf die Unterlippe. Hatte der Wagen eigentlich heute Nacht im Hof gestanden? Sie wusste es nicht mehr. Hoffentlich war nichts mit dem Kleinen. Klaudia fiel es schwer, sich dieses winzige Etwas, das sie ein einziges Mal gesehen hatte, als Menschen vorzustellen. Der Kleine war so unendlich zart gewesen. Viel zu zart, um ohne Hilfe zu überleben, und selbst mit Hilfe wäre es so etwas wie ein Wunder, wenn er ein gesundes Baby würde. Am meisten hatte sie seine durchscheinende Haut erschreckt. Jede Ader hatte sie sehen können.

Seitdem der Kleine auf der Welt war, verbrachte Uwe die meiste Zeit in der Klinik in Berlin. Oft kam er nicht einmal zum Schlafen nach Hause. Aber wahrscheinlich schlief er genauso wenig wie sie. Vielleicht fürchtete er sich ebenso vor seinen Träumen, wie sie es tat. Klaudia verschränkte die Arme vor der Brust. Ob er auch jede Nacht Silkes panisch aufgerissene Augen sah?

Der Moment, bevor sie krampfend in Joes Armen zusammenbrach, hatte sich auf Klaudias Netzhaut gebrannt. Alles andere war ein Wirbel aus Schmerzen, Panik und Blut. Nur dieser eine Augenblick, als Silke die Augen verdrehte und nur noch das Weiße zu sehen war, dehnte sich in ihren Träumen. Obwohl sich die Hitze in ihrer Dachgeschosswohnung staute, fror Klaudia. Tief atmete sie die nach frischem Gras duftende Luft ein, dann trat sie vom Fenster zurück, und der Gestank des Raumes überfiel sie wieder. Erst mal duschen, und dann einen Kaffee. Wenn sie Glück hatte, konnte sie den Tag heute zu Hause verbringen. Vielleicht würde sie später ein wenig um den Hafen spazieren, oder vielleicht auch nach Lübben fahren und am Schloss ein Eis essen. An anderen Tagen fuhr sie nach Burg in die *Spreewaldthermen* oder traf sich mit Wibke. Dann mieteten sie sich am Hafen ein Kanu und paddelten durch die Gegend. Wibke sei Dank kannte Klaudia nun auch andere als die von Touristenkanus verstopften Wasserwege. Manchmal kamen sie dann auch an dem Fließ vorbei, an dem das Haus stand. Klaudia war sich nicht sicher, ob Absicht dahintersteckte. Aber Wibke ließ sich nie etwas anmerken, und sie bog auch nie in den Flusslauf ein, der zum Haus führte. Vielleicht sollten sie das tun. Vielleicht sollte sie sich endlich ihren Dämonen stellen und einfach hinfahren. Schließlich war es nur ein Haus. Ein freundliches Holzhaus mit eigenem Anleger und Fischkasten. Das freundliche Haus, in dem sie gelebt hatte. Das freundliche Haus, in dem sie Joe erschossen hatte.

Hör auf, rief sie sich selbst zur Ordnung. Fang nicht wieder an zu grübeln. Fast war sie froh, dass sie wegen Thangs Unfall Bereitschaftsdienst hatte. Da blieb ihr weniger Zeit, sich in ihren Gedanken zu verlieren.

Nach dem Duschen entschied sich Klaudia für ein luftiges Sommerkleid, stopfte Polohemd und Jeans in den Wäschekorb, packte gleich noch die feuchten Handtücher und ihre nicht weniger feuchte Bettwäsche dazu und verließ die Wohnung. Die Tür zu Uwes Wohnung im Erdgeschoss war nur angelehnt, und als Klaudia die Kellertür erreichte, wusste sie warum. Annalene hockte auf den Steinstufen, die in den Waschkeller hinabführten. Ihre Arme umschlangen die Knie, und die schwarzgefärbten Haare hingen wie ein Vorhang vor dem Gesicht des jungen Mädchens. Silke würde es hassen, ihre Tochter so zu sehen, da war sich Klaudia sicher: die Haare, den schmuddeligen Schlafanzug.

»Was machst du denn hier?« Sie wechselte den Wäschekorb von der rechten auf die linke Hüfte.

»Die Birne ist kaputt.«

Annalenes Stimme klang, als sei ihr ebenfalls der Lebensfaden durchgebrannt. Klaudia ertrug den Schmerz nicht, den das Mädchen ausstrahlte. Einen irrwitzigen Augenblick lang wollte sie auf dem Absatz kehrtmachen, zurück in ihre Einliegerwohnung laufen und die Tür zwischen ihrem eigenen Schmerz und dem des Mädchens schließen. Was hast du uns nur angetan, Joe? Sie blinzelte die Tränen fort, die ihr die Sicht nahmen. Sie würde einen Teufel tun und Annalene im Stich lassen. Diesmal nicht.

Klaudia stellte den Wäschekorb ab und hockte sich ebenfalls auf die oberste Treppenstufe. Annalenes Haare rochen nach Zigarettenrauch. Seit den Ereignissen im Frühjahr qualmte sie wie ein Schlot. Klaudia schauderte. Die Kälte des Steins drang durch den dünnen Stoff ihres Sommerkleides. Sie umschlang die Knie mit beiden Händen und starrte in die dämmrige Tiefe. Fünf Stufen, eine offenstehende Brandschutztür. Fahl schimmerte das Weiß der Waschmaschine im Dämmerlicht. All das nahm ihr Hirn mit der Präzision einer Kamera auf, nur produzierte es keinen Satz, der dem Mädchen an ihrer Seite helfen würde. Aber irgendetwas musste sie sagen, sollte das Schweigen nicht ebenso bedrohlich werden wie die kühle, nach Waschpulver riechende Dämmerung zu ihren Füßen.

»Ziemlich dunkel, was?« Klaudia gab sich Mühe, ihre Stimme klingen zu lassen, als spräche sie nur über das Wetter oder so etwas. Sie wusste, wie Annalene sich fühlen musste. Nachdem sie das Mädchen aus dem Luftschutzkeller befreit hatten, war Klaudia zurückgekehrt, hatte die Tür zwischen sich und der Außenwelt geschlossen und für die Dauer eines Atemzugs gespürt, wie die Schwärze in sie hineinsickerte. Länger hatte sie es nicht ausgehalten, und Annalene hatte Stunden in dieser absoluten Dunkelheit verbracht. Stunden, in denen sie nicht wusste, wer ihr das angetan hatte und vor allem nicht, was er ihr noch antun würde. Eine fürchterliche Last für jeden Erwachsenen. Wie viel schwerer musste ein Kind daran tragen?

»Ich weiß, dass es nicht wirklich dunkel ist«, presste Annalene hervor. »Nicht so dunkel.«

»Es ist dunkel genug.« Klaudia legte den Arm um die Schulter des Mädchens. Wie knochig sie war. Sie musterte Annalene von der Seite. Trotz der Hitze trug sie einen langärmeligen Schlafanzug. Ihre nackten Füße steckten in Fellpuschen. Viel zu dünn, die Haut blass.

Klaudia schluckte trocken. Wie fragte man eine traumatisierte Vierzehnjährige, ob sie genügend aß? Zum ersten Mal dämmerte ihr, wie großartig ihre Stiefmutter sich ihr gegenüber verhalten hatte und wie wenig sie es ihr gedankt hatte. Für sie war Conny immer nur die Frau gewesen, die mit ihrem Vater ein schönes Leben hatte, während ihre Mutter sich zu Tode soff.

»Ich will das nicht.« Annalene wischte sich mit dem Handrücken die Nase. »Ich mein, das ist voll Scheiße. Das ist … Ist wie … Wie … Bhanu sein.«

»Sie klammert sehr, nicht wahr?« Klaudia hatte das Gefühl, auf sehr dünnem Eis unterwegs zu sein. Das Verhältnis der Schwestern war ihr ein Rätsel. Als Silke noch im Krankenhaus gelegen hatte und Uwe nicht von ihrer Seite wich, hatte Annalene sich wie eine Mutter um ihre jüngere Schwester gekümmert. So als wollte sie ihren

Anteil an einem Deal erfüllen, von dem nur sie selbst wusste. Oder vielleicht hatte sie auch nur gedacht, wenn sie lieb sein würde, könnte das Schicksal nicht böse sein. Sie hatte den Haushalt geschmissen und sogar Silkes ausgeleierte Strickjacke getragen. Aber das Schicksal war trotzdem nicht lieb zu ihr gewesen. Nach Silkes Tod war die Strickjacke in irgendwelchen Truhen verschwunden und mit ihr Annalenes Fürsorge.

»Ich könnte dir jetzt ganz viel erzählen, über posttraumatische Belastungsstörung und so«, log Klaudia. Gar nichts konnte sie erzählen. Höchstens von ihren eigenen Dämonen. Aber was würde das helfen? Man konnte nicht das Leid eines Menschen gegen das Leid eines anderen aufwiegen. Annalenes Schmerz würde keinen Deut weniger auf ihrer Seele lasten, wenn sie ihren eigenen Schmerz dazupackte. »Vielleicht solltest du doch mal mit jemandem reden, der dir helfen könnte?« Der Satz kollerte die Treppe hinunter. Klaudia schaute ihm hinterher. Schweigen wäre eindeutig die bessere Alternative gewesen.

»Ich war bei Mama«, brach es aus Annalene heraus. »Auf dem Friedhof.«

Sie schien Klaudias Rat überhaupt nicht wahrgenommen zu haben.

»Das ist gut«, sagte Klaudia vorsichtig. Das Eis unter ihren Füßen knirschte. »Ich glaub, ich hol eine Birne.« Sie stemmte sich in die Höhe, doch Annalenes nächster Satz holte sie auf die Treppenstufen zurück.

»Ich bin schuld, nicht wahr?«

»Red keinen Quatsch.« Eine Mischung aus Schuldgefühlen und Wut presste Klaudia die Luft aus den Lungen. Sie kannte dieses Gefühl, hatte sogar damals mit dem

Notfallseelsorger darüber gesprochen, der sich um sie gekümmert hatte. »Joe ist Schuld. Nicht du. Lade nicht seine Schuld auf deine Schultern.« Klaudia ließ den Teil mit Jesus weg, den der Pfarrer noch gesagt hatte.

»Aber wenn ich nicht abgehauen wäre?«

»Das hätte nichts geändert. Nicht für deine Mutter. Du warst …« Klaudia stockte. Ihr fehlten die Worte. »Ein Kollateralschaden«, sagte sie schließlich. »Er war ein Psychopath.«

»Sagt Chantalle auch. Also nicht das mit dem Kollateralschaden.« Annalene kratzte sich am Schienbein. Klaudia sah, wie sich ein Blutfleck auf der Hose ausbreitete.

»Bist du auch so zerstochen?«

»Was?« Verwirrt schaute Annalene auf ihre blutigen Fingernägel, dann schob sie die Hände unter die Achseln.

»Von den Mücken.« Klaudia zeigte auf ihre eigenen Schienbeine, die übersät waren mit Mückenstichen. »Es ist gut, dass du Chantalle hast«, fügte sie hinzu. Sie hatte Annalenes Freundin bei Silkes Beerdigung gesehen. Das blasse Mädchen mit den zu dunkel geschminkten Augen und den rotgefärbten Haaren war der Typ Teenager, der paffend vor Dönerbuden abhing. Trotzdem, oder vielleicht gerade deshalb, war sie Annalenes beste Freundin.

Annalenes Antwort war ein Schnauben.

»Habt ihr euch gestritten?«

Annalene schüttelte den Kopf.

Lass sie in Ruhe, sagte sich Klaudia. Sie dachte an den plötzlichen Tod ihrer eigenen Mutter. So ein Unglück katapultierte einen in eine Welt, in der nichts mehr so war wie vorher. Nicht einmal die Beziehung zur besten Freundin.

»Ich schraub jetzt die Birne ein.« Klaudia stemmte sich nun doch in die Höhe. »Wo ist eigentlich Uwe?« Sie wünschte, ihr Kollege und Vermieter würde sich mehr um seine Töchter kümmern, dabei wusste sie selbst, dass sie ungerecht war. Uwe musste am Limit sein. Ebenso wie sie hatte er nur knapp überlebt, seine Frau war tot, und in Berlin kämpfte sein zu früh geborener Sohn ums Überleben.

»Im Krankenhaus.« Annalenes Fingernägel schabten wieder mit langen, gleichmäßigen Bewegungen über ihre Schienbeine. »Die haben heute Nacht angerufen. Es ist was mit dem Baby.«

»Schlimm?«

Annalene zuckte mit den Schultern. Sie sprach nicht gerne über ihren Bruder. Soweit Klaudia wusste, hatte sie ihn nur nach dem Kaiserschnitt gesehen. So wie sie selbst.

»Das Baby ist nicht schuld.« Klaudia wusste gar nicht, wie oft sie diesen Satz schon gesagt hatte.

»Das weiß ich auch. Ich bin ja nicht blöd.« Annalenes Stimme klang gepresst. »Aber ich weiß halt nicht, ob er bleibt.«

»Du hast Angst ihn zu mögen, weil er sterben könnte?«

Annalene nickte zaghaft.

»Er schafft das.« Klaudia wollte das Mädchen trösten, deshalb legte sie so viel Zuversicht in ihre Stimme, wie sie aufbringen konnte. Und warum sollte der Kleine es schließlich nicht schaffen. Er schien ja ein Kämpfer zu sein.

»Das kannst du nicht wissen.« Wütend blitzte Annalene sie von der Seite an.

Nein, kann ich nicht. Klaudia schämte sich. So war das

mit Plattitüden. Kaum ausgesprochen, flogen sie einem um die Ohren. Das Klingeln ihres Smartphones hallte durch den Flur und bewahrte sie davor, weiteren Unsinn zu verzapfen.

»Ich bin gleich wieder da.« Zwei Stufen auf einmal nehmend, rannte sie in ihre Dachgeschosswohnung hinauf.

»Wagner«, meldete sie sich atemlos. Sie ließ sich aufs Sofa fallen und streckte die Beine aus.

»Ich hoffe, du bist ausgeschlafen«, sagte Demel. »Wir haben eine Leiche. In zwanzig Minuten ist das Boot klar.«

4. Kapitel

Mit Taschenlampe und Sparbirne in der Hand lief Klaudia die Treppe hinunter. Der Lederrucksack, den sie sich Anfang des Sommers im *Kaufhaus des Westens* zugelegt hatte, hing ihr über der Schulter. Auf Dauer war sie einfach nicht der Schultertaschentyp. Sie brauchte Bewegungsfreiheit. Auch wenn der neue Rucksack deutlich schicker war als ihr alter, trauerte sie um ihn. Ihn nach der Trennung von Arno in die Emscher zu werfen, hatte ihr nur in diesem einen magischen Augenblick geholfen, in dem der Rucksack im Gegenlicht der untergehenden Sonne in den Fluss segelte. Damals hatte sie nicht gewusst, dass Erinnerungen nicht in Rucksäcken lebten, sondern wie Kellerratten in der Seele. Apropos Keller: Die Tür zum Waschkeller war geschlossen und Annalene verschwunden. Klaudias Wäschekorb stand in der Ecke unter den Postkästen.

Sie wuchtete ihn auf die Hüfte und stieg hinunter in die Waschküche.

Nicht wirklich dunkel, dachte sie. Aber zu dunkel für eine verletzte Seele. Sie würde mit Uwe reden müssen. Annalene brauchte ihn mindestens so sehr wie das Baby in Berlin. Silkes Eltern taten wirklich, was sie konnten. Mit Bhanu schien es auch zu klappen, aber mit Annalene waren sie einfach überfordert.

Klaudia stopfte die Wäsche in die Maschine, drehte den Plastikkorb um und stieg hinauf, um die Birne zu wechseln. Das Licht flackerte auf. Wenn nur alles so einfach wäre.

Minuten später lief sie durch ruhige Gassen zum Hafen. Ihre Schritte hallten auf dem Kopfsteinpflaster, der Rucksack hing warm auf ihrem Rücken. Ich hätte mich umziehen sollen, dachte Klaudia, als ein Windstoß den Rock ihres Kleides aufbauschte.

Trotz der frühen Stunde flanierten schon Touristen am Hafen. Wahrscheinlich wollten sie die Ruhe am Fließ genießen, bevor der tägliche Rummel mit Gurkenbuden und Dauerbeschallung losging. Allerdings schienen sie auch nichts gegen die Abwechslung zu haben, die ihnen nun geboten wurde. Feuerwehrmänner und Kollegen der Wasserschutzpolizei beluden das Boot, das am Hafen auf Klaudia wartete. Ein uniformierter Kollege sorgte dafür, dass die Neugierigen Abstand hielten. Klaudia wurde durchgewunken und lief schnurstracks auf Demel zu. Auch er sah mit seiner beigen Leinenhose, der Kamera und dem Hawaiihemd eher wie ein Tourist aus. Aber immer noch besser als ich, dachte Klaudia und zupfte an ihrem Kleid herum, das ihr auf einmal viel zu kurz erschien.

»Was wissen wir?«, fragte sie, als sie Demel erreicht hatte. Sie vermied den Blick auf seine Kamera. Mit Bildern von ihr und Joe hatte alles angefangen. Bilder, die Demel geschossen und dann ans schwarze Brett gepinnt hatte.

»Nicht viel«, antwortete Demel. »Ein Paddler hat einen Toten im Fließ gemeldet.«

»Und wo?

»Bei L9.«

»Bei L9?«, fragte Klaudia. Sie hatte nicht den blassesten Schimmer, wovon der Kollege sprach.

»Das sind Notfallrettungsnummern«, mischte sich ein bulliger Feuerwehrmann ein, der gerade Seile ins Boot warf. »Damit wir wissen, wo wir hinmüssen. Die Fließabschnitte haben ja schließlich keine Hausnummern«, fügte er hinzu.

»Danke, Herr …«

»Kolbe.« Er wischte sich mit einem Taschentuch die Stirn. »Wehrführer Kolbe.«

»Wagner«, stellte sich nun auch Klaudia vor. »Kripo Lübben.«

»Üble Sache, was?«

»Kann man wohl sagen.« Sie wandte sich wieder an Demel. Die Verantwortung drückte auf ihre Schultern. Dienstgradmäßig stand sie über dem Kollegen, und damit war das ihr Fall. »Spusi unterwegs?«.«

»Ja«, antwortete Demel bereitwillig. »Und die Rechtsmedizin ebenfalls«, fügte er hinzu, bevor Klaudia fragen konnte.

»Meine Leute sichern bereits die Stelle, wo der Tote

sich in den Ästen eines umgestürzten Baumes verfangen hat. Ich meine«, fügte der Wehrführer hinzu, »nicht dass er abtreibt.«

»Das ist gut, danke.« Die Last auf Klaudias Schultern wurde spürbar leichter. Der Feuerwehrmann dachte mit, und auch Demel schien kein Interesse daran zu haben, sie auflaufen zu lassen. »Wo ist der Paddler, der die Leiche gefunden hat?«

»Oben im *Flaggschiff.*« Demel wischte über das Display seines Phones. »Heißt Krüger«, las er ab. »Ist aus Waltrop.« Er runzelte die Stirn. »Wo immer das sein mag.«

»Im Ruhrgebiet. In der Nähe von Dortmund«, frischte Klaudia die Geographiekenntnisse ihres Kollegen auf. »Du hast schon mit ihm gesprochen?«

»Nur die Basics.« Demel drehte am Objektiv der Kamera herum. Offensichtlich fühlte er sich ebenso unsicher wie sie, schließlich war es ihr erster gemeinsamer Fall. »Ich wollte auf dich warten.«

»Na dann.« Klaudia drehte sich zu einem der uniformierten Kollegen um. »Sag Bescheid, wenn alle da sind und wir loskönnen.«

Von Demel gefolgt, stieg sie die Stufen zum *Flaggschiff* hinauf. Die Metallsprossen der Treppe zum Restaurant klapperten bei jedem Schritt. Der Duft von gemähtem Gras wehte ihr in die Nase. Sie hörte Uwes Stimme. *Saufen ist nicht deine Stärke, was?* Klaudia presste die Fingernägel in die Handballen. Die Erinnerungen fielen über sie her wie Mücken. Einfach so, aus dem Nichts. Leider reichte es nicht, mit der flachen Hand zuzuschlagen, um sie loszuwerden.

Klaudia drückte die Tür zum Restaurant auf. Ein Mann saß an der Bar. Seine schmale Gestalt war auf dem

Hocker in sich zusammengesunken, als hätte er nicht genügend Kraft, den Oberkörper aufrecht zu halten. Er schien nichts von ihrer Gegenwart zu bemerken. Klaudia schätzte ihn auf Mitte bis Ende dreißig. Er trug Sportschuhe, kurze, enganliegende Hosen und ein ebenfalls enganliegendes T-Shirt, sowie eine Schirmmütze, deren Kappe den Nacken schützte.

Klaudia näherte sich dem Zeugen von der Seite, damit er eine Chance hatte, sie zu sehen, bevor sie ihn ansprach. Die Tische waren bereits für das Mittagessen eingedeckt, und aus der Küche hörte man das Klappern von Töpfen und das Zischen von heißem Fett. Klaudias Magen knurrte. Sie hatte nicht gefrühstückt, und wie es aussah, würde sie auch die nächsten Stunden nicht zum Essen kommen.

Sie ignorierte ihren Magen und räusperte sich. Der Mann schaute von seinem Handy auf.

»Guten Morgen.« Klaudia stellte sich und Demel vor. »Dürfen wir uns zu Ihnen setzen?«

Der Mann nickte und legte das Handy auf die Theke. Seine Hand zitterte.

»Wie geht es Ihnen?«

»Na ja.« Er wischte sich mit dem Handrücken die Nase. »Das war schon krass.« Seine Stimme zitterte.

Auch wenn Demel es bereits getan hatte, fragte Klaudia noch einmal die Personalien ab. Das Procedere war wie Warmlaufen. Und es schien auch bei diesem Zeugen zu funktionieren. Das Zittern seiner Stimme ließ nach.

»Und Sie machen Urlaub hier?«

»Ja, im Landhotel in Burg.«

»Das ist sehr nett«, sagte Demel.

»Ja«, bestätigte der Zeuge. »Wir sind das zweite Mal

hier. Aber im letzten Jahr waren wir in einem anderen Hotel in …«

»Wie war das heute Morgen«, unterbrach Klaudia den Zeugen. Aufwärmen war das eine, aber ins Schwatzen geraten sollte der Zeuge auch nicht.

»Ja, entschuldigen Sie. Natürlich. Also: Ich bin schon früh los. Meine Frau hat noch geschlafen.«

»Haben Sie ihr gerade eine SMS geschickt?«, fragte Demel.

»Wie bitte?«

»Sie haben was in Ihr Handy getippt, als wir reinkamen.«

»Ja. Klar.«

Das Zittern seiner Stimme kehrte zurück, und Klaudia hatte das Gefühl, dass er log. Aber die Leute logen ständig, das machte sie nicht unbedingt zu Tätern.

»Erzählen Sie einfach weiter.« Sie warf Demel einen Seitenblick zu, der ihn hoffentlich an weiteren Fragen hinderte, und nickte dem Zeugen aufmunternd zu. »Ich mag das frühe Morgenlicht in den Fließen, und ich paddle auch gerne abseits der Hauptstrecken. Natürlich nicht auf gesperrten Fließen«, fügte er hinzu.

Klaudia nickte, obwohl ihr allein die Art, wie er diese Tatsache betonte, bewies, dass dieser Typ sich nicht durch Sperrschilder aufhalten ließ.

»Na ja, und da war dieser umgestürzte Baum«, fuhr der Zeuge fort. »Ich wär wahrscheinlich vorbeigefahren, wenn dieser blaue Vogel nicht so hektisch herumgeflattert wäre.«

Klaudia nickte. Sie dachte an ihre eigene erste Begegnung mit einem Eisvogel. Sie hätte ihn fast erschossen, so sehr hatte sie sich erschrocken. Unwillkürlich runzelte sie die Stirn und konzentrierte sich wieder auf das Hier und Jetzt.

»Einen Heidenlärm hat der gemacht«, fuhr der Zeuge fort. »Da bin ich näher ran. Ich dachte, vielleicht ist da ein Fischotter. Die sieht man ja selten. Ich nehm also das Handy, und da seh ich eine Hand, und dann hab ich die Polizei gerufen.«

»Darf ich das Foto mal sehen?« Klaudia war sich sicher, dass dieser Typ nicht nur den Eisvogel fotografiert hatte.

»Ich … ach Scheiße.« Krüger griff nach seinem iPhone und wischte über das Display. Ohne aufzuschauen reichte er es Klaudia. Sie wischte sich durch die Bilder. Auf den ersten war nicht viel zu sehen. Eine fahle Hand im grünen Wasser, ein dunkler Haarschopf, die verschwommene Silhouette eines Körpers. Aber das änderte sich. Jedes Bild offenbarte mehr von dem Toten. Klaudia wischte, bis sie das sommersprossige Gesicht einer Frau anlachte.

»Interessant«, sagte sie. »Es tut mir leid, aber das Handy müssen wir fürs Erste einbehalten.«

»Aber …«, widersprach Krüger.

»Der Kollege gibt Ihnen eine Quittung.« Klaudia reichte Demel das Handy.

»Ich wollte gar nicht fotografieren.« Krüger starrte auf seine nun leere Hand. »Ich hab nur aus Schreck draufgedrückt.«

»Wie lange bleiben Sie in der Gegend?« Klaudia glaubte ihm kein Wort. Der Mann hatte mit Sicherheit ein Foto nach dem anderen geschossen und erst dann die Polizei informiert. Sie konnten nur hoffen, dass er bei seiner Fotosession keine Beweise zerstört hatte.

»Nächsten Samstag wollten wir zurück.«

»Es wäre schön, wenn Sie vorher nach Lübben kämen, damit wir Ihre Aussage protokollieren können.« Ein Räuspern ließ Klaudia zur Tür schauen. Ein uniformierter Kollege winkte ihnen.

5. Kapitel

Klaudia lehnte an der Reling des Polizeibootes und tippte eine To-do-Liste in ihr Smartphone. »Wir brauchen mehr Leute«, sagte sie an Demel gewandt.

»Wir kriegen Verstärkung von den uniformierten Kollegen. Ich hab mit dem Diensthabenden gesprochen.«

»Danke.«

»Typen gibt's.« Demel schüttelte den Kopf und schaute dabei den Enten zu, die sich von der Bugwelle treiben ließen.

»Wie bitte?« Irritiert stoppte Klaudias Zeigefinger über dem Display.

»Vor diesen Handys ist aber auch gar nichts mehr sicher.«

»Ach so.« Für einen Moment hatte Klaudia geglaubt, Demel sprach von den Kollegen, die ihr Team verstärken würden. Sie speicherte die Notizen und steckte das Smartphone zurück in den Rucksack. Auch wenn sie eine routinierte Beamtin war, traute sie sich seit dem Frühjahr nicht mehr unbedingt über den Weg und erstellte lieber Listen, als etwas zu vergessen. »Und das sagt der manische Fotograf?«

»Könnten wir bitte das Thema wechseln?«

»Was sagt sie denn Böses?« Wibke kam aus der Kajüte. Sie trug bereits einen weißen Overall und reichte ihnen zwei eingeschweißte Ausrüstungen. Während Klaudia und Demel in die Ganzkörperanzüge stiegen, stopfte sie sich den Zopf in die Kapuze. Eine Frau, die damit beschäftigt war, die Ärmel ihres Overalls aufzurollen, kam ebenfalls aus der Kajüte. Ihr raspelkurzes, wasserstoffblondes Haar glänzte im Sonnenlicht.

»Hallo«, sagte Klaudia. »Was machen Sie denn hier?«

»Kennt ihr euch?« Wibke nickte in Richtung der Frau, die aussah, als würde sie demnächst Abitur machen.

»Wir hatten bereits das Vergnügen.« Irina Klaas, mit der Klaudia in ihrem allerersten Fall in der neuen Dienststelle zusammengearbeitet hatte, streckte die Hand aus, die sie bereits vom Overall befreit hatte. »Ich wünschte, diese Dinger gäb's in XS.«

Bevor Klaudia antworten konnte, erstarb der Motor. Nur noch das morgendliche Zwitschern der Vögel und das allgegenwärtige Summen der unzähligen Insekten waren zu hören. Die Strömung schob das Boot in Richtung der Barriere aus Schlauchbooten, in deren Zentrum der Tote im Fließ driftete.

Männer der freiwilligen Feuerwehr stiegen in Gummihosen ins Fließ. Das Wasser reichte ihnen knapp bis zu den Hüften.

»Die Schulter hat sich verkantet«, rief einer der Männer. Er bückte sich, es gab einen Ruck, und sie schoben die Leiche zum Boot. Klaudia trat zurück, als sie den toten Körper mit einer Seilwinde auf das Deck hievten. »Mehr nach rechts«, rief einer der Männer und die Leiche landete zu ihren Füßen. Wasser spritzte auf ihre nackten Schienbeine. Klaudia beugte sich vor. Trotz der Hautabschürfungen auf seiner Stirn erkannte sie den Toten sofort. »Den kenn ich«, entfuhr es ihr.

»Wie bitte?« Dr. Klaas, die neben dem Toten kniete, schaute auf.

»Also nicht so richtig«, erklärte Klaudia. »Er war gestern auf dem Hechtfest. War in eine Rangelei verwickelt.«

»Stimmt.« Den geöffneten Spusi-Koffer neben sich, kniete Wibke nun ebenfalls neben der Leiche. »Mit diesem tätowierten Typen.«

»War der tätowiert?«, fragte Klaudia.

»Natürlich.« Wibke blinzelte gegen die Sonne. »Sag nicht, das hast du nicht gesehen.«

Klaudia schüttelte den Kopf. »Ich wär eine lausige Zeugin.«

»Alkohol kann die Wahrnehmung beeinträchtigen«, sagte Dr. Klaas. Es klang, als wollte sie Klaudia trösten.

»Ich war nicht betrunken.«

»Wer sich verteidigt, klagt sich an.« Wibke zog Plastikbeutel aus dem Spusi-Koffer.

»Was war das denn für ein Tattoo?«, fragt Klaudia.

»Was?« Wibke runzelte die Stirn. »Ich bin mir nicht sicher. Aber ich glaube, es war ein Totenkopf. Ich bin wohl auch keine gute Zeugin.« Sie seufzte theatralisch, wurde aber sofort wieder ernst. »Kann ich die Hände eintüten?«

»Gleich«, sagte die Ärztin.

Klaudia schaute auf den Toten. »Ein hübscher Junge.«

»Latin-Lover-Typ«, ergänzte Klaas mit einem Seufzen in der Stimme. »Ich bin immer auf die reingefallen«, fügte sie hinzu.

»Ich steh mehr auf robuste Typen«, sagte Wibke und seufzte ebenfalls. Klaudia musterte die Kollegin. Sie dachte an ihre merkwürdige Bemerkung über Anja Rohloff und fragte sich, ob sie bei »robuste Typen« an diesen Marco dachte. Sie erinnerte sich an das tanzende Paar, und dann sah sie ein anderes Paar vor ihrem inneren Auge. Die feinen Härchen an ihren Unterarmen richteten sich auf.

»Wir müssen dieses Mädchen finden, das mit ihm getanzt hat«, sagte sie.

»Das wird nicht einfach sein.« Wibke schaute zu ihr auf. Ihre grünen Augen schimmerten im Sonnenlicht. »Sie kann überall sein.«

»Gut möglich«, räumte Klaudia ein. »Aber sie hat auch mit deinem Bekannten getanzt. Vielleicht kennt er das Mädchen ja.«

»Möglich«, räumte Wibke ein. »Vielleicht …«, sie runzelte die Stirn, »ist er ein Saisonarbeiter.«

Bist du das?, fragte sich Klaudia. Aber was bedeutete das schon? Sie musterte das Gesicht des Toten. Was waren deine Träume?, fragte sie ihn in Gedanken. Und warum bist du tot? Doch der Tote antwortete nicht, das taten sie nie. Trotzdem war es wichtig, sich diese Fragen zu stellen. Menschen starben nicht einfach so.

»Wie lange liegt er wohl schon im Wasser?«, fragte sie Klaas.

»Wann haben Sie ihn denn gesehen?« Die Ärztin griff nach der Hand des Toten und wendete sie. Es war die gleiche Hand, die Klaudia gestern ergriffen hatte, um dem Jungen auf die Beine zu helfen. Doch nun fältelte sich die bleiche Handfläche. Waschfrauenhände.

»Gegen Mitternacht«, antwortete Klaudia.

»Ohne die Wassertemperatur bestimmt zu haben, kann ich das nicht genau sagen. Aber ich denke, viel älter ist er nicht geworden«, antwortete Klaas. »Wo war das Fest?«

»Lehde.« Klaudia schaute auf das Wasser, das träge dahinfloss. »Kann das sein?«

»Ja«, antwortete der Feuerwehrmann, der den Einsatz leitete. »Die Fließrichtung hier ist von Ost nach West.«

»Keine Schuhe«, murmelte die Ärztin, während sie den Toten untersuchte. »Schürfverletzungen an Zehen, Fußrücken und im Bereich der Stirn. Am ehesten Treibverletzungen. Kein Schaumpilz.« Sie tastete die Leiche ab. »Totenstarre nicht komplett ausgeprägt. Wenn Sie mal bitte anfassen könnten?«

Demel bückte sich, und gemeinsam drehten sie die Leiche auf den Bauch.

»Was haben wir denn da?« Die Rechtsmedizinerin zeigte auf eine Wunde am Hinterkopf. Das Wasser hatte das Blut ausgewaschen, und in der Tiefe sah man weißlichen Knochen. »Vorläufig würde ich sagen, dass der Mann zumindest bewusstlos war, als er ins Fließ stürzte.«

»Auf dem Fest wurde er ziemlich übel verprügelt.«

»Hat er geblutet? War er bewusstlos?«

»Nein.« Klaudia dachte daran, wie der Junge ihre Hand abgeschüttelt hatte. »Er war wütend«, sagte sie nachdenklich. »Sehr wütend.« Sie starrte auf den Toten zu ihren Füßen. Ist das der Grund? Bist du deshalb tot? Eine Frage, die es zu beantworten galt. Sie zog das Smartphone aus dem Rucksack. »Ich ruf den Chef an.«

»Ist der nicht schon weg?«, fragte Demel.

»Wie, weg?« Klaudia schaute von ihrem Smartphone auf.

»Wusstest du das nicht?«

»Klingt das so?«

»Der ist doch die nächsten Wochen an der FHPol.«

»Was bitte schön macht PH«, Klaudia versah den Spitznamen ihres Chefs mit mindestens zwei Fragezeichen pro Buchstaben, »an der Fachhochschule der Polizei?«

»Soziales Kompetenztraining.« Vorsichtig schob Wibke eine Plastiktüte über die Hand des Toten.

»Schaden kann's ihm nicht.« Klaudia blies die Wangen auf und steckte das Handy zurück. Wieso hatte er ihr nichts gesagt?

»Dobre ranje!« hallte es über das Wasser. Ein Kahn bog in den Seitenarm ein. Von der Sonne geblendet, konnte Klaudia nicht sehen, wer am Rudel stand. Aber sie hatte eine Ahnung, die sich mit dem nächsten Ruf des Kahnführers bestätigte.

»Wenn das ma nicht meine holca ist, wa?«

»Schiebschick. Na klar. Wer sonst«, murmelte Klaudia.

»Du bist gut fürs Geschäft, schon vergessen?«, spottete Wibke. »Wahrscheinlich schickt ihn sein Neffe.«

»Na, auf diese Leiche wird er lange warten müssen.« Klaudia steckte ihr Smartphone zurück in den Rucksack und beugte sich über die Reling. »Hast du keine Touristentour?«, rief sie zu dem alten Bootsmann hinunter.

»Heidelise ist abgehauen«, sagte er, ohne auf ihren Seitenhieb einzugehen.

»Schon wieder?« Als Klaudia gerade frisch im Spreewald angekommen war, hatte einer von Heidelise Nowaks Anrufen sie in ihren ersten Mordfall und ihren schlimmsten Alptraum katapultiert. Seit einiger Zeit schien die alte Dame aber vergessen zu haben, wie Telefone funktionierten. Dafür lief sie ständig aus dem Heim fort, in dem sie lebte. Solange sie in Lübbenau blieb, war das kein Problem. Jeder kannte die alte Frau Nowak, und es fand sich immer jemand, der sie zum Seniorenheim zurückbrachte. Aber hin und wieder gelang es ihr, ungesehen einen der Wege entlang der Fließe zu erreichen, und dann brachten Schiebschick oder einer der anderen Kahnführer sie zurück.

»Vielleicht ist sie am Haus?« Seit Klaudia wieder in Uwes Einliegerwohnung wohnte, stand das Haus am Fließ leer.

»Vielleicht«, antwortete Schiebschick. »Aber ich dachte, ich schau erst mal hier nach. Wa?« Er stieß sich mit dem Rudel vom Polizeiboot ab.

»Ach so.« Erst jetzt dämmerte Klaudia, welche Sorge den alten Mann umtrieb. »Unsere Leiche ist männlich.«

»Ich wär so weit.« Klaas wedelte eine Fliege vom Ohr des Toten und erhob sich leise ächzend aus der hockenden Position, in der sie die letzten Minuten verbracht hatte. Taumelnd stieß sie gegen die Reling.

»Alles in Ordnung?« Demel griff nach ihrem Ellbogen.

»Nur der Kreislauf. Danke.« Klaas befreite ihren Arm. »Okay. *Business as usual.* Ich nehm die Leiche mit und geb euch den Termin der Leichenschau durch.«

»Gut.« Klaudia schaute sich um: Buschwerk und Schilf sahen unversehrt aus. »Ich glaub zwar nicht, dass er hier zu Tode gekommen ist. Aber scannt ihr der Vollständigkeit halber trotzdem die Umgebung?«

»Machen wir«, sagte Wibke.

»Wo hat dieser Marco eigentlich seinen Hof?«, fragte Klaudia.

»In Klein Radden. Du kannst ihn gar nicht verfehlen. Man nennt ihn auch den Gurkenkönig.«

»Danke.« Klaudia räusperte sich. »Und du«, sagte sie

zu Demel. Sie fühlte sich unsicher. Bisher kannte sie ihn nur als albernen Kollegen mit Hang zu manischem Flirten und unkontrollierbaren Wutausbrüchen. Keine gute Basis für eine Mordermittlung. Aber die einzige, die sie im Moment dank Thangs sportlicher Ambitionen und PHs Fortbildungseifer hatte. »Kümmerst du dich bitte um die Infos zur Fließgeschwindigkeit und diese Sachen?«

»Mach ich.« Demel schraubte umständlich die Schutzkappe auf das Kameraobjektiv. »Ich scann dann auch die Vermisstenmeldungen und leg die Akte an. Okay?« Er schaute auf.

Ihm geht's auch nicht besser als mir, dachte Klaudia. Irgendwann müssen wir das klären.

»Das wär toll.« Sie strich sich eine Haarsträhne hinters Ohr und ärgerte sich im gleichen Augenblick darüber. »Und kannst du mir bitte noch ein aufgehübschtes Foto auf mein Handy schicken?«, bat sie. »Ich schnapp mir dann einen uniformierten Kollegen und mach mich an die Beinarbeit.«

Im Hafen wurde der Leichensack unter reger touristischer Anteilnahme in den Transporter der Gerichtsmedizin verladen. Das war unangenehm für die Kollegen, ermöglichte aber Klaudia und Demel, das Boot unbemerkt zu verlassen. Sie standen sich noch einen Moment unschlüssig gegenüber. Keiner von beiden wusste so recht, was er sagen sollte.

»Und denk an das Bild«, sagte Klaudia schließlich.

»Du hast es in spätestens einer halben Stunde.«

»Okay. Wir sehen uns.« Klaudia wählte die Nummer der Zentrale und forderte einen Streifenwagen an.

»Er kann mich in Lübbenau bei der Wasserschutzpolizei einsammeln«, sagte sie und wandte sich nach links, um dem sonntäglichen Rummel auszuweichen. Ihr Magen knurrte. Freundlich grüßend wich sie einer Familie aus, die ihre Räder die Holzbrücke hinunterschoben, die über einen Seitenarm der Spree führte. Für einen Moment schaute sie ihnen hinterher. Irgendwie war es beruhigend, dass es neben all dem Elend noch diese Art von Normalität gab: Eltern, Kind, Eiscreme. Klaudia seufzte und krauste die Nase, als sie an einem Boot vorbeiging, das kieloben neben dem Anleger lag. Es stank nach Teer und Entengrütze. Auch irgendwie beruhigend.

6. Kapitel

Klaudia öffnete die Tür zum *Café Bubner*. Eine Welle abgestandener Luft schlug ihr entgegen. Vor dem Tresen stand eine kompakte Menge sonnengebräunter Touristen, um ihre Bestellungen aufzugeben. Klaudia seufzte. Eigentlich hatte sie vorgehabt, noch schnell in ihrer Wohnung einen Joghurt zu löffeln, aber Uwes Sharan parkte in der Einfahrt, und sie wollte nicht Gefahr laufen, ihm zu begegnen. Sie hatte nicht die Zeit, ihm zuzuhören, und nicht die Kraft, ihn abzuwimmeln. Klaudia stellte sich auf die Zehenspitzen und verglich die Anzahl der Kunden mit der Anzahl der Verkäuferinnen. Das würde Stunden dauern, bis sie endlich an der Reihe war. So lange konnte sie den Kollegen nicht warten lassen. Also konnte sie ihren Kaffee to go und das Käsebrötchen knicken. Sie drehte sich um und stieß mit einer Verkäuferin zusammen.

»Tut mir leid«, sagten beide gleichzeitig.

»Oh, hallo, Frau Wagner«, sagte die Frau. Sie trug die Bubnerschürze und einen Putzlappen in der Hand. »Alles in Ordnung?«

»Ja, danke.« Klaudia brauchte einen Moment, bis ihr einfiel, wo sie der Frau schon einmal begegnet war. Sie hatten auf Silkes Beerdigung miteinander gesprochen. Nur fiel ihr leider der Name nicht mehr ein.

»Frau …?«

»Brumme«, half ihr die Frau. »Die Mutter von Chantalle. Annalenes Freundin. Wir haben auf der …«

»Ich weiß«, sagte Klaudia. »Sorry. Ich bin ein bisschen in Eile.« Sie schaute wieder auf ihr Smartphone.

»Die Leute sagen, am Hafen ist ein Toter.« Frau Brumme ignorierte die gehetzten Blicke ihrer Kolleginnen. Sie war viel zu neugierig, um diese Gelegenheit verstreichen zu lassen, nur weil Dutzende Kunden in der Warteschlange schwitzten.

»Wenn das die Leute sagen.« Klaudia hatte wenig Lust, dienstliche Angelegenheiten in der Lübbenauer Klatschzentrale zu diskutieren. »Reichlich zu tun, was?«, fügte sie hinzu, einerseits um ihrer Bemerkung die Schärfe zu nehmen, andererseits um Frau Brumme loszuwerden.

»Immer so am Sonntag.«

Es entstand eine Gesprächspause, in der Klaudias Magen vernehmbar knurrte.

»Entschuldigen Sie.« Vor Verlegenheit lachend, legte sie die Hand auf ihren Bauch. »Ich bin noch nicht zum Essen gekommen.«

»Na, dann kommen Sie mal mit.« Frau Brumme

winkte Klaudia an murrenden Touristen vorbei in einen Durchgang neben der Theke. »Was hätten Sie denn gerne?«

»Ein Käsebrötchen wäre gut, und ein schwarzer Kaffee zum Mitnehmen.« Klaudia war zu hungrig, um der Sonderbehandlung zu widersprechen. »Und das Ganze mal zwei«, ergänzte sie. Vielleicht war der Kollege ja auch hungrig. Klaudia zog den Bauch ein, um eine Verkäuferin vorbeizulassen, die ihr einen neugierigen Blick zuwarf. Frau Brumme schien es nicht zu stören, dass sie im Weg standen. Sie schnitt zwei Brötchen auf und machte sich an die Arbeit.

»Wachtmeister Michalke hat immer Teilchen genommen«, informierte sie Klaudia, während sie Butter auf die Brötchen schmierte. »Wie geht's ihm eigentlich?« Sie belegte die Brötchen mit Salatblättern und Käsescheiben und klappte sie zusammen. »Man sieht ja gar nichts mehr von ihm. Der arme Mann.«

»Er ist halt viel in Berlin«, antwortete Klaudia. Das war also der Preis für die Sonderbehandlung. Insiderinfos über die Familie Michalke. In Klaudias Mundwinkeln kitzelte ein Schmunzeln: Wachtmeister Michalke! Klang wie aus einem Heimatfilm.

Aber natürlich kannte jeder in Lübbenau Uwe, und nach Silkes Tod nahm auch jeder Anteil am Schicksal seiner Familie. Trotzdem hatte Klaudia das Gefühl, in eine Falle getappt zu sein. Sie wollte ebenso wenig über Uwe sprechen wie über den Toten im Fließ. »Aber wahrscheinlich hat Ihnen Chantalle schon alles erzählt«, rettete sie sich.

»Ach, diese Mädchen.« Frau Brumme schüttelte den Kopf. »In dem Alter reden die ja nur mit einem Handy am Ohr.« Sie verdrehte die Augen. »Das arme Würmchen.«

Klaudia brauchte einen Moment, um zu begreifen, dass Frau Brumme von Uwes zu früh geborenem Sohn sprach.

»Ja, tragisch.« Sie kramte nach ihrem Portemonnaie. »Stimmt so.« Sie gab Frau Brumme einen Zehner und griff sich Tüte und Becher. Hastig wandte sie sich ab und drängte sich an den wartenden Menschen vorbei.

»Was sollte das denn », hörte sie eine Frauenstimme hinter sich.

»War doch die Kripo«, antwortete Frau Brumme laut genug, dass auch wirklich jeder im Laden es hören konnte. »Die haben 'ne frische Leiche.«

Klaudia schwitzte jetzt nicht nur wegen der Hitze. Sie spürte die neugierigen Blicke der Menschen und konnte sich ungefähr die Gedanken vorstellen, die durch die Köpfe sirrten: Die haben 'ne Leiche und holen Brötchen, und alles von unseren Steuergeldern. Klaudia wäre gerade sehr gerne unsichtbar gewesen, aber dazu war sie zu groß, und so, wie sich ihre Haut anfühlte, wohl auch zu leuchtend rot im Gesicht. Immerhin machten ihr die Leute bereitwillig Platz.

Klaudia war froh, als sie wieder auf dem sonnenbeschienen Marktplatz stand. Am *Café Zeitlos* vorbei lief sie im Schatten der Kirche zur Wache, wo ein Wagen wartete. Rauchend lehnte Demel an der Fahrertür.

»Was soll das?« Sie stellte die Kaffeebecher auf das Autodach. Dabei kam sie ihrem Kollegen so nahe, dass sie seinen Geruch einatmete. Unwillkürlich hielt Klaudia die Luft an. Die Erkenntnis, dass Demel das gleiche Duschgel wie ihr Ex benutzte, steigerte nicht gerade ihre

Sympathie für die Allzweckwaffe aus Königs Wusterhausen.

»Ich bin nicht fürs Büro gemacht.« Demel grinste schief. Er sah jetzt aus wie sein altes, übermütiges Selbst. Der Demel, der sie ständig angebaggert, fotografiert und schließlich übel beschimpft hatte. Also der Demel, den sie am liebsten von hinten sah.

»Das mag sein«, antwortete Klaudia. Sie zwang sich, leise zu sprechen, dabei hätte sie ihn am liebsten angeschrien, doch wer schrie war im Unrecht. Das wusste sie. »Aber wir hatten eine Absprache.«

»Die Sachen laufen auch. Versprochen.«

Klaudia hob skeptisch die Augenbrauen. Mehr brauchte es nicht.

»Ich hab die Anfragen nach KW geschickt.« Wie alle Kollegen benutzte Demel die revierübliche Abkürzung für die Dienststelle in Königs Wusterhausen. »Wir sind eh schon so wenig, da sollten wir uns nicht noch mit Routinesachen belasten, die uns Kollegen abnehmen können.«

Klaudia wusste, dass er recht hatte. Vier Ohren hörten mehr als zwei, und vier Augen sahen mehr. Trotzdem. »Das hättest du mit mir absprechen sollen.«

»Ich weiß.« Demels Grinsen verschwand. »Du bist der Boss. Aber«, er räusperte sich, »ich kenn mich hier besser aus.«

»Du bist aus Königs Wusterhausen.«

»Dass ich dort arbeite, heißt nicht, dass ich da lebe, Frau Kollegin.«

»Und warum arbeitest du dann da?«

»Bisher war hier keine Planstelle frei.« Demel musterte sie aufmerksam. Er wollte, dass sie reagierte, irgendetwas sagte. Schließlich wussten sie beide, dass jetzt eine Planstelle frei war.

»Lass uns fahren.« Klaudia nahm ihren Kaffeebecher vom Wagendach und ging hinüber zur Beifahrerseite. Sie würde sich eher die Zunge abbeißen, als Demel zu fragen, ob er sich auf Joes Stelle beworben hatte. »Bedien dich.« Sie nickte in Richtung des anderen Bechers. »Und falls du Hunger hast …« Sie raschelte mit der Tüte.

»Nein danke«, wehrte Demel ab. Wenn ihn ihre fehlende Reaktion enttäuscht hatte, ließ er sich zumindest nichts anmerken. Theatralisch klopfte er sich gegen den flachen Bauch. »Wollen wir?« Er schnippte seine Zigarette in den Gully.

»Das ist mal zielgenau.«

»Jahrelange Übung.« Demel nahm den Becher vom Dach und klemmte sich hinters Steuer.

Klaudia stieg ebenfalls ein. Auch das Innere des Wagens roch nach Arno. Das konnte ja heiter werden. Nicht nur, dass sie gezwungen war, mit der Allzweckwaffe aus KW zusammenzuarbeiten, jetzt drängte sich auch noch ihr Ex als olfaktorische Belästigung in die Ermittlungen. Klaudia fuhr das Fenster herunter.

»Könntest du das Duschgel wechseln?«, fragte sie.

»Wie bitte?«

»Vergiss es.« Klaudia hätte sich selbst ohrfeigen können. Sie konnte sich keine Schwäche leisten. »Was ist mit dem Bild? Hast du das auch an die Kollegen in KW delegiert?«

»Check mal deine Mails.«

Klaudia zog das Smartphone aus dem Rucksack.

»Wann hast du das denn gemacht?« Sie schaute auf das bearbeitete Bild des Toten.

»Während du Brötchen geholt hast. Ich hab ein Programm auf dem Handy.«

»Danke.« Klaudia steckte das Smartphone zurück in ihren Rucksack. »Gut gemacht«, fügte sie hinzu.

»Wohin geht die Reise?«, fragte Demel.

»Wohin würdest du fahren?«, spielte Klaudia den Ball zurück.

»Lehde?«

»Klingt gut.« Klaudia verdrehte innerlich die Augen. War das etwa seine Art, ihr zu zeigen, dass sie die Ermittlungen führte? Sie hasste solche Spielchen.

7. Kapitel

Unter reger touristischer Anteilnahme parkte Demel den Dienstwagen am Feuerwehrturm von Lehde.

»Wird schon nicht brennen«, murmelte er.

»Na dann.« Klaudia öffnete die Beifahrertür und stieg aus. Sofort kribbelte die Hitze auf ihrer Haut.

»Schwimmbadwetter, was?« Demel packte seine Kameraausrüstung in den Kofferraum, und gemeinsam schlenderten sie an einem Lehrkasten zur Baumbestimmung vorbei zum *Hecht*.

Je näher sie dem Anleger kamen, umso mehr Touristen waren unterwegs. In den engen Gassen wichen Ihnen Spaziergänger und Radfahrer aus, die ihre Räder nur noch schieben konnten. Schließlich erreichten sie die Terrasse am Fließ. Auf der Brücke, die die Ortsteile des malerischen Spreewalddorfes miteinander verband, drängten sich Familien mit ihren Kindern und schauten hinunter auf die Spreewaldkähne und Kanus, die auf dem Fließ manövrierten. Die Fährleute in ihren bunten Westen hockten abseits des Gedränges im Schatten der dichtstehenden Bäume. Ihre Kähne lagen in dem kleinen Hafenbecken neben dem Hauptfließ. Jeder Fährmann hatte hier genau 45 Minuten, das wusste Klaudia von Schiebschick, danach würde die Fahrt weitergehen. In diesen 45 Minuten mussten seine Gäste all ihre leiblichen Bedürfnisse befriedigen und außerdem noch zahlen. In der Nebensaison war das kein Problem. Jetzt zur Hauptsaison war es Stress pur, sowohl für die Gäste als auch für das Servicepersonal.

Klaudia und Demel folgten einer Kellnerin, die ein Tablett mit schmutzigem Geschirr schleppte. Nach der Hitze, dem hellen Sonnenlicht und dem Gedränge auf der Terrasse wirkte der Durchgang zur Küche kühl und dunkel. Klaudia atmete erleichtert auf und bereute den Impuls sofort wieder. Der Geruch von abgestandenem Bier und Schweiß vermengte sich mit dem von heißem Fett. Über das Klappern von Töpfen und Geschirr hinweg dudelte ein Radio.

»Gestern war hier mehr los, was?« Demel schob sich die Sonnenbrille in die Haare.

»Stimmt.« Klaudia schaute sich um. Die Bühne war abgeräumt, und wo sie gestern getanzt hatten, standen heute wieder nummerierte Tische mit aufgestellten Getränkekarten. Auf der Suche nach einem Ausgang brummte eine Fliege gegen eine Fensterscheibe. Kellnerinnen eilten an ihnen vorbei.

»Entschuldigen Sie.« Klaudia sprach die erste Kellnerin an, die den Fehler machte, ihr ins Gesicht zu schauen.

»Die Toiletten sind da hinten.« Sie nickte zu einer Tür am Ende des Raumes, die Klaudia gestern nicht bemerkt hatte. Von Demel kam ein unterdrücktes Grunzen. Bevor Klaudia das Missverständnis aufklären konnte, war die Frau in der Küche verschwunden.

Der nächsten Kellnerin streckte Klaudia ihre Dienstmarke entgegen. Das stoppte die Frau zwar, brachte sie aber auch nicht dazu, ihre Arbeit zu unterbrechen.

»Ich bring das nur eben in die Küche.« Sie zwängte sich an den Polizisten vorbei.

»Gesprächig sind die hier nicht gerade, was?« Demel setzte sich und spielte mit seiner Sonnenbrille.

Was soll das, dachte Klaudia. Das hier ging ihn genau so viel oder wenig an wie sie. Warum war er überhaupt mitgekommen, wenn er sich jetzt wie ein Praktikant ausklinkte? Wollte er sie überwachen?

»Wo warst du eigentlich gestern, als die Schlägerei losging?«, fragte sie.

»Wahrscheinlich auf dem Heimweg.« Demel schaute knapp an Klaudias Gesicht vorbei. »Ich war nur kurz da.«

Klaudia nickte, sie hatte eine Ahnung, wer den Kollegen vertrieben hatte. Sie ließ zwei weitere Kellnerinnen passieren, bis sie das Einbahnstraßensystem durchschaut hatte: Den Weg durch den Schankraum nutzten die Kellnerinnen nur, um Geschirr zur Spülküche zu bringen, während die vollen Tabletts durch einen schmalen Gang zwischen Küche und Terrasse gebracht wurden.

Na warte. Klaudia kramte ihr Smartphone aus dem Rucksack, öffnete das Bild des Toten und hielt es der nächsten Kellnerin vor die Nase. Auch wenn Demel das Foto bearbeitet hatte, sah man doch deutlich, dass der Junge tot war.

Vor Schreck taumelte die Kellnerin einen Schritt zurück. Im Nu war Demel auf den Beinen und stützte sie.

»Ist das der Tote aus dem Fließ?« Die junge Frau sprach mit polnischem Akzent.

»Kennen Sie ihn?«

Sie schüttelte den Kopf. Die Gläser auf ihrem Tablett klirrten.

»Waren Sie gestern Nacht hier?«

»Nein. War ich nicht.« Geradezu erleichtert schaute sie auf. »Aber die Chefin.«

»Kann ich sie sprechen?«

»Ich weiß nicht. Ich denke.« Unschlüssig schaute sie zu Demel. »Soll ich sie holen?«

»Ja bitte«, sagte der Kollege, als sei er Horst Tappert persönlich. Klaudia hätte ihn erschlagen können.

»Ich bring dann erst …«

»Nein.« Klaudia nahm ihr das Tablett aus den Händen und stellte es auf einen Tisch. Noch einmal würde sie sich nicht in die Warteschleife schieben lassen. »Holen Sie bitte jetzt Ihre Chefin.«

Diesmal mussten sie nicht lange warten.

»Natalia hat gesagt, Sie wollten mich sprechen?« Die Wirtin war eine hochgewachsene Frau. Die grauen Haare waren zu einem kurzen Bob geschnitten, und Lachfältchen umkränzten ihre Augen. Sie trug ein rotes Poloshirt mit einem aufgestickten Hecht auf der Brust und eine lange schwarze Kellnerschürze. Klaudia schätzte sie auf Anfang sechzig. Sie schaute von Demel zu Klaudia, dann wanderte ihr Blick wieder zu ihm zurück.

»Danke, dass Sie sich Zeit genommen haben«, sagte Klaudia und zog damit den Blick der Wirtin wieder auf sich. »Es ist bestimmt stressig.«

»Ist nicht zu übersehen, oder?« Ein Lächeln strich über das Gesicht der Wirtin.

»Wir werden Sie nicht lange aufhalten«, versprach Klaudia. »Kennen Sie diesen Mann?« Sie gab ihr das Smartphone.

Stirnrunzelnd nahm die Hechtwirtin es und trat näher ans Fenster. Klaudia beobachtete sie. Die Wirtin ließ sich Zeit. Das Stirnrunzeln vertiefte sich. Sie kniff die Augen zusammen, um besser zu sehen. »Er war gestern hier, oder?«

»Stimmt«, bestätigte Klaudia. »Er war in die Schlägerei verwickelt.«

»Ja?« Die Wirtin schaute noch einmal auf das Bild. »Und jetzt ist er tot?« Sie schüttelte den Kopf. »So schlimm war das doch gar nicht. Eine Rangelei. Da stirbt man doch nicht dran.« Sie gab Klaudia das Smartphone zurück und wischte sich die Hände an der Schürze ab, als habe sie etwas Schmutziges berührt.

Klaudia fand eine Rangelei, bei der auf einen am Boden liegenden Mann eingetreten worden war, schlimm genug. Doch möglicherweise hatten Wirtsleute selbst im idyllischen Spreewald andere Erfahrungen mit Schlägereien. »Kannten Sie den anderen Mann?«

»Nein.« Diesmal kam die Antwort sehr viel schneller. Etwas zu schnell, wie Klaudia fand. So, als hätte die Antwort schon auf die Frage gewartet.

»Er hatte ein Tatoo auf dem Nacken«, half Klaudia der Erinnerung der Wirtin auf die Sprünge. Auch wenn sie selbst es nicht bemerkt hatte, konnte es durchaus sein, dass genau dieses Detail der Wirtin half, sich zu erinnern. Wenn sie sich denn erinnern wollte.

»Also auf so etwas achte ich nun wirklich nicht.« Die

Wirtin verschränkte die Arme vor der Brust. »Da hätt ich viel zu tun.« Ihre Mundwinkel verzogen sich zu einem Lächeln, das nicht den Strahlenkranz um ihre Augen erreichte.

Sie macht dicht, dachte Klaudia und schaute zu Demel. Für die Dauer eines Wimpernschlages hoben sich seine Augenbrauen. Er hatte es also auch bemerkt.

»Aber vielleicht Ihr Mann?«, fuhr sie fort.

»Das müssen Sie ihn schon selbst fragen.« Die Arme immer noch verschränkt, stand die Wirtin vor Klaudia. Trotz der Körperhaltung wirkte sie nicht aggressiv, sondern eher unentschlossen. Erst als Klaudia und Demel keine Anstalten machten, sich in Luft aufzulösen, bequemte sie sich und verschwand hinter der Theke.

In Klaudias Hand keckerte eine Elster. Sie blies die Wangen auf und nahm das Gespräch an.

In einer der schlaflosen Nächte nach der Sache mit Joe hatte sie diese App mit Vogelstimmen gefunden. Zuerst hatte sie für Thang das heisere Krächzen von Dohlen nehmen wollen, aber das hatte jetzt PH.

»Na«, meldete sie sich. »Langeweile, Herr Kollege?«

»Ich hab gehört, ihr habt 'ne Leiche«, sagte Thang am anderen Ende der Leitung.

»Nicht nur das.« Um besseren Empfang zu haben, ging Klaudia hinüber zum Fenster. Sie spürte Demels neugierigen Blick im Rücken.

»Was denn noch?«, fragte Thang.

»Na ja«, sagte Klaudia gedehnt. Sollte er ruhig ein wenig zappeln. »Zum Beispiel einen kranken Kollegen und einen Chef, der zur Fortbildung ist. Wusstest du das?«

»Kann sein, dass er mal was gesagt hat«, antwortete Thang vorsichtig.

»Perfektes Timing.«

»Du, also wirklich. Das war keine …«

»Vergiss es. Passiert ist passiert. Wie geht's denn deinem Bein?«

»Der Arzt sagt: Mindestens drei Wochen Gips.«

»Dumm gelaufen.«

»Ich weiß auch nicht, wie das passiert ist«, rechtfertigte sich Thang.

Und mich interessiert es nicht, dachte Klaudia und hatte sofort wieder ein schlechtes Gewissen. Als sie im Frühjahr für Wochen ausgefallen war, hatte sich auch kein Kollege beschwert. Ja, dachte sie. Aber du bist auch nicht auf einem Rennrad über schlüpfrige Balken gerast.

Ein Tippen auf die Schulter ließ sie herumfahren. Das Herz klopfte ihr bis zum Hals. Sie hasste es, aus heiterem Himmel berührt zu werden. Demel stand vor ihr. »Du hast mich nicht gehört«, entschuldigte er sich.

»Sorry.« Klaudia spürte die Hitze, die ihren Hals hochkroch. »Ich muss auflegen.« Sie drückte das Gespräch weg.

Neben Demel stand ein kräftiger Mann mit zurückweichendem Haarkranz. Er trug die gestärkte Berufsbekleidung eines Koches und zum Schutz seiner karierten Hose eine Halbschürze mit einem aufgedruckten lachenden Hecht. Ebenso wie seine Frau schien er Anfang sechzig zu sein. Seine Haare waren so kurz geschoren, dass sie wie ein Flaum wirkten.

»Sie wollten mich sprechen?« Er wischte sich mit einem Geschirrtuch über das verschwitzte Gesicht. Es musste mörderisch sein, bei diesem Wetter in einer Küche zu arbeiten.

»Danke, dass Sie sich die Zeit nehmen.« Klaudia

reichte dem Wirt die Hand. Chinesische Schriftzeichen zierten seinen rechten Unterarm. »Hat Ihre Frau Ihnen gesagt, worum es geht?« Sie zeigte ihm das Bild des Toten und beobachtete ihn, während er es sich anschaute. Graue Schatten lagen unter seinen Augen. Er wirkte so müde, wie sie sich fühlte.

»Entschuldigen Sie.« Der Wirt unterdrückte ein Gähnen. »Ist spät geworden gestern. Aber das wissen Sie ja, oder?« Er gab ihr das Smartphone zurück. »Sie sind doch bei der Rangelei dazwischengegangen. Haben Sie gut in den Griff gekriegt.« Er verschränkte die Arme vor der Brust. Die Körperhaltung schien in der Familie zu liegen. »Zuerst hab ich gedacht: Was macht die Kleine nur?«

»Kannten Sie einen der Männer?« Klaudia ignorierte die *Kleine*.

Der Wirt schüttelte bedächtig den Kopf. »Das ging alles so schnell. Zack lag der eine am Boden, und den anderen hab ich nur schräg von hinten gesehen. Üble Sache. Nic ga? Aber so was kommt vor.«

»Wie bitte?« Klaudia glaubte, sich verhört zu haben, oder vielleicht lag es auch nur daran, dass sie die eingestreute sorbische Redewendung nicht verstanden hatte. Sie sollte sich wirklich ein Taschenwörterbuch zulegen.

»Na ja.« Der Wirt wischte sich wieder mit dem Geschirrtuch durchs Gesicht. »Ich sag ja nicht, dass es oft passiert. Aber immer mal wieder schon.«

»Und was genau passiert immer mal wieder schon?«, fragte Klaudia.

»Na ja, dass einer besoffen ins Fließ fällt.«

Schön wär's, dachte Klaudia. Ein Unglücksfall. So wie der tote Lkw-Fahrer, den ein Herzinfarkt hinweggerafft hatte. Aber irgendwie wusste sie, dass der Tote im Fließ kein Unglücksfall, sondern ein Mordfall war.

»War's das?« Der Wirt nickte Richtung Küche. »Sie seh'n ja, was draußen los ist.«

»Ich denke schon«, antwortete Klaudia. »Ach so. Eine Frage noch.« Nur der Vollständigkeit halber fragte sie nach dem Totenkopf-Tatoo. Aber auch das hatte der Wirt nicht gesehen.

»Wo haben Sie Ihr Tatoo stechen lassen?«

»Meins?« Der Wirt schaute auf seinen Unterarm. »In Singapur.«

»Das ist nicht gerade um die Ecke.«

»Im Winter machen wir zu, und dann reisen wir.«

»Wie schön für Sie.« Auf einmal erschien Klaudia das Leben eines Gastwirts deutlich attraktiver zu sein als noch vor wenigen Minuten. »Wo würden Sie denn hingehen, wenn Sie sich hier ein Tatoo stechen lassen würden?«

»Sie meinen so einen Totenkopf?« Der Wirt wiegte bedenklich den Kopf. »Vielleicht in Lübben hinterm Markt. Keine Ahnung. War's das?«

»Ja, danke.« Klaudia und Demel verließen den Schankraum. In der Tür wichen sie einer Kellnerin mit einem Tablett leerer Biergläser aus.

»Meinst du, sie kannten deinen Totenkopftypen?«, fragte Demel, als sie wieder beim Auto waren.

»Was meinst du?« Klaudia öffnete die Beifahrertür. Duschgelgeschwängerte Heißluft stieg ihr in die Nase. Sie wich einen Schritt zurück.

»Warte, ich stell das Gebläse an.«

»Und rauchst dir noch eine?«

»Woher weißt du das?«

»Nur so«, antwortete Klaudia nicht ganz wahrheitsgemäß. So war es früher immer gewesen, wenn sie mit Arno unterwegs gewesen war. Nur, dass sie beide eine Zigarette geraucht und ihre Eindrücke verglichen hatten. Sie schüttelte die Erinnerung aus dem Kopf und konzentrierte sich wieder auf den Fall.

»Ich glaube, sie wollen keinen Ärger«, sagte Demel und blies Rauch in den sommerblauen Himmel.

»Gut möglich«, räumte Klaudia ein. »Der Typ sah aus, als könnte er Ärger machen. Und nicht nur er.« Sie dachte an die Männer, die den Totenkopftypen begleitet hatten. Keinem davon wollte man im Dunkeln begegnen.

»Wo geht's jetzt hin?« Nach einem letzten Zug trat Demel die Kippe in den Staub.

»Wir besuchen den Gurkenkönig. Die Adresse ist …« Klaudia schaute auf ihr Smartphone und suchte die Notiz.

»Ich weiß, wo der Hof vom Rohloff ist.« Demel schob sich die Sonnenbrille über die Augen. »In und um Lübbenau gibt es kaum jemanden, den ich nicht kenne.«

8. Kapitel

Während auf dem Kopfsteinpflaster vor dem Gasthaus *Zur alten Feuerwehr* ein dicker Kater in der Sonne schlief und die Wirtin eingetrocknete Wassertropfen von den Gläsern spülte, saßen im Hinterzimmer fünf Männer um einen mit grünem Filz bezogenen Tisch herum. Vor ihnen lagen Bündel mit Banknoten und akkurat gestapelte

Chips. Zwei der Spieler trugen trotz der Hitze Kapuzenshirts, zwei andere schützten ihre Augen mit Sonnenbrillen vor dem grellen Schein der Lampe, die den Tisch ausleuchtete. Marcel trug wie immer ein gestärktes Hemd. Er fand, dass so ein Hemd, vor allem, wenn es beim Anziehen knisterte, mehr Klasse hatte als ein T-Shirt. Mit Daumen und Zeigefinger lüftete er den Stoff. Schweiß versickerte in seinem Hosenbund.

Er schaute hinauf zum Deckenventilator, der die dumpfe Hitze verquirlte, die gesättigt war mit dem Duft von Duschgel und Deospray. Über Marcels Nasenwurzel wummerte ein dumpfer Schmerz. Er holte einen Tablettenblister aus der Brusttasche des Hemdes, drückte eine Kopfschmerztablette heraus und spülte sie mit der lauwarmen Cola runter, die neben seinem Stuhl stand. Die gestrige Kombination aus Schwarzbier und Schnäpsen war Gift für ihn, aber irgendwie erinnerte er sich immer erst am nächsten Morgen daran. Für einen Moment war nur das Klackern der Chips zu hören, dann flogen die Blinds zur Tischmitte, und Spielkarten glitten über den grünen Filz.

»Fold.« Kaum hatte er die zweite Karte gesehen, schob einer der Spieler seine Hand zurück zum Dealer. Die restlichen Männer blieben im Spiel. Der Dealer zelebrierte das Aufblättern des Decks. Pik-Ass. Herz-Neun. Karo-Bube. Die Männer lehnten sich zurück, um noch einmal unter ihre Karten zu schauen. Auch Marcel tat das, obwohl er genau wusste, welche Karten er vor sich liegen hatte. Aber dieses Ritual gehörte ebenso zum Spiel wie das nervtötende Klackern mit den Chips oder Andrés Coffeetalk, mit denen sie die ABC-Spieler abzogen. Ein weiterer Spieler stieg aus, während die ersten Chips in der Mitte des Tisches landeten. Marcels iPhone summte.

»'tschuldigung.« Er wandte sich ab. »Ja? – Ja. – Okay.« Was er hörte, gefiel ihm nicht, aber er war es gewohnt zu bluffen. Während seines einsilbigen Gesprächs klackerten die anderen Spieler mit ihren Chips. Die Tür öffnete sich, und die Wirtin fragte, ob jemand etwas zu trinken wolle. Marcel drückte das Gespräch weg. Der Schmerz über seiner Nasenwurzel pochte im Rhythmus seines Pulses. Scheiße.

»Was ist mit dir?«, fragte der Dealer, der rechts von Marcel saß. »Ziehst du mit?« Seine Stimme klang ungeduldig.

Ohne nachzudenken warf Marcel Chips zur Tischmitte. »Raise.« Er legte das iPhone neben sich auf den Tisch und ballte die Hand zur Faust, um das Zittern zu unterdrücken.

Beim Turn kam eine Karo-Zwei, und auch der River bescherte ihm keine Dame. Der Pott ging an Marcels Kumpel André, der zwei Asse und zwei Neuner hielt.

»Ich brauch frische Luft.« Marcel schob den Stuhl zurück.

»Ich glaube, das brauchen wir alle.« André schob ebenfalls seinen Stuhl zurück und folgte ihm durch den leeren Schankraum in den Hof.

»Was war'n das für ein Anruf?«, fragte er.

»Nichts.« Marcel wischte sich den schweißnassen Nacken. Die Luft stand in den Gassen der Lübbenauer Altstadt, als wäre eine Käseglocke über den Spreewald gestülpt worden. Marcel sehnte sich nach dem Herbst.

»Und deshalb hast du den Gutshot geraist, was?« André hob die Augenbrauen.

»Hätte klappen können.« Marcel wusste selbst, dass seine Rechtfertigung lahm klang. Beim Pokern verrieten einen im Zweifelsfall die Karten. Vor allem, wenn André mitspielte.

»Also«, wiederholt André seine Frage. »Wer hat angerufen? Der Boss?«

Marcel schüttelte den Kopf. Noch nicht. Aber das würde noch kommen, und es würde übel werden.

»Natalia war's.« Als André die Stirn runzelte, fügte er hinzu. »Die vom *Hecht*. Es war wegen dem Polacken.«

»Ja und?« Andrés Stirnrunzeln vertiefte sich.

»Die haben ihn gefunden. Im Fließ.«

»Fuck.«

»Diese Polizeifotze war im *Hecht*.« Marcel rieb sich die Nase. Das hätte nicht passieren dürfen. Er hatte einfach zu viel gesoffen und dann hatte er diese Schlampe, die ihn vorher abserviert hatte, mit dem Polacken gesehen. Dir zeig ich's, hatte er gedacht, und das war der letzte Gedanke, an den er sich erinnerte. Danach erst mal Blackout, und dann hatte die Polizeifotze ihm ihre Dienstmarke in die Fresse gehalten. Hätte André ihn nicht zurückgehalten, säße sie jetzt wahrscheinlich beim Zahnarzt, und nicht einmal der Boss würde ihn raushauen können. Was er nicht tun würde, wie die Sache mit dem Kollegen aus Spremberg bewiesen hatte. Die Regeln waren klar. Kein Aufsehen außerhalb der Aktionen. »Die hat nach mir gefragt.«

»Fuck.« André holte ein Päckchen Tabak aus der Hosentasche und drehte sich eine Zigarette. »Die nagelt dich an den Eiern an die Wand.«

»Wenn ich sie lasse.« Marcel rieb sich die Stirn. Bluffen und sich nichts anmerken lassen. Das galt nicht nur fürs

Pokern. Schweiß perlte ihm über den Rücken. Der Polacke war tot, und die Fotze suchte ihn. Das würde dem Boss gar nicht gefallen.

9. Kapitel

Der Rohloff-Hof lag an einer der Straßen, die die Felder voneinander trennten. Rechts der Straße wuchs Mais in die Höhe, links breitete inmitten der grünen Gurkenreihen ein Gurkenflieger seine Schwenkarme wie Flügel aus. Klaudia hatte diese Anhänger, auf denen die Arbeiter von Planen geschützt in langen Reihen auf dem Bauch lagen und die Gurken pflückten, zu Beginn der Ernte das erste Mal im Einsatz gesehen. Mittlerweile hatte sie sich an den Anblick gewöhnt.

Der heiße Fahrtwind wehte über ihren Ellbogen. Der Dienstwagen rollte an Paaren vorbei, die entweder ihren Nachwuchs oder ihren Hund in Fahrradanhängern auf Auspuffhöhe mitführten.

Klaudia unterdrückte ein Gähnen und starrte schläfrig vor sich hin. Die Nacht steckte ihr noch immer in den Knochen, und nun rumorten auch noch die Käsebrötchen in ihren Eingeweiden. Da blieb kein Blut fürs Gehirn übrig. Der Asphalt flirrte in der Hitze, und über ihnen kreiste ein Milan. Ohne das Hintergrundrauschen der Autobahn wäre die ländliche Idylle perfekt gewesen. Ein Brennen unterhalb des Zwerchfells nahm Klaudia für einen Augenblick die Luft. Sie hätte das zweite Brötchen nicht essen sollen.

Demel bog ab und parkte am touristisch herausgeputzten Dorfplatz von Klein Radden. Im lichten Schatten eines Baumes luden ein Holztisch und zwei Bänke zum Rasten ein. Doch nur eine weiß gescheckte Katze nutzte das Angebot und putzte sich in der Sonne.

Klaudia stieg aus und lüftete unauffällig das verschwitzte Kleid. Wibke hatte recht gehabt. Der Hof war tatsächlich nicht zu verfehlen: Über dem Eingangstor prangte eine gekrönte Gurke, und ein Pfeil zeigte an, wo der Hofladen zu finden war. Angebot des Tages: Chiligurken. Klaudias romantische Ader zog sich beleidigt murrend zurück. Einen Gurkenhof hatte sie sich anders vorgestellt. Nicht wie ein Fabrikgelände. Der heiße Asphalt brannte unter den dünnen Sohlen ihrer Flip-Flops. Kein schattenspendender Baum weit und breit, dafür Scheinwerfer und Wellblechscheunen und ein Zwinger mit Jagdhunden, die nicht einmal die Köpfe hoben. Wahrscheinlich ein Beweis für ihre gute Erziehung. Es wäre schließlich dumm, die Kundschaft des Hofladens zu verbellen.

»Ist vor neunundachtzig eine LPG gewesen«, sagte Demel.

»Aha.« Obwohl Klaudia aus dem Westen stammte, wusste sie, dass die Abkürzung Landwirtschaftliche Produktionsgenossenschaft bedeutete. Die Staatsbetriebe der Deutschen Demokratischen Republik waren ebenso untergegangen wie der Staat, der sie gegründet hatte. »Die Rohloffs haben ihn aufgekauft und richtig viel investiert.«

»Ich hab die beiden auf dem Hechtfest gesehen.«

»Ja, sie sind sehr aktiv. Vor allem auch in der Genossenschaft.«

»Schöner Hof«, sagte Klaudia, ohne es zu meinen.

»Kann man wohl sagen.«

»Schade, dass sie keine Kinder haben.«

»Hat Wibke dir das erzählt?«, fragte Demel.

Klaudia nickte.

»Worüber Frauen so alles reden.« Demel schüttelte den Kopf.

Die Polizisten folgten den handbemalten Schildern, die Besuchern den Weg zum Hofladen wiesen. Eine der Familien, die sie gerade noch überholt hatten, war ebenfalls in die Hofeinfahrt eingebogen und radelte nun an ihnen vorbei. Während die Eltern stur geradeaus blickten, schaute sich ihr Nachwuchs neugierig nach ihnen um und geriet ins Schlingern.

»Ganz schön riesig alles.« Klaudia blieb stehen. In den offenen Stallungen standen Geräte und Maschinen, deren Namen sie nicht einmal kannte. Zwei Hallen waren mit Rolltoren verschlossen, die in der Sonne glänzten. An einem war ein weiteres Hinweisschild angebracht. Weiter hinten am Waldsaum standen Baracken. Irgendwo dudelte Schlagermusik.

Der Eingang des Hofladens sah aus wie ein überdimensioniertes Gurkenfass, und im Laden war es angenehm kühl. Ein Glöckchen bimmelte, als Klaudia die Tür öffnete. Sofort fühlte sie sich in ihre Kindheit zurückversetzt. Der Verkaufsraum sah aus wie der Laden an der Ecke, in den ihre Mutter sie immer geschickt hatte, wenn sie etwas vergessen hatte. Eine umlaufende Verkaufstheke, auf der Körbe, eine altmodische Waage und sogar eine Registrierkasse mit Kurbel standen. Selbst ein Bonbonglas gab es, das das kleine Mädchen der Radfahrerfamilie zielstrebig ansteuerte. Ansonsten war das Angebot des Hofladens deutlich gurkenlastiger als bei Tante Edith an der Ecke, und hinter der Theke stand auch keine ältere Frau mit hellgrauer Betondauerwelle und weißer Kittelschürze, sondern eine Spreewaldbäuerin mit ausladender Haube und bestickter Bluse. Auch wenn sie heute nicht die klassische Kombi der guterhaltenen Mittdreißigerin trug, erkannte Klaudia die Blondine, die am Anleger mit Wibke gestritten hatte. Anja Rohloff runzelte die Stirn, als sie Demel sah. »Was ist los, Peter?«

»Ist Ihr Mann zu sprechen?«, fragte Klaudia.

Das kleine Mädchen, das gerade noch sehnsüchtig zu den Kirschlutschern hinaufgeschaut hatte, drehte sich um und starrte sie mit offenem Mund an. Seine Eltern beobachteten das Geschehen deutlich unauffälliger, aber nicht weniger neugierig.

»Nein. Er ist nicht da. Er ist beim Gurkenverband.« Frau Rohloffs Blick wanderte von Klaudia zu ihren neugierig starrenden Kunden und wieder zu Klaudia zurück. »Kann ich Ihnen vielleicht helfen?«

»Vielleicht. Aber bedienen Sie ruhig zuerst.« Klaudia zwinkerte dem kleinen Mädchen zu. Nachdem die Familie mit frischen Möhren und Gurken zum Einlegen versorgt war, öffnete Anja Rohloff eine Klappe am Tresen und trat zu ihnen. Ihre gestärkten Röcke raschelten bei jedem Schritt.

»Mein Name ist Wagner«, stellte Klaudia sich vor. »Kripo Lübben.«

»Kripo?« Frau Rohloffs zart geschwungene Augenbrauen wanderten in die Höhe. »Hat einer unserer Arbeiter was ausgefressen?«

»Passiert das häufiger?«

»Eher nicht.« Frau Rohloff schob sich eine Haarsträhne

unter die Haube und musterte Klaudia. »Wir passen schon auf, wen wir einstellen.« Sie stockte. »Waren Sie nicht gestern mit Wibke auf dem Hechtfest?«

Klaudia ignorierte die Frage. »Wir ermitteln in einem ungeklärten Todesfall.«

»Wie schrecklich.« Frau Rohloff legte die Hand auf die Brust.

»Der Tote ist ein junger Mann, vielleicht Anfang bis Mitte zwanzig. Dunkelhaarig.«

»So sehen viele unserer Arbeiter aus«, sagte Frau Rohloff. »Die meisten sind jung. Die Arbeit auf den Gurkenfliegern ist anstrengend.«

»Vielleicht kennen Sie ihn ja.« Klaudia wischte über das Display ihres Smartphones und reichte es der Frau.

Lange starrte Frau Rohloff auf das Bild. »Ist er …« Sie biss sich auf die Unterlippe. »… ertrunken?« Sie schaute zu Demel.

»Das können wir zum jetzigen Zeitpunkt nicht beantworten«, erwiderte Klaudia. »Kennen Sie ihn?«

»Ich weiß nicht.« Anja Rohloff beugte sich vor, um besser sehen zu können. »Er sieht so fremd aus. Aber es könnte Vlad sein«, sagte sie wieder an Demel gewandt. »Er hat in der letzten Saison für uns gearbeitet.«

»In dieser nicht?«, fragte Klaudia. Sie fand es anstrengend, die Aufmerksamkeit der Frau auf sich zu fokussieren.

»Wir hatten keine Verwendung für ihn.« Anja Rohloff zuckte mit den Achseln.

»Weißt du, auf welchem Hof er dieses Jahr ist?«, fragte Demel.

»Ich glaube, bei Thomas.«

»Thomas Asche?«

Offensichtlich hatte Demel nicht gelogen, als er behauptet hatte, fast jeden Lübbenauer zu kennen.

»Ja.« Frau Rohloff gab Klaudia das Smartphone zurück. Sie wischte sich die Hände an der Schürze ab. Dann schaute sie stirnrunzelnd auf. »Aber warum wollen Sie deshalb mit meinem Mann sprechen?«

»Wann haben Sie diesen Vlad das letzte Mal gesehen?«

»Ich glaube ...« Anja Rohloff runzelte nachdenklich die Stirn. »Ja. Auf dem Hechtfest. Aber Sie haben meine Frage nicht beantwortet.« Ihre Lippen wurden ganz schmal und weiß. So wie es aussah, war Anja Rohloff entschlossen, kein Wort mehr zu sagen, bevor ihre Frage nicht beantwortet war.

»Beim Hechtfest hat es eine Schlägerei gegeben«, sagte Demel.

»Ja. Davon hab ich gehört. Und? Was hat Marco damit zu tun?«

»Er hat mit einem Mädchen getanzt, das uns möglicherweise mehr über den Streit erzählen könnte«, übernahm Klaudia wieder den Faden. Sie ließ die Frau nicht aus den Augen.

»Wer sagt das?«, fuhr Frau Rohloff auf. Ihre Augen blitzten Klaudia wütend an.

Jetzt habe ich deine Aufmerksamkeit, dachte Klaudia und sagte: »Ich.«

»Oh.« Frau Rohloffs Schultern sackten nach vorn, und sie krauste die Stirn. »Das muss Julia gewesen sein«, sagte sie schließlich.

»Und wo finde ich diese Julia?«, fragte Klaudia.

»Auch bei Asche. Sie ist seine Tochter. Dass die sich mit einem Fremdarbeiter einlässt.« Der Satz endete mit einem Zungenschnalzen.

»Also der gleiche Bauer, für den Vlad gearbeitet hat?«

»Ja.«

»Wenn dieser Vlad für euch gearbeitet hat«, mischte sich Demel wieder ins Gespräch, »dann hast du doch bestimmt seine Adresse.«

»Ja, schon.« Unschlüssig schaute Frau Rohloff zur Tür. Es war offensichtlich, dass sie den Laden nicht verlassen mochte.

»Ich pass solange auf.« Demel nickte ihr zu.

»Ja dann.« Mit einer Handbewegung lud sie Klaudia ein, ihr zu folgen.

»Wir kopieren die Pässe«, erklärte sie auf dem Weg zum Haupthaus. »Wir brauchen die Sachen ja für die Gewerbeaufsicht.«

»Danke für Ihre Hilfe.« Klaudia ärgerte sich, dass sie nicht selbst auf die Idee gekommen war, nach den Kontaktdaten zu fragen. Wahrscheinlich waren ihre Vorstellungen von der Landwirtschaft einfach zu romantisch für die Wirklichkeit.

Das Büro, in das Frau Rohloff sie führte, hatte den Charme eines herrschaftlichen Jagdzimmers. Obwohl das Fenster weit geöffnet war, roch es nach kaltem Zigarettenrauch. Der Schreibtisch war aus dunkler Eiche mit Goldbeschlägen. An den Wänden hingen Ölschinken, die Jagdszenen zeigten, und zwischen den Fenstern ein Geweih, an dem ein Jagdhut zustaubte. In einer Ecke neben einer zweiten Tür, die wahrscheinlich in die Wohnräume führte, stand ein wuchtiger Waffentresor.

Das einzig Moderne in dem Raum waren der ergonomische Drehstuhl und der Flachbildschirm. Obwohl der Bildschirm schwarz war, sirrte der Computer. Auch hier herrschte keine Sonntagsruhe.

»Ihr Mann ist Jäger?«, fragte Klaudia.

»Alle Bauern sind Jäger.« Frau Rohloffs Stimme hatte sich verändert. Sie sprach weniger hoch und weniger affektiert. Jetzt, wo kein männliches Wesen in der Nähe war, wirkte sie sehr viel umgänglicher. »Hier auf dem Land gehört das halt dazu.« Sie setzte sich auf den Drehstuhl. Mit ihren weiten Röcken, der mit filigraner Häkelspitze gesäumten Schürze und der ausladenden Haube passte sie eher hinter einen Spinnrocken als hinter einen Computerbildschirm, aber die Bäuerin wusste mit der Technik umzugehen. Nach ein paar Klicks spuckte der Drucker surrend ein Datenblatt mit der Kopie eines Ausweises und tabellarischen Auflistungen aus, die sich auf die letzten vier Jahre bezogen.

Vlad Albu, las Klaudia, geboren 1989. Hoffnungsfroh blickte der Junge ihr von dem blassen Schwarzweißfoto entgegen. Er hatte sich herausgeputzt für dieses wichtige Foto, trug Anzug und Krawatte. In seinen Mundwinkeln zitterte ein Lächeln. Und jetzt war er tot. Gerade mal 24 Jahre alt war er geworden.

»Kann ich sonst noch was für Sie tun?« Frau Rohloffs Stimme holte Klaudia zurück in die Wirklichkeit.

»Danke.« Sie faltete das Datenblatt und schob es in ihren Rucksack.

»Sie sind nicht von hier, oder?« Frau Rohloffs ausladende Haube bekam eine bedenkliche Schlagseite, während ihre Trägerin Klaudia musterte. »Sie sind doch …« Der Satz hing in der Luft wie der kalte Rauch.

Unter Klaudias Zwerchfell ballte sich eine Faust. Die Wände des Raumes rückten zusammen, und plötzlich war da nicht mehr genug Luft, um ihre Lungen zu füllen. Sie hätte damit rechnen müssen. Natürlich war die Sache mit Joe in der Presse gewesen, und auch wenn die Kollegen von der Pressestelle es geschafft hatten, ihr Bild aus der Öffentlichkeit herauszuhalten, wusste Frau Rohloff, dass Klaudia die Frau vom Haus am Fließ war. Die Frau, die ihren Kollegen erschossen hatte.

»Es muss schrecklich gewesen sein.« Frau Rohloff räusperte sich.

Klaudia schaffte es noch zu nicken, dann verließ sie fluchtartig das Büro.

10. Kapitel

Demel stand vor dem Gurkenfassladen und rauchte. Klaudia atmete tief die nach Zigarettenrauch und Diesel riechende Luft ein. Mit jedem Atemzug löste sich der Knoten unterhalb ihres Zwerchfells mehr. Nur mit Mühe widerstand sie dem Impuls, den Kollegen um eine Zigarette anzuschnorren.

»Und weiter geht's.« Eingehüllt von Demels Zigarettenrauch verließ Klaudia das Gelände. Mit jedem Schritt fühlte sie sich leichter. Sie hatte überlebt. Das war das Einzige, was zählte, und sie würde einen Teufel tun, sich für den Rest ihres Lebens vor der Vergangenheit zu fürchten.

»Danke, dass du nach dem Ausweis gefragt hast.« Das Zugeständnis fiel ihr nicht leicht, andererseits musste sie anerkennen, dass Demel sich wirklich Mühe gab. Vielleicht sollte sie das auch tun. Immerhin hatten sie einen Fall zu lösen. »Bist du etwa auch vom Hof?«

»Wieso auch?«

Klaudia erzählte ihm von Wibke, allerdings ließ sie den Teil mit der Alkoholsucht des Vaters aus.

»Nein, mein Alter hat im Kraftwerk gearbeitet. Er hat's noch mit abgewickelt.«

Klaudia runzelte die Stirn. Etwas in Demels Tonfall irritierte sie, und sie fragte sich, ob das jetzt so eine Ost-West-Sache würde.

»Das ist tragisch«, sagte sie schließlich, weil ihr nichts Besseres einfiel.

Aber Demel vertiefte das Thema nicht. »Ich kenn das Procedere mit den Ausweisen noch aus meiner Zeit bei der uniformierten Truppe«, sagte er.

»Ah ja.« Klaudia nickte. Solche Einsätze kannte sie aus eigener Anschauung, nur hatten sie im Ruhrgebiet eher Baustellen auf der Suche nach Schwarzarbeitern abgeklappert. Das Smartphone vibrierte an ihrem Rücken, und einen Augenblick später keckerte es aus ihrem Rucksack. Ächzend ließ sie ihn von den Schultern gleiten. »Nicht schon wieder.«

»Ein Verehrer?«, fragte Demel. »Oh.« Er sog hektisch an seiner Zigarette. »Das hätte ich …«

»Ist schon gut.« Klaudia visualisierte ein Stoppschild, um ihre aufsteigende Panik zu bremsen. So viel zum Thema: Ich werde mich nicht den Rest meines Lebens fürchten. Sie konnte nicht bei jeder unpassenden Bemerkung zusammenzucken, als hätte man sie geschlagen. »Es ist Thang.«

»Der Bruchpilot?«

»Ja.« Endlich ertasteten ihre Finger das Handy. »Was gibt's?« Mittlerweile hatten sie den Streifenwagen erreicht. Klaudia wandte sich ab und ging hinüber zur Sitzgruppe. Misstrauisch hob die auf dem warmen Holztisch liegende Katze den Kopf. Dann richtete sie sich mit einer Gleichmütigkeit auf, zu der nur Katzen in der Lage sind, streckte sich und sprang vom Tisch.

»Von eurem Toten kursieren Fotos im Netz.«

»War ja klar.« Klaudia erzählte Thang von dem fotografierwütigen Zeugen.

»Arschloch.«

»So ist das halt heutzutage. Irgendwo passiert etwas, und irgendwer hält die Kamera drauf.«

»Habt ihr schon einen Namen?«

»Jepp. Name, Adresse, Impfausweis.«

»Ich geh dir auf die Nerven, was?«

»Thang.« Klaudia verdrehte die Augen. »Du bist krankgeschrieben.«

»Mir fällt die Decke auf den Kopf.«

»Mach dir einen schönen Tag mit deiner Frau. Setzt euch auf den Balkon. Grillt. Trinkt ein Gläschen Wein.« Klaudia dachte an all die Dinge, die sie und Arno miteinander gemacht hatten.

»Wir haben keinen Balkon.«

»Das ist wirklich tragisch bei dem Wetter. Ich würde dir ja gerne Gesellschaft leisten, aber ich hab Bereitschaftsdienst und eine Leiche.«

»Was hast du bisher?« So schnell ließ Thang nicht locker.

»Okay. Weil du es bist.« Klaudia erzählte ihm, was sie bereits wussten. Währenddessen wartete Demel am Streifenwagen und telefonierte ebenfalls. Er hatte sein Notizbuch auf den Kühler des Wagens gelegt und machte sich Notizen.

»Ich muss Schluss machen«, sagte Klaudia, die neugierig war und wissen wollte, mit wem Demel sprach. »Vielleicht komm ich dich mal besuchen und bring dir die Akten vorbei.«

»An deiner Stelle würde ich mich mal in Nazikreisen umhören.«

»Auch eine Variante.«

Klaudia klang wohl nicht sehr überzeugt, denn Thang erinnerte sie prompt an den Typen aus Spremberg, der kürzlich verknackt worden war.

»Aber das war doch nur ein kleines Licht.«

»Glaub mir, da steckt mehr dahinter«, prophezeite Thang. Wahrscheinlich hatte er als Halbvietnamese einen anderen Blick auf die Rechten.

»Man sieht sich.« Klaudia drückte das Gespräch weg, bevor er ihr wieder seinen Vortrag über die *Widerstandsbewegung Südbrandenburg*, die zwar verboten aber immer noch aktiv war, halten konnte. Sie schlenderte hinüber zu Demel, der ebenfalls sein Telefonat beendete.

»Der Ärmste«, sagte sie. »Er langweilt sich.«

»Dumme Sache.«

»Und mit wem hast du telefoniert?«

»Demeter-Anders wollte wissen, wie weit wir sind.«

»Demeter-Anders?«

»Ja. Sie ist die zuständige Staatsanwältin.«

»Warum ruft sie nicht mich an?«

»Keine Ahnung. Vielleicht war besetzt? Oder hast du Probleme mit ihr?«

»Nein, natürlich nicht.« Klaudia erinnerte sich an ihre erste und bisher einzige Begegnung mit der Staatsanwältin. Ich mag sie nur nicht, dachte sie, sprach den Gedanken aber nicht aus. Demeter-Anders war ihr zu taff, zu selbstsicher. Zu sehr wie sie selbst. Sie waren beide Alphaweibchen, die gelernt hatten, sich in einer männlichen Welt zu behaupten. »Könntest du das Datenblatt fotografieren und nach KW schicken?«

»Nicht ganz der Dienstweg, oder?« Demel schmunzelte.

»Wenn du damit ein Problem hast, schick ich es von meinem Handy.«

»Kein Thema, ich mach's.«

Klaudia kramte das Datenblatt aus dem Rucksack und legte es auf den Kühler, damit Demel es fotografieren konnte. »Meinst du, die könnten sich auch um die Benachrichtigung der Angehörigen kümmern?« Sie stopfte den Zettel zurück in ihren Rucksack. Sie musste unbedingt daran denken, ihn später zur Akte zu geben.

»Warum nicht.« Demel steckte sein Handy ein und klemmte sich hinters Lenkrad. Während Klaudia um den Streifenwagen herumging, lüftete sie mit dem Daumen den BH-Verschluss, der sich in ihre schweißfeuchte Haut drückte.

Arbeiten, wo andere Urlaub machten, hatte durchaus auch Nachteile.

11. Kapitel

Der zweite Gurkenhof, den sie anfuhren, ähnelte eher Klaudias Vorstellungen von Landwirtschaft im Spreewald. Er lag am Ende eines staubigen Weges, der an Feldern und idyllischen Weihern vorbeiführte. Klapprige Holzbrücken spannten sich über Fließe, und hinter dem

Hof begann der Wald. In einem Zwinger bellte ein Schäferhund. Aufgeregt rannte er hin und her. An diesen Ort, kurz vor dem Nirgendwo, verirrten sich nicht einmal mehr Touristen. Die Luft duftete nach Wiese und Sommeräpfeln, und die Sonne malte Tupfen in den Staub. Schwalben jagten über das Kopfsteinpflaster und verschwanden unter den Dachfirsten der verwitterten Stallungen.

»Biobauern«, brummte Demel.

»So wie du das sagst, klingt es wie ein Schimpfwort.«

»Nach dem Tod vom alten Asche hat der Sohn den Hof übernommen. Ist aus Berlin.«

»Wibke hat's mir erzählt. Kennst du ihn auch aus deiner Jugend?«

»Nein.«

»Und trotzdem schüttelst du das alles so aus dem Ärmel?«

»Ich war früher schon mal mit dem Zoll hier.« Demel kratzte sich den Nacken, und Klaudia hob skeptisch die Augenbrauen.

»Erwischt.« Demel hob die Arme, als ergebe er sich. »Ich hab 'nen Kollegen von früher gefragt, als ich auf dich gewartet habe. Frank ist ein wandelndes Spreewaldlexikon.«

»So wie Schiebschick?«

»Ungefähr, nur nicht so geschwätzig.«

»Und was sagt dieser Frank sonst noch?«

»Verheiratet, drei Kinder. Zwei Jungens und diese Julia, die aber nicht hier gemeldet ist. Studiert wohl in Berlin.

»Und er hat bis vor zwei Jahren in der IT-Branche gearbeitet«, ergänzte Klaudia.

»Woher weißt du das denn?«

»Auch ich habe meine Kontakte.« Klaudia genoss den verwirrten Blick des Kollegen, klärte ihn dann aber doch auf. »Wibke kennt ihn von früher. Hat der Kollege sonst noch etwas gesagt?« Sie war neugierig, was dieser Frank sonst noch wusste.

»Er soll nicht ganz astrein sein. Man munkelt von Schmiergeldzahlungen.«

»Schmiergeld?«

»Genaueres wusste Frank auch nicht. Wie gesagt, es sind alles nur Gerüchte. Die Leute reden halt.«

»Vielleicht sind sie auch nur neidisch, weil sich Bio lohnt.«

»Vielleicht.« Die Daumen locker im Gürtel eingehängt, schaute Demel sich um. »Vielleicht hat er aber doch jemanden geschmiert.«

»Hat er nicht, Herr Wachtmeister«, ertönte eine Frauenstimme. »Wo ist Ihre Uniform geblieben?«

Klaudia schaute in die Richtung, aus der die Stimme kam. Mit einem Korb über dem Arm kam eine Frau aus einem Drahtverhau neben der Scheune, in dem Hühner im Staub pickten. Mit Kopftuch und Gummistiefeln sah sie aus wie eine Bäuerin in einem Wimmelbilderbuch.

»Das ist die Mutter des Bauern«, flüsterte Demel, dann fügte er laut und an die Bäuerin gewandt hinzu: »Die trag ich schon ein paar Jahre nicht mehr. Ist mir zu eng geworden.« Er klopfte sich auf seinen flachen Magen.

Klaudia verdrehte die Augen: Demel konnte die dummen Sprüche einfach nicht lassen.

»Sie sind also inkognito hier. Aber so schlecht sind meine Augen noch nicht, dass ich Sie nicht trotzdem erkenne.«

Einen guten Eindruck scheint Demel ja nicht hinterlassen zu haben, dachte Klaudia. Warum wundert mich das nur nicht. Die Bäuerin war mindestens so angriffslustig wie der Wachhund, der immer noch kläffte.

»Wir beschäftigen keine Illegalen, und wir haben auch niemanden bestochen. Für beides fehlt es uns an Geld.« Sie streckte das Kinn vor. »Kusch«, rief sie, und der Hund verstummte.

Klaudia verfluchte Demel innerlich. Er hätte ruhig etwas leiser sprechen können. Aber sie wusste schließlich aus eigener leidvoller Erfahrung, dass Demel dazu neigte, mit Anlauf ins Fettnäpfchen zu springen.

»Sie können gerne nachschauen.«

»Das wird nicht nötig sein. Ich bin nicht vom Zoll.« Klaudia fand es an der Zeit, beruhigend auf die Frau einzuwirken.

»Sind Sie nicht?« Die Bäuerin musterte Klaudia kritisch.

»Nein, Kripo Lübben.«

»Oh mein Gott.« Die Bäuerin griff sich an die Kehle. Vergessen war ihr Zorn auf Demel.

»Er hat's getan.«

Knurrend, als spüre er die Panik seines Frauchens, kratzte der Wachhund am Gitter.

»Wer hat was getan, Frau …?«

»Asche«, antwortete die Bäuerin mechanisch. »Wenn Sie nicht …? Oh mein Gott! Ist was mit Thomas? Hatten sie einen Unfall?«

»Ich weiß von keinem Unfall«, beruhigte Klaudia die Bäuerin. »Aber wollen Sie mir nicht sagen, wer was getan hat?«

»Eigentlich nicht«, antwortete die Bäuerin zerknirscht. »Aber muss ich jetzt wohl.« Sie wechselte den Eierkorb vom rechten auf den linken Arm und schien nicht so recht zu wissen, wie sie fortfahren sollte. »Aber kommen Sie erst mal aus der Hitze.« Sie ging an ihnen vorbei zum Wohnhaus. »Es macht Ihnen doch nichts aus, wenn wir durch den Stall gehen?«

»Nein, natürlich nicht.«

Klaudia und Demel folgten Frau Asche durch eine niedrige Tür in den Stall. Überrascht schaute Klaudia sich um. Sie hatte alles erwartet, aber nicht, dass hinter der idyllischen Hoffassade eine moderne Produktionsstraße aufgebaut war. Scharfer Essiggeruch biss ihr in die Nasenschleimhaut.

»Hier verarbeiten wir die Gurken. Sortieren, waschen, einlegen«, erklärte die Bäuerin. »Wir vermarkten selbst. Übers Internet und auf Märkten. Meine Schwiegertochter kümmert sich darum. Wir haben unser eigenes Rezept.«

»Ah ja«, sagte Klaudia. Sie wusste, dass die Bäuerin ihre Unsicherheit mit dieser Flut an Worten kompensierte. Vielleicht hoffte sie sogar, dass sie vergessen würden, was ihr im ersten Schreck entschlüpft war. Aber da irrte sie sich.

»Früher hatten wir Milchvieh«, fuhr die Bäuerin fort. »Aber das lohnt nicht mehr.«

»Interessant.« Klaudia schaute sich weiter im Stall um. Staub tanzte in einem Sonnenstrahl, der durch ein Oberlicht hereinschien. Nichts erinnerte mehr an früher. Oder fast nichts. Eine der Wände war mit bunten Kinderbildern bemalt. Rotbackige Äpfel hingen an Bäumen mit krakeligen Ästen. Ein hochfrequentes Sirren, das sie sich nicht erklären konnte, ließ sie zusammenfahren. Sie unterdrückte den Impuls, sich ans kranke Ohr zu greifen.

»Moment bitte.« Die Bäuerin stellte den Korb auf eine Anrichte und stieg von ihren Gummistiefeln in Gesundheitssandalen um. Dann nahm sie den Korb wieder auf und öffnete eine weitere Tür. Sie folgten ihr durch einen schmalen Flur, der zur Küche führte. Im Durchgang lief eine Waschmaschine im Schleuderprogramm. Sofort entspannten sich Klaudias Schultern. Ihr krankes Ohr war also nicht für das Sirren verantwortlich. Sie fragte sich, ob sie sich je wieder selbst trauen würde.

»Nehmen Sie doch Platz.« In der Küche stellte die Bäuerin den Korb auf einen Holztisch im Zentrum des Raumes, der von einem Sammelsurium unterschiedlicher Stühle umstellt war.

Klaudia folgte ihrer Aufforderung und setzte sich an die Längsseite des Tisches. Die Küche war so groß wie ihre Einliegerwohnung und verfügte über mehr technische Geräte, als sie jemals benutzt hatte. Trotzdem wirkte sie heimelig. Man konnte sich gut vorstellen, die Ellbogen auf den Tisch zu legen und Suppe zu schlürfen. Auch hier roch es nach Essig, wie wahrscheinlich im ganzen Haus. Doch es duftete auch nach gebratenem Speck. In dieser Küche wurde richtig gekocht und auch richtig gegessen. Es war eindeutig keine Küche, in der nur Fertiggerichte in der Mikrowelle aufgewärmt wurden, die dann gedankenlos vor dem Fernseher verzehrt wurden. Im Gegensatz zu Demel, der entspannt die Beine ausstreckte, fühlte sich Klaudia fehl am Platz.

»Möchten Sie was trinken?« Frau Asche trat an einen geräumigen Kühlschrank.

»Danke nein«, wehrte Klaudia ab, und auch Demel schüttelte den Kopf.

»Die müssen in die Kühlung«, erklärte die Bäuerin und fing an, die Eier einzuräumen. Offensichtlich wollte sie immer noch Zeit gewinnen. Aber nun hatte Klaudia lange genug gewartet. Sie wollte wissen, was Frau Asche befürchtet hatte, bevor sie ihr von dem toten Jungen erzählte.

»Wer hat was getan, Frau Asche?«, fragte sie.

»Ich weiß das gar nicht so genau.« Die Bäuerin starrte in den Kühlschrank, als läge die Antwort zwischen Margarine und Käsedose. »Der Thomas hat wohl einen Brief gekriegt. Jemand hat geschrieben, dass er Nadeln in unsere Gurken steckt, wenn der Thomas ihm nicht Geld gibt.«

»Und?«, fragte Klaudia. »Hat Ihr Sohn gezahlt?«

»Ich hab ihm gesagt, er soll zur Polizei gehen. Aber das hat er nicht gewollt. Das ist ein dummer Jungenstreich, hat er gesagt.«

»Er hat also nicht gezahlt?«, vergewisserte sich Klaudia. »Und ist wahrscheinlich auch nicht zur Polizei gegangen?«

»Aber ich hab's ihm gesagt.« Hastig schaute Frau Asche zu Demel. »Uns glaubt doch sowieso keiner«, hat er gesagt. »Die denken doch eh schon, dass wir Dreck am Stecken haben. Außerdem können wir zumachen, wenn sich das rumspricht.«

»Ich verstehe«, sagte Klaudia. Für einen Selbstvermarkter wie Thomas Asche konnte so etwas tatsächlich den Ruin bedeuten. »Und deshalb haben Sie befürchtet, dass der Erpresser zugeschlagen haben könnte.« Sie fragte sich, ob es Zufall war, dass der Tote ausgerechnet hier gearbeitet hatte.

Frau Asche nickte. »Thomas wird das gar nicht recht sein, dass ich es Ihnen erzählt habe.« Wieder schaute sie hastig zu Demel. »Aber ...« Frau Asche drehte ein braungesprenkeltes Ei zwischen den Fingern. »Wenn es nicht wegen der Gurken ist und auch kein Unfall: Warum sind Sie dann hier?«

»Es geht um einen Ihrer Arbeiter.«

»Vlad?«

»Wieso fragen Sie gerade nach ihm?«

»Keine Ahnung.« Frau Asche zuckte mit den Schultern und legte das Ei in den Kühlschrank. »Er ist wohl der Typ dafür.«

»Und trotzdem haben Sie ihn eingestellt?«

»Was hat er denn ausgefressen?« Frau Asche nahm ein weiteres Ei aus dem Korb.

»Er ist tot«, antwortete Klaudia.

»Tot?« Frau Asche zerdrückte das Ei in der Hand. Sie bemerkte es nicht einmal. »Mein Gott. Wie ist das passiert?«

»Das wissen wir noch nicht. Seine Leiche trieb heute Morgen im Fließ.«

»Wie schrecklich.« Frau Asche starrte auf ihre Hand, von der zäh Eigelb tropfte.

»Haben Sie ihn nicht vermisst?«

»Er war nicht beim Frühstück.« Frau Asche riss Papier von einer Küchenrolle und wischte das Ei vom Boden auf.

»Und das war nicht außergewöhnlich?«

»Nein. Da denkt man sich doch nichts bei.« Mit einem leisen Ächzen richtete sich Frau Asche auf und warf das Tuch in einen Komposteimer. »Der Vlad hat öfter mal woanders geschlafen. Er war so einer. Wenn Sie wissen, was ich meine.«

Ja, dachte Klaudia und hatte das Bild des hingebungsvoll tanzenden Jungen vor Augen. So einer war er.

»Dabei hatte er ein nettes Mädchen hier.«

Dass die sich mit einem Fremdarbeiter einlässt. Klaudia dachte an Frau Rohloffs abfälliges Zungenschnalzen.

»Aber ihr Bruder hat das gar nicht gerne gesehen«, sagte Frau Asche in ihre Gedanken hinein.

»Welcher Bruder?«

»Na der von dem Mädchen. Der Dorin. Dorin und Dorina heißen die beiden. Klingt wie Paul und Paula, nicht wahr? Manche Eltern sind so verrückt. Aber ...« Frau Asche schloss die Kühlschranktür und setzte sich zu den Polizisten an den Tisch. Ihr Gesicht war blass, und ihre Stimme zitterte. »Sie glauben doch nicht etwa, dass der Dorin ...?« Sie verstummte kopfschüttelnd. »Das kann ich mir nicht vorstellen«, sagte sie schließlich. »Das ist ein ganz Netter. Der studiert.«

»Könnte ich mit ihm sprechen?«, fragte Klaudia. »Und natürlich auch mit seiner Schwester?«, fügte sie schnell hinzu.

»Ich weiß nicht.« Frau Asche schaute auf ihre Hände.

Es waren gute Hände, dachte Klaudia. Hände, die zupacken konnten, und Hände, die Trost spendeten. Ein schmaler goldener Reif zierte den Ringfinger der rechten Hand. Gedankenverloren griff Frau Asche danach und drehte ihn. »Ist ja Sonntag. Da machen sie oft Ausflüge. Obwohl, Dorina war auch nicht beim Frühstück. Migräne, hat Gabriella gesagt.«

»Wer ist Gabriella?« So langsam verwirrten Klaudia die vielen Namen.

»Auch eine Erntehelferin.« Frau Asche schaute auf. »Sie kommt schon im vierten Jahr zu uns.«

Ein Gedanke wie der Flügelschlag eines Schmetterlings streifte Klaudia. Bevor sie ihn greifen konnte, war er schon wieder verschwunden.

»Frühstücken Sie immer mit den Erntehelfern?« Klaudia tippte Dorina und ein Fragezeichen in ihr Smartphone.

»Nur sonntags«, antwortete Frau Asche. »Ich finde es nett, und die jungen Leute arbeiten ja auch viel.«

»Ich verstehe«, sagte Klaudia, und das tat sie wirklich. Frau Asche war wie ihre Stiefmutter. Sie hatte ein übergroßes Herz für junge Menschen aus aller Welt. Bei Klaudia zu Hause waren es Gastschüler gewesen, hier waren es Saisonarbeiter. Dieser Hof war wirklich die Spreewaldversion von Bullerbü. Doch die Idylle war in Gefahr. Vielleicht war das der Schlüssel?

»Wann könnte ich Ihren Sohn sprechen?« Und nicht nur wegen der Gurken, dachte Klaudia.

»Also heute nicht. Die sind in Berlin«, sagte Frau Asche.

»Wer sind die?«, hakte Klaudia nach.

»Na, Thomas und Sandra, das ist meine Schwiegertochter, und die Jungens, Jan und Patrick, ja und Julia. Das ist die Große.«

»Wann sind sie losgefahren?«, fragte Demel.

»Gleich nach dem Frühstück. Mein Gott.« Frau Asche schüttelte den Kopf. »So ein hübscher Bengel und immer fröhlich.«

Hübsch hätte Klaudia ebenfalls sofort unterschrieben, aber gestern Abend war der Junge bestimmt nicht fröhlich gewesen.

»War es ein Unfall?«

»Das können wir noch nicht sagen«, antwortete Klaudia. »Wir würden gerne seine Sachen sehen.«

»Ja, natürlich.« Frau Asche nickte, stand aber nicht auf. »Er war so jung.«

»Kannten Sie ihn gut?«

»Nicht sehr.« Die Bäuerin kramte ein Taschentuch aus ihrer Hosentasche. »Gabriella hat ihn mitgebracht. Wir verlassen uns da ganz auf sie.«

»Mochte Ihre Enkeltochter ihn?«

»Julia?« Frau Asche runzelte verwirrt die Stirn. »Warum sollte sie? »

»Aber die beiden kannten sich doch, oder?«

»Ja, schon. Julia ist zur Ernte hier. Sonst lebt sie in Berlin. Sie studiert da. Sie glauben doch nicht … Nein.« Die Bäuerin schüttelte den Kopf. »Unsere Julia hat doch einen Freund.«

»War der gestern auch auf dem Hechtfest?«

»Nein, der ist ja nicht hier. Er lebt mit Julia in Berlin. In einer WG. Julia ist ja auch nur in ihren Semesterferien hier. Thomas hat gesagt: Warum soll sie in Berlin kellnern, wenn sie hier ihr Geld fürs Studium verdienen kann. Sie …« Frau Asches Redestrom versiegte abrupt. Auf einmal schien ihr wieder bewusst zu werden, dass sie mit der Polizei sprach. »Aber warum fragen Sie das?« Ihre Stimme schraubte sich in die Höhe. »Was hat denn unsere Julia mit dem toten Jungen zu schaffen?«

»Es hat eine Schlägerei gegeben.« Klaudia beobachtete die Bäuerin bei diesen Worten. Hatte sie davon gehört? Wusste sie mehr, als sie zugeben wollte? »Auf dem Hechtfest.«

»Wegen Julia?« Die Stimme der Bäuerin klang, als sei eine Schlägerei wegen ihrer Enkelin das Letzte, was sie sich vorstellen konnte.

»Vielleicht«, antwortete Klaudia. Sie versuchte sich an die Wortfetzen zu erinnern, die sie mitgehört hatte, bevor Vlad zu Boden gegangen war. Hatte es so geklungen, als würden sich Julia und der Totenkopftyp kennen?

Vielleicht sogar gut kennen? »Das wissen wir nicht«, sagte sie wahrheitsgemäß. »Deshalb würden wir gerne mit allen sprechen, die gestern Abend auf dem Hechtfest gewesen sind. Was meinen Sie? Wann kommen sie denn aus Berlin zurück?«

»Heute Abend denke ich.«

»Es wäre schön, wenn Ihr Sohn und Ihre Enkeltochter morgen auf dem Revier in Lübben vorsprechen.« Klaudia holte eine Visitenkarte aus der Seitentasche ihres Rucksacks und legte sie auf den Tisch. »Und jetzt würden wir gerne die Sachen des Verstorbenen sehen«, erinnerte sie die Bäuerin an den zweiten Grund ihrer Anwesenheit. »Und vielleicht mit den Erntehelfern reden.«

»Ach so, ja. Natürlich.« Frau Asches Stuhl scharrte über die Dielen. »Ich mag gar nicht an die arme Familie denken.« Sie schaffte es immer noch nicht aufzustehen. »So sein Kind zu verlieren.«

Für einen Moment fror Klaudia. Sie wusste nicht warum, aber sie musste an die alte Frau Nowak denken. Vielleicht lag es daran, dass Frau Asche eine feine Frau war, die sich um ihre Familie sorgte, wie die alte Frau Nowak es getan hatte, bevor das Alter ihren Geist vernebelte. »Ich glaube, es gibt keine gute Art, sein Kind zu verlieren«, sagte sie. Oder sein Enkelkind, fügte sie in Gedanken hinzu.

12. Kapitel

»Da ist Polizei im Hof.« Gabriella stand mit verschränkten Armen am Fenster. Wie immer, wenn sie rumänisch sprach, klang nicht nur ihre Stimme sehr viel erwachsener, sondern ihre gesamte Körperhaltung war eine andere. Sie richtet sich auf, dachte Dorina. Wenn sie deutsch spricht, duckt sie sich, und wenn sie unsere eigene Sprache spricht, richtet sie sich auf. Unwillkürlich fragte sie sich, ob sie sich auch kleinmachte, wenn sie deutsch sprach. Sie stellte sich neben Gabriella ans Fenster und schaute ebenfalls hinaus.

»Woher weißt du das?«, fragte sie, den Mann im Hawaihemd und die Frau im Sommerkleid musternd, die mit Oma Asche sprachen.

»Sie bewegen sich so«, sagte Gabriella, als sei es das Selbstverständlichste der Welt.

»... bewegen sich so?« Dorina fragte sich, wieso Gabriella Polizisten an der Art erkannte, wie sie sich bewegten. Auf einmal erschien ihr die Freundin ihres Bruders sehr viel weniger nichtssagend und fade zu sein.

»Ob es wegen Vlad ist?« Sie schaute zu ihrem Bruder, der auf seinem Bett hockte und die Beine baumeln ließ. Die Angst wummerte hinter ihrer Stirn.

»Woher soll ich das wissen?« Dorins Augenlid zuckte.

»Aber du hast ihm doch geholfen, oder?« Dorina wusste schon selbst nicht mehr, wie oft sie diese Frage in den letzten Stunden gestellt hatte.

»Da war nichts mehr zu helfen.« Dorin sprang von seinem Etagenbett herunter und kam ebenfalls zu ihnen ans Fenster.

»Wieso sagst du das?« Gabriella legte ihre Hand auf seinen Arm. Sie sprach die Frage aus, die ebenso wie die Angst durch Dorinas Kopf wummerte.

»Vergiss es.« Dorin wischte die Hand wie eine Fliege weg. »Also gut«, presste er schließlich zwischen zusammengebissenen Backenzähnen hervor. »Wenn ihr es unbedingt wissen wollt: Ich bin überhaupt nicht mehr hingegangen. Ich hab einfach gewartet, und dann bin ich euch hinterher.«

»Aber deine Hosenbeine waren nass«, sagte Dorina.

»Weil ich abgerutscht bin.« Dorin ließ sich auf einen der wackeligen Holzstühle fallen. Er rieb sich mit beiden Händen das aschfahle Gesicht. Seine Finger schabten übers Kinn.

»Ich glaub dir kein Wort.«

»Wie kannst du so etwas zu deinem Bruder sagen.« Gabriella umschlang sich mit beiden Armen, als würde sie frieren.

»Vielleicht ist ihm etwas passiert. Vielleicht ist die Polizei deshalb da.«

»Was soll dem schon passieren?«, schnaubte Gabriella.

»Wir hätten ihm helfen müssen.« Dorina ging hinüber zu Vlads Bett und strich die Bettdecke über dem Kopfkissen glatt. Sie hätte nicht sagen können, wie oft sie diese Handgriffe in den letzten Stunden ausgeführt hatte. Sie tat es mechanisch und ohne darüber nachzudenken. »Ich muss ihnen sagen, was ich gesehen habe.«

»Willst du denen etwa auch sagen, dass ich nicht mit euch zurückgefahren bin?«

»Natürlich. Ich meine, nein.« Dorina rieb sich die Schläfen.

»Und was willst du ihnen dann sagen?«, fragte Gabriella. »Du weißt doch nicht einmal, wen du gesehen hast.«

»Doch«, beharrte Dorina, obwohl sie wusste, dass Gabriella recht hatte. Sie wusste nicht, wen sie gesehen hatte. Sie hatte nur eine Ahnung. Sie biss sich auf die Unterlippe. Bisher hatte sie mit niemandem über ihren Verdacht gesprochen. Sie hatte den Mann ja auch nur von hinten gesehen. Aber nun war die Polizei da, und das konnte nichts Gutes bedeuten. Sie konnte nicht einfach schweigen.

»Ich bin mir nicht sicher.« Zögernd tastete sie sich durch den Satz.

»Sag ich ja.« Gabriella verschränkte die Arme. »Also hältst du besser die Klappe.«

»Für einen Moment hab ich gedacht«, fuhr Dorina fort, ohne Gabriellas Einwand zu beachten, »es wäre der Bauer.«

»Der Bauer?« Dorin schaute auf. »Spinnst du jetzt total? Was hat Asche mit Vlad zu schaffen?«

»Sie haben gestritten«, murmelte Gabriella.

»Was redest du da?« Dorin stand auf und packte Gabriella an den Schultern, als wollte er sie schütteln.

»Ich war Hände waschen. Auf dem Fest. Ich hab sie gesehen.«

»Wen hast du gesehen?«

»Du tust mir weh.« Gabriella wich zurück.

»Wen hast du gesehen?«, fragte nun auch Dorina.

»Na, Vlad und den Bauern. Auf dem Fest. Sie haben gestritten.«

»Wegen Julia?«, fragte Dorin.

»Möglich. Keine Ahnung.«

»Er war nicht überrascht, dass Vlad nicht beim Frühstück war.« Dorin rieb sich das Kinn. »Vielleicht hat er ihn rausgeschmissen.«

»Und warum ist dann die Polizei da?«

»Vielleicht wegen der Gurken?« Auch wenn der Bauer es hatte geheim halten wollen, wusste jeder in der Baracke von dem Brief. Und jeder fragte sich, wer ihn geschrieben haben könnte.

»Wir verschwinden.« Dorin ließ Gabriella los und zog Dorina vom Bett.

»Wo willst du denn hin?« Dorina stemmte sich gegen den Zug seiner Hand. Was war nur los mit ihrem Bruder?

»Irgendwohin«, presste Dorin hervor. »Nur weg.«

»Aber warum?«

»Ich will nichts mit der Polizei zu tun haben. Darum.« Ihr Bruder schob Dorina zur Tür. »Und wenn was mit Vlad ist, will ich nicht, dass du jetzt mit der Polizei sprichst. Du bleibst hier«, herrschte er Gabriella an, als sie sich von der Fensterbank abstieß, um ihnen zu folgen. »Ich will wissen, was los ist.«

13. Kapitel

»Wer sagt es denn jetzt bloß seinen Eltern?«, fragte Frau Asche, als sie ihren Stuhl unter den Tisch schob und mit der flachen Hand nicht vorhandene Krümel von der zerkratzen Tischplatte wischte. »Müssen wir …?«

Klaudia ahnte, wie die Mühlräder im Kopf der Bäuerin mahlten. Es war immer schrecklich, vom Tod eines

Menschen zu erfahren, den man gekannt hatte, und häufig flüchtete sich das Gehirn dann ins Naheliegende. Das klang dann oft herzlos. Aber eigentlich war es nur eine Schockreaktion.

»Nein«, beruhigte Klaudia sie eilig. »Wir kümmern uns darum. Könnten Sie uns dann jetzt bitte zu Vlads Zimmer bringen?«

Demel prustete und rettete sich in einen Hustenanfall, als Klaudia ihn wütend anblitzte.

Nach der relativen Kühle der Küche brannte die mittägliche Hitze, die sich im Hof staute, auf Klaudias nackten Armen. Sie folgten Frau Asche zu einer langgestreckten Baracke am Waldrand. Drei Räder lehnten an der Hauswand, und auf dem gepflasterten Platz vor der offenstehenden Tür standen Holzbänke und Tische.

»Hier entlang.« Die Bäuerin trat in einen schmalen Flur. Klaudias romantische Bullerbüvorstellung vom Landleben zerplatzte wie eine Seifenblase, und sie wusste plötzlich, warum Demel geschnaubt hatte. Am Ende des Flurs stand eine weitere Tür offen, doch reichte der Luftzug nicht, um den Geruchscocktail von Waschpulver, Schweiß, Zwiebeln und Mäusekot zu vertreiben, der sich in den abbröckelnden Putz gefressen hatte.

»Hier schlafen sie.« Die Bäuerin zeigte nach links, wo Wäscheleinen zwischen Etagenbetten gespannt waren, von denen Handtücher, Büstenhalter und Boxershorts hingen. »Und hier können sie kochen.« Sie zeigte nach rechts. »Und da hinten sind die Sozialräume.«

Sie führte die Beamten zunächst in die Küche. Der Raum war schmal. An der Längsseite standen Kochplatten und eine Mikrowelle zwischen zwei laut brummenden Kühlschränken. Ein Mädchen beugte sich über eine Kühltruhe. Sie schaute auf, als sie die Schritte hörte.

»Ist Dorin da?«, fragte die Bäuerin.

Das Mädchen schüttelte den Kopf.

»Sind schwimmen«, sagte sie mit kindlich hoher Stimme.

»Und Sie halten hier die Stellung?« Wie blass sie ist, dachte Klaudia. »Mein Name ist Wagner«, stellte sie sich vor. »Ich bin von der Polizei.«

Sie lächelte dem Mädchen beruhigend zu. Die Kleine war jung, höchstens zwanzig, hatte ein breites Gesicht und kräftige Arme. Das hennarote Haar trug sie zu einem dünnen Dutt festgezurrt.

»Gabriella«, murmelte das Mädchen mit einem leichten slawischen Akzent. »Kann nicht schwimmen.« Scheu blickte sie zu Demel und senkte dann den Blick.

»Sie sind hier wegen Vlad«, sagte die Bäuerin. »Er ist …« Klaudia legte ihr die Hand auf den Arm, und die Bäuerin verstummte.

»Vlad ist nicht da.«

»Ist er auch schwimmen?«, fragte Klaudia den erstaunten Seitenblick der Bäuerin ignorierend.

Das Mädchen setzte zu einem Nicken an, schüttelte aber dann den Kopf. Wahrscheinlich siegte gerade ihr gesunder Menschenverstand. »Weiß nicht.«

»Wann hast du ihn das letzte Mal gesehen?«

»Weiß nicht.« Gabriella zuckte mit den Schultern.

»Er ist tot«, brach es nun doch aus der Bäuerin hervor.

»Tot?« Das Mädchen griff sich an die Kehle. Ihr Blick irrte wieder zu Demel. Offensichtlich erwartete sie eher von ihm eine Antwort als von einer Frau, die Flip-Flops und ein buntes Sommerkleid trug.

»Kannten Sie ihn gut?« Klaudia ließ das Mädchen nicht aus den Augen.

Wieder schüttelte Gabriella den Kopf. Eine Träne löste sich von ihren Wimpern. Hastig wischte sie sie fort. Klaudia hatte das Gefühl, als schäme sich das Mädchen für ihre Gefühle. »Wir zusammen auf Flieger.«

»Aber Sie haben ihm die Stelle hier auf dem Hof besorgt. Zumindest sagt das die Bäuerin.«

Gabriella zuckte mit den Schultern. »Vlad wollte Arbeit, und der Bauer hatte.«

»Sie kannten ihn also vorher nicht.«

»Nein.« Gabriella strich sich eine Haarsträhne, die sich aus dem straffen Dutt gelöst hatte, hinters Ohr. »Leute fragen mich.«

»Waren Sie gestern beim Hechtfest?« Klaudia versuchte sich zu erinnern. Hatte sie dieses Mädchen gesehen? Sie wusste es nicht. Die Kleine gehörte nicht zu den Menschen, die einem in Erinnerung bleiben, sie war zu unscheinbar.

Das Mädchen nickte. »Wir«, sie machte eine Pause, »alle da.«

»Wer ist alle?«, fragte Klaudia.

»Unsere Arbeiter«, mischte sich Frau Asche ein. »Im Moment wohnen sieben hier. Alles Rumänen. Das heißt sechs. Ich meine, jetzt wo Vlad …« Betroffen hielt sie inne.

»Und wo sind die anderen? Auch schwimmen?« Klaudia schaute sich um. Außer dem Mädchen schien niemand in der Baracke zu sein.

»Ja«, antwortete Gabriella. »Hindenbergsee.«

»Wir stellen den Arbeitern Fahrräder zur Verfügung«, mischte sich Frau Asche wieder ein. »Die meisten haben noch kein Auto. Sind ja Schüler und Studenten, und der Hof ist halt sehr abgelegen.«

Klaudia nickte. Also hatte auch Vlad ein Rad gehabt. Wäre interessant zu wissen, wo es war. Sie fragte danach, aber weder die Bäuerin noch das Mädchen konnten ihr die Frage beantworten. Die Räder standen halt da, und jeder nahm sich eins, wenn er es brauchte.

»Haben Sie gesehen, wie Vlad niedergeschlagen wurde? Auf dem Hechtfest?« Klaudia wählte ihre Worte bewusst einfach, damit Gabriella sie verstand. Sollten weitere Befragungen nötig sein, würden Sie einen Dolmetscher benötigen.

»War Hände waschen«, antwortete Gabriella. Klaudia runzelte die Stirn, ließ es aber erst einmal auf sich beruhen.

»Aber Sie haben davon gehört?«

»Nein«, sagte Gabriella, korrigierte sich aber mit dem nächsten Atemzug. »Ja.«

Klaudia verstand den Impuls zur Unwahrheit. Die meisten Menschen logen, wenn die Polizei sie befragte, und wenn es nur aus dem einfachen Grund war, dass sie in nichts hineingezogen werden wollten. Sie verhielten sich wie die drei Affen, hatten nichts gesehen und nichts gehört und würden am liebsten auch nichts sagen. Ihre Aufgabe als Sachbearbeiterin war es, die wichtigen Lügen aus dem Meer der unwichtigen herauszufischen. Für einen winzigen Augenblick vermisste sie Arno. Ihr Ex war wirklich gut darin gewesen, die Spreu vom Weizen zu trennen. Sie hatte viel von ihm gelernt.

»Würden Sie uns sein Bett zeigen?« Klaudia schüttelte den Gedanken an Arno ab. Wahrscheinlich fuhr er jetzt sein funkelnagelneues Baby im Grugapark spazieren. Das

Baby, das er mit der funkelnagelneuen Frau gemacht hatte, die Klaudias Platz in seinem Leben eingenommen hatte.

Gabriella ging voraus in den Schlafsaal. An den Wänden standen Etagenbetten, wie früher in den Jugendherbergen, und dazwischen zwei klapprige Schränke. Einige Küchenstühle vervollständigten die Einrichtung. Geduckt bahnte Klaudia sich ihren Weg unter den Wäscheleinen hindurch zum Fenster auf der gegenüberliegenden Seite des schlauchartigen Raumes. Jedes Bett wirkte wie eine Welt für sich. Der einzige Rückzugsraum in dieser Enge. Auf einem lag ein kleines Herzkissen, bei einem anderen klebten Fotos am Metallrahmen. Auf einem der oberen Betten lag eine bunte Tagesdecke.

Klaudia seufzte unwillkürlich. Wie trostlos diese Versuche waren, die triste Umgebung zu verschönern. Sie schob Handtücher, T-Shirts und Boxershorts zur Seite und schaute zum Fenster hinaus. Ein schmaler Steg führte über ein Fließ, dessen Lauf sich hinter Brennnesseln verbarg, dahinter war nur noch Wald. Krähen flogen von einem Baum auf und glitten über die Baumkronen. Klaudia drehte sich wieder um. An der dem Fenster gegenüberliegenden Wand lagerten Koffer in offenen Regalen.

»Das sein Bett.« Gabriella zeigte auf ein Bett am Fenster. Die Decke war straff über das Kopfkissen gezogen. Klaudia zog ein Paar Handschuhe aus ihrem Rucksack, schlug die Decke zurück und griff unters Kopfkissen, das nach Shampoo und Testosteron roch. Nichts. Vorsichtig hob sie die Matratze an. Auch hier nichts. Sie ging in die Knie und entdeckte mit der Taschenlampe ihres Smartphones nichts als eine Kolonie Staubmäuse, die unter dem Bett hauste.

»Wo ist sein Koffer?« Sie richtete sich auf.

»Das weiß ich grad nicht.« Frau Asche schaute sich hilflos um.

»Da.« Gabriella zeigte auf einen dunkelroten Samsonite mit Zahlenschloss. Er wirkte deplatziert zwischen den Pappkartons und Stofftaschen, die ansonsten in dem Regal lagen. Deplatziert wie sein Besitzer? Der gestriegelte junge Mann ihrer Erinnerung passte ebenso wenig in diesen Raum wie sein Koffer. Glücklich konnte er hier nicht gewesen sein. Klaudia machte sich einen mentalen Vermerk. Ein weiteres Mosaiksteinchen.

»Den nehmen wir mit«, sagte sie zu Demel und wandte sich dann wieder an Gabriella. »Hat sich denn niemand gewundert, dass Vlad nicht nach …« Klaudia räusperte sich, bevor sie fortfuhr. »… Hause gekommen ist?«

Das Mädchen schüttelte den Kopf. »Er oft weg.«

»Und Sie wissen nicht, wo er die Nächte verbracht hat?«

»Vielleicht Freundin«, sagte das Mädchen. Scheu senkte sie den Kopf.

»War er denn nicht mit Dorina zusammen?«

»Nein.« Jetzt schüttelte Gabriella heftig den Kopf. Klaudia glaubte ihr nicht.

»Wir würden gerne auch Dorina und ihren Bruder sprechen«, sagte sie zu Frau Asche. »Ihr Sohn kann die beiden ja mitbringen, wenn er morgen kommt.«

»Aber wir sind mitten in der Ernte. Oh, Entschuldigung.« Frau Asche senkte den Blick. »Das war …«

»Danke.« Klaudia ging zur Tür. Sie war froh, diesen tristen Schlafsaal verlassen zu können. Sie hatte einiges, worüber sie nachdenken konnte. Wenn sie nur wüsste, ob und wie es mit dem toten Jungen im Fließ zusammenhing.

14. Kapitel

»Du kannst mich am Bahnhof rauslassen.« Klaudias Kehle war so trocken, dass jeder Atemzug an ihren Schleimhäuten kratzte. Trotz der Klimaanlage, die auf Hochtouren lief, klebten BH und Slip an ihr, und sie fühlte sich wie ein Fliegenband. Sie bückte sich nach ihrem Rucksack. »Ich muss ein paar Schritte laufen.«

»Bei der Hitze?«, fragte Demel, setzte aber trotzdem den Blinker und ließ sie am Bahnhof raus.

»Es wird mich nicht umbringen.« Klaudia öffnete die Beifahrertür. Als sie aussteigen wollte, klingelte ihr Smartphone. Ein Kollege von der Wache teilte ihr mit, dass die Staatsanwältin morgen früh um neun zu einer Besprechung kommen würde.

»Scheiße!« Demel schlug mit der flachen Hand aufs Lenkrad. »Ich hab keinen Bock, jetzt noch den Bericht fertigzumachen.«

Klaudia verstand ihn gut. Allein der Gedanke, jetzt noch in das stickige Büro unterm Dach zu müssen, ließ ihre Fingerknöchel anschwellen. Andererseits hatten sie keine Wahl. Oder doch? »Wir machen's wie besprochen«, sagte sie schließlich. »Du bringst den Koffer zum Revier, und den Rest machen wir morgen vor neun. Meinst du«, sie schwang die Beine aus dem Wagen, »du schaffst es, um sieben im Büro zu sein?«

»Von mir aus auch um sechs«, sagte Demel, bevor er mit quietschenden Reifen losfuhr. Klaudia schulterte ihren Rucksack und trabte zur Ampel. Vielleicht war es doch keine so gute Idee gewesen, sich hier absetzen zu lassen. Der sonntägliche Ausflugsverkehr quälte sich im

Schneckentempo über die Durchgangsstraße, die die Lübbenauer Altstadt von der Neustadt trennte. Der Asphalt stank in der Hitze, und die Luft war geschwängert von den Abgasen der Autos.

Rechts von Klaudia hupte erst ein Auto, dann ein zweites. Sie drehte sich um. Die Hände erschrocken auf die Brust gelegt, stand eine Dame im Schneiderkostüm auf der Straße. Die Haare standen ihr wirr vom Schädel ab, und auf der Suche nach einem Ausweg wanderte ihr Kopf hektisch von rechts nach links.

Oh nein, Frau Nowak. Klaudia lief los, um ihr zu helfen. Heiß bliesen die Auspuffabgase gegen ihre nackten Schienbeine, als sie sich zwischen den Autos hindurchschlängelte.

»Frau Nowak.« Mit beiden Händen griff sie nach den Schultern der alten Frau, um ihre Aufmerksamkeit auf sich zu lenken. »Kommen Sie. Ich bring Sie nach Hause.«

»Die Russen kommen.« Für einen Moment widersetzte sich Frau Nowak dem sanften Druck von Klaudias Händen, dann gab sie nach und ließ sich folgsam auf die richtige Straßenseite führen.

»Ich bring Sie in Sicherheit.« Klaudia zog Frau Nowaks faltige Hand unter ihren Arm. Ihre Haut war trotz der Hitze trocken und kühl. Ob es die Panik war oder das Alter, wusste Klaudia nicht zu sagen. Es musste schrecklich sein, wenn das Gehirn sich ausgerechnet in die schlimmste Zeit des Lebens verirrte. Klaudia wollte lieber nicht wissen, was ihr eigenes Gehirn für sie bereithielt.

»Du bist ein gutes Kind, Katka.« Frau Nowak tätschelte Klaudias Unterarm.

»Ja.« Klaudia zwang sich zu einem Lächeln. Der Name brannte wie Sodbrennen. Sie war nicht Katka, auch wenn die alte Frau Nowak und auch Joe sie dafür gehalten hatten. Aber Frau Nowak war dement, und Joe war verrückt gewesen. Zerbrochen an einer Schuld, die über die Jahre wie ein Krebsgeschwür in ihm gewuchert hatte. Und dann war sie aufgetaucht. Klaudia zwang ihre Gedanken zurück in die Gegenwart. Mit ihrer brüchigen Stimme summte Frau Nowak eine Melodie, die Klaudia an ihre eigene Kindheit erinnerte. Wohlbehalten lieferte sie die alte Dame im Stift ab, wo sie noch niemand vermisst hatte.

»Wir können Sie ja nicht einsperren«, verteidigte sich eine rotgesichtige und schwitzende Pflegerin, obwohl Klaudia ihr keinen Vorwurf gemacht hatte. »Gustav hat sie heute Morgen auch schon zurückgebracht. Aber sie will immer nur rumlaufen.«

»Ja, schrecklich«, sagte Klaudia und wandte sich zum Gehen.

»Auf Wiedersehen, Frau Wagner«, sagte eine Altfrauenstimme hinter ihr. Klaudia fuhr herum. Die Augen sind anders, war ihr erster Gedanke. Klar und irgendwie weise.

»Sie erkennen mich?«

»Natürlich.« Frau Nowak runzelte die Stirn. Zwei Trippelschritte später stand sie vor Klaudia und legte ihre alterskühle Hand auf deren Arm.

»Sie haben doch mein Haus gemietet.«

Klaudia schluckte. Ihre Beine zuckten. Sie wollte Frau Nowak zurückstoßen, weglaufen, in ihren Armen weinen. Nichts von alledem tat sie. Sie hielt einfach nur still.

»Es tut mir so leid.«

»Ja«, krächzte Klaudia. Ihre Kehle war so trocken, als hätte sie Sand geatmet.

»Da sind Käfer«, sagte die alte Frau plötzlich. »Überall Käfer.« Hektisch wischten ihre Hände über Klaudias Arm.

Die Pflegerin, die während der Unterhaltung schweigend gewartet hatte, mischte sich nun ein. »Wollen wir mal einen Schluck Wasser trinken gehen?«, fragte sie mit erhobener Stimme und griff nach Frau Nowaks Händen.

Klaudia drehte sich um und rannte aus dem Heim. Vor der Eingangstür atmete sie die sommerstaubige Luft ein, und obwohl sie seit ihrem Hörsturz nicht mehr rauchte, hatte sie für einen Augenblick das unbändige Bedürfnis nach einer Zigarette.

Vor der Haustür hockten Uwe und Annalene. Auch das noch, dachte Klaudia und lächelte zaghaft. Die beiden wirkten wie versteinert. Uwe sprang auf, als er sie sah. Von seinem jungenhaften Charme waren nur noch die Locken übrig. Trauer und Schlafmangel hatten tiefe Furchen in sein Gesicht gegraben.

»Hi.« Klaudia hockte sich neben Annalene und stellte den Rucksack zwischen ihre Füße. »Wie geht's dem Kleinen?«

»Er hat eine Darmentzündung«, antwortete Uwe.

»Oh.« Klaudia versuchte sich vorzustellen, was das bei so einem kleinen Kind bedeutete.

»Sie mussten ihm ein Stück Dickdarm rausnehmen.«

»So schlimm?« Allein die Vorstellung, dass da jemand an so einem kleinen Körper herumschnitt, ließ Klaudia schaudern. Der Kleine war doch nicht mehr als eine Handvoll. Wie viel Darm hatte so ein winziges Kind eigentlich? Egal, dachte Klaudia. Wahrscheinlich nicht genug, um auf ein Stück zu verzichten.

»Das schafft er.« Uwe wischte sich mit dem Handrücken die Nase. Seine entzündeten Augen zeugten von einer weiteren schlaflosen Nacht. Wie lange noch würde er diese Belastung aushalten können?

»Klar«, antwortete Klaudia. Was sollte sie auch sonst sagen. »Wo ist denn Bhanu«, fragte sie, um das Thema zu wechseln.

»In ihrer heilen Püschelohrenwelt«, sagte Annalene. »Wo sonst?«

»Annalene, bitte.« Uwe klang, als hätte er diesen Satz mindestens einmal zu oft gesagt.

»Irgendeine heile Welt braucht jeder.« Klaudia hatte große Lust, Annalene zu schütteln, aber das würde ihr nicht helfen. Sie musste ihre Wut loswerden, auch wenn sie die falschen Ventile suchte.

»Annalene passt es nicht, dass ihr Großvater einen Auslauf für Petra Pan gebaut hat.« Uwe klang erschöpft.

»Das ist doch nett von deinem Opa.«

»Klar.« Annalene sprang auf. »Wir bauen uns eine nette Scheinwelt und vergessen einfach, was gewesen ist.«

Gott ist das Mädchen blass, dachte Klaudia. Nicht einmal die Wut schaffte es, ihr Farbe ins Gesicht zu treiben.

»Niemand vergisst, was gewesen ist«, presste Uwe zwischen zusammengepressten Zähnen hervor. »Aber jeder von uns geht anders damit um.«

»Scheiß drauf.« Annalene stürmte in die untere Wohnung. Mit einem Knall krachte die Tür ins Schloss.

»Sie macht sich Sorgen um das Baby.« Uwe kratzte sich den Nacken.

»Klar«, sagte Klaudia gedehnt. Sie konnte nicht länger schweigen. Es war zwar nicht der richtige Zeitpunkt, aber so, wie es aussah, würde es so bald keinen besseren geben. »Weißt du, dass Annalene heute Morgen nicht in der Lage war, in den Keller zu gehen?«

»Ihr Kreislauf? Mädchen haben das in dem Alter.«

»Nicht der Kreislauf«, widersprach Klaudia. »Angst. Sie hatte eine Panikattacke.«

»Aber was soll ich denn machen?« Hilflos hob Uwe die Handflächen. »Ich kann mich doch nicht zerteilen.«

»Sie braucht …«, *dich*, hatte Klaudia sagen wollen, tat es aber nicht. Uwe ging es schlecht genug. Sie musste nicht noch mehr auf seine Schultern packen. Also endete ihr Satz mit: »… professionelle Hilfe.« Das Scheppern einer Fahrradklingel ließ sie aufschauen. Marianne radelte an Uwes Sharan vorbei in den Hof. Uwes Schwiegermutter bremste vor dem Garagentor. In ihrem Fahrradkorb lagen Gartenhandschuhe und eine Harke. Im Gegensatz zu ihrer blassen Enkeltochter sah Marianne aus, als würde sie gleich der Schlag treffen.

»Bei der Hitze solltest du nicht zum Friedhof radeln.« Uwe ging hinüber zur Garage, um das Tor hochzuschieben.

»Du glaubst nicht, was ich gefunden habe.« Marianne nickte kurz in Klaudias Richtung. Auch wenn sie nicht mehr glaubte, dass Klaudia und Uwe etwas miteinander gehabt hatten, war sie immer noch sehr reserviert ihr gegenüber. Vielleicht, weil Klaudia überlebt hatte und ihre Tochter nicht. »Ich hab die Blumen gegossen. Bei dem Wetter vertrocknet ja sonst alles.« Marianne zog ein Taschentuch aus ihrer Caprihose und wischte sich den Nacken. »Und als ich die Erde aufgelockert habe, hab ich das gefunden. Sie griff in die andere Tasche ihrer Hose und zog einen pinkfarbenen Plastikschnuller für Babys hervor. Fassungslos starrte sie auf ihre Hand. »Wer macht so was?«

15. Kapitel

Nach einer halben Flasche Rotwein schlief Klaudia trotz der drückenden Hitze vor dem Fernseher ein. Das erste Morgenzwitschern weckte sie.

Gähnend rieb sie sich den schmerzenden Nacken und taperte in die Küche. Eine lauwarme Dusche und zwei Tassen Kaffee später startete sie ihren Peugeot.

Ich sollte mir wirklich mal eine neue CD zulegen, dachte Klaudia, als Celine Dions Stimme aus dem Lautsprecher schallte. Irgendwie passt sie nicht mehr zu mir. Sie wunderte sich über den Gedanken und noch mehr über die Leere in ihrem Hirn, als sie sich fragte, welche Art von Musik denn nun zu ihr passen würde. Arno hatte gesagt, sie sei der Celine-Dion-Typ, und sie mochte die Sängerin eigentlich auch, aber vielleicht stimmte es ja gar nicht. Vielleicht war sie Rocker, oder Opernfan, oder in dem richtigen Alter für Schlager?

Klaudia summte die Melodien mit. Bis auf wenige Lkws hatte sie die Straße für sich allein. Die Touristen schliefen noch, und die Tagesausflügler waren nach Berlin und Cottbus zurückgekehrt.

Es war kurz vor halb sieben, als Klaudia ihren Wagen auf den Revierparkplatz lenkte. Trotz der frühen Stunde waren die meisten Parkplätze schon besetzt. Wer nicht gerade im Schichtdienst arbeitete, nutzte die frühen Morgenstunden, wenn es in den Büros noch kühl war. Klaudia ergatterte trotzdem einen Parkplatz. Die chronische Unterbesetzung des Reviers hatte zumindest ein Gutes. Ein Güterzug rumpelte vorbei, als Klaudia ihren Transponder aus dem Rucksack kramte.

Der Kollege an der Zentrale schaute nur kurz von der *Lausitzer Rundschau* auf, in der er las. Zwei Stufen auf einmal nehmend, stieg Klaudia die Stufen zu den Büros der Kripo hoch. Im engen Treppenhaus staute sich die Hitze, und schon auf der ersten Etage wäre sie am liebsten gleich wieder unter die Dusche gestiegen.

»Bist du aus dem Bett gefallen?« Petra kam mit einem leeren Tablett aus dem Besprechungsraum.

»Hast du Demel gesehen?« Unwillkürlich scannte Klaudia mit einem Blick das schwarze Brett, und obwohl ihr Streit vorerst beigelegt war, registrierte sie mit Erleichterung, dass kein Bild von ihr angeheftet war.

»Ich hab ihm Joes Büro gegeben«, antwortete Petra. »Steht ja leer.«

»Gut.« Klaudia ließ den Rucksack von den Schultern gleiten und stieg die letzten Stufen hinauf zu ihrem eigenen Büro, das sie sich mit Thang teilte. Sie war sich nicht sicher, ob sie sich über Petras Eigenmächtigkeit ärgern sollte. Dienstrangmäßig hätte ihr das freiwerdende Einzelbüro zugestanden, aber allein die Vorstellung, in Joes Büro umzuziehen, ließ sie schaudernd die Schultern hochziehen.

Seit der Sache mit ihm war Petras Verhältnis zu ihr distanzierter geworden, so als würde sie ihr die Schuld geben. Aber vielleicht bildete sie sich das auch nur ein. Sehr wahrscheinlich war sie einfach nur dünnhäutiger geworden. Klaudia stellte den Rucksack ab und bückte sich nach einem Blatt, das der Luftzug von ihrem Schreibtisch geweht hatte.

»Ich hab gelüftet.« Petra war ihr gefolgt und lehnte an der offenen Bürotür.

Du bist jetzt der Boss, rief sich Klaudia in Erinnerung.

Wenn wenigstens Thang hier wäre. Bei ihm wusste sie, wie er tickte. Ihm konnte sie vertrauen. Demel konnte sie nicht einschätzen. Oder vielleicht auch zu gut. *Fotze … ins Hirn geschissen … nackt auf den Bauch binden*. Klaudia erinnerte sich an jedes Wort, das er über den Hof gebrüllt hatte. Und Demel wahrscheinlich ebenso. Und jetzt mussten sie miteinander arbeiten und so tun, als sei alles in Ordnung.

Darin hast du doch Übung, sagte sich Klaudia. Seit der Trennung von Arno und noch viel mehr seit der Sache mit Joe hielt sie die Fassade der Normalität mühsam aufrecht. Den Kopf einziehen, sich winselnd zusammenrollen und vor Angst vergehen, das war nicht ihr Ding. Augen auf und weiter. Das war eher ihre Sache.

Klaudia schloss das Fenster und ließ die Sonnenblenden herunter. »Wir haben um neun Uhr eine Besprechung mit …«

»Ich weiß, Frau Demeter-Anders hat mir eine Mail geschickt.«

»Hat sie das?« Klaudia setzte sich und fuhr den Computer hoch. Dabei schlug sie die Fallakte auf, die ihr Demel auf den Schreibtisch gelegt hatte.

»Hübscher Bengel«, sagte Petra.

»Ja.«

»Ein Unfall?«

»Vielleicht.« Klaudia verspürte wenig Neigung, Petras Neugier zu befriedigen. So früh am Tag widersetzten sich ihre Mundwinkel aus Prinzip jeder Bewegung, die sie aus ihrer hängenden Position zwangen.

»Meint PH auch.«

»Wieso PH?« Klaudia tippte ihr Passwort in das Eingabefeld. »Ich denke, der ist in Oranienburg.«

»Er hat angerufen.«

»Oh«, murmelte Klaudia.

»Er sagt, wenn du Hilfe brauchst, kannst du ihn jederzeit anrufen.«

»Mach ich.« Klaudia hatte nicht die Absicht, ihren Chef um Hilfe zu bitten. Auch wenn ihr Verhältnis sich gebessert hatte, gehörte er nicht unbedingt zu ihrem Fanclub. Aber wer gehörte überhaupt dazu? Ein Klopfen am Türrahmen ließ sie aufschauen.

»Hast du schon reingeschaut?« Demel schob sich an Petra vorbei und zog Thangs Stuhl vor Klaudias Schreibtisch.

»Sie ist gerade erst gekommen«, antwortete Petra, bevor Klaudia reagieren konnte, und das war der Punkt, an dem ihre Geduld endgültig den Dienst quittierte. »Kannst du uns einen Kaffee kochen? Bitte?« Mit letzter Kraft schaffte sie ein Lächeln, das sofort wieder absackte, als Petra auf dem Absatz kehrtmachte und hinausrauschte.

»Du hast die Akten schon fertig?« Klaudia zwickte das schlechte Gewissen. Sie hätte unbedingt eher hier sein müssen.

»Es war zu heiß zum Schlafen.« Demel kratzte sich seinen Dreitagebart. Für einen Moment war das Scharren seiner Fingernägel, die über die Bartstoppeln fuhren, das einzige Geräusch in Klaudias Büro. Dann klingelte die Bahnschranke, und kurze Zeit später vibrierten die Fensterscheiben.

»Was hältst du von dem Fall?«, fragte Klaudia.

»Ich glaube«, antwortete Demel, »dieser Vlad hängt mit drin in der Erpressung.«

»Kann sein, kann nicht sein. Wir sollten diesen Gedanken und damit auch die Familie Asche zumindest im Auge behalten. Was haben wir noch?«

Demel griff nach der Akte. »Die Kollegen in KW waren auch nicht faul, und wir haben erste rechtsmedizinische Ergebnisse.« Er räusperte sich. »Der Blutalkoholspiegel des Opfers war mittelprächtig, davon stirbt man nicht. Ausgehend von der wahrscheinlichen Liegezeit, der Strömungsrichtung und der Fließgeschwindigkeit …«

Jeder Faktor, den Demel aufzählte, erhöhte Klaudias Ungeduld. Demel machte eine Pause, als ein Zug vorbeifuhr.

»Ich glaube dir ja, dass die Kollegen alles richtig gemacht haben«, sagte Klaudia, als das Klirren der Scheiben verstummt war, und nahm ihm die Akte aus der Hand. »Wer ist die Strecke abgegangen?«

»Wibke und Co. Und schau mal, was sie gefunden haben.«

»Das ist ja interessant.« Klaudia legte die Bilder, die Demel ihr reichte, vor sich auf den Schreibtisch. Sie zeigten einen verwitterten Grenzstein, der an einer Stelle eingedunkelt war. »Blut?«

»Wibke meint, ja. Sie hat Proben abgekratzt.«

»Fleißig, fleißig.« Klaudia beugte sich vor, um die verwittere Inschrift auf dem Stein besser lesen zu können.

»Fünfundsechzig steht da«, half ihr Demel.

»Und wo ist das?«

»Hier.« Er trat an eine Karte, die Klaudia erst jetzt bemerkte, und zeigte auf ein rotes Fähnchen.

»Hab ich angebracht. Ich hoffe, das ist in Ordnung.« Er räusperte sich.

»Natürlich.« Klaudia räusperte sich ebenfalls. Sie mussten einen Weg finden, miteinander zu arbeiten, ohne ständig eingeschnappt zu sein oder Angst zu haben, auf Tretminen zu latschen. »Wo ist Asches Hof?«

Demel zeigte auf ein weiteres Fähnchen.

»Er könnte also auf dem Weg nach Hause gewesen sein.« Klaudia trat nun ebenfalls an die Karte und fuhr mit dem Zeigefinger die Strecke nach.

»Außerdem waren eine Menge Radspuren in der Nähe. Aber das muss nichts mit dem Fall zu tun haben.«

»Muss nicht«, bestätigte Klaudia. Viele Menschen radelten die Fließe entlang. »Könnte aber«, fügte sie hinzu. Sie dachte an die Räder auf dem Hof der Familie Asche.

»Haben sie die Profile dokumentiert?«

»Haben sie«, bestätigte Demel. »Wibke hat gesagt, du schuldest ihr was wegen der Schicht im Ganzkörperkondom.«

»Kann ich mir vorstellen.« Klaudia schwitzte schon bei dem Gedanken an die Kombi Hochsommer und Schutzkleidung.

»Sie haben auch so einen Schraubenschlüssel für Räder gefunden.«

»Käme der als Tatwaffe in Frage?«

»Eher nicht«, sagt Wibke. »Der ist aus Aluminium. Damit könntest du nicht einmal einen Hamster erschlagen.«

»Fingerabdrücke?«

»Viele. Sie arbeiten dran.«

»Okay.« Klaudia blätterte in der Akte. »Ich frage mich, ob wir diese Gabriella auch noch einmal einbestellen sollen. Irgendwie hatte ich das Gefühl, sie hält mit etwas hinterm Berg.«

»Sie wird sich das bezahlen lassen«, sagte Demel nachdenklich.

»Wer?« Irritiert schaute Klaudia auf.

»Diese Gabriella.«

»Was lässt sie sich bezahlen?«

»Na, die Jobs.«

»Du meinst, sie kassiert von den Saisonarbeitern, die sie anwirbt, so etwas wie eine Vermittlungsgebühr?«

»Genau.«

»Und so etwas funktioniert?«

»Klar«, behauptete Demel. »Es ist wie eine Versicherung. Wer bezahlt, um arbeiten zu dürfen, der haut rein.«

»Okay«, sagte Klaudia gedehnt. »Aber mit Vlad scheint das nicht so rund gelaufen zu sein. Die Rohloffs scheinen Ärger gehabt zu haben, und Asches ja wahrscheinlich auch.« Sie dachte an die versuchte Erpressung.

»Aber hätte er so etwas auf eigene Kappe gemacht?« Demels Gedanken waren in der gleichen Richtung unterwegs.

»Ich weiß nicht.« Klaudia kaute auf ihrer Unterlippe. Wer würde den Asches schaden wollen? Und warum?

»Sollte man noch mal nachhaken«, meinte Demel.

»Sollten wir tun«, bestätigte Klaudia. »Aber *first things first.*« Irritiert hielt sie inne.

»Alles in Ordnung?«, fragte Demel.

»Ja«, antwortete Klaudia knapp. Sie konnte ihm ja schlecht erzählen, dass sie sich gerade ärgerte, weil sie einen von Arnos Standardsprüchen benutzt hatte. »Hast du schon in Vlads Koffer geschaut?«

»Noch nicht. Ich wollte auf dich warten.« Demel lächelte ihr zu. Mit Mühe gelang es Klaudia, ihre Mundwinkel ebenfalls anzuheben. Solange er ernst war, konnte sie gut mit ihm umgehen, aber so früh am Morgen aktivierte sein Lächeln ihre Fluchtreflexe.

Demel stemmte den Koffer mit einem Brecheisen auf. Auf den ersten Blick enthielt er nichts Interessantes. Eine Aldi-Tüte mit Schmutzwäsche: Boxershorts, T-Shirts, Jeans, einen Kulturbeutel mit dem üblichen Kleinkram, außerdem einen E-Book-Reader, einen rumänischer Reisepass und eine Badehose.

»Schwimmen konnte er also.« Mit dem Kugelschreiber hob Demel die Badehose an.

»Wissen die Eltern wohl schon Bescheid?«, fragte Klaudia.

»Hhm?« Demel schaute auf. »Die Kollegen haben gesagt, die Frau von der Botschaft wollte sich direkt darum kümmern.«

Klaudia zog Handschuhe über und griff nach der Aldi-Tüte mit der Schmutzwäsche. Der Junge hatte nicht viele Sachen, aber was er hatte, war nicht gerade vom Wühltisch. Sie sah ihn wieder vor sich: wie er mit geschlossenen Augen tanzte, sich unter den Tritten krümmte, sein blasstotes, wächsernes Gesicht.

»Was haben wir denn da?« Klaudia tastete die Tüte ab. »Da klebt was drin.«

»Ich unterbreche euch ja nur ungern.« Petra klopfte an den Türrahmen. »Aber Frau Demeter-Anders ist jetzt da.«

16. Kapitel

Klaudia zog die Handschuhe aus und warf den kleinen Schlüssel, den sie in der Aldi-Tüte gefunden hatte, in einen Asservatenbeutel, bevor sie Demel ins Besprechungszimmer folgte. Sie hatte zu viel über die Staatsanwältin gehört, um sie warten zu lassen. Tatsächlich waren sie die Letzten, was jedoch angesichts der prekären Personalsituation nicht viel hieß. Allerdings war zu Klaudias Überraschung Wibke anwesend. Sie schenkte sich gerade Kaffee ein und begrüßte sie mit einem Lächeln.

»Wenn das hier immer so ist«, sagte sie und zeigte auf den Teller mit Käsebrötchen, »komme ich gerne öfter.«

»Danke, dass Sie es alle so früh einrichten konnten.« Mit einer Handbewegung lud die Staatsanwältin Klaudia und Demel ein, Platz zu nehmen. Sie selbst saß auf PHs Platz vor dem Flipchart und verbreitete eine Aura von Wohlwollen und Coco Mademoiselle. »Ich habe Frau Bartke gebeten, uns was zu essen zu besorgen. Immerhin sieht es so aus, als hätten wir eine Menge zu tun.« Sie streifte Klaudia mit einem Blick. »Sie sorgen wirklich für Arbeit, Frau Wagner.« Ihr Lächeln wirkte etwas gezwungen.

»Ich tu, was ich kann.« Klaudia erwiderte das Lächeln ebenso schmallippig. Sie war neugierig, wohin die Reise ging. Als aktuell ranghöchste Sachbearbeiterin wäre es ihre Aufgabe gewesen, die Mordkommission zu bilden. Dass Demeter-Anders es getan hatte, gab ihr zu denken. Vor allem, weil sie das Gefühl hatte, dass die Staatsanwältin nervös war. Und Nervosität passte nicht zu dem Bild, das sie von ihr hatte.

Erst einmal abwarten, dachte Klaudia und loggte sich in das bereitstehende Laptop ein. Sie hatten noch nie miteinander gearbeitet, und eine Mordermittlung mit reduziertem Team war bestimmt nicht der beste Start.

Klaudia musterte die Staatsanwältin unauffällig, während diese sich Kaffee einschenkte. Auch heute trug sie wieder Leinen. Das schlichte, braune Etuikleid betonte ihre sportliche Figur. Sie sah überhaupt nicht aus wie die Hexe aus dem Märchen, mit der man Kindern drohte. Doch genau das hatte PH getan. So nach dem Motto: »Wenn Frau Demeter-Anders da wäre, dann …« Das »dann« hatte er Klaudias Fantasie überlassen. Wahrscheinlich gab es gar keins. Klaudia nahm sich ein Käsebrötchen. Wahrscheinlich war Demeter-Anders nur eine Frau, die sich durchzusetzen wusste. Kein Wunder, dass PH sich vor ihr fürchtete. Mit selbstbewussten Frauen hatte er so seine Probleme, das wusste Klaudia aus eigener, leidvoller Erfahrung. Sie seufzte in ihren Kaffeebecher. Hoffentlich lernte er was bei seinem Lehrgang.

»Was haben wir?« Demeter-Anders nahm sich ebenfalls ein Käsebrötchen, biss aber nicht hinein.

Klaudia fasste die bisherigen Ergebnisse zusammen.

»Da haben Sie aber einiges ausgegraben.« Demeter-Anders klang nicht begeistert. Ihre nächste Frage bestätigte Klaudias Verdacht. »Können wir davon ausgehen, dass es ein Unfall war?«

»Eher nicht«, antwortete Wibke. Ein Krümel hing in ihrem Mundwinkel und drohte bei jedem Wort abzustürzen. Sie stand auf und klemmte eine Karte ans Flipchart, die identisch war mit der, die in Klaudias Büro hing. »Wir haben hier«, sie zeigte auf ein rotes Kreuz, »Blutspuren gefunden. Wir haben zwar noch keine DNA – dazu ist es leider noch zu früh – aber wir können sicher sagen, dass es zumindest die gleiche Blutgruppe ist. Und der Stein ist nicht fließseitig.«

»Also ist er gestürzt.«

»Das ist nicht auszuschließen, Frau Demeter-Anders, aber …«, setzte Wibke an.

»Demeter reicht, oder Birgit«, sagte die Staatsanwältin, und Klaudia fragte sich, ob sie PHs Abwesenheit nutzen wollte, um ihre Position zu stärken. Wenn sie sich richtig erinnerte, kommunizierten die beiden nicht auf Vornamensbasis. »Fahren Sie bitte fort, Wibke.«

Nicht ungeschickt, dachte Klaudia. In einem Satz hatte sie ihnen zwar den Vornamen angeboten, aber gleichzeitig das vertrauliche Du abgelehnt.

»Nun«, nahm Wibke den Faden wieder auf. »Er könnte gestürzt sein, aber die Frage bleibt: Wie ist er ins Wasser gekommen?«

»Schleifspuren?«

»Nein.« Wibke schüttelte den Kopf. »Nur Rad- und Fußspuren.«

»Er könnte ja auch«, die Staatsanwältin tippte mit dem Kuli auf ihren Block, »aufgestanden sein, nachdem er aus der Ohnmacht erwacht ist, und das Gleichgewicht verloren haben. Was meinen Sie?«, fragte sie Klaudia. Wie um einen Schwindel anzudeuten ließ Demeter-Anders den Stift neben ihrem Gesicht kreisen.

Das Käsebrötchen schmeckte auf einmal wie feuchte Pappe. Trotzdem hielt Klaudia dem Blick der Staatsanwältin stand. Sie konnte es nicht wissen. Niemand hier wusste es. Außerdem war es vorbei. Nach den Ereignissen im Haus am Fließ hatte keine Schwindelattacke sie mehr außer Gefecht gesetzt. Selbst das Sirren in ihrem Ohr war so leise geworden, dass sie es kaum noch wahrnahm.

»Oder jemand hat ihn ins Fließ gestoßen.« Klaudia berichtete von dem Streit, den sie beobachtet hatten.

»Haben Sie eine Anzeige geschrieben?«

»Nein«, antwortete Klaudia zögernd. »Ich bin noch

nicht dazu gekommen.« Ihr war bewusst, dass sie das schon längst hätte tun müssen. Hitze stieg ihr in die Wangen.

»Das sollten Sie aber«, sagte Demeter-Anders mit ihrem schmalen Lächeln. »Wie dem auch sei: So eine Wirtshausrangelei führt nicht gleich zu Mord.« Demeter-Anders checkte ihr iPhone.

»Ganz so harmlos erschien mir die Rangelei nicht zu sein.«

»Haben Sie die Personalien der Beteiligten?«

»Nein.« Klaudia hasste es, als unfähig dazustehen. »Es ging alles so schnell.«

»Dann finden Sie sie heraus«, sagte Demeter-Anders, ohne von ihrem iPhone aufzuschauen.

»Worauf Sie sich verlassen können«, antwortete Klaudia.

»Das bezweifle ich keinen Augenblick«, sagte die Staatsanwältin. »Sie haben jetzt schon beachtlich viel geleistet.« Sie runzelte die Stirn. »Warum ist die Leiche eigentlich schon wieder nach Berlin und nicht nach Potsdam gegangen?«

»Potsdam wird umgebaut.« Wibke wischte sich mit einer Serviette über den Mund, und der Krümel verschwand.

»Haben wir sonst noch etwas?«, fragte Demeter-Anders.

»Das hier.« Klaudia ließ den Schlüssel aus dem Asservatenbeutel gleiten. Mit einem leisen Klirren landete er auf der Tischplatte.

»Wo haben Sie den her?« Demeter-Anders beugte sich vor und griff danach.

»Aus Schmutzwäsche des Opfers.«

»Oh.« Sie legte den Schlüssel zurück und zog ein Minifläschchen mit Desinfektionsmittel aus ihrer Umhängetasche und verrieb die alkoholische Lösung in ihren Handflächen. »Sieht aus wie ein Schließfachschlüssel«, murmelte sie. »Das ist ja mal interessant.«

»Man fragt sich schon, wofür ein rumänischer Saisonarbeiter ein Schließfach braucht«, sagte Klaudia.

»Und wo es ist«, ergänzte Demel.

»Auch das werden wir herausfinden.« Klaudia schob den Schlüssel zurück in die Papiertüte.

»Melden Sie sich dann wegen der richterlichen Anordnung.« Demeter-Anders klappte ihr Notebook zu. »Wer ist der aktenführende Kollege?«

»Ich schreib grad mit«, mischte sich Petra ein. »Seit Joe nicht mehr da ist, geht's mit den Akten drunter und drüber.« Ihr strahlendes Lächeln versickerte in den Mundwinkeln, als ihr aufging, was sie gerade gesagt hatte.

»Kollege Demel kümmert sich um die Akten«, sagte Klaudia in die Stille hinein. Ihre Stimmbänder fühlten sich an, als würden sie jeden Augenblick reißen.

»In Ordnung. Halten Sie mich bitte auf dem Laufenden.« Sollte Demeter-Anders etwas von der angespannten Stimmung bemerken, die nach Petras Bemerkung wie schlechte Luft im Raum hing, ließ sie es sich zumindest nicht anmerken. Sie steckte das Notebook in ihre Schultertasche und erhob sich. »Noch einmal vielen Dank, dass Sie sich die Zeit genommen haben.«

»Geht's noch?«, fuhr Wibke Petra an, als die Staatsanwältin das Besprechungszimmer verlassen hatte.

»Es tut mir so leid«, murmelte Petra. »Ich wollte nicht …«

»Ist schon gut«, krächzte Klaudia.

»Alles klar?« Wibke kam um den Tisch herum und legte den Arm um ihre Schultern.

Klaudia nickte und atmete die Bilder weg, die ihr Unterbewusstsein funkte. Nur raus hier. »Ich kümmere mich um den Schließfachschlüssel.« Sie stemmte sich in die Höhe und verließ das Besprechungszimmer.

Erst als sie hinter ihrem Schreibtisch saß, sackten ihre Schultern nach vorn. Tränen schossen ihr in die Augen. Wütend wischte sie sie fort. Was hatte sich Petra nur dabei gedacht? Und jetzt keckerte es auch noch aus ihrem Rucksack.

Klaudia ignorierte den Anruf. Thang würde sofort merken, dass etwas nicht in Ordnung war, und würde keine Ruhe geben, bis sie ihm alles erzählt hätte. Und sie würde ihm alles erzählen, weil ihr zum Lügen die Kraft fehlte. Zum ersten Mal hatte sie das Gefühl, dass die Ärztin, die sie noch länger hatte krankschreiben wollen, doch recht gehabt haben könnte.

Die Tür öffnete sich, und Wibke schob sich ins Büro.

»Petra kaut sich die Fingernägel blutig«, sagte sie.

»Die sind doch eh falsch.« Klaudia quälte sich ein Lächeln ins Gesicht. Um Wibke nicht anschauen zu müssen, kramte sie in einer Schublade. Erst als sie sicher war, dass sie ihre Gesichtszüge wieder unter Kontrolle hatte, schaute sie auf.

»Mir geht's gut.« Angriff war die beste Verteidigung.

»Wir könnten nach Dienstschluss eine Runde paddeln«, schlug Wibke vor.

»Was sagt denn deine Eroberung vom Hechtfest dazu?«

»Der muss noch ein bisschen abhängen, um genießbar zu sein.«

»Sind eigentlich alle Bullen Beziehungskrüppel?« Auf einmal hatte Klaudia den Geruch von Arnos Rasierwasser in der Nase.

»Quatsch.« Wibke setzte sich auf Klaudias Schreibtischkante. »Wir sind nur eine Anhäufung von Ausnahmen, die die Regel bestätigen. Wer war das eigentlich gerade?«

»Wer?«

»Der Anrufer, den du ignoriert hast.«

»Thang.«

»Siehst du.« Wibke hob den Finger. »Da hast du ja schon die Regel. Polizist und trotzdem glücklich verheiratet. Wie ist es nun mit paddeln?«

»Wenn ich vor acht hier raus bin, melde ich mich.«

»Du solltest es langsamer angehen lassen.«

»Sag das den bösen Buben.«

»Oder Mädchen«, frotzelte Wibke.

Nachdem die Spusi-Kollegin abgezogen war, suchte sich Klaudia die Telefonnummern der örtlichen Banken und Sparkassen aus dem Internet zusammen und hängte sich ans Telefon. Bereits ihr zweiter Anruf war ein Volltreffer. Ein Mitarbeiter der Sparkasse am Topfmarkt bestätigte, dass ein Herr Vlad Albu ein Schließfach habe, und natürlich sei man entsetzt, von seinem plötzlichen Ableben zu hören, und ebenso natürlich würde man die Ermittlungen der Strafverfolgungsbehörden unterstützen, wenn sie mit den geeigneten Dokumenten in der Geschäftsstelle vorstellig würde.

Während Klaudia zuhörte, hatte sie die alberne Vorstellung, mit jemandem zu sprechen, der Ärmelschoner trug. Sie verscheuchte den Gedanken und schickte eine SMS an die Staatsanwältin. Eine halbe Stunde später brachte ihr Petra den gefaxten Beschluss zusammen mit einer Tasse Eiskaffee.

»Es tut mir leid.« Sie schob die Tasse über den Tisch.

»Ist schon gut. Ich sollte nicht so empfindlich sein.«

»PH hat gesagt, ich wär die Axt im Walde.«

»Habt ihr wieder telefoniert?«

»Er will halt auf dem Laufenden sein.«

»Dann soll er mich anrufen.« Klaudia nahm die Tasse und trank einen Schluck. Süß schmolz das Vanilleeis auf ihrer Zunge.

»Er will dich nicht stören.«

Klaudia nickte. Übersetzt hieß das wohl, er traute ihr nicht. »Wo ist Demel?«

»In seinem Büro?«

»Okay.« Klaudia griff nach dem Fax und starrte darauf. Ihre Knie verwandelten sich in Gelee. Dabei war es ganz einfach. Sie musste das Fax nur nehmen und zu Demel bringen. Aber genau das ließ ihre Beine zittern. Demel hockte in Joes Büro, und das roch immer noch aprilfrisch nach ihrem Angreifer.

Petra schien zu ahnen, was in ihr vorging. »Ich kann's ihm bringen, wenn du möchtest.«

»Das wäre nett.«

»Wir sollten mal zusammen essen gehen.«

»Sollten wir.« Klaudia gelang ein Lächeln. Und warum auch nicht. Vielleicht sollte sie wirklich aufhören, die Mittagspausen zwischen *Kik* und Döner auf der anderen Seite der Gleise zu verbringen und sich nach einer Heimat zu sehnen, die es für sie nicht mehr gab.

17. Kapitel

Die Sonne stand schon im Westen, und Bauer Asche lehnte mit verschränkten Armen an seinem SUV. Dorina hätte ihn nicht bemerkt, hätten Dorins Hände nicht aufgehört, nach den Gurken zu greifen. Also schaute sie auf. Asches Söhne waren bei ihm, Jan und Patrick würden ihre Plätze auf dem Flieger einnehmen. Die Gurken mussten unbedingt gepflückt werden, da mussten auch schon mal die Jungen ran, wenn Arbeiter ausfielen. Die Bäuerin stieg aus dem SUV und stellte sich neben ihren Mann. Bestimmt wegen Julia, dachte Dorina. Sie wünschte sich auf einmal, ihre Mutter wäre hier und würde sie zur Polizei begleiten. Sie schlug nach dem Gedanken wie nach einer Mücke. Ihre Mutter würde vor Scham und Angst sterben, wenn sie erfuhr, dass sie zur Polizei bestellt worden waren.

Dorina schluckte gegen die Tränen an. Jetzt war es also so weit. Hinter ihr auf dem Flieger dudelte ein Kofferradio, und der Dieselgestank der Zugmaschine kratzte bei jedem Atemzug in der Kehle, trotzdem wäre sie lieber auf dem Feld geblieben und hätte weiter Gurken gepflückt.

»Was ist?«, zischte Gabriella, die links neben Dorin im Gurkenflieger lag. Auch ihr war aufgefallen, dass er aufgehört hatte zu pflücken.

»Der Bauer ist da.«

»Reiß dich zusammen.« Gabriella flüsterte, damit die anderen Rumänen sie nicht verstanden. Sie schaute nicht von ihrer Arbeit auf. Unablässig strichen ihre Hände in den gelben Haushaltshandschuhen durch das staubige

Grün, griffen die Gurken und warfen sie aufs Band, das endlos unter ihnen lief. Eine Mücke setzte sich auf ihren bloßen Arm. Gabriella wischte sie fort, zurück blieb ein staubiger Streifen.

Was ist in der Nacht passiert? Dorina stellte sich die Frage, seit sie von Vlads Tod wusste. Sie hatte auch Dorin gefragt und selbst Gabriella, doch beide wichen ihr aus. Seit der Nacht war Dorin nicht mehr er selbst. Niemand von ihnen war noch so wie vorher. Aber Dorin war auf eine andere Art anders. Dorina konnte es nicht besser erklären. Sie malte sich aus, was er ihr verheimlichte. Was hatte er gesehen? Oder schlimmer noch: Was hatte er getan? An dieser Stelle ihrer Gedanken scherte ihr Hirn regelmäßig aus und nahm das Summen einer Fliege oder das gleichmäßige Kitzeln eines Schweißtropfens wahr, der zwischen ihren Brüsten versickerte.

Nicht auffallen. Diese beiden Worte trieben Dorina an, seit sie wusste, dass Vlad tot war. Sie hatte die Bilder auf Facebook und Twitter gesehen. Es hatte sich angefühlt, als würde ihr Herz von einem Wespenschwarm zerstochen. Immerhin hatte sie weinen können. Die Mädchen hatten alle geweint, auch Jenny, die Vlad eigentlich nicht hatte leiden können. Nur Gabriella hatte nicht geweint. Sie hatte an Dorin geklebt wie Harz. Bald darauf waren die beiden verschwunden. Dass die das können, hatte Dorina gedacht. Wütend war sie gewesen. Vlad war tot und die beiden schlugen sich in die Büsche, als sei nichts geschehen. Schlaflos hatte sie in ihrem Etagenbett gelegen. Doch als die beiden zurückkehrten, waren ihre Lider nicht schwer vom Sex, und Gabriella schniefte. Sie hatte also doch noch geweint. Wegen Vlad? Oder wegen Dorin? Dorina wusste es nicht, und da war die Angst in ihr gewachsen. Keiner von ihnen hatte geschlafen in dieser Nacht.

Und jetzt lag sie seit den frühen Morgenstunden auf dem Flieger. Nur unterbrochen von kurzen Pausen. Ihr Nacken fühlte sich an wie mit glühenden Eisenstangen gepfählt. Ihre Hände arbeiteten gegen den Schmerz an. Dorina sehnte sich danach, den Kopf abzulegen und die Augen zu schließen, aber ihre Hände strichen weiter durchs Laub, griffen nach den Gurken und beförderten sie aufs endlos laufende Förderband.

Weitermachen, nur nicht auffallen. Dorina biss sich auf die Zungenränder, um Speichel zu produzieren. Hitze und Angst trockneten ihre Kehle aus. Sie würde erst trinken können, wenn der Flieger die nächste Pause machte. Dann vertraten sie sich die Beine, gingen aufs Dixi-Klo oder legten sich einfach nur auf den Rücken und versuchten die fünfzehn Minuten Pause zu verschlafen. Anschließend würden die anderen sich wieder auf den Bauch legen und weiterpflücken. Sie und Dorin würden nichts von alldem tun. Sie würden zum Bauer in den SUV steigen und zur Polizei fahren.

»Du sagst einfach das, was wir besprochen haben«, flüsterte Gabriella.

Du hast gut reden, dachte Dorina. Sie hatte noch nie etwas mit der Polizei zu tun gehabt, und jetzt würde sie lügen müssen, um Dorin zu schützen. Die Polizei würde ihn doch sofort verdächtigen, wenn herauskam, dass sie nicht die ganze Zeit zusammen gewesen waren. Ohne hinzuschauen, nahm sie den Bauern wahr. Seine Anwesenheit am Feldrand kroch wie eine graue Nebelwand auf sie zu. Hass flammte in ihr auf. Was hast du mit Vlad gemacht? Jedes Mal wenn sie die Augen schloss, sah sie den Bauern und Vlad. Sie hatten miteinander gestritten.

Während ihre Hände weiter das staubige Grün teilten, schaute sie zu Julia hinüber, die am Ende der Reihe bei den Deutschen lag. Auch ihre Hände arbeiteten gleichmäßig, ohne zu stocken. Die beiden hatten doch nur miteinander getanzt. Aber wie, zischelte die eifersüchtige Natter in ihr, die schon beim Hechtfest den Kopf gehoben hatte. Ihr hatte es nicht gefallen, und dem Bauern auch nicht. Weggezerrt hatte er Julia, als sei sie beschmutzt. Ist dein Töchterchen wirklich zu fein für einen von uns?

Je länger sie darüber nachdachte, umso sicherer war sie sich. Es musste der Bauer gewesen sein. Denn wenn er es nicht gewesen war, konnte es nur Dorin sein.

Die Tochter des Bauern schaute auf, und ihre Blicke begegneten sich. Julia lächelte und schaute dann wieder auf die Gurken. Eigentlich war sie nett und der Bauer auch. Die ganze Familie war nett.

»Das mit Vlad ist schrecklich«, hatte Julia heute Morgen gesagt, bevor sie auf den Anhänger gestiegen waren. Sie hatte sich die gelben Haushaltshandschuhe über die Hände gestreift und sich auf ihren Platz im Flieger gelegt. Mehr war Vlad nicht für sie. Ein trauriger Gedanke, der, kaum gedacht, wie Morgentau verdunstete. Für sie war Vlad nicht wichtig. Auch wenn sie mit ihm getanzt hatte. Warum auch? Er war nur einer der Saisonarbeiter, die ihr Vater beschäftigte.

Aber für mich war er wichtig, dachte Dorina. Jetzt, wo er tot ist, fast noch mehr. Weil sie jetzt ein Geheimnis hüten musste. Wut ließ Dorina die Fäuste ballen. Am liebsten hätte sie Julia geschüttelt und ihr gesagt, was sie gesehen hatte. Dein Vater hat sich mit ihm gestritten, wollte sie ihr ins Gesicht schreien. Wegen dir. Gabriella musste das gespürt haben, denn plötzlich legte sich ihre Hand auf Dorinas Arm. Sie hatte über Dorin hinweggegriffen. Das Gewicht ihres Körpers lag auf seinen Schultern. Seine Beine zuckten, als wollte er weglaufen, aber seine Hände teilten weiter das staubige Grün und brachten sonnenwarme Gurken ans Licht, die er mit einem Schlenker des Handgelenks aufs Transportband warf. Ebenso wie Julia, ebenso wie Dorina. Ebenso wie die anderen Erntehelfer auf dem Flieger, die nichts von ihren Qualen ahnten.

Wenn sich Gedanken bloß ebenso leicht aus dem Handgelenk fortschleudern ließen. Dorina wollte nicht denken. Nicht an Vlad, nicht an ihren Bruder, nicht an das Gespräch mit der Polizei. Schmerz schoss ihr vom überanstrengten Nacken in die Arme. Sie streckte das Kinn vor, das half kurz. Wenn sie dem Schmerz in ihren Gedanken doch ebenso Linderung verschaffen könnte.

Der Motor der Zugmaschine erstarb mit einem Husten. Sofort sprang Dorin vom Flieger und rannte zum Dixi-Klo am Waldrand. Das tat er sonst nie. Normalerweise schlugen sich die Männer in die Büsche und überließen den Frauen die Toilette.

Dorina zog die Gummihandschuhe von den Händen. Ihre Finger waren verschrumpelt, als wären sie zu lange im Wasser gewesen. Sie starrte auf die aufgeweichten Fingerkuppen. Sah Vlad, wie er im Wasser trieb. Sie drängte das Bild zurück. Das war nicht die Erinnerung, die sie von ihm behalten wollte. Sie kramte in ihren Erinnerungen wie in einer Knopfkiste. Sah ihn, wie er ausgesehen hatte, als sie, Dorina, mit ihm getanzt hatte. Gelacht hatte er. Auch noch, als Dorin dazwischengegangen war.

»Du kleiner Wichser«, hatte Vlad gesagt. »Blas dich nicht so auf. Am Ende des Tages werden die Leichen gezählt.« Und er hatte recht behalten. Sechshundertdreiundvierzig Likes hatte Vlad auf Facebook bekommen. Sechshundertdreiundvierzig Likes für den toten Zigeuner.

»Wo ist Dorin?« Der Bauer trat zu ihr und schaute sich suchend um.

»Hände waschen«, antwortete Gabriella mechanisch.

»Wir müssen los.« Asche half Julia vom Flieger. Auch er schien eine schlaflose Nacht hinter sich zu haben. Seine Gesichtsfarbe wirkte fahl, und tiefe Furchen zogen sich von den Nasenflügeln zum Kinn. Müde wischte er sich mit der Hand übers Gesicht. Dorina gönnte ihm die Müdigkeit, gönnte ihm die Angst.

»Nun geh schon.« Gabriella schob sie in Richtung des SUV.

Dorina stemmte sich gegen den Druck. Der Bauer würde schon nicht ohne sie fahren. Sie wischte die feuchten Hände an der Trainingshose ab. Auch wenn es warm war, konnte sie es nicht ertragen, mit bloßer Haut auf den durchgeschwitzten Matratzen zu liegen.

»Ich muss erst noch pinkeln«, sagte Julia. »Was ist mit dir?«, fragte sie Dorina, die unwillkürlich zusammenzuckte. Als Rumänin kannte sie es nicht, dass über so intime Dinge wie Ausscheidungen einfach so gesprochen wurde. Und schon gar nicht in Gegenwart eines Mannes. Wenn sich das Thema gar nicht vermeiden ließ, fragten Rumäninnen bestenfalls, wo man sich die Hände waschen könnte.

»Du musst keine Angst haben.« Trotz seiner Erschöpfung, versuchte der Bauer zu lächeln. »Sag einfach, was du gesehen hast.«

Dorina nickte, obwohl sie das ganz bestimmt nicht tun würde.

»Hey, Dorin.« Julias Stimme schallte vom Waldrand herüber. »Nun mach endlich.«

Dorina schaute auf. Das Herz dröhnte ihr in den Ohren. Sie sah, wie sich Julias Hand zur Türklinke hob, wie die Tür aufschlug. Sah wie Julia sich umdrehte, die Schultern hob und sich ihre Lippen bewegten. Hörte wie durch Wasser verzerrt ihre Stimme. Verstand nicht und wusste doch Bescheid. Sie fuhr herum zu Gabriella, doch die senkte den Blick.

18. Kapitel

Klaudia schaltete die Zündung aus und *I Surrender* von Celine Dion erstarb. Die Verhöre waren zäh wie Kaugummi gewesen, und zu allem Überfluss hatten sie auch noch erstaunlich viel Geld im Schließfach des Jungen gefunden. Geld, für das niemand eine Erklärung hatte. Klaudia zwang sich, an etwas anderes zu denken. Sie hatte jetzt Feierabend, und ihre Gedanken würden sich eh nur im Kreis drehen. Obwohl die Sonne es jetzt nicht mehr über die Hausdächer schaffte, legte sich die Hitze dumpf auf Klaudias Schleimhäute, als sie aus ihrem klimatisierten Peugeot stieg.

Sie schaute zum hellen Fleck auf dem Hofpflaster, der die Form von Uwes Sharan hatte. Hoffentlich ging es dem Kleinen besser.

Trotz der dumpfen Hitze im Treppenhaus rannte sie

die Stufen zu ihrer Einliegerwohnung im Dachgeschoss hinauf. Wenn sie Wibke nicht allzu lange warten lassen wollte, musste sie sich beeilen. Die abgestandene Luft in ihrer Wohnung roch nach Fertigpizza und Duschgel. Im Gehen zog sich Klaudia das Polohemd über den Kopf und riss die Fenster auf.

Vom Garten übertönte Bhanus helle Kinderstimme das gleichmäßige Schlagen eines Hammers. Auch wenn sie spät dran war, schaute Klaudia hinunter, um zu sehen, wie Kaninchen-City wuchs.

Gerd, Bhanus und Annalenes Großvater hockte zwischen putzigen roten und blauen Häusern und hämmerte Sperrholzplatten auf etwas, das aussah, als sollte es eine Kirche werden. Bhanu saß im Schneidersitz neben ihm und streichelte Petra Pan die Dritte. Sie schaute hoch und winkte Klaudia. Ihre Wange zierte ein blauer Farbklecks, und auch Petra Pans Fell hatte blaue Tupfen. Klaudia winkte zurück und suchte schnell ihre Sachen zusammen.

Minuten später rannte sie wieder zwei Stufen auf einmal nehmend die Treppe hinunter. Sie trug Shorts und T-Shirt und um die Hüfte eine wasserfeste Tasche, die ihr Wibke geschenkt hatte und in der sie Schlüssel, ein bisschen Geld und ihr Telefon verstauen konnte. Neidisch schaute sie hinüber zu den Touristen, die bei Babbenbier vor dem *Spreewaldeck* saßen und es sich gutgehen ließen. Sie hätte etwas trinken sollen. Aber dazu war es jetzt zu spät.

Ihr Smartphone tschilpte, als sie den Schlangenkönig aus Beton passierte, der den Bürgersteig schmückte. Klaudia wischte über das Display.

»Hi, Conny«, sagte sie ein wenig atemlos und mit trockener Kehle.

»Stör ich?«, fragte ihre Stiefmutter. »Das tut mir leid. Ich wollte nur …«

»Alles gut.« Klaudia bog auf den staubigen Parkplatz ein, der zum Bootsverleih führte. Sie winkte Wibke, die am Fließ wartete und im lichten Schatten der Erlen mit Schiebschick plauderte.

»Wie geht's euch?«, fragte sie ihre Stiefmutter.

»Sehr gut«, antwortete Conny, aber irgendwie klang ihre Stimme nicht, als würde sie die Wahrheit sagen. »Wir hatten die Enkelkinder am Wochenende hier.«

»Wie schön.« Klaudia fragte sich, was Conny von ihr wollte. Sie rief nie einfach so an.

Mit dem Smartphone am Ohr schlenderte sie über den Parkplatz. Bei jedem Schritt pufften Staubwölkchen auf und legten sich als grauer Schleier über ihre nackten Zehen.

»Wir waren im Grugapark.« Conny sagte diesen einfachen Satz so, dass Klaudia sofort wusste, wen sie getroffen hatte. Sie hatte in der Nähe des Parks gewohnt. Damals, mit Arno. In ihrem anderen Leben, das gerade mal seit einem Jahr vorbei war.

»Ist das Baby da?«

»Du wusstest davon?«

»Die Welt ist klein.« Klaudia verzichtete darauf, ihrer Stiefmutter von dem Ultraschallbild zu erzählen, das ihr Arnos neue Frau geschickt hatte.

»Das hat dein Vater auch gesagt.«

»Also deshalb rufst du an?«

»Er macht sich halt Sorgen.«

Warum ruft er dann nicht selbst an?, dachte Klaudia. Dabei wusste sie die Antwort. Ihr Vater hasste es, zu telefonieren. Also überließ er es seiner Frau. Wie PH, dachte sie plötzlich, der überlässt die Kommunikation mit mir auch Petra.

»Und?«, unterbrach Conny ihre Gedanken. »Es macht dir nichts aus?« Für einen Augenblick dachte Klaudia, so etwas wie Enttäuschung aus ihrer Stimme herauszuhören.

»Es ist vorbei«, sagte sie, und diesmal war es keine Lüge. Arno war Vergangenheit. Zwar zwickte die Erinnerung an ihn wie eine zu enge Hose, aber zumindest ihre Trauer hatte sie überwunden. Ihre Seele hatte seit der Sache mit Joe wohl genügend andere Probleme. Sollte Arno doch glücklich werden mit Frau und Kind. Sie hatte überlebt, und das war für sie im Moment das Einzige, was zählte.

»Wir vermissen dich.« Jetzt wo das heikle Thema abgearbeitet war, klang Connys Stimme entspannter.

»Ihr seid jederzeit herzlich willkommen.«

»Das wissen wir«, sagte Conny. »Pass auf dich auf.«

»Mach ich.« Klaudia drückte das Gespräch weg und trat zu Wibke und Schiebschick.

»Du solltest mehr Gurken essen und weniger Babbenbier trinken«, sagte sie zu dem alten Mann. »Du kriegst ja deine Weste schon nicht mehr zu.«

»Das passt schon, wa?« Schiebschick zwinkerte ihr mit seinen tränenden Altmänneraugen zu und tätschelte seinen spitzen Bauch, über dem das weiße Hemd der Kahnführer spannte.

Er wandte sich wieder Wibke zu. Die blauweiße Mütze hatte er sich tief in den Nacken geschoben. »Am Haus war se.«

»So weit?« Wibke wackelte bedenklich mit dem Kopf.

Klaudia musste nicht nachfragen. Sie wusste, von wem Schiebschick sprach.

»War'n das noch Zeiten, als'et Heideliese nur bis zum nächsten Telefon getrieben hat.« Seufzend kratzte er sich das Kinn. »Wa?«, fragte er Klaudia.

»Es war zumindest ungefährlicher für sie.« Klaudia erinnerte sich mit gemischten Gefühlen an diese Zeiten.

»Wieso stakst du nicht?«

»Bin nicht dran. Da helf ich hier beim Bootsverleih aus, wa? Geld kann man immer gebrauchen.«

»Du müsstest doch schon reich wie ein König sein.« Schiebschick schien irgendwie überall mitzumischen. Andererseits: Was wusste sie schon?

»Geld kommt, Geld geht.« Schiebschick spuckte in den Sand zu seinen Füßen. »Was macht die Leiche?«

»Die hat's schön kühl«, antwortete Wibke und lüftete ihr Shirt.

»Schlimme Sache, wa?«

»Kann man wohl sagen«, bestätigte Klaudia.

»Die Leute sagen, die Ausländer ham sich geprügelt, wa?«

»Was hörst du auf die Leute?«, fragte Wibke. »Du warst doch selbst da. Schon vergessen? Du hast uns doch nach Hause gestakt.«

»Wegen dem seit ihr so nass gewesen?«

»Jepp«, bestätigte Klaudia. »Aber dass du mal was nicht mitgekriegt hast ...« Sie schüttelte den Kopf. »Oder funktioniert dein Kurzzeitgedächtnis nicht mehr? Alzheimer lässt grüßen.«

Schiebschicks Antwort war ein unverständliches Grummeln.

»Wunschdenken.« Klaudia rieb sich die Augen.

»Wieso'n Wunschdenken?«, fragte Schiebschick.

»Dass sich zwei Ausländer bekriegt haben.« Sie unterdrückte ein Gähnen. »Es war ein Deutscher, der ausgerastet ist, weil eine Deutsche mit einem Rumänen getanzt hat.«

»Widerliche Type«, ergänzte Wibke.

»Den leider keiner kennt.« Klaudia schob ihr schweißnasses Haar hoch, um Luft an ihren Nacken zu lassen. Hier am Fließ stieg ein angenehm kühler Hauch vom Wasser auf.

»Also ein Urlauber?«, fragte Schiebschick.

»Eher nicht.«

»Dann kennt ihn auch einer.« Schiebschick tippte sich mit dem Zeigefinger auf die Brust. »Wie sah er denn aus?«

Wahrscheinlich kennt er ihn tatsächlich, dachte Klaudia und beschrieb den Typ im blauen Hemd.

»Und den kennt keiner, sagen se, wa?« Schiebschick kratzte sich das glattrasierte Kinn.

»Wer isset?« Unwillkürlich fiel Klaudia in den Ruhrpottslang ihrer Jugend. Das passierte ihr immer mal wieder, wenn sie mit Schiebschick sprach.

»Von wegen keiner kennt den. Alle tun sie ihn kennen.« Wieder spuckte Schiebschick in den Sand. »Aber schiss ham se.«

»Ach ja?« Klaudias Neugier war geweckt.

»Üble Sippe. Der Alte war schon schlimm, aber gegen seinen Junior ist der ein Waisenknabe.«

»Und wer ist sein Junior?« Klaudia war zu müde und zu erschöpft für Schiebschicks langwierige Art.

»Na, der Marcel.«

»Marcel? Und weiter?«

»Ja, Fiedler. Sein Alter war bei der NVA. Irgendwas Hohes, sagt er.«

»Und wo finde ich diesen Marcel Fiedler?«

»Also wo er wohnt, weiß ich nicht.« Schiebschick kratzte sich den Nacken, dabei rutschte ihm die blau-weiße Skippermütze in die Stirn. »Aber du findest ihn meistens in der *Alten Feuerwehr.*

»Wo sonst«, murmelte Wibke. »Man munkelt, im Hinterzimmer wird um richtig viel Geld gezockt.«

»Ab und zu ein Ründchen Pokern is nicht verkehrt, wa?«

»Kein Wunder, dass du nie Kohle hast«, spottete Wibke. »Du lässt dich von den Profis übern Tisch ziehen.«

»Danke für den Tipp.« Klaudia diktierte die Namen in ihr Smartphone. Marcel Fiedler und *Zur alten Feuerwehr.*

»Wo ist die Kneipe?«

»Hinterm Feuerturm. War mal 'ne Kahnbauerei.« Schiebschick beschrieb Klaudia den Weg.

»Du gehst da bitte nicht alleine rein«, sagte Wibke. »Außerdem hast du Feierabend.«

»Keine Sorge.« Klaudia steckte ihr Smartphone zurück. »Wollen wir?«

»Ich hab ein feines Boot für euch.« Schiebschick rieb sich voller Vorfreude die Hände.

Er hatte nicht zu viel versprochen. Auf dem Fließ wiegte sich ein brombeerrotes Zweierkanu in der sanften Strömung. Schiebschick half ihnen beim Einsteigen, und wenig später glitten die beiden Frauen übers Wasser.

Das gleichmäßige Paddeln entspannte Klaudias Nacken. Mücken tanzten über dem Fließ, und Sonnenstrahlen brachen sich in der flachen Bugwelle. Wassertropfen platzten auf Klaudias Unterarmen, wenn Wibke das Paddel aus dem Wasser zog. Sie glitten vorbei an Pfeilblatt und Schwanenblumen mit ihren weißen und rosafarbenen Blüten. Jetzt am Abend waren nur noch wenige Boote unterwegs. Die meisten Touristen waren irgendwo eingekehrt. Auch auf den Rad- und Wanderwegen entlang der Fließe war nur noch wenig Betrieb. Nur vereinzelt kamen ihnen Spreekähne entgegen. Dann paddelten sie ans Ufer und hielten sich an den Holzbohlen oder an tiefhängenden Zweigen fest.

»Bist du weitergekommen?«, fragte Wibke, die vorne im Boot saß. Feierabend hin, Feierabend her. Sie war doch neugierig.

»Nicht so wirklich«, antwortete Klaudia. »Bei den Verhören hatte ich das Gefühl, mit den drei Affen zu reden. Ich seh nichts, ich hör nichts, ich sag nichts. Und der vierte Zeuge ist gar nicht erst gekommen.«

»Und wer war das?«

»Dorin heißt er. Ist der Bruder des Mädchens. Dorin und Dorina, wie Pat und Patachon.«

»Gibt so Eltern«, sagte Wibke. »Ne Tante von mir hat all ihren Kindern Namen gegeben, die mit M anfangen.«

»Da haben wir ja noch Glück gehabt, was?«

»Hast du Geschwister?«, fragte Wibke.

»Halbschwestern. Ich war eher ein Unfall. Wie sieht's bei dir aus?«, fragte Klaudia. Sie wollte nicht über ihre Schwestern reden.

»Einzelkind«, antwortete Wibke.

Das Kanu glitt über das Fließ, und beide Frauen hingen ihren Gedanken nach. Wibke war die Erste, die das Schweigen brach. »Und nu?«, fragte sie. Ohne mit dem Paddeln innezuhalten, warf sie einen Blick über die Schulter.

»Was meinst du?«

»Immerhin ist dieser Dorin deiner Vorladung nicht gefolgt.«

»Muss er ja nicht.«

»Trotzdem. Komisch ist das schon.«

»Und nicht nur das.« Klaudia erzählte Wibke von dem Geld, das sie im Bankschließfach des Toten gefunden hatten.

»Es ist einfach zu viel für einen Jungen, der als Erntehelfer hier ist.«

»Also ist er vielleicht der Erpresser, der gedroht hat, Bauer Asches Gurken mit Nadeln zu präparieren.«

»War auch mein erster Gedanke«, räumte Klaudia ein, »aber der Bauer schwört heilige Eide, dass er nicht gezahlt hat. Also stellt sich die Frage: Wer hat gezahlt und wofür?«

Klaudia mochte es, den Fall mit der Kollegin durchzusprechen. Das Paddeln erleichterte ihr das Denken, und Wibke stellte die richtigen Fragen. Es war fast so wie mit Arno in ihren besten Zeiten. Sie waren wirklich ein gutes Team gewesen, und Klaudia dämmerte, dass sie mittlerweile den Kollegen Arno mehr vermisste als den Lebensgefährten.

»Vielleicht hat er gedealt.« Wibke drehte sich zu Klaudia um und sagte mit verstellter Stimme: »Rauchen o' Nase Bruder.« Das R trillerte sie gegen den Gaumen und tat so, als wollte sie sich ein Bubble in die Hand spucken.

Klaudia verschluckte sich bei dieser perfekten Parodie eines Bahnhofdealers an ihrem eigenen Lachen. Hustend hielt sie sich am Bootsrand fest. »Hast du einen Nebenjob, von dem ich nichts wissen darf?«

»Nein.« Auch Wibke lachte. »Ich hatte eine wilde Jugend.«

»Wie bitte?«

»Nicht, was du denkst.« Wibke drehte sich zu ihr um. »Ich war mal VE im Drogendezernat.«

»Wow.« Klaudia war beeindruckt. Als junge Polizistin hatte sie eine Zeitlang mit dem Gedanken gespielt, als verdeckte Ermittlerin zu arbeiten, aber dann hatte sie Arno kennengelernt. Die Arbeit eines VE passte nicht zu einer Beziehung.

»Ich war echt gut.«

»Das glaube ich unbesehen.« Klaudia lenkte das Kanu an einem überhängenden Ast vorbei. »An Drogen hab ich auch schon gedacht. Deshalb gehen wir morgen noch mal mit einem Hund in die Unterkunft.«

»Liegt ja nahe, nicht wahr?«, sagte Wibke. »Über Polen kommen eine Menge Drogen in die Region. Das meiste ist zwar auf dem Weg nach Berlin, aber ein Teil bleibt immer hängen.«

»Vielleicht steckt diese Gabriella ja auch mit drin.«

»Möglich«, antwortete Wibke. »Was ist mit der Schwester?«

»Die wahrscheinlich auch«, antwortete Klaudia. »Sie schwört Stein und Bein, dass sie, Gabriella und ihr Bruder gemeinsam das Fest verlassen haben.«

»Und du glaubst ihr nicht?«

»Selbst wenn. Der Witz ist, ich könnte es nicht beweisen. Stellt sich also die Frage: Warum ist der Junge abgehauen?«

»Man tut einiges, wenn man jung und dumm ist.« Wibke seufzte, und es klang, als wüsste sie, wovon sie sprach. Wahrscheinlich hatte sie eine aufregende Jugend hinter sich. »Kannst du nicht was drehen?«

Klaudia wusste, worauf die Kollegin anspielte. »Hat

Demel auch vorgeschlagen«, sagte sie. »Er wollte Demeter-Anders überreden, einen Haftbefehl auszustellen. Der war ganz wild darauf.« Klaudia tauchte das Paddel unwillkürlich heftiger ins Wasser, und der Bug driftete nach links. Mit einem J-Schlag korrigierte sie die Fahrtrichtung. Fast hätten sie sich gestritten, aber dann hatte der Kollege doch nachgegeben.

»Nicht gut?«

»Keine Chance. Es gibt keinen Anhaltspunkt, außer Oma Asches Aussage, dass er nicht begeistert von der Liebelei seiner Schwester gewesen sei. Und die sagt, sie sei die ganze Zeit mit ihrem Bruder zusammen gewesen.«

»Und was sagt sie zur Schlägerei auf dem Hechtfest?«

»Sie wollte Vlad folgen, aber ihr Bruder habe sie zurückgehalten.«

»Wie praktisch.«

»Es gibt keinen Grund, ihr nicht zu glauben. Selbst wenn wir die Radspuren dem Hof zuordnen können, wird es uns schwerfallen, zu beweisen, wer gefahren ist. Trotzdem habe ich das Gefühl, dass da mehr ist.«

Nachdenklich ließ Klaudia das Paddel durchs Wasser gleiten und schaute einem Wasserläufer hinterher, der vor ihrem Boot floh. Sie dachte an das blasse Mädchen mit den tiefdunklen Augen und ebenso schwarzen Haaren. Während der Befragung hatte sie so heftig an der Nagelhaut ihres Zeigefingers geknibbelt, dass Klaudia sich hatte beherrschen müssen, ihr nicht die Hand wegzuschlagen. »Diese Dorina war bis ins Mark erschüttert.«

»Das kann auch Schuld sein.«

»Nein.« Nachdenklich korrigierte Klaudia den Kurs. »Ich glaub, das hätte ich gemerkt.«

Klaudia war erstaunt gewesen, wie gut die Kleine

Deutsch sprach, bis sie erfuhr, dass sie ein deutsches Gymnasium besucht hatte und Touristik studieren wollte. Wie ihr Bruder. Sie hatte viel geredet und wenig gesagt. »Aber sie verschweigt etwas.«

»Tun Zeugen das nicht immer?«

»Irgendetwas hat wohl jeder zu verbergen.« Klaudia schlug nach einer Mücke, die auf ihrem Handgelenk landete. Das Boot schwankte leicht. »Trotz allem scheint mir dieser Marcel im Moment der wahrscheinlichere Kandidat zu sein. Oder eben Asche.«

»Wegen der Gurken.«

»Jepp.« Klaudia hatte sich erst sehr unwohl in Gegenwart des Bauern gefühlt, dessen Gesicht Joe so ähnelte. Demel schien das gemerkt zu haben, denn mehr als einmal hatte er ihr aufmunternd zugelächelt. So weit kommt es noch, hatte Klaudia gedacht. Dass ausgerecht die Allzweckwaffe aus Königs Wusterhausen mich aufbauen muss. Sie hatte sich zusammengerissen. Und je länger sie Asche zuhörte, umso mehr erkannte sie sich selbst in seiner Geschichte. Aus dem alten Leben gekickt: Katastrophe, Neuanfang, wieder Katastrophe. Auch wenn seine Bedrohung nur aus Nähnadeln in Gurken bestand, hatte sie das Potential, ihn zu vernichten. Vor allem, wenn Korruptionsvorwürfe in der Luft hingen. Klaudia hatte ihn auch dazu befragt. Asche hatte nur ratlos die Hände gehoben. Im ersten Jahr hätten die Leute so geredet. Sie hätten sich halt nicht erklären können, dass er den Hof wieder zum Laufen gekriegt hatte. Eigentlich hätte er gedacht, dass es vorbei sei, aber so ein Gerücht sei wohl wie Faulschlamm. Es sinkt auf den Grund vom Fließ und wird immer wieder aufgewirbelt.

»Es ist schon hart für diesen Asche, oder?«, sagte sie

nachdenklich. »Ich meine, er verliert seinen Job, fängt hier neu an, und dann so etwas.«

»Was sagt er denn?«

»Dass er die Briefe für einen dummen Jungenstreich gehalten hat und dass er das immer noch tut.«

»Und was hat er zur Schlägerei gesagt?«

»Er war sauer, dass Vlad seine Tochter da hineingezogen hat.«

»Echt?«, fragte Wibke. »Der Junge konnte doch gar nichts dazu. Also das hätt' ich jetzt nicht von Thomas gedacht.« Wibke hielt mit dem Rudern inne und drehte sich zu Klaudia um. Das Boot schwankte, und für den Bruchteil eines Wimpernschlages drehte sich die Welt um Klaudia. Dann war dieses Gefühl ebenso schnell vorbei, wie es sie überfallen hatte. Trotzdem presste Klaudia ihr Paddel auf die Bootsränder, und der Bug drehte sich in die Strömung.

»Kennst du ihn gut?«, fragte sie, als sie wieder paddeln konnte.

»Hast du ein Gespenst gesehen?« So leicht entging Wibke nichts.

»Nein. Alles gut. Ich bin nur müde.«

»Was sagt denn seine Tochter?«

»Julia? Nicht viel«, antwortete Klaudia. »Ihre Mutter war bei dem Gespräch dabei. Vielleicht deshalb.« Klaudia lenkte das Kanu an einem Baumstamm vorbei, der im Wasser lag. Ein Entenpärchen sonnte sich auf dem moosigen Stamm. »Sie sagt, sie habe nur mit Vlad getanzt, um Rohloff zu entgehen. Der war wohl anhänglicher, als ihr lieb war. Erst habe er ihre Mutter und dann sie belagert, hat sie gesagt.«

»Echt, beide?«

Wibke wandte Julia wieder den Rücken zu und paddelte kräftig gegen die Strömung an. »Dabei ist Marco eher der Typ Hausdackel. Seine Anja führt ihn an der kurzen Leine.«

»Hausdackel?« fragte Klaudia erstaunt. Sie erinnerte sich durchaus an den kurzen Wortwechsel vor dem Damenklo. »Ich dachte, er war die Liebe deines Lebens?«

»Manche Menschen lieben eben Dackel.«

»Tja, aber auch Dackelrüden sind nur Männer«, gab Klaudia zu bedenken. »Wenn sie in ein gewisses Alter kommen, werden sie anfällig für Welpen.«

»Ich glaube, du brauchst eine Abkühlung.« Wibke schlug mit dem Paddel aufs Wasser, und es schwappte Klaudia kalt über die Beine. »Bringt dich auf andere Gedanken.«

Klaudia tat es ihr gleich, und die nächsten Meter trieben sie prustend und sich gegenseitig nass spritzend auf der Spree.

»Eigentlich ist Thomas ein Netter«, sagte Wibke, als sie sich wieder beruhigt hatten.

Das war Joe auch. Klaudias gute Laune verdunstete in der Sonne. Sie visualisierte ein Stoppschild. Sie wollte nicht an Joe denken. Für eine Weile paddelten sie schweigend. Ein Fischreiher glitt über sie hinweg. Klaudia lauschte auf die Geräusche in ihrem Kopf, aber selbst das Sirren ihres rechten Ohres war nur eine Ahnung im Wind. Es ging ihr gut. Ihre Schwindelattacken waren vorüber, und auch die ständige Übelkeit war vergessen. Doch sie wusste, dass sie vorsichtig sein musste. Eine Menière-Erkrankung verschwand nicht so einfach. Sie schlief nur wie Dornröschen, bis der nächste Prinz kam, der sie weckte. Klaudia dachte daran, was Asche über

Gerüchte gesagt hatte. Faulschlamm war vielleicht der bessere Vergleich.

Wibke tauchte ihr Paddel tiefer ins Wasser, und das Kanu nahm Fahrt auf. Ohne hinzuschauen, wusste Klaudia, dass sie an dem Haus vorbeiglitten, in dem sie den toten Ingenieur aus Berlin gefunden hatten. Bald würden sie das Fließ passieren, an dem das Haus der alten Frau Nowak lag. Unwillkürlich tauchte auch sie das Paddel tiefer ein, und das Boot driftete nach links. Klaudia korrigierte den Kurs. Es war nur ein Haus. Trotzdem zog sie schaudernd die Schultern hoch. Das »Haus des Grauens« nannten es die Kahnführer. Sie fuhren mit den Touristenbooten bis zum Anleger und erzählten die blutige Geschichte. Schiebschick hatte damit angefangen, aber jetzt war der Abstecher Bestandteil jeder Hochwaldtour. Eine willkommene Ergänzung zu den Spreewaldkrimis, die immer mehr Leute in die Region lockten. Dafür sei das Haus nicht mehr zu vermieten, sagte Schiebschick, obwohl nach dem Blutbad alles renoviert worden sei. Ganz so authentisch wollten die Leute den Gruseleffekt dann wohl doch nicht haben.

Ob der Wasserfleck noch da ist?, dachte Klaudia. Der Wasserfleck in Form des italienischen Stiefels war das Erste, das sie gesehen hatte, als sie aus ihrer Ohnmacht erwacht war. Sie war erleichtert gewesen. Aber nicht lange. Wasser spritzte auf, als Klaudia das Paddel wieder eintauchte. Das Boot gewann schnell an Fahrt und glitt durch das braune Wasser der Spree.

19. Kapitel

Dorina starrte aus dem Seitenfenster des SUV. Ein Klavierkonzert übertönte die Motorengeräusche. Häuser und Bäume flogen nur so vorbei. Asches Frau fuhr zügig und überholte, wenn sich ihr eine Gelegenheit bot. Seit sie am Revier in Lübben in den SUV gestiegen waren, hatte sie kein Wort gesagt. Niemand hatte etwas gesagt. Dorina spürte die Blicke der anderen. Sie lehnte die Stirn an das kühle Glas. Am liebsten wäre sie unsichtbar oder, noch besser, zu Hause in Sibiu, in ihrem Bett, und es wäre Morgen, und ihre Mutter würde sie mit einer Tasse Kakao wecken, und alles wäre nur ein Traum gewesen. Ein verschwitzter, stinkender Traum und Dorin wäre in Bucureşti an der Universität, wo er hingehörte, und sie wüsste nichts von Deutschland und Vlad. Aber sie träumte nicht. Dieser nach Schweiß und Angst stinkende Alptraum war ihr Leben, und Dorin war nicht an der Uni, sondern verschwunden. Einfach weggelaufen. Bei dem Gedanken an ihren Bruder liefen ihr die Augen über. Er hatte sie im Stich gelassen. Hastig wischte sie sich die Tränen von den Wangen.

Die Bäuerin räusperte sich, drückte auf einen Knopf, und das Klavierkonzert verstummte. Zurück blieben das Motorengeräusch und das Rauschen der Klimaanlage.

»Hast du denn wirklich keine Ahnung, wo dein Bruder sein könnte?«, fragte sie. Obwohl Frau Asche sich Mühe gab, ihre Stimme sanft klingen zu lassen, spürte Dorina das Misstrauen hinter der Frage. Ihre Blicke kreuzten sich im Rückspiegel. Dorina schüttelte nur hilflos den Kopf. Zu sprechen wagte sie nicht. Die Angst um Dorin schnitt wie ein Messer in ihre Kehle. Warum nur war er abgehauen? Was um Himmels willen war passiert in jener Nacht? Sie starrte auf den verschwitzten Nacken des Bauern. Sie hätte sagen sollen, dass sie ihn gesehen hatte, oder wenigstens von dem Streit erzählen sollen. Aber dann hatte die Polizistin nach dem Geld gefragt und ob sie wüsste, woher Vlad das gehabt hatte. Geld. Vlad hatte Geld gehabt. War das Geld der Grund, warum Dorin abgehauen war? Dorina biss sich auf die Unterlippe. Wäre sie doch nur nie nach Deutschland gekommen. Auf einmal wünschte sie sich, sie hätte der Polizistin trotzdem einfach alles gesagt. Oder besser noch, sie wäre einfach umgefallen. Heiß genug war es gewesen auf dem Flur. Nicht so heiß wie auf einem Gurkenflieger, aber stickiger. Frau Asche hatte ihnen etwas zu trinken besorgt. Du hast ihn gerngehabt, nicht wahr, hatte sie gefragt und sich neben sie gesetzt, als die Polizistin mit ihrem Mann gesprochen hatte. Dorina hatte den Kopf geschüttelt. Und diese Lüge hatte sie auch mit zu der Polizistin ins Büro genommen. Sie hatte Vlad verleugnet, um Dorin zu schützen.

Endlich lenkte Frau Asche den SUV in die Einfahrt. Dorina drückte die Tür auf, bevor der Wagen richtig stand. Niemand rief sie zurück, als sie zur Unterkunft lief. Die Asches warteten wahrscheinlich auch nur auf eine Gelegenheit, alles durchzusprechen. Dabei musste der Bauer doch wissen, dass Dorin nichts getan hatte.

»Was hat die Polizei gesagt?« Gabriella lief ihr entgegen und zog sie in die Unterkunft. Willenlos folgte Dorina ihr. Sie hatte nicht mehr die Kraft, sich zu wehren. Ihre Glieder fühlten sich wie mit Blei gefüllt an, und in ihren Ohren dröhnte die Sorge.

»Die anderen sind zum Supermarkt«, sagte Gabriella. »Wir können also reden.«

»Wo ist er?«

»In Sicherheit.« Gabriella drückte Dorina auf ihr Bett. »Du musst was essen. Du hast bestimmt nichts gegessen.

»Ist er zurück nach Hause?«

»Nein. Er ist in der Nähe.«

»Wo in der Nähe?«

»Ich hab's dir doch schon gesagt: in Sicherheit.«

»Du traust mir nicht.« Dorina rückte so weit weg von Gabriella, wie es das enge Bett erlaubte, und zog die Beine wie einen Schild an die Brust.

»Red keinen Quatsch. Sag mir lieber, was du der Polizei erzählt hast.«

»Nichts«, fauchte Dorina. Sie hatte es so satt, wie ein dummes Kind behandelt zu werden.

»Nichts?« Gabriella runzelte die Stirn.

»Natürlich nicht ›nichts‹. Sondern was wir besprochen haben.« Dorina umklammerte die Beine. Es wäre alles so einfach gewesen, wenn Dorin nicht abgehauen wäre. »Warum hat er das gemacht? Ich meine, er ist doch nicht blöd, er muss doch wissen, dass er sich verdächtig macht.«

»Er …« Gabriella wischte sich mit dem Handrücken über die Nase. Ihr Gesicht war rotfleckig und die Augen verquollen. »Ich … Ich konnt's ihm nicht ausreden. Ich hab's versucht.«

»Was weißt du?« Dorina zog Gabriella zu sich, roch den Zigarettenrauch in ihrem Atem. Auf einmal hatte sie das Gefühl, sich übergeben zu müssen. Mit einem erstickten Schluchzen sackte sie in sich zusammen.

»Jetzt mach bloß nicht schlapp.« Gabriella strich ihr

die verschwitzten Haare aus der Stirn. »Es reicht schon, dass Dorin die Nerven verloren hat.«

»Warum sagst du mir nicht, wo er ist?«

»Weil ich es nicht weiß.« Gabriella wischte sich eine Träne aus dem Augenwinkel. »Er hat nur gesagt, dass er ein sicheres Haus gefunden hat. Wo niemand hinkommt.«

»Es gibt keine Häuser, wo niemand hinkommt«, widersprach Dorina. »Nicht in Deutschland.«

»So hat er es aber gesagt.« Hilflos zuckte Gabriella mit den Achseln.

Dorina glaubte ihr, weil sie erschöpft und verängstigt war und nicht noch den einzigen Menschen verlieren wollte, der ihre Sorge um den Bruder teilte. Selbst wenn dieser Mensch Gabriella war. »Es ist wegen dem Geld, oder?«, fragte sie.

»Woher weißt du davon?«

»Die Polizistin hat danach gefragt. Dealt ihr?«

»Red keinen Scheiß.« Gabriella klang eher müde als wütend.

»Was hast du mit alldem zu tun?« Dorina hatte das Gefühl zu ersticken, wenn sie nicht endlich eine Antwort bekäme. Schritte näherten sich. Stimmen und Lachen, das verstummte, als die Zurückkehrenden sie sahen.

Hastig richtete sich Gabriella auf, fummelte an der Wäscheleine herum, als hätte sie etwas Verbotenes getan, und die anderen taten, als würden sie Dorina nicht sehen, auch wenn sie ihre verstohlenen Blicke spürte. Nicht einmal Jenny schaute in ihre Richtung. Dorina drehte sich mit dem Gesicht zur Wand und wünschte sich nach Hause in ihr schmales Zimmer neben der Küche mit dem bunten Webteppich vor dem Bett. Einfach einschlafen und von Kakaoduft geweckt werden. Doch es war nicht der Duft von Kakao, der Dorina weckte, sondern ein Knarren. Rasselnd atmete sie ein und rollte sich wie ein Igel zusammen. Sie wollte nicht wach werden, nicht zurück in diese Welt, in der Vlad tot und Dorin verschwunden war. Sie wollte schlafen und sich wieder nach Hause träumen. Aber jetzt war es zu spät. Ihren Körper interessierte nicht, dass sie schlafen wollte: Ihre Blase meldete sich mit Nachdruck, die Innenseiten der Oberschenkel juckten in der schweißfeuchten Jogginghose, und ihre Lippen waren verkrustet und rissig, als hätte sie seit Tagen nichts getrunken. Für einen Moment wollte Dorina lieber sterben, als einem dieser Gefühle nachzugeben, doch dann schwang sie die Beine aus dem Bett und setzte sich auf.

Ein Knarren? Sie drehte und wendete den Gedanken, weil sie nicht wusste, was er ihr sagen wollte. Dann dämmerte es ihr. Es war ihr Bett, das geknarrt hatte, und es musste Gabriella gewesen sein, die es zum Knarren gebracht hatte. Kaum hatte sie den Gedanken beendet, stand sie schon auf den Zehenspitzen im schmalen Durchgang und starrte ins obere Bett. Gabriella war fort.

Sie ist also zu ihm. Ohne mich. Dorina fluchte lautlos. Gabriella hatte sie angelogen. Natürlich wusste sie, wo Dorin war. Er vertraute dieser Schlampe mehr als seiner eigenen Schwester. Der Gedanke biss wie Zwiebelsaft in ihren Augen. Vielleicht irrst du dich. Vielleicht ist sie einfach nur Hände waschen. Dorina schlich auf den Flur hinaus und lauschte in die Nacht. Die Holzbalken knarrten, und der Mond schien blass in den Flur. Beide Türen standen offen. Ein Windstoß ließ Dorina frösteln. Das Brummen der Kühlschränke dröhnte laut in der Stille der Nacht. Dorina öffnete die Tür zum Bad. Alles dunkel. Also doch. Gabriella war abgehauen. Dorina biss sich auf die Unterlippe. Hatte eigentlich der Hund angeschlagen? Denk nach! Du bist von dem Knarren des Bettes wach geworden. Den Hund hast du nicht gehört. Das bedeutete, dass Gabriella den Weg über die Brücke hinter der Baracke genommen haben musste. Dorina lief zu dem Fahrrad, das sie immer benutzte. Sie würde ihr folgen.

20. Kapitel

Die Hitze hatte Klaudia eine weitere Nacht zwischen Mückenmord und Wegdämmern beschert. Als die Sonne ihre ersten pastellroten Strahlen über den Horizont schickte, hatte sie aufgegeben und war nun schon vor Tau, Tag und selbst vor Petra im Revier.

Während ihr Computer hochfuhr, ging sie in die kleine Küche am Ende des Flurs, löffelte Kaffeegranulat in eine Tasse und dachte mit Wehmut an die Multifunktionskaffeemaschine, die bei Petra stand. Den Dampf aus der Tasse wegpustend, kehrte sie in ihr Büro zurück und loggte sich bei PIKAS ein. Wenn Fiedler irgendwann auffällig geworden war, würde es das polizeiliche Informations-, Kommunikations- und Auswertungssystem ausspucken.

»Bingo«, murmelte Klaudia. Thang hatte tatsächlich den richtigen Riecher gehabt. Fiedler war kein unbeschriebenes Blatt, sondern aktiv in der rechten Szene Brandenburgs, auch wenn es in den letzten Jahren ruhiger um ihn geworden war. Vielleicht war er aufgestiegen und überließ die Drecksarbeit nun anderen.

Klaudia nippte an ihrem Gesöff. Vielleicht sollten sie einen Verfassungsschutzkollegen mit in die MOKO nehmen? Aber zuerst einmal wollte sie sich selbst ein Bild von dem Typen machen. Während sie seine Adresse in ihr Smartphone tippte, dachte sie daran, wie bereit er gewesen war, zuzuschlagen. Er konnte von Glück sagen, dass sein Kumpel ihn zurückgehalten hatte. Auch sie war mehr als bereit gewesen, und wahrscheinlich hätte er den Kürzeren gezogen. Schon allein, weil er sie falsch eingeschätzt hätte. Das taten solchen Typen immer. Sie sahen nur, was sie sehen wollten. Eine hochgewachsene Frau, fast zu schlank, mit dünnen Haaren. Sie wussten nicht, dass jahrelanges Training und gute Reflexe mehr wert waren als Muskeln. Der Typ hätte mit der Nase in der Bierpfütze gelegen, bevor er seine Beschimpfungen zu Ende gedacht hätte. An dieser Stelle ihrer Gedanken fiel ihr ein, dass sie immer noch nicht die Anzeige geschrieben hatte. Scheiße. Aber genau das würde sie jetzt tun. Immerhin wusste sie nun, gegen wen sie sich richtete.

Nachdem sie den Papierkram erledigt hatte, kopierte Klaudia die Akte in die laufende Ermittlung und öffnete das Dokumentationssystem, um zu schauen, ob neue Erkenntnisse vorlagen.

Sie las noch in den Berichten, als Demel ins Büro kam. Auch er trug einen Kaffeebecher in der Hand.

Nach einer kurzen Frühbesprechung machten die beiden sich auf den Weg zum Hof der Asches. Die Hundeführerin erwartete sie bereits.

Der Hund im Zwinger war alles andere als begeistert,

dass ein fremder Rüde sein Revier betreten hatte. Durch das Gebell alarmiert, kam Oma Asche aus dem Stall. Sie trug eine weiße Gummischürze und ebenso weiße Gummistiefel. Die Haare hatte sie unter eine Haube gestopft. Sie brachte den Geruch von Dill und Essig mit in den Hof.

»Wir möchten noch einmal in die Unterkunft«, rief Klaudia gegen das Kläffen des Hundes an.

»Kusch«, schnauzte die Bäuerin, aber diesmal reagierte der Hund nicht. Heiser kläffte er seine Wut in den Sommermorgen. Erst als ein scharfer Pfiff über den Hof schrillte, klemmte er den Schwanz ein und verschwand in seiner Hütte. Klaudia drehte sich um. Sandra Asche stand mit verschränkten Armen am Scheunentor. Auch sie trug weiße Arbeitskleidung und ein Haarnetz.

»Wird schon seine Richtigkeit haben.« Oma Asche winkte ab, als Demel ihr den Durchsuchungsbefehl zeigen wollte. »Findet der auch Nadeln?«, fragte sie den Hund musternd.

»Nur wenn sie mit Meth getränkt sind«, antwortete die Hundeführerin und ließ eine einigermaßen verdatterte Bäuerin zurück.

»Ich würde außerdem gerne noch einmal mit dieser Gabriella und auch mit Dorina sprechen.« Klaudia und Demel waren bei Oma Asche zurückgeblieben. Es hatte keinen Sinn, den Hund mit zu vielen Gerüchen zu verwirren. »Wir hätten da noch Fragen.«

»Die sind jetzt alle auf dem Flieger.«

»Wo ist das Feld?«, fragte Demel.

Die Bäuerin erklärte es ihm.

»Das ist so schrecklich.« Sie griff sich an die Stirn. Dunkle Schweißflecke zeichneten sich unter ihren Achseln ab. Sie musste fürchterlich schwitzen in diesem Gummizeug.

»Ich kann gar nicht mehr schlafen. Wenn wir nicht mitten in der Ernte wären …« Oma Asche beendete den Satz nicht.

»Wir würden es begrüßen, wenn die Mädchen weiterhin auf diesem Hof zu erreichen sind«, sagte Klaudia.

»Ja, natürlich«, sagte Oma Asche. »Obwohl, es ist schon ein komisches Gefühl. Ich meine, wo Dorin weg ist. Man weiß überhaupt nicht, was man denken soll.« Sie schüttelte den Kopf. »Brauchen Sie mich noch?« Sie schaute über die Schulter zur Scheune, wo ihre Schwiegertochter immer noch stand.

»Wir kommen zurecht.« Klaudia schirmte ihre Augen gegen die Sonne ab. Die Hundeführerin verließ gerade die Unterkunft und führte den Hund um die Baracke herum. Aus der Hundehütte schallte ein verhaltenes Schnaufen.

»Es ist so einfach zu vergessen, warum wir hier sind, was?« Demel nahm die Schultern zurück. Er atmete tief ein.

Klaudia verstand sofort, was er meinte. Die Sonne schien ihr auf den Nacken, in einem Gebüsch neben dem Zwinger tschilpten Spatzen, die Hühner gackerten, und zu allem Überfluss löste sich aus dem Schatten des Hauses eine Katze und lief zielstrebig über den Hof. Bullerbü pur.

»Das sollten wir aber nicht«, sagte sie, obwohl sie wusste, dass sie klang wie ein Kollegenschwein. Aber auch wenn sie mit Demel arbeiten konnte, sich einfach so mit ihm zu unterhalten, fiel ihr schwer. Deshalb drehte sie dem Kollegen den Rücken zu und beobachtete, wie der Hund schwanzwedelnd durchs Gras schnüffelte. Es sah eher so aus, als sei er einem Kaninchen auf der Spur als Drogen.

Schließlich kehrte die Hundeführerin zurück. »Weniger als nach einer Party im Jugendclub«, sagte sie und belohnte ihren tierischen Kollegen mit Hundekuchen. »Sorry.«

»Vielleicht haben sie das Zeug rechtzeitig rausgeschafft.« Demel kratzte sich die Nase.

»Wenn überhaupt etwas da war«, sagte Klaudia. »Ach ja. Hast du zufällig Nadeln gefunden?«

»Du meinst Spritzenbestecke?«, fragte die Hundeführerin.

»Nein«, antwortete Klaudia. »Schlichte Nähnadeln.«

»Ist das ein Insider?« Die Kollegin kniff skeptisch die Augen zusammen.

»Nur ein Grund mehr, warum wir hier sind«, sagte Demel.

»Ihr solltet aus der Sonne gehen.« Die Hundeführerin tippte sich grinsend an die Stirn. »Komm, Adrian.«

Die Felder der Familie Asche lagen ebenso wie der Hof versteckt zwischen Wäldern an einem Fließ. Demel parkte den Wagen hinter einer Steinbrücke neben einem Hochstand, wie sie hier übrall in der Gegend standen. Der Gurkenflieger war im ersten Drittel des Feldes unterwegs und bewegte sich im Schneckentempo vorwärts. Das gleichmäßige Tuckern des Dieselmotors hallte über den Acker. Gurken flogen von einem Förderband in einen Anhänger. Von den Arbeitern sah man nur die in gelben Haushaltshandschuhen steckenden Hände und hin und wieder mal ein blasses Gesicht.

»Wir können dahinten auf die Mädels warten.« Demel

zeigte hinüber zum Waldrand, wo ein blaues Dixi-Klo stand.

»Bei dem Tempo kann das doch ewig dauern, bis der am anderen Ende ist.«

»Soll ich mich ihm in den Weg werfen?«

»Das ist doch mal eine Idee.« Klaudia schulterte ihren Rucksack und marschierte zwischen den Gurkenreihen hindurch. Als sie den Flieger überholt hatte, stellte sie sich dem Traktor in den Weg und hielt dem Fahrer theatralisch die Dienstmarke entgegen.

»Was soll das?« Der Mann streckte den Kopf seitlich aus dem Trecker. Es war ein älterer Herr, und Klaudia bezweifelte, dass ihr die Marke auf diese Entfernung helfen würde. Noch war der Trecker etwas mehr als fünf Meter von ihr entfernt, aber der Fahrer machte keine Anstalten, ihn zu stoppen. Auch wenn Klaudia nicht befürchtete, dass er sie über den Haufen fahren würde, fühlte sie sich doch kleiner und verletzlicher, je mehr der Abstand zwischen ihr und dem Traktor schrumpfte. Als sie den Kopf in den Nacken legen musste, um den Fahrer überhaupt noch zu sehen, erstarb der Motor mit einem heiseren Husten und hüllte Klaudia in eine Auspuffwolke.

»Spinnst du?« Der Fahrer kletterte vom Trecker. Er überragte Klaudia um Haupteslänge, und sein rotes Gesicht war wutverzerrt.

»Polizei«, sagte Klaudia. »Wir möchten mit einigen Arbeitern sprechen.«

»Hat das nicht Zeit bis heute Abend?«, fauchte der Fahrer. »Seh'n Sie denn nicht, was hier los ist? Die Leute können nicht so schnell pflücken, wie die Gurken wachsen, und ihr haltet den Flieger an.« Er schüttelte fassungslos den hochroten Kopf.

Demel war mittlerweile auch herangekommen und stellte sich zu Klaudia.

»Dauert nicht lange, Gerhard«, sagte er. »Lass die beiden absteigen, und dann können die ihre Reihen ja nacharbeiten.«

»Also dann«, murrte der Mann und stieg wieder auf den Trecker. »Von mir aus.«

Klaudia ging um den Flieger herum. Dankbar über die unerwartete Pause, hatten sich die Arbeiter aufgesetzt oder auf den Rücken gedreht. Unter der Plane, die sie vor Regen und Sonne schützte, stank es nach Schweiß. Die Gesichter, die Klaudia entgegenstarrten, waren blass vor Müdigkeit.

»Dorina? Gabriella?« Klaudia winkte den beiden Mädchen, ihr zu folgen. Aus den Augenwinkeln sah sie, wie die Tochter des Bauern neugierig zu ihnen herüberstarrte. Vielleicht sollte sie auch noch einmal mit ihr sprechen. Gut möglich, dass sie ohne ihre Mutter offener sein würde. Also winkte Klaudia auch Julia, ihr zu folgen.

»Was gibt's denn noch?« Die Tochter des Bauern sprang vom Flieger. »Ich hab doch gestern schon alles gesagt.«

»Manchmal erinnert man sich am nächsten Tag dann doch noch an etwas.«

Klaudia registrierte, dass die Mädchen zwar sie und Demel ansahen, aber untereinander nur hastige Seitenblicke wagten. Vor allem Gabriella wirkte beunruhigt. Immer wieder strich sie sich über die Arme, als sei ihr kalt. Ihre Finger hinterließen Schmutzstreifen, die bis zu ihren Schultern reichten.

Auch die anderen Arbeiter waren nun vom Flieger gestiegen und nutzen die Pause, um sich die Beine zu vertreten oder das Toilettenhäuschen aufzusuchen.

»Ey, das geht nicht.« Der Fahrer drehte sich im Kreis. Als er begriff, dass die meisten Arbeiter den Flieger verlassen hatten, griff er grummelnd nach einem Eimer, der am Trecker baumelte, und suchte die Pflanzreihe, neben der sie standen, nach vergessenen Gurken ab.

»Vielleicht suchen wir uns ein ruhiges Plätzchen.« Demel zeigte zum Waldrand.

»Dürfen Sie das überhaupt?«, fragte Julia. »Einfach so auftauchen und uns befragen?«

»Sie müssen nicht mit uns sprechen«, sagte Klaudia. »Aber Sie sollten nicht vergessen, dass ein Mensch tot ist.«

Julia senkte den Kopf, während Dorina Tränen in die Augen stiegen und Gabriella sich auf die Unterlippe biss.

»Also, geh'n wir?« Einladend streckte Klaudia die Hand aus.

»Ich weiß aber wirklich nicht mehr, als ich Ihnen schon gesagt habe.« Julia lehnte an einem Baumstamm, die gebräunten Arme vor der Brust verschränkt. »Und den Typen kannte ich wirklich nicht. Ich meine, es ging alles so schnell, und dann lag Vlad schon am Boden, und Papa hat mich aus der Schusslinie gezogen.«

»Was haben Sie danach gemacht?«, fragte Demel. Er zückte sein Notizbuch, während Klaudia unauffällig die Aufnahmefunktion ihres Smartphones aktivierte. Das war zwar nicht korrekt, aber es half, die Übersicht zu behalten. Während sie zuhörte, hatte sie Zeit, die beiden Rumäninnen zu beobachten. Diese Gabriella tat so, als ginge sie das alles nichts an, und tippte ebenfalls auf ihrem Handy herum. Klaudia hätte zu gern gewusst, wem sie gerade schrieb. Vielleicht diesem Jungen, der abgehauen war? Klaudia wusste es nicht. Sie schaute hinüber zu dem anderen Mädchen. Diese Dorina kochte, das war deutlich zu sehen. Klaudia hatte schon bei der Befragung im Revier das Gefühl gehabt, dass da etwas war, das die Kleine loswerden wollte. Ihr Mund klappte auf und zu, als wollte sie Julias Schilderung widersprechen. Aber immer wieder biss sie dann doch die Zähne zusammen, und Klaudia fragte sich, was gerade siegte: Unsicherheit? Vernunft? Oder vielleicht doch Angst? Dorinas Hände waren zu Fäusten geballt, und ihr Atem ging kurz und abgehackt, als wäre sie zu schnell gelaufen.

»Wir sind nach Hause.« Julia zuckte mit den Achseln. »Was sonst?«

»Du lügst«, fauchte Dorina. Was immer sie bisher daran gehindert hatte zu sprechen, hatte gerade den Kampf verloren. Demel und Klaudia tauschten einen hastigen Blick.

»Sie haben gestritten.« Keuchend hielt Dorina inne.

Gabriella steckte ihr Handy weg und sagte etwas auf Rumänisch zu dem Mädchen. Was immer sie gesagt hatte, Klaudia wollte Dorina keine Zeit geben, darüber nachzudenken.

»Wer?«, fragte sie scharf. Sie ging einen Schritt auf das Mädchen zu und beugte sich vor, verkleinerte den Raum zwischen Ihnen, wie es der Treckerfahrer gemacht hatte. Sie wollte, dass Dorina nur sie sah, wenn sie aufschaute.

»Der Bauer und Vlad«, murmelte das Mädchen.

»Wieso sagst du das?« Julia Asches Stimme klang schrill vor Aufregung. »Wieso ziehst du meinen Vater da hinein?«

»Weil es die Wahrheit ist«, stieß Dorina hervor.

»Wo haben sie den Streit zwischen Vlad und Bauer Asche gesehen?«, fragte Klaudia. »Und wann?«

Hilfesuchend schaute Dorina zu Gabriella, die sich mit verschränkten Armen abgewandt hatte. »Vor dem Haus«, sagte sie schließlich.

»Sie meinen die Gaststätte *Zum Hecht?*«, vergewisserte sich Klaudia, um sicherzustellen, dass sie beide von dem gleichen Haus sprachen. Dorina nickte.

»Vor oder nach der Schlägerei?«

»Danach.«

»Konntest du hören, was die beiden gesagt haben?«, fragte Demel.

»Nein.« Dorina bewegte den Kopf Richtung Gabriella. »Aber sie. War Hände waschen.«

Demel runzelte die Stirn, aber so langsam kriegte Klaudia eine Ahnung davon, was unter dem Begriff Händewaschen zu verstehen war.

»Haben Sie gehört, was sie gesagt haben?«, fragte sie an Gabriella gewandt. Das Mädchen schüttelte so prompt den Kopf, dass Klaudia wusste, dass sie log.

»Und Sie?«, fragte sie die Tochter des Bauern.

»Nein«, sagte Julia. »Ich weiß nicht einmal, dass die beiden noch miteinander gesprochen haben. Geschweige denn gestritten.«

»Warum nicht?«, fragte Klaudia. »Waren Sie denn nicht dabei?«

»Nein. Ich war Mama suchen. Wir wollten ja nach Hause. Ich hab sie dann am Gästehaus gefunden.« Julia schaute auf. »Wenn Sie mir nicht glauben, können Sie ja den Rohloff fragen«, fügte sie hinzu. »Der war dabei.«

»Und Ihr Vater hat den Streit auch nicht erwähnt?«

»Nein, als wir zurückkamen, hat er bei den Rädern auf uns gewartet, und dann sind wir nach Hause gefahren.«

»Du …«, sagte Dorina, schwieg aber, als Gabriella etwas auf Rumänisch zischte. Klaudia sah, wie ihre Schultern nach vorn sackten und ihr Blick etwas Verlorenes bekam. Ihre Fäuste öffneten sich, und die Hände fielen schlaff an ihren Oberschenkeln herab. Der Augenblick der Wut war vorbei. Und damit der Augenblick der Wahrheit.

Aber du wirst es mir schon noch sagen, dachte Klaudia. Wir sind noch nicht fertig miteinander. Und wir auch nicht. Ihr Blick wanderte zu Gabriella, deren Hals aussah, als wäre sie plötzlich von Scharlach befallen. Eine schwarze Auspuffwolke ausstoßend fuhr der Trecker wieder an.

»Brauchen Sie mich noch?«, fragte Julia.

»Im Moment nicht. Aber es wäre schön, wenn Sie morgen im Laufe des Tages mit Ihrem Vater noch einmal ins Revier kommen würden, damit wir Ihre Beobachtungen protokollieren können«, sagte Klaudia. »Und Sie bitte auch«, fügte sie zu den Rumäninnen gewandt hinzu.

Klaudia wartete, bis die Mädchen einige Schritte gegangen waren, bevor sie Gabriella zurückrief. Die Rumänin zuckte sichtbar zusammen, aber genau das wollte Klaudia auch erreichen. Die Kleine war zäh, aber sie war zäher.

»Wussten Sie, dass Vlad Albu im letzten Jahr auf dem Hof der Rohloffs gearbeitet hat?«, fragte sie.

Gabriella schüttelte den Kopf.

»Aber Sie kennen die Rohloffs?«

Gabriella nickte zögernd.

»Und woher kennen Sie Vlad?«

»Aus mein Dorf.«

»Er hat Sie also in Rumänien gefragt, ob Sie ihm Arbeit besorgen können?«

Gabriella nickte.

»Und Sie bezahlt?«

»Nur Vermittlungsgebühr. Ist nicht falsch.« Gabriella schüttelte vehement den Kopf.

Klaudia nickte. Andere Länder, andere Sitten.

»Und was wissen Sie von dem Geld in dem Bankschließfach?«

»Nichts.« Die Antwort kam prompt und zu allem Überfluss schaute Gabriella Klaudia mit großen Augen an. Typischer Anfängerfehler, dachte Klaudia. Abgezockte Typen hatten das besser raus.

»Keine Idee, woher er es hatte?«

Gabriella schüttelte wieder den Kopf. Offensichtlich hatte sie sich nun auf nonverbale Kommunikation verlegt. Nicht die schlechteste Alternative für das Mädchen, für Klaudia schon. Sie wusste, dass sie jetzt keinen Schritt weiterkommen würde. Sollte die Kleine ruhig noch ein bisschen im Gurkensaft schmoren.

»Wir sehen uns dann morgen.« Sie lächelte bei dem Satz, doch Gabriella zuckte zurück, als hätte sie sie geschlagen.

21. Kapitel

»Und nun?«, fragte Demel, als sie wieder in den Wagen stiegen und Klaudia ihr Smartphone zum Laden anschloss.

»Wenn wir schon mal hier sind, könnten wir vielleicht noch mal bei den Rohloffs vorbeifahren.« Sie lehnte sich zurück und griff nach dem Sicherheitsgurt. Wenn sie mit Thang unterwegs war, fuhr meistens sie, aber Demel gab die Autoschlüssel wohl nur aus der Hand, wenn er auf sein Rennrad stieg. Manche Kollegen waren so. Klaudia hatte längst aufgegeben, sich darüber aufzuregen. Genoss sie halt die Fahrt auf dem Beifahrersitz. Vielleicht sollte sie Thang anrufen und mit ihm den Fall durchsprechen.

Vielleicht solltest du den Fall lieber mit Demel durchsprechen, erinnerte sie sich selbst daran, dass die Allzweckwaffe aus Königs Wusterhausen nun ihr Kollege war. Und zumindest war er bereit, mit ihr zu sprechen. Ebenso wie er bereit zu sein schien, das Vergangene zu vergessen und neu anzufangen. Bereiter zumindest als sie.

Ist ja auch nicht so schwierig für ihn, dachte Klaudia. Immerhin habe ich ihn nicht auf übelste Art beschimpft.

»Willst du Julia Asches Aussage überprüfen?«, fragte Demel, während er in drei Manövern den Wagen auf dem staubigen Feldweg wendete und dabei jedes Mal dem Hochsitz bedenklich nahe kam.

Ich hätte höchstens zwei gebraucht, dachte Klaudia und lächelte versonnen.

»Auch«, nahm sie Demels Gedankengang auf. »Aber eigentlich würde mich mehr interessieren, warum Vlad woanders anheuern musste.«

»Warum?«

»Als Stadtpflanze kenn ich mich ja nicht wirklich gut aus mit Landwirtschaft«, sagte Klaudia. »Aber eigentlich müsste es den Bauern doch entgegenkommen, wenn sie nicht immer neue Saisonkräfte anheuern müssten. Vlad war vier Jahre in Folge bei den Rohloffs und dieses Jahr hatten sie keine Verwendung für ihn?«

»Ist 'ne Nachfrage wert«, räumte Demel ein und bog auf die Landstraße ab, die zum Hof der Rohloffs führte.

Das Gurkenfass war verrammelt. Auf einem auf alt getrimmten Schild stand »Ruhetag«.

»Das Büro ist drüben.« Klaudia ging hinüber zum Wohnhaus.

»Du schon wieder?« Anja Rohloff musterte Demel entnervt. Klaudias Anwesenheit nahm sie mit einem hoheitsvollen Nicken zur Kenntnis. Klaudia konnte gut verstehen, dass Wibke und diese Frau beste Feindinnen waren. Die Rohloff trug wieder die klassische Mittdreißigerkombi, bestehend aus Poloshirt und Stretchjeans. Klaudia und Demel folgten ihr ins Büro. Ein Ventilator surrte im offenstehenden Fenster.

»Marco ist draußen auf den Feldern.« Anja Rohloff ging zum Schreibtisch und drückte eine Zigarette aus, die im Aschenbecher glomm.

Klaudia fragte sich, ob die Rohloff mit irgendjemandem klarkam. Sie dachte an den Auftritt der Frau auf dem Hechtfest. Stutenbissig, dachte Klaudia und lächelte freundlich. Sie würde einen Teufel tun und sich von dieser Frau ignorieren lassen.

»Sie haben bei unserem letzten Besuch erwähnt, dass Herr Albu ...«

»Sie meinen Vlad?« Ein Summen vom Schreibtisch kündigte eine eingehende SMS an. Frau Rohloff griff nach dem Handy und runzelte die Stirn.

Klaudia nutzte die Gelegenheit und zog ihr Smartphone aus der Hosentasche. Unauffällig drückte sie auf »Aufnahme«.

»Ich hab mich schon gewundert, dass du nicht nachgefragt hast.« Frau Rohloff legte das Handy auf einen Papierstapel neben der Tastatur und schaute Demel an.

»Er war vier Jahre in Folge bei Ihnen …« Klaudia war froh, dass Demel auf dieses Spielchen nicht einstieg und die Klappe hielt. »Warum nicht in diesem Jahr?«

»Wir hatten unsere Gründe.« Endlich bequemte sich Anja Rohloff, ihre Anwesenheit zur Kenntnis zu nehmen.

»Und die wären?«

»Ich glaube, er hat gezockt.«

»Wie gezockt?«

»Gepokert. In den Unterkünften. Das hat Unruhe gestiftet. Also hat mein Mann ihn zur Rede gestellt und es ihm verboten. Ja, und dann sind so Sachen passiert.«

»Was für Sachen?«, fragte Klaudia.

»Mal fanden wir Kronkorken in Gurken, mal war eine Reihe auf dem Feld zertrampelt. Wir konnten ihm nichts beweisen, aber trotzdem haben wir ihn in der neuen Saison nicht mehr eingestellt. Sicher ist sicher.«

»Aber Asche hat es getan«, sagte Klaudia.

»Sieht so aus.« Anja Rohloff zuckte mit den Achseln.

»Gibt es nicht so etwas wie eine schwarze Liste?«, fragte Demel.

»Also nicht offiziell«, räumte Frau Rohloff ein. »Außerdem können wir uns in der Regel auf die Leute verlassen, die uns empfohlen werden.«

»Weil sie für die Jobs bezahlen?«, fragte Klaudia.

»Davon weiß ich nichts«, antwortete Frau Rohloff bestimmt. »Man muss nicht alles wissen«, fügte sie hinzu.

»Kennen Sie Gabriella Jiga vom Asche-Hof?«

»Nein.« Frau Rohloff legte das Smartphone auf einen Papierstapel neben der Tastatur. »Wer soll das sein?«

»Eine junge Frau, die wohl so eine Art Arbeitsvermittlerin für Rumänen ist. Sie sagt, sie kennt Sie.«

»Tut sie das?« Frau Rohloff rieb sich den Nacken. »Keine Ahnung. Kann sein. Ich merk mir nicht alle Namen.«

Sie sieht wirklich fertig aus, dachte Klaudia. Das Leben der Spreewaldbauern schien jenseits der Trachtenromantik auch kein Zuckerschlecken zu sein.

»Wer empfiehlt Ihnen denn die Arbeiter?«

»Mal dieser, mal jener.« Offensichtlich wollte die Rohloff diese Frage nicht beantworten.

»Aber nicht Frau Jiga.«

»Nein, nicht Ihre Frau Jiga. Und nach allem, was man so hört«, sagte sie. »Ist die Vermittlung auch kein Spielplatz für kleine Mädchen.«

»Dafür, dass Sie nichts wissen, sind Sie erstaunlich gut informiert.«

»Hören Sie.« Anja Rohloff seufzte. »Ich will gar nicht so tun, als sei ich so blond, wie ich aussehe.« Sie strich sich eine Haarsträhne hinters Ohr. »Aber bei manchen Sachen fragt man halt besser nicht nach.«

»Und wie ist es mit der schwarzen Liste?«, wiederholte Demel seine Frage.

»Es gibt keine offizielle. Aber wenn mal einer aus der Reihe tanzt, weiß schon jeder in der Genossenschaft Bescheid.«

»Und trotzdem hat Asche den Jungen beschäftigt?«

Ein Pling gab Anja Rohloff Zeit, ihre Antwort zu formulieren. Stirnrunzelnd las sie die Mail, dann schaltete sie den Bildschirm aus. »Er ist nicht in der Genossenschaft.«

»Sie hätten ihn doch trotzdem warnen können.«

»Ja.« Die Rohloff nickte. »Aber das haben wir nicht getan.« Angriffslustig streckte sie das Kinn vor. »Natürlich könnte ich Ihnen jetzt erzählen, dass wir nicht wussten, dass Vlad für ihn gearbeitet hat, aber das wäre gelogen.«

»Und warum haben Sie ihn nicht gewarnt?«

»Es hätte keinen Sinn gehabt.« Frau Rohloff blies die Wangen auf. »Der hätte uns sowieso kein Wort geglaubt. Für den sind wir doch nur dumme Handlanger der Konservenfabrik. Kommt aus Berlin zurück und will uns die Welt erklären.« Sie schüttelte den Kopf.

»Sie meinen, weil er seine Gurken selbst vermarktet?«

»Nein«, widersprach Frau Rohloff. »Weil er nichts mit uns zu tun haben will. Asche macht sein eigenes Ding. Das war schon immer so. Sie beliefern alternative Läden in Berlin und verkaufen viel über das Internet.«

»Scheint doch aufzugehen das Konzept«, sagte Klaudia.

»Das müssen Sie ihn oder seine Bank fragen«, antwortete Anja Rohloff. »Thomas hat viel investiert, und wie das Frühjahr war, wissen Sie ja selbst.« Ihr Seitenblick verriet Klaudia, dass sie nicht nur auf das Jahrhunderthochwasser anspielte.

»Sie mögen ihn nicht?« Klaudia würde einen Teufel tun und sich noch einmal von ihr aus dem Konzept bringen lassen.

»Er mag uns nicht«, korrigierte die Bäuerin. »Marco hat seiner Mutter ein Angebot gemacht, als der Vater gestorben ist. Du weißt doch, wie heruntergewirtschaftet der Hof damals war«, sie schaute wieder zu Demel. »Die alten Leutchen haben's nicht mehr geschafft. Wir wollten das Land pachten, aber das wollte Thomas ums Verrecken nicht. Wir würden den Spreewald zerstören mit unserer Geldgier, hat er gesagt.«

»Aber er baut doch selbst Gurken an«, warf Demel ein.

»Ja, aber ökologisch korrekt, und außerdem wollten wir keine weiteren Gurkenfelder und auch kein anderes Gemüse anbauen«, antwortete Anja Rohloff. »Wir werden auch nicht jünger, und es gibt niemanden, der den Hof übernehmen würde.« Sie biss sich auf die Unterlippe. Für einen Moment verschleierte sich ihr Blick. »Nein«, fuhr sie schließlich nach einem tiefen Atemzug fort. »Wir wollten Pappeln pflanzen für Vattenfall.«

»Pappeln?«, fragte Klaudia.

»Ja, als Biomasse für Kraftwerke. Das ist gutes Geld und macht nach dem ersten Jahr kaum Arbeit. Aber das wollte dieser Ökofreak ja nicht, und dann ist er ja auch zurückgekommen. Da hatte sich die Sache eh erledigt.«

»Asche wurde erpresst«, sagte Klaudia. »Jemand hat gedroht, seine Gurken mit Nadeln zu präparieren, wenn er nicht zahlt.«

»Uihh.« Anja Rohloff atmete hörbar aus. »Und nach allem, was ich gerade gesagt habe, bin ich jetzt Ihre Hauptverdächtige?«

»Ganz so schnell schießen die Preußen nicht«, sagte Demel.

»Hat Vlad Sie erpresst?«

»Sie meinen wegen der Kronkorken?«

Klaudia nickte.

»Nein, hat er nicht. Es waren einfach welche drin. So etwas passiert immer mal wieder.«

»Dass Arbeiter was in die Gurken drücken?«

»Dass jemand was in die Gurken drückt«, korrigierte sie Anja Rohloff. »Die Felder sind halt offen zugänglich. Manche bedienen sich, manche manipulieren die Gurken. Keine Ahnung warum. Vielleicht ist das eine seltsame Art von Humor.«

»Den Sie nicht teilen.«

»Ich nicht und kein anderer Bauer auf der Welt. Selbst wenn Thomas mein größter Feind wäre, würde ich seine Gurken nicht manipulieren«, antwortete sie sofort. »So etwas schadet uns allen, nicht nur dem Betroffenen.«

Ein Geländewagen fuhr in den Hof und parkte unterhalb des Fensters. Das Schlagen einer Autotür, bellende Hunde, und wenig später polterten schwere Schritte durch die Diele. Die Tür flog auf, und Marco Rohloff wuchtete eine Kiste mit Salaten ins Büro.

»Ich hab mein Handy vergessen«, sagte er. »Hat Dieter angerufen? Ach, da ist es ja.« Er schaute auf den Papierstapel. »Oh.« Erst jetzt bemerkte er, dass seine Frau nicht allein war.

»Die Herrschaften sind von der Polizei«, sagte seine Frau. »Sie waren gestern schon einmal hier, als du bei der Versammlung warst.«

»Ah ja.« Rohloffs Arme sackten mit der Kiste ab. »Habt ihr den Kerl?«, fragte er Demel.

»Noch nicht«, sagte Klaudia, als Demel keine Anstalten machte, zu antworten. »Aber wir arbeiten daran. Eine Frage hätte ich: Wann haben Sie Julia Asche am Samstagabend das letzte Mal gesehen?«

»Was hat denn das Mädchen damit zu tun?« Rohloff bückte sich und stellte die Kiste auf den Boden. Als er sich wieder aufrichtete, war sein Gesicht rot.

Ist der wirklich in die Kleine verschossen?, fragte sich Klaudia. Er ist alt genug, um ihr Vater zu sein. Aber das hat Arno ja auch nicht davon abgehalten, mit seiner Neuen ins Bett zu steigen, dachte sie.

»Beantworten Sie doch einfach nur meine Frage«, sagte sie mit ihrer Verhörstimme, die keinen ihrer Gedanken durchschimmern ließ. Sie schaute kurz zu ihrem Smartphone, der Ladebalken war noch gut gefüllt.

»Also ich hab mir ihr getanzt und später« Rohloff stockte und schaute hastig zu seiner Frau, »hab ich sie noch mal draußen gesehen. Ich hab mit Sandra gequatscht. Ihrer Mutter. Über die alten Zeiten und so.«

Klaudia hatte das Gefühl, Rohloff würde sich rechtfertigen, und das tat er ganz bestimmt nicht vor ihr. Sie schaute zu seiner Frau, die mit unbeweglichem Gesicht am Schreibtisch saß. Vielleicht war ihr Göttergatte gar nicht hinter der kleinen Asche her? Vielleicht galt seine Aufmerksamkeit ja der Mutter? Was hatte Wibke über ihn gesagt? Marco sei eher der Typ Hausdackel. Ein Dackel, der jeden Baum anschnupperte? Kein Wunder, dass seine Frau sein Handy kontrollierte.

Klaudia musterte den Bauern und fragte sich, was die Frauen an ihm fanden. Irgendwann musste er ja auch mal Wibke imponiert haben. Rohloff sah auf eine unscheinbare Art nett aus, mit den adrett gescheitelten, dichten Haaren, die sich über den Ohren lockten, und dem leichten Bauchansatz. So ein bisschen wie ein Teddy. Ein ähnlicher Typ wie Asche, nur weniger farblos.

»Es hat eine Rangelei gegeben, und sie wollten nach Hause«, sagte Rohloff.

»Wussten Sie, dass Vlad an dieser Rangelei beteiligt war?«

»War er das?«, fragte Anja Rohloff. »Wundert mich nicht. Typen wie der machen immer Ärger.« Sie wandte sich an ihren Mann. »Ich hab ihnen schon erzählt, warum wir Vlad nicht weiterbeschäftigt haben.«

»Ja, gut«, sagte Rohloff unschlüssig. »Dann wissen Sie ja Bescheid. Möchten Sie vielleicht einen Salat?« Er streckte ihr einen der tiefgrünen Köpfe entgegen. Sand rieselte auf den Holzboden.

»Danke nein.« Klaudia nickte Demel zu, und sie verabschiedeten sich. Vor dem Haus parkte ein weißer Geländewagen mit offener Heckklappe.

»Was meinst du?«, fragte Demel, als sie wieder im Dienstwagen saßen und Klaudia ihr Smartphone ans Ladekabel anschloss. »Hat sie ihn gebrieft?«

»Irgendwie schon.« Klaudia kaute auf der Unterlippe. »Aber warum sollte sie das tun?«

Das Schnattern von Gänsen unterbrach ihren Gedankengang.

»Wagner«, meldete sie sich.

»Ich hab hier eine Anzeige gegen Marcel Fiedler«, meldete sich die Stimme der Staatsanwältin.

»Ja, ich dachte, besser spät als nie«, sagte Klaudia. »Er war der Typ bei der Schlägerei. Sie erinnern sich? Gefährliche Körperverletzung.«

»Lassen Sie ihn in Ruhe.«

Für einen Moment war Klaudia sprachlos.

»Wie bitte?«, krächzte sie. Ihre Wangen brannten, als hätte jemand sie links und rechts geohrfeigt, und genauso fühlte sie sich. Ihr gesamtes Blut schien auf dem Weg in ihr Gesicht zu sein. »Und warum sollte ich das tun?«, fragte sie mühsam beherrscht. »Etwa, weil Sie es sagen?«

»Ich wäre Ihnen dankbar, wenn Sie Ihre Spitzfindigkeiten für sich behalten würden«, fauchte Demeter-Anders. »Ob Sie es mir glauben oder nicht, mir stinkt die Sache auch. Aber Tatsache ist, Sie sollen die Finger von ihm lassen.«

»Wir ermitteln in einem Mordfall.«

»Er hat nichts damit zu tun.«

»Ich werd einen Teufel tun und die Anzeige zurückziehen.«

»Die hat aktuell keine Priorität.«

»Wenn Sie das sagen …«

»Der Mann hat ein wasserfestes Alibi, und das will im Spreewald was heißen. Haben wir uns verstanden, Kriminalobermeisterin Wagner?«

»Natürlich, Frau Staatsanwältin.« Vor Wut schnaubend drückte Klaudia das Gespräch weg.

»Was wollte Demeter-Anders?«

»Sie …« Klaudia stockte. Sie kannte Demel zu wenig, oder auch zu gut, um ihrer Wut freien Lauf zu lassen. Außerdem würde sie einen Teufel tun und sich von einer übereifrigen Staatsanwältin ausbremsen lassen.

»Wir sind ihr zu langsam.« Sie sagte das Erste, was ihr in den Sinn kam, und sprach damit ihr eigenes Empfinden aus. Dabei war es nicht so, dass die Ermittlungen stagnierten, eher mäanderten sie wie die vielen Arme der Spree. Gott, dachte Klaudia. Was sind das denn für Vergleiche?

»Die hat gut reden«, schnaubte Demel. »Ich meine, das Ganze ist doch sowieso eine komische Konstruktion.« Er startete den Wagen. »Was mischt sie sich überhaupt ein. Schließlich bist du qualifiziert, eine MOKO zu leiten.«

Ich bin auch qualifiziert, ein Auto zu fahren, dachte Klaudia. Trotzdem würdest du nicht im Traum auf die Idee kommen, auf dem Beifahrersitz Platz zu nehmen. Ihr war selbst bewusst, dass sie ihren Ärger gerade auf den Kollegen umleitete, der immerhin etwas Wahres gesagt hatte. Sie war qualifiziert, eine Mordkommission zu leiten, und sie würde einen Teufel tun, sich dabei von einer Staatsanwältin auf die Finger klopfen zu lassen.

»Wohin jetzt?«, fragte Demel.

»Zum Spreewaldhochhaus«, antwortete Klaudia. »Ich würde gerne ein oder zwei Worte mit Herrn Fiedler wechseln.«

22. Kapitel

Nicht einmal Klaudia hätte ihr GPS bemühen müssen, um das Spreewaldhochhaus zu finden. Das höchste Haus Lübbenaus stand an einer vielbefahrenen Kreuzung. Früher war es mal ein sozialer Brennpunkt gewesen, doch mittlerweile war ein Teil der Wohnungen seniorengerecht umgebaut worden, und ein Hausmeisterdienst sorgte für Ordnung.

Klaudia drückte ausdauernd und vergeblich auf den Klingelknopf neben dem Namen Fiedler.

»Vielleicht ist er arbeiten?« Demel legte den Kopf in den Nacken und schaute die Hausfassade hinauf. Das Hochhaus warf seinen langen Schatten über die Kreuzung. In diesen Teil der Stadt verirrten sich Touristen nur, wenn sie versehentlich »Stadtmitte Lübbenau« in ihr GPS eingaben.

»Vielleicht.« Klaudia kratzte sich den Nacken. Vielleicht ist er aber auch bereits ausgeflogen?, dachte sie. Aber warum sollte er? Immerhin schien er sehr gute Freunde zu haben. Klaudia kaute an diesem Stoppschild wie an Sodbrennen.

»Lass uns zur *Alten Feuerwehr* fahren«, bat sie schließlich. »Vielleicht ist er ja da.«

»Ich hol mir erst mal was zu essen.« Demel nickte Richtung Discounter auf der anderen Seite der Kreuzung. »Was ist mit dir?«

Klaudia schüttelte den Kopf. Ein Klo wäre ihr lieber. Aber das konnte sie erledigen, wenn sie auf der anderen Seite der Bahngleise waren. Die Kneipe *Zur alten Feuerwehr* lag ja laut Schiebschick nicht allzu weit von ihrer Wohnung entfernt.

Das Zielobjekt lag zwischen Markt und kleinem Hafen, versteckt hinter der Lübbenauer Feuerwehr. Und hätte nicht ein Schultheiß-Schild darauf aufmerksam gemacht, Klaudia hätte die Kneipe übersehen. Dabei war sie schon oft hier vorbeigegangen, wenn sie zur Brücke am kleinen Hafen lief, um auf dem Wanderweg entlang der Fließe zur Wotschofska-Insel zu laufen.

Obwohl die Kneipe so nah am Stadtzentrum lag, gab es hier weder Kellnerinnen mit langen Schürzen noch Touristen, die unter Sonnenschirmen saßen und ihr Babbenbier genossen oder Kaffee tranken und dazu zuckerbestäubte Plinsen aßen. Die Gaststätte sah aus, als wäre ihre beste Zeit vor der Wende gewesen. Die Fassade bröckelte, und zwischen den Pflastersteinen sprießte staubiger Löwenzahn. Das einzige, was nicht ins Bild passte, waren die protzigen Autos, die im Hof parkten. Wenn es stimmte, was Wibke gesagt hatte, wurde hier um viel, um sehr viel Geld gezockt. Ein dicker Kater sprang von einer der Mauern, die das Grundstück einfassten, und landete auf einem schnittigen BMW. Irgendeine kindische Ader in Klaudia wünschte sich, dass seine Krallen ein paar Kratzer auf dem schimmernden Lack hinterlassen würden.

»Wollen wir?« Klaudia fühlte sich nach dem kurzen Zwischenstopp in ihrer Wohnung erheblich besser.

»Komische Sache mit dem Schnuller, oder?« Offensichtlich war Demel mit seinen Gedanken ganz woanders.

»Hat Marianne dir davon erzählt?«

Uwes Schwiegermutter hatte bei Demel gestanden, als Klaudia aus ihrer Wohnung gekommen war.

»Lässt sie nicht los, was?«

»Lass uns rübergehen.« Klaudia wollte nicht mit Demel über Uwe und seine Familie sprechen. Allein der Gedanke daran reichte, dass sich ihre Lider anfühlten, als würde sie einen Allergieschub kriegen. Sie schob sich die Sonnenbrille vor die Augen, stieß sich von der warmen Hauswand ab und überquerte die kopfsteingepflasterte Straße. Demel folgte ihr.

Hinter der Theke stand eine platinblonde Frau, die ebenso wie die Kneipe bereits 1989 ihre beste Zeit hinter sich gehabt haben musste, und spülte mit gichtigen Händen Gläser.

»Die Toiletten sind hinten.« Sie nickte in Richtung eines Schildes.

»Polizei.« Klaudia trat zu ihr an die Theke. »Wir würden gerne mit Herrn Fiedler sprechen.«

»Kenn ich nicht.« Die Frau stülpte ein Bierglas über die Spülbürste.

»Vielleicht ist er ja in Ihrem Hinterzimmer?«

»Hör'n Sie.« Die Frau zog das Glas von der Bürste und spülte es aus. »Ich will keinen Ärger.«

»Da sind wir schon zu zweit.« Klaudia lächelte gewinnend. »Es interessiert mich gerade nicht, was die da drinnen machen. Ich will nur mit Herrn Fiedler reden.«

Die Tür, die zu den Toiletten führte, wurde aufgedrückt, und ein bulliger Typ kam aus dem Durchgang. Eine Selbstgedrehte steckte zwischen seinen Lippen, und in der Hand hielt er bereits ein Feuerzeug. Er stockte, als er Klaudia sah, ging dann aber an ihr vorbei.

»Erste Tür rechts«, murmelte die Wirtin. »Aber das ist eine geschlossene Gesellschaft. Dass das klar ist.«

»Natürlich.«

Klaudia folgte Demel zu der angegebenen Tür. Der Kollege stieß sie auf, und Klaudia sah sich dem Typen vom Hechtfest gegenüber, beziehungsweise dem Totenkopf, der seinen ausrasierten Nacken zierte.

Fiedler stand am offenen Fenster und telefonierte. Er fuhr herum, als Klaudia sich den anwesenden Herren freundlichst mit Namen und Dienstgrad vorstellte. Sie hatte das Gefühl, in einem alten amerikanischen Gangsterfilm gelandet zu sein. Auf einem mit grünem Filz bedeckten Tisch lagen Bündel mit Geldscheinen und akkurat gestapelte Türme aus bunten Chips. Klaudia schob sich die Sonnenbrille in die Haare.

»Wir dachten, wir ersparen Ihnen den Weg zum Revier und unterhalten uns hier mit Ihnen.«

»Warum sollte ich das wollen?« Marcel Fiedlers Gesichtsfarbe wechselte zu einem ungesunden Rot. Klaudia konnte sehen, dass er den Farbwechsel registrierte und jetzt so richtig sauer wurde.

Hat wohl nicht geklappt dein Plan, was?, dachte Klaudia. Laut sagte sie: »Wir würden Ihnen gerne ein paar Fragen zu Samstagnacht stellen.«

»Mit Fotzen wie dir rede ich nicht.«

Klaudia machte einen Schritt auf Fiedler zu, pures Adrenalin flutete ihre Venen. Sie wollte Fiedler am Boden sehen, ihm den Arm verdrehen, bis er wimmerte. Typen wie ihn hatte sie gefressen.

»Nur keine Beamtenbeleidigung.« Demel stand jetzt so dicht neben ihr, dass sie das Vibrieren des Telefons in seiner Hosentasche spürte. Klaudia visualisierte ein Stoppschild und atmete aus, während Demel das Gespräch annahm.

»Ja. Ja?«

Demels einsilbiges Telefonat verschaffte ihnen allen eine Atempause. Aus den Augenwinkeln sah Klaudia den hastigen Blick, den Demel ihr zuwarf.

»Okay«, sagte er schließlich. »Ich werde es ihr ausrichten.« Er steckte das Telefon zurück in die Hosentasche. »Wir haben keine weiteren Fragen.« Er fasste Klaudias Ellbogen und zog sie aus dem Raum.

Jemand schlug die Tür hinter ihnen zu. Das Lachen der Männer dröhnte noch in Klaudias Ohren, als sie schon längst wieder auf der Straße standen.

»Bist du bescheuert.« Demel fuhr zu ihr herum. Ein Nerv zuckte in seinem Mundwinkel. »Wann wolltest du es mir sagen? Oder besser gefragt: Wolltest du es mir überhaupt sagen?« Er zog sie auf die andere Straßenseite. Ein Fahrradfahrer wich Ihnen heftig klingelnd aus.

»Demeter-Anders hat dich angerufen.« Klaudia befreite ihren Arm. Sie war so wütend, dass sie hätte platzen können.

»Was meinst du? Natürlich hat sie. Ehrlich mal.« Demel schüttelte den Kopf. Es schien, als würde er gleichzeitig seine Wut abschütteln. »Du hättest mir das sagen müssen.«

»Ja, wahrscheinlich.« Klaudia verschränkte die Arme vor der Brust und starrte auf die Feuerwache, dem die

Kneipe ihren Namen verdankte. So nah und doch so weit weg. Der Typ, der Ihnen im Schankraum begegnet war, lehnte an einem dicken Mercedes und rauchte entspannt seine Zigarette.

»Wieso wusste sie, dass wir da drin waren?«

»Was weiß ich. Vielleicht hat die Wirtin Fiedler gewarnt, und er hat telefoniert, damit wir zurückgepfiffen werden.«

»Hat ja funktioniert.«

»Was hast du dir eigentlich von diesem Alleingang versprochen?«

»Ich …«, setzte Klaudia an. »Ach Scheiße. Mann, wir führen eine Mordermittlung, und irgendwer hält sein Händchen über einen möglichen Täter. Wer ist dieser Fiedler?«

»Wahrscheinlich könnte dir ein Kollege vom Verfassungsschutz diese Frage beantworten.«

»Wahrscheinlich täte er das aber nicht.« Frustriert trat Klaudia gegen eine Plastikflasche, die der Wind über das Kopfsteinpflaster trieb.

»Geh nach Hause. Wir sehen uns morgen.«

»Bist du sauer?« Auf einmal zwickte sie ihr schlechtes Gewissen.

»Ich lass mich nicht gerne in die Scheiße reiten«, sagte Demel. »Das kann ich selbst ganz gut«, fügte er mit einem schiefen Grinsen hinzu. »Dazu brauch ich keine kollegiale Hilfe.«

Sacht boxte er ihr gegen den Oberarm, dann drehte er sich um und schlenderte davon. Auch Klaudia machte sich auf den Heimweg.

Noch immer innerlich fluchend, bog sie in ihre Straße ein, als sie fast über Frau Nowak stolperte, die vor dem

Minigolfplatz auf dem Bordstein saß und vergeblich versuchte, auf die Beine zu kommen.

»Sie sollen doch nicht immer weglaufen.« Klaudia bückte sich und griff nach den erschreckend dünnen Händen. Die Haut fühlte sich kühl und trocken unter ihrem Griff an. Sie half der alten Frau auf die Füße.

»Die Russen kommen.« Frau Nowak schaute sich hastig um. Erstaunlich kräftig drückten sich ihre altersgichtigen Finger in Klaudias Haut.

»Ich bring Sie in Sicherheit.«

»Du bist ein gutes Mädchen, Katka. Vermisst du sie auch so sehr?« Mit altersnassen Augen schaute Frau Nowak zu Klaudia auf.

»Ja.« Wieder hielt die alte Frau sie für ihre Enkeltochter. In Klaudias Kehle verschnürte sich ein Knoten.

»Gut, dass du deinen jungen Mann hast.« Frau Nowak hob die Hand und tätschelte ihr die Wange. »Nicht weinen Kind. Er liebt dich.«

»Da is aber eine weit gekommen, wa?«

Hastig wischte sich Klaudia über die Wangen.

»Sie ist gestürzt«, sagte sie. Ihre Stimme klang piepsig. Klaudia räusperte sich verlegen.

»Dann wollen wir mal zurück, wa?« Galant bot Schiebschick Frau Nowak den Arm an. Sein mitleidiger Blick streifte Klaudia. Sie zwang sich zu einem Lächeln.

»Aber die Russen kommen«, widersprach Frau Nowak.

»Ach Heideliese«, brummte Schiebschick. »Die sind schon längst in Berlin.« Er tätschelte ihre Hand.

»In Berlin?« Frau Nowak wackelte mit dem Kopf. »Dann ist ja gut.« Noch einmal wischte sie mit einer fahrigen Handbewegung über Klaudias nackten Arm. »Überall Käfer«, murmelte sie, und Klaudias Haut zog sich zusammen.

Sich die Arme reibend, schaute sie den beiden Alten hinterher, bis sie in die Dammstraße abbogen. Hoffentlich starb sie vor ihrem Gehirn.

23. Kapitel

»Was war denn das?«, fragte der Architekt, der heute gemolken wurde, als die Tür hinter den Bullen zugefallen war. Mit einem lächerlich weißen Taschentuch rieb er sich die Stirn.

»Keine Ahnung.« Marcel lehnte am Fensterrahmen. Er gab sich Mühe, lässig auszusehen, dabei hingen ihm die Eier in den Kniekehlen. Fast hätte er sich schon wieder mit dieser Polizeifotze geprügelt. Die Schlampe war ebenso heiß auf einen Kampf gewesen wie er selbst. Er hatte es in ihren Augen gesehen. Scheiße. Sie hatte keine Angst gehabt. Marcel schluckte an dieser Erkenntnis wie an einer Fliege, die ihm in den Hals geraten war. Was war das für eine Alte, die keine Angst hatte? So eine marschierte hier einfach rein und legte sich mit ihm an? Vor allen Leuten? Wenn das der Boss erfuhr, würde er ihn so lang machen, dass er über das Hochhaus spucken konnte, nur würde er keine Spucke mehr im Hals haben. Marcel blinzelte den Schweiß weg, der ihm in die Augen lief. Wenn der andere Bulle nicht gewesen wäre … Er dachte den Gedanken lieber nicht zu Ende. Die Tür wurde aufgestoßen. Aber es war nur André, der mit zwei Colas in der Hand reinkam.

»Hast du die Bullen gesehen?«, fragte Marcel.

»Hier.« André drückte ihm eins der Gläser in die Hand. Marcel trank gierig. Die Kohlensäure füllte seinen Magen.

»Damit war zu rechnen, dass die auftaucht, oder?«

»Klar.« Rülpsend stellte Marcel das Glas auf die Fensterbank. »Aber das war persönlich.«

So langsam ließ der Zug auf seine Eier nach. Die Fotze hätte es wirklich drauf ankommen lassen. Fast bewunderte er sie dafür. Die Alte war mindestens Mitte vierzig und wog nicht mal die Hälfte von ihm. Dabei sah die nach nichts aus: keine Titten, keinen Arsch in der Hose und Haare wie Mäusefell. Aber abgegangen war sie wie ein Catcher. Wahrscheinlich hatte sie keinen Kerl, der es ihr besorgte. Marcel griff sich in den Schritt und rückte seine Eier zurecht. Sie wollte einen Kampf? Den konnte sie haben. Aber gekämpft wurde nach seinen Regeln. So doof, sich offen mit ihr anzulegen, war er nicht. Aber es gab andere Wege.

»Geht's weiter?« Der Architekt ließ seine Chips klackern. Selbstbewusst lehnte er sich zurück. Sie hatten ihn einige Spiele gewinnen lassen, um ihn in Sicherheit zu wiegen. Typen wie er waren die geborenen Opfer. Selbstbewusst und selbstverliebt, gehörte er zu den ABC-Playern: Hobbyspieler, die in ihren Onlinepokerrunden den dicken Max machten und deshalb dachten, sie könnten auch im wirklichen Leben mithalten – und die deshalb regelmäßig gemolken wurden, weil sie vorhersagbar waren wie das Alphabet.

»Gleich.« André setzte sich wieder an den Tisch und zog den Big Blind an seinen Platz. Marcel folgte ihm, schließlich waren sie nicht zum Vergnügen hier. Der Boss mochte es gar nicht, wenn seine Pokerrunden gestört wurden. Er war schon wütend genug wegen diesem Polacken gewesen.

Die meisten Hände warf Marcel gleich wieder weg. Diese Fotze ging ihm doch mehr unter die Haut, als ihm lieb war. Sein iPhone summte. Marcel las die SMS und steckte es zurück. Noch so eine Schlampe, die mal richtig rangenommen werden musste.

»Bist du dabei?«, fragte André. Der Dealer schob ihm die Chips vor den Platz. Noch zwei solche Spiele, und der ABC-Spieler wäre bedient.

»Was?« Marcel griff nach seiner Cola. Das Eis war geschmolzen, und die Plörre schmeckte, als hätte einer seine Kippe darin versenkt.

»Cottbus. Heute Abend? Mit den Jungens?«

»Nein.« Marcel stellte das Glas zurück und warf den Small Blind zur Tischmitte. »Heute nicht.«

24. Kapitel

Klaudia hatte geduscht und hockte nun, in ein Badetuch gewickelt, auf ihrem Sofa. Durchs offene Fenster schallten die hellen Stimmen von Annalene und Bhanu, nur hin und wieder unterbrochen von Uwes dunkler Stimme, der Annalene bat, endlich Ruhe zu geben.

Sie hatte ihn im Hof getroffen. Er hatte die Familieneinkäufe aus seinem Sharan geladen und sie eingeladen, mit ihm ein Bier zu trinken. Klaudia hatte abgelehnt. Nicht heute, hatte sie gesagt und Uwes traurigen Blick weggelächelt.

Sie streckte die Füße aus, das Laminat kühlte ihre Fersen. Bevor sie in das Haus der alten Frau Nowak gezogen war, hatte ein Flokati unter dem Couchtisch gelegen. Er war das Einzige, was sie aus ihrem alten Leben mit in den Spreewald genommen hatte. Der runde Teppich hatte schon ihrer Mutter gehört. In den Siebzigern waren diese flauschigen Teppiche der letzte Schrei gewesen. Nach dem Tod ihrer Mutter hatte der Teppich jeden von Klaudias Umzügen mitgemacht. Nun lag er blutgetränkt im Haus am Fließ.

So ein Quatsch, dachte Klaudia und nippte an der Weinschorle, die sie sich gegönnt hatte. Wahrscheinlich hat Schiebschick ihn verbrannt.

Klaudia rieb sich die Schläfen. So langsam ließen die Kopfschmerzen nach. Ihr war bewusst, dass sie bei dieser Hitze mehr trinken sollte, aber das war nicht so einfach, wenn der Tag nur aus Außenterminen bestand. Eine Elster keckerte. Die Augen verdrehend, griff Klaudia über die Sofalehne und kramte ihr Smartphone aus den Tiefen des Rucksacks. Es war schon erstaunlich, wie tief so ein Smartphone sinken konnte. Fast so erstaunlich wie die Tatsache, dass ihre Finger klebten, als sie das Telefon aus dem Rucksack zog. Fluchend zog Klaudia die Hand zurück.

»Ja?« Sie klemmte sich das Smartphone zwischen Schulter und gesundes Ohr und zupfte das Kaugummi von den Fingerkuppen. Sie hatte seit Wochen nicht mehr Kaugummi gekaut. Sie hatte nicht einmal mehr gewusst, dass sie noch etwas im Rucksack hatte.

»Wie geht's dir?«, fragte Thang. Seine Stimme klang so müde, wie sie sich fühlte.

»Gut. Alles im grünen Bereich.« Das entsprach zwar

nicht ganz der Wahrheit, aber schließlich war Thang Rekonvaleszent. Da musste man ihn schonen. »Und was machst du so?«

»Nicht viel«, antwortete Thang. »Im Moment telefoniere ich mit dir und starre auf den Friedhof.«

»Das klingt nicht besonders spaßig.«

»Nun lass mich nicht am ausgestreckten Arm verhungern.« Thang atmete hörbar ein. »Wie läuft's?«

»Was ist das?«, fragte Klaudia in seine Frage hinein. Irritiert rieb sie sich den Nacken. Im ersten Augenblick hatte sie gedacht, ihr krankes Ohr hätte diesen quietschenden und knallenden Geräuschteppich produziert, der Thangs Stimme verzerrte. Aber nicht ihr Gehirn produzierte diese Geräusche, sie hatten ihren Ursprung am anderen Ende der Leitung.

»Eine Redensart«, sagte Thang. Seine Stimme klang verwirrt. »Kennst du die nicht?«

»Nein, ich meine das Geräusch.«

»Ach das.«

Klaudia hörte das Schlagen einer Tür, und das Geräusch verstummte.

»Besser so?«, fragte Thang. »Janina guckt 'nen Film.«

»Ja, besser«, sagte Klaudia. »Ist auch scheiße für sie, dass du jetzt so ans Haus gefesselt bist, was? Könnt ihr gar nichts unternehmen.«

»Bei dem Wetter spinnen ihre Allergien sowieso«, antwortete Thang. »Aber nun lenk nicht ab. Geht's voran?«

»Wie man's nimmt.« Klaudia atmete tief ein, nippte noch einmal an ihrer Weinschorle und fing an zu erzählen. Thangs Fragen halfen ihr, sich zu sortieren, führten aber auch dazu, dass sie ihm von der Anweisung erzählte,

Fiedler in Ruhe zu lassen. Rekonvaleszenz hin, Rekonvaleszenz her.

»Was du nicht getan hast«, sagte Thang, und es klang wie ein Schulterklopfen.

»Was ich nicht getan habe«, bestätigte Klaudia. Sie beobachtete eine Hummel, die träge brummend durchs Dachfenster geflogen kam. »Wahrscheinlich hab ich mich um eine Freundin fürs Leben gebracht.«

»Ich wusste gar nicht, dass du auf der Suche nach Freunden bist.«

»Du mich auch«, sagte Klaudia und unterdrückte das Grinsen mit einem weiteren Schluck aus ihrem Weinglas. »Was macht dein Knie?«

»Es ist das Fußgelenk, und danke für die Nachfrage.«

»Immer wieder gerne.« Klaudia streckte die nackten Beine aus und starrte auf ihre Füße. Sie sollte sich mal wieder die Fußnägel lackieren. Unnütze Gedanken.

»Wenn ich diesen Vlad nur greifen könnte«, murmelte sie. »Vielleicht wüsste ich dann auch, warum er sterben musste. Aber ich weiß nichts, außer dass er Rumäne und jung ist und Erntehelfer.«

»Nichts über sein soziales Umfeld?«

»Nur, dass er aus einem Dorf stammen soll.«

»Beschreib ihn mir.«

Klaudia wusste, was Thang wissen wollte. Wenn man einen Menschen, egal ob Täter oder Opfer, beschrieb, ging es um mehr als um die Farbe seiner Augen, oder Größe und Gewicht. Sie versuchten aus dem bisschen, was sie hatten, einen Menschen zu rekonstruieren, einen Menschen mit Vorlieben, Wünschen und Abneigungen. Klaudia schloss die Augen. »Ich glaube«, sagte sie, »sein Aussehen war ihm wichtig.« Sie dachte an das Passbild und seinen letzten Abend. »Und nicht nur das: Er wollte etwas darstellen, ein bestimmtes Bild seiner Person vermitteln.«

»Ein Poser?«

»Vielleicht.« Sie dachte an ihren Versuch, ihm aufzuhelfen. »Und wenn das nicht klappt, wird er wütend und schlägt um sich.«

»Also unberechenbar.«

»Möglich. Außerdem ist da das Geld.«

»Drogen?«, sprach Thang das Naheliegende aus.

»Nadeln in Gurken stecken?«

»Frauenhandel?« Thang warf die Angel weit und holte sie wieder ein. »Zocken?«

»Alles möglich.« Klaudia versuchte sich den Jungen an so einem Spieltisch vorzustellen, wie sie ihn heute gesehen hatte. Das Bild erschien ihr schlüssiger, als ihn sich auf dem Bauch liegend vorzustellen, wie er Gurken pflückte. Aber genau das hatte er getan. Sie leerte ihr Glas, Leichtigkeit flutete ihren Magen, und die Beine wurden ihr schwer.

»Ich wette, dieser verschwundene Bengel könnte mir mehr sagen. Oder diese Gabriella. Die Kleine ist nicht so harmlos, wie sie tut.«

»Beschreib sie mir.«

»Du bist echt anstrengend. Weißt du das?«, meuterte Klaudia, tat ihm aber dann doch den Gefallen.

»Also eher unscheinbar«, fasste Thang zusammen. Klaudia zuckte unwillkürlich zusammen. »Sie sieht nett aus.«

»Nett ist die kleine Schwester von scheiße, weißt du doch.«

»Du bist auch nett.«

»Dafür sind doch Kollegen da.« Thang schien das Geplänkel ebenso zu genießen wie sie. Klaudia kannte seine Frau nicht, aber nach allem, was sie bisher mitgekriegt hatte, war diese Janina wohl eher schwierig. Sie fragte sich, was es mit diesen Allergien auf sich hatte. Möglicherweise war sie nicht allergisch, sondern depressiv und verkroch sich vor der Welt. Kein Wunder, dass Thang zu einem Sportjunkie geworden war. Wahrscheinlich lebte er gerade in seiner persönlichen Hölle.

»Und dieser verschwundene Bengel?«, fragte Thang.

»Steckt wahrscheinlich mit drin.«

»Vielleicht hat er aber auch nur Angst. Du weißt ja: Ausländer und Polizei.«

»Tja, wärst du nicht krankgeschrieben, wäre der Junge bestimmt nicht weggelaufen. Scheiß Weltmeisterschaft, was?«

»Ich mein ja nur, du solltest sein Verschwinden nicht überbewerten.«

»Ich hab nicht mal eine Ahnung, wie ich es bewerten soll«, räumte Klaudia ein. Das Smartphone zwischen Schulter und Ohr geklemmt, stemmte sie sich in die Höhe. Das Handtuch fiel zu Boden, und sie lief nackt mit ihrem leeren Glas zum Kühlschrank.

»Moment.« Klaudia legte das Telefon auf die Anrichte und unterdrückte ein Gähnen, als sie Wein und Mineralwasser mixte. Zur Not würde sie die Flasche leeren, wenn ihr das half, trotz der Hitze zu schlafen. Sie griff Glas und Smartphone und kehrte zum Sofa zurück. Sie verzichtete darauf, sich wieder ins Badetuch zu wickeln. Selbst dafür war es zu heiß.

»Noch da?«, fragte sie Thang, als sie wieder auf ihrem Sofa saß.

»Wie sieht er aus?«

»Keine Ahnung.« Klaudia zuckte mit den Schultern, und prompt landete das Smartphone in der Sofaritze.

»Wenn er seiner Schwester ähnelt, dürfte er ein hübscher Bengel sein«, fügte sie hinzu, nachdem sie es wieder ergattert hatte.

»So wie Vlad?«

»Meinst du, Gabriella hatte was mit beiden?«

»Ich meine gar nichts«, antwortete Thang. »Aber wie sagt eine sehr geschätzte Kollegin immer: Wir müssen alle Möglichkeiten in Betracht ziehen.«

»Vielleicht ist er der Mörder.«

»Meinst du, es war Mord?«

»Nein«, räumte Klaudia ein. »Eher Totschlag.« Sie entdeckte ein schwarzes Haar auf der rechten Brust und zupfte mit den Fingernägeln daran herum, um es herauszuziehen. Das gelang ihr nicht, dafür kräuselte sich das Haar jetzt. Klaudia beschloss, ihm später mit einer Pinzette zu Leibe zu rücken, und konzentrierte sich wieder auf ihr Gespräch mit dem Kollegen. »Vielleicht auch ein Unfall.«

»Und wie ist er dann ins Wasser gekommen?«

Das war die Frage. Wenn sie die beantworten konnten, waren sie einen großen Schritt weiter.

»Vielleicht konnte er noch gehen.« Klaudias Finger wanderten über ihren Bauch. Der war auch schon mal straffer gewesen. Sie angelte mit den Füßen nach dem Badetuch und zog es sich über die Brust. Hitze hin, Hitze her. Wenn sie noch weiter ihren nackten Körper inspizierte, würde sie trübsinnig werden. »Du weißt doch, wie diese Skifahrer, die auch erst noch ganz klar sind und dann tot umfallen.«

»Habt ihr das Fahrrad?«

»Nein.«

»Das spricht nicht für deine Theorie.«

»Leider.« Klaudia schaute der Hummel hinterher, die in den tiefblauen Abendhimmel entschwand. Das Fahrrad machte ihr Sorgen. Andererseits, wie fand man ein Fahrrad von dem niemand wusste, wie es aussah? Die Stimmen aus dem Garten verstummten, eine Tür schlug zu, und vor dem Haus wurde der Sharan gestartet. Klaudia gähnte. Eigentlich war es noch viel zu früh, um schlafen zu gehen, aber wenn sie es jetzt nicht tat, wäre sie wieder über den toten Punkt hinweg.

»Ich glaube«, sagte sie, »mein Gehirn produziert grad auch keine guten Theorien mehr. Schönen Abend noch.«

»Wie klappt's mit dir und Demel?« Thang schien wenig Lust zu verspüren, das Gespräch zu beenden.

»Gut«, räumte Klaudia ein. »Wider Erwarten«, fügte sie hinzu. Und bevor Thang nachfragen konnte, verabschiedete sie sich und drückte das Gespräch weg. Träge legte sie das Smartphone auf den Couchtisch. Morgen wäre die Obduktion, und dann würden sie weitersehen. Sie schaute auf die blassgelbe Flüssigkeit in ihrem Glas. Allein bei dem Gedanken, auch nur noch einen Schluck zu trinken, fühlte sie sich wie eine überlaufende Regentonne.

Klaudia stand auf, um die Weinschorle in die Spüle zu kippen. Ihr Tinnitus rauschte auf, und für einen Moment schwankte die Welt, dann stand sie wieder still. Ups, dachte Klaudia und spreizte unwillkürlich die Arme ab. Das Badetuch landete wieder zu ihren Füßen. Weißweinschorle war wohl doch nicht das richtige Schlafmittel.

25. Kapitel

Die Morgensonne glitzerte durch den Wald. Das Rattern des Dieselmotors vertrieb das Zwitschern der Vögel. Dorina hockte neben Gabriella auf dem Anhänger. Gemeinsam wurden sie auf dem Weg zum Feld durchgerüttelt, und doch trennten sie nach dem Verhör durch die Polizistin Welten. Dorina streifte die Freundin ihres Bruders mit einem Seitenblick. Gabriella pflückte, aß, sprach wie an jedem anderen Tag auch, doch ihr Blick hatte sich verändert. Hatte etwas Lauerndes angenommen. Als ob sie auf einmal jedem misstraute. Dabei wusste sie nicht mal, dass sie ihr gefolgt war. Sie würde schon noch herausfinden, was die Freundin ihres Bruders vor ihr verbarg, und sie würde herausfinden, wo Dorin sich versteckt hatte.

Dorinas Versuch, Gabriella zu folgen, hatte an der Landstraße geendet. Sie hatte nicht gewusst, in welche Richtung sie fahren sollte, also war sie zum Hof zurückgekehrt und hatte sich schlafend gestellt, als Gabriella mit dem Morgengrauen zurückkehrte. Aber jetzt war sie vorbereitet. Wenn Gabriella das nächste Mal verschwand, würde sie ihr folgen wie ein Schatten. Ein Schlagloch warf Dorina gegen Gabriella.

»Pass doch auf.« Gabriellas Finger krallten sich um das Handy in ihrer Hand.

»Simst du mit Dorin?«, flüsterte Dorina.

»Sei still.« Gabriella stopfte das Smartphone zurück in ihre Bauchtasche.

»Hast du ihm geschrieben, dass die Polizei noch einmal am Feld war?« So leicht ließ sich Dorina nicht abwimmeln. Außerdem hörte ihnen eh niemand zu. Die anderen hielten Abstand, keiner wollte in die Sache hineingezogen werden. Seit Dorins Verschwinden waren sie und Gabriella Luft für die anderen. Schlechte Luft. Selbst Jenny, die eigentlich Jenaya hieß und mit ihr aufs Bruckenthal-Gymnasium gegangen war, wandte sich ab, wenn sich ihre Blicke begegneten.

»Hab ich nicht.«

»Hast du doch. Gestern, in der Pause. Ich hab's doch gesehen.«

»Halt dich da raus.« Auf einmal war Gabriellas Gesicht so nah an ihrem, dass Dorina den heißen Atem auf ihrer Wange spürte.

»Was hat die Polizistin zu dir gesagt?«

»Nichts.«

»Du lügst.« Dorina hatte Gabriellas wachsende Unruhe an der Art erkannt, wie sie die Gurken von den Pflanzen rupfte, und in der Pause hatte sie etwas in ihr Handy getippt. Eigentlich nicht ungewöhnlich. Nur die Art, wie sie es getan hatte, die war ungewöhnlich gewesen. So verstohlen. Und jetzt log sie auch noch.

»Wenn du Dorin verrätst, dann …« Dorina wusste den Satz nicht zu beenden. Sie konnte ja schlecht sagen: … dann sag ich's meiner Mama. So endete dieser Satz nämlich, als sie ihn das letzte Mal benutzt hatte.

»Spinnst du?« Gabriella rutschte von ihr weg. Auf einmal hatte Dorina das Gefühl, ganz allein auf der Welt zu sein. Tränen schossen ihr in die Augen. Hastig wischte sie sie weg. Der Trecker hielt vor der Brücke am Hochstand, und der Motor erstarb mit einem letzten, heiseren Husten.

Sie stiegen vom Anhänger und trotteten hinüber zum Flieger, der wie eine Glucke mit ausgebreiteten Flügeln im Grün der Gurkenpflanzen hockte.

»Beeilt euch«, rief Gerhard, um sie anzutreiben. Als sie den Flieger erreicht hatten, murmelte Gabriella eine Entschuldigung und lief weiter.

»Hättest du das nicht vorher erledigen können?«, rief ihr Gerhard hinterher. »Weiber«, brummte er.

Ob ihr schlecht ist?, dachte Dorina und folgte ihr.

»Warte«, rief sie.

Gabriella drehte sich nicht um, rannte jetzt.

»Was soll das?« Auch Dorina lief jetzt schneller.

Gabriella hatte das Dixi-Klo erreicht und streckte die Hand nach der Tür aus. Ein Schuss knallte über das Feld. Kreischen, Schreien. Dorina brauchte einen Moment, bis sie begriff, dass sie es war, die kreischte und schrie und immer wieder Gabriellas Namen rief. Dort, wo sie gestanden hatte, waren nur noch die blaue Tür des Dixi-Klos und ein blutiger Fleck. Dorina rannte los. Ihre Füße flogen über das Feld. Ein zweiter Schuss, ein scharfer Schmerz an ihrem Arm, der sie umwarf. Dorina robbte weiter. Hin zu der blauen Tür mit dem roten Fleck, von dem das Blut wie Tränen herabrann.

»Gabriella«, schluchzte sie. Zum Schreien fehlte ihr die Kraft. Dorinas Oberarm brannte wie Feuer. Sie robbte weiter, sah Gabriellas schmutzig weiße Rebooks vor sich auftauchen, ihre blasse Hand, daneben das Smartphone. Dorina streckte die Hand aus. Wieder ein Knall. Erde spritzte ihr in die Augen, nahm ihr die Sicht. Schluchzend schlossen sich ihre Finger um das Smartphone, dann krümmte sie sich zusammen wie ein Embryo, machte sich klein, schloss die Augen, war unsichtbar.

»Mama«, jammerte sie. »Mama.« Doch ihre Mutter konnte ihr nicht helfen. Niemand konnte ihr helfen.

Die Vögel zwitscherten in den Bäumen. Der Wind raschelte im nahen Schilf, und jemand griff nach ihr, half ihr auf. Dorina sah in Gerhards blasses Gesicht.

»Du blutest.« Er stolperte rückwärts von ihr weg, starrte fassungslos auf seine Hand.

Blut, dachte Dorina. Mein Blut. Sie drehte sich um, sah wieder Gabriellas Rebooks, sah den geflickten Riss am rechten Knie ihrer Jogginghose, sah das verschobene T-Shirt, das Nabelpiercing, die blutüberströmte Brust und dann das zerklüftete Loch, wo einmal ihr Gesicht gewesen war. Dorinas Magen zog sich zusammen. Würgend ging sie in die Knie.

»Polizei«, hörte sie Gerhard schreien. »Wir müssen die Polizei rufen!«

Das Smartphone in ihrer Hand vibrierte. Mit zitternden Fingern wischte sie über das Display, las Dorins SMS: *Komm zum Haus.*

26. Kapitel

»Kann ich Sie bitte kurz sprechen?«

Klaudia war bereits in der Tür, als Demeter-Anders sie zurückrief. Sie blies die Wangen auf und verdrehte die Augen. Bisher hatte sie gedacht, es sei nur PHs Angewohnheit, diesen Trick aus der Giftküche der Verhörtechnik auf Kollegen anzuwenden. Was soll's, dachte sie. Irgendwann muss es ja raus.

Während der gesamten Besprechung hatte Demeter-Anders sich so bedeckt gehalten wie der Himmel, der grau vor den Fenstern hing. Die rumänischen Kollegen hatten ihnen einen Bericht zukommen lassen, der freundlicherweise in Deutsch abgefasst war: Sie hatten mit den Angehörigen gesprochen, doch viel war dabei nicht herausgekommen. Auf das Geld angesprochen, hatte allerdings ein älterer Bruder erwähnt, dass Vlad online gepokert hätte.

Vielleicht hat er ja nicht nur online gepokert, hatte Demel gesagt. Vielleicht gegen Fiedler und Konsorten, hatte Klaudia hinzugefügt, und Demeter-Anders hatte das Thema gewechselt.

Klaudia wischte sich den Nacken. Obwohl die Sonne nur blass hinter den Wolken zu sehen war, hatte es sich nicht abgekühlt. Im Gegenteil: Die Luft war drückend, und es wimmelte von kleinen schwarzen Gewitterkäfern. Insgesamt also ein guter Tag, um ihn in der klimatisierten Rechtsmedizin zu verbringen, und genau das hatten sie jetzt vor.

»Ich warte unten.« Demel unterdrückte ein Schmunzeln.

Du hast gut lachen, dachte Klaudia. Schließlich bist du der gute Bulle.

Klaudia machte auf dem Absatz kehrt und schaffte es gerade noch rechtzeitig, ein falsches Lächeln in ihren Mundwinkeln zu verankern.

»Aber gerne.« Sie zog den Stuhl wieder hervor, den sie gerade eben unter den Tisch geschoben hatte. Jetzt war es also so weit. Das Einfachste wäre, sich zu entschuldigen, aber allein der Gedanke daran ließ ihren Tinnitus anschwellen.

Außer ihr und der Staatsanwältin war nur noch Petra im Besprechungszimmer. Was nicht bedeutete, dass vorher mehr Kollegen bei der Besprechung gewesen waren.

Wibke hatte ihren Bericht per Mail geschickt, und außer ihnen arbeitete aktuell niemand an dem Fall. Der Tod eines Saisonarbeiters war nicht so spektakulär, dass ihnen die Presse im Nacken saß. Petra räumte die Tassen im Schneckentempo aufs Tablett. Klaudia sah ihr an, dass sie vor Neugier platzte. Demeter-Anders tippte auf der Tastatur ihres Notebooks herum, während Klaudia nicht einmal so tat, als sei sie beschäftigt. Schließlich verließ Petra das Besprechungszimmer und zog die Tür hinter sich zu. Wahrscheinlich drückte sie wie ein Einbrecher, der auf Nummer sicher gehen will, das Ohr gegen die Türfüllung. Bei dem Gedanken fiel Klaudia das Lächeln doch gleich leichter. Würde sie ihr halt was bieten.

»Dieser Fiedler hat ja einen mehr als kurzen Draht zur Staatsanwaltschaft.« Angriff war auch eine Form von Verteidigung.

»Meinen Sie, mir macht das Spaß?« Demeter-Anders klappte ihr Notebook zu. Sie klang eher entnervt als wütend.

Zum ersten Mal fiel Klaudia die Ähnlichkeit zwischen ihr und Petra auf. Beide waren blond, schlank und gepflegt. Sie trugen sogar beide ihr schulterlanges Haar offen, und trotzdem wirkte Petra mit ihren im Pfadfinderlook geknoteten Halstüchern immer ein bisschen bieder, während man bei Demeter-Anders sofort wusste, dass im Zweifelsfall nicht gut Kirschenessen mit ihr war. Vielleicht lag es an ihrer sehr unterschiedlichen Körperhaltung. Petra war da ganz Sekretärin, immer auf dem Sprung, immer bestrebt, nicht allzu viel Raum einzunehmen. Demeter-Anders war – Klaudia fiel kein besseres Wort ein – anders. Sie hielt sich sehr gerade, ohne steif zu wirken. Sie beanspruchte Raum, und sie bekam ihn auch.

Eigentlich müsste ich sie mögen, dachte Klaudia. Zwei Frauen in einer Männerwelt. Wir müssten natürliche Verbündete sein, aber das sind wir nicht.

»Bitte keine Extratouren mehr«, sagte Demeter-Anders, und jedes Wort klang wie: dummes kleines Mädchen. »Das ist hier eine Mordkommission, kein Spielplatz der Eitelkeiten.« Ihr Tonfall legte einen Schalter in Klaudia um. Leider nicht unbedingt den Schalter, der ihr Bestes in den Auswurfschacht beförderte. Schon während die Worte aus ihr heraussprudelten, wusste sie, dass sie zu emotional reagierte, aber jetzt war es zu spät. »Wir arbeiten hier im Revier an der Grenze der Funktionsfähigkeit, und es ist nicht hilfreich, wenn wir auch noch Handschellen angelegt bekommen.«

»Geht's etwas weniger dramatisch?« Demeter-Anders schob das Notebook in ihre Schultertasche. Natürlich war sie nicht beeindruckt. »Gerade weil diese Dienststelle so unterbesetzt ist, sollten Sie froh sein, wenn andere Kollegen Ihnen helfen.«

»Ich arbeite lieber mit Kollegen zusammen, die in meiner MOKO sind.«

»Fiedler ist nicht Ihr Täter, das sollte Ihnen reichen.«

»Sie wissen schon, dass wir ihn gestern beim Pokern angetroffen haben, oder?«

»Dazu kann ich nichts sagen.«

»Dann ist es aber mutig, dass Sie sich für ihn so aus dem Fenster hängen.« Klaudia nutzte den Vorteil. »Wer sagt eigentlich, dass er nichts mit der Sache zu tun hat? Er selbst?«

»Sagen wir ...« Demeter-Anders schulterte ihre Tasche. Auch Klaudia stand auf. Das fehlte ihr noch, dass sie der Staatsanwältin die Möglichkeit gab, auf sie herabzuschauen. Für einen Moment standen sie sich gegenüber und musterten sich. Demeter-Anders sah nicht so aus, als gefiele ihr, was sie sah. Aber warum sollte es ihr besser gehen als ihr selbst?

»Sagen wir«, wiederholte Demeter-Anders, »wir wissen es aus für gewöhnlich gutunterrichteten Kreisen.«

»Und das soll mir reichen.«

»Müssen Sie nicht nach Berlin?«

Gerade als Klaudia zu einer Entgegnung ansetzte, wurde die Tür aufgestoßen.

»Wir müssen umdisponieren«, sagte Demel. Er keuchte, als sei er die Treppe hinaufgerannt. »Eins der Mädchen wurde erschossen.«

27. Kapitel

»Da wären wir.« Demel hielt hinter einem Krankenwagen mit zirkulierendem Blaulicht, der die Zufahrt zum Acker versperrte und zog die Handbremse an. Die Sonne hatte die Wolken vertrieben und strahlte vom Himmel. Trotzdem fröstelte Klaudia. Nach der ersten Verwirrung wussten sie zumindest, welches Mädchen tot war. Es war Gabriella. Jemand hatte sie abgeknallt, einfach so.

Was habe ich übersehen?, fragte sich Klaudia, als sie den staubigen Weg entlanglief. Der Tod des Jungen konnte eine Affekthandlung, ein Unfall oder Totschlag sein. Nichts deutete darauf hin, dass die Tat geplant gewesen war. Zumindest hatte es so ausgesehen. Aber vielleicht sollte es das auch nur. Doch dieser Mord war keine

Tat im Affekt. Was hatte Gabriella mit all dem zu tun? Was hatte sie gewusst? Was getan? Warum, verdammt noch mal, musste sie sterben? Und wer hatte sie getötet? Etwa der verschwundene Junge? Oder war der überhaupt nicht verschwunden, sondern auch schon längst Fischfutter? Die Gedanken jagten durch Klaudias Kopf. Die Nachricht vom Tod des Mädchens hatte ihr die Beine weggeschlagen. Und nicht nur ihr. Auch Demeter-Anders hatte sich setzen müssen. Während sie das weitere Vorgehen besprachen, hatte Demel einen etwas verletzten »Ich hab's ja gleich gesagt«-Blick draufgehabt.

Nur um den Kollegen nicht anschauen zu müssen, hatte Klaudia es übernommen, zum Telefon zu greifen und die Obduktion verschieben zu lassen.

Sie würde eine Mail mit dem neuen Termin schicken, hatte die Rechtsmedizinerin gesagt. Und wir euch eine neue Leiche, hatte Klaudia gedacht, den Gedanken aber nicht ausgesprochen. Sie kaute auf der Unterlippe. Hatte Demel recht? Hätte sie mehr Druck bei der Suche nach dem Jungen machen müssen? Entgegen seiner sonstigen Art hatte der Kollege während der Fahrt zum Zielort geschwiegen.

Klaudia öffnete die Beifahrertür, stieg dann aber doch nicht aus. Sie mussten das klären, sonst würde Demels unausgesprochener Vorwurf ihre weiteren Ermittlungsarbeiten überschatten. »Spuck's aus«, sagte sie.

»Alles gut«, antwortete Demel zu ihrer Überraschung. »Das konnten wir nicht vorhersehen.«

»So hast du aber gerade nicht ausgesehen.«

»Klar«, räumte Demel ein. »Ich hab schon einen Moment gedacht, dass wir hätten handeln müssen. Ging dir doch auch nicht anders, oder?«

Klaudia nickte.

»Aber ich bin ja nicht blöd«, fuhr Demel fort. »Demeter-Anders hätte nie einen Haftbefehl unterschrieben. Wir hatten schließlich keine Handhabe.« Er zuckte mit den Schultern und stieg aus. Klaudia folgte ihm. Sie war erleichtert. Demel hatte nicht nur seine eigenen, sondern auch ihre Zweifel ausgeräumt. Sie zwängten sich an einem Streifenwagen und einem Trecker mit Anhänger vorbei, die auf dem schmalen Weg parkten. Die Brücke war mit Flatterband abgesperrt. Ein uniformierter Kollege, wahrscheinlich ein Praktikant von der Polizeischule, stand davor und versuchte, so etwas wie Autorität auszustrahlen. Sein Gesicht wirkte ganz kantig vor Anspannung.

Klaudia streckte die Hand aus und stellte sich vor.

»Wir nehmen an, dass von hier geschossen wurde.« Der junge Kollege zeigte auf den Hochsitz. Seine Stimme klang eifrig und durchdrungen von der eigenen Wichtigkeit.

»Reifenspuren?« Klaudia schaute auf den Feldweg. Zu viele Autos. Zu viele Spuren.

»Laut Zeugenaussagen war hier kein Auto.« Der Kollege straffte die Schultern.

»Also ein Boot?«, fragte sie.

»Äh.« Klaudias schlichte Frage hebelte das Selbstbewusstsein des Kollegen aus. Er lief rot an, und seine Schultern sackten ab. »Danach haben wir nicht gefragt.«

»Wir werden es herausfinden.« Klaudias Blick wanderte über das schattige Fließ. Es wäre ein Leichtes, ein Kanu unter der Brücke zu vertäuen, auf den Hochstand zu klettern und dort zu warten. Sie schaute zurück zum Trecker. Höchstwahrscheinlich würde es nicht einmal auffallen. Und selbst wenn: Wer sorgte sich schon wegen eines Kanus?

Klaudia wandte sich an Demel. »Ich will, dass die Wasserschutzpolizei von hier aus losfährt und jedes Haus anfährt, dass an diesem Fließ liegt. Vielleicht hat ja jemand was gesehen.«

»So früh am Morgen?«

»Tu's einfach.« Klaudia biss sich auf die Unterlippe. Das hätte sie anders sagen können, diplomatischer. Sie spürte direkt, wie das Verständnis, das Demel und sie gerade noch geteilt hatten, sich wie die Morgennebel über den Wassern auflöste.

»Es tut mir leid«, murmelte sie. »Aber hast du einen besseren Vorschlag?«

»Kein Thema.« Demel machte auf dem Absatz kehrt, um alles in die Wege zu leiten.

Klaudia schaute ihm nach. Er gab sich so viel Mühe, und sie benahm sich wie das letzte Arschloch. »Ist die Spusi informiert?«, fragte Klaudia den jungen Kollegen.

»Unterwegs.« Etwas von seinem Selbstbewusstsein kehrte zurück, weil er zumindest diese Frage beantworten konnte.

»Gut.« Klaudia nickte anerkennend. Sie wusste, wie er sich fühlen musste. Er brannte darauf, alles richtig zu machen, ebenso wie sie darauf brannte, auf den Hochsitz zu steigen. Sie wollte den Tatort mit den Augen des Täters sehen. Doch das würde sie erst können, wenn die Spusi ihre Arbeit getan hatte. Also: *first things first.* »Wo ist das Opfer?«

»Auf der anderen Seite des Feldes. Am Klo.«

Klaudia trat einen Schritt zur Seite, um freie Sicht zu haben. Eine weißgekleidete Gestalt hockte am Ende des

Feldes. »Ziemlich weit, was?« Sie versuchte, die Entfernung abzuschätzen.

»Nicht für einen erfahrenen Jäger.«

»Sie kennen sich aus?«

»Wir haben 'ne Jagd hier. Also nicht hier.« Der Kollege schluckte und wurde wieder rot.

»Die WSP schickt ein Boot.« Demels Rückkehr erlöste ihn aus seiner Verlegenheit.

»Lass uns rübergehen.«

Das Laub der Gurkenpflanzen war noch nass vom Morgentau. Die Arbeiter hockten im Flieger. Ihre Stimmen legten sich wie ein Summen über das Feld. Klaudia spürte ihre scheuen Blicke.

»Entschuldige«, sagte Demel leise an ihrer Seite.

»Ich müsste mich entschuldigen.«

»Nein, das meine ich nicht.« Er räusperte sich.

Hitze kroch Klaudias Hals hoch. Nicht jetzt, dachte sie und sprach den Gedanken aus. »Das ist wirklich nicht der richtige Zeitpunkt.«

»Ich denke doch.« Er hielt sie an der Schulter zurück. »Wir können nicht arbeiten, wenn das nicht geklärt ist.«

Klaudia hatte das alberne Bedürfnis, Demel gegen das Schienbein zu treten, aber auch das würde ihn nicht stoppen. Seine hellen Augenbrauen trafen sich über der Nasenwurzel. »Ich war ein Riesenarschloch.«

Klaudia öffnete den Mund, sie wollte ihm sagen, dass sie das alles schon durchgekaut hatten, doch er brachte sie mit einer Handbewegung zum Schweigen.

»... und nicht nur, als ich mich aus dem Fenster gehängt und zum Affen gemacht habe«, sagte er. »Sondern schon vorher. Ich weiß nicht, was mich geritten hat, aber ich schäme mich dafür.« Er versenkte die Hände in den

Taschen seiner Jeans. »Wir sind Kollegen, und wenn ich mich nicht wie ein notgeiler Idiot benommen hätte, könnten wir ein Team sein«, sagte er schließlich. »Ein gutes Team.«

Klaudia spürte die Blicke der Menschen, Fliegen summten in der Luft, ein leichter Wind streichelte ihre Haut. All das spürte sie und schließlich auch Demels wachsende Ungeduld.

»Ich bin manchmal zickig«, sagte sie, weil ihr nichts Besseres einfiel.

»Ist mir noch nicht aufgefallen.« Demel schaute sie mit diesem seitlichen Blick zwischen Ernsthaftigkeit und Schalk an, den nur er beherrschte.

»Gut«, sagte Klaudia und meinte es diesmal auch. »Können wir dann jetzt bitte unseren Fall lösen?« Sie ging hinüber zum Fahrer, der am Trecker lehnte. Mit glasigem Blick starrte er vor sich hin. Unbewusst ging sie schneller. Der Mann stand unter Schock, das war so offensichtlich wie die Leiche am Ende des Feldes. Eine Decke lag um seine Schultern. Als sie vor ihm stand, bemerkte Klaudia seine blutverkrustete Hand.

»Sind Sie verletzt?«

Als der Fahrer nicht reagierte, berührte sie ihn sanft an der Schulter und wiederholte ihre Frage.

»Nein.« Er hob den Blick. Nicht einmal seine Lippen hatten mehr Farbe. »Das ist von dem Mädchen.«

»Dem toten Mädchen?«

Der Mann schüttelte den Kopf. »Der anderen.«

Seine Stimme erstarb in einem Wimmern, und Tränen tropften von seinem Kinn.

»Finde raus, wer das verletzte Mädchen ist«, bat sie Demel. »Vielleicht ist sie im Flieger.«

Sie ärgerte sich. Niemand hatte eine Verletzte erwähnt. Die uniformierten Kollegen taten, was sie konnten, aber sie waren keine Ermittler. Sie dachten nicht wie Ermittler. Hoffentlich waren Wibke und ihr Team bald da.

»Und sorg dafür, dass er aus der Sonne kommt.« Sie nickte in Richtung des schluchzenden Mannes.

Bevor Klaudia zur Leiche ging, drehte sie sich noch einmal um und schaute zurück zum Hochsitz. Dunkel stand er vor dem Waldsaum. Klaudia schloss die Augen, spürte die warme Sonne auf den Lidern, hörte das Zwitschern der Vögel, die leisen Stimmen der Menschen, das Summen der Bienen und stieg gedanklich in die Schuhe des Täters. Sie stellte sich vor, wie sie auf dem Hochsitz wartete. Auf der harten Bank hockte, das Gewehr im Anschlag. Sie war mit dem ersten Morgenlicht gekommen, oder vielleicht hatte sie auch die Nacht hier verbracht. Sie wartete auf die Arbeiter. Endlich das Knattern des Diesels, die noch müden Stimmen der Arbeiter, die unter ihr vom Anhänger kletterten. Regungslos würde sie verharren, bis sie auf dem Feld waren. Dann würde sie das Gewehr entsichern, Kimme und Korn auf das Opfer richten, den Zeigefinger krümmen und – peng. Warum hatte sie nicht eher geschossen? Sie musste ein sehr guter Schütze sein, um auf diese Entfernung zu töten. Klaudia nickte unbewusst. Natürlich. Sie mussten alle auf dem Flieger sein, damit sie Vorsprung hatte und fliehen konnte. Klaudia runzelte die Stirn. Aber Gabriella war nicht in den Flieger gestiegen. Sie war schnurstracks zum Dixi-Klo gelaufen. Klaudia öffnete die Augen und stand wieder zwischen den Gurkenpflanzen. Sie drehte sich um. Sah zerknickte Pflanzen und trat einen Schritt zur Seite. Besser nicht den direkten Weg gehen, wer konnte schon wissen, welche Spuren sich unter dem dichten Grün verbargen. Warum war Gabriella überhaupt zum Dixi-Klo gelaufen? Tat sie das immer? Und konnte der Täter das wissen? Und wenn ja, woher? Kannte er die Gewohnheiten der Arbeiter? Arbeitete er selbst hier? Hatte er hier gearbeitet? Klaudia seufzte. So viele Fragen, auf die sie keine Antwort hatte. Es wurde Zeit, dass sie diesen Dorin fanden. Und seine Schwester würde ihnen bei der Suche helfen, dafür würde sie sorgen.

Klaudia sprach sich eine Notiz ins Handy und ging an den abgeknickten und niedergestampften Gurkenpflanzen vorbei. Was hatte Gabriella dazu gebracht, wie ein Unwetter durch das Feld zu rasen? Hatte sie Schutz in dem blauen Häuschen gesucht? Hatte sie gewusst, dass in dem Hochsitz der Tod lauerte?

Die Ärztin schaute auf, als Klaudia zu ihr trat. Zwischen ihren Augenbrauen hatte sich eine tiefe Falte gebildet, und ihr Mund wirkte verkniffen, als bisse sie die Zähne zusammen.

»Es ist ziemlich übel«, sagte sie. Ihre Stimme klang belegt.

»Ja, wirklich übel.« Von Gabriellas Gesicht war tatsächlich nicht viel übrig. Klaudias Nasenflügel weiteten sich. Über den Ausdünstungen des Chemieklos, dem erdigen Duft des Ackers und dem rostigen Geruch des Blutes lag der saure Gestank von Erbrochenem. War Gabriella schlecht gewesen? War sie deshalb zum Dixi-Klo gerannt? Klaudia lockerte die verspannten Schultern. Eine mögliche Erklärung. Keine befriedigende. Die Ärztin hatte ihre Untersuchung beendet und richtete sich auf. Sie trug einen weißen Kittel über grüner OP-Kleidung und zog die blutigen Handschuhe von den Fingern.

»Ich hab nichts angefasst.« Sie starrte auf die Handschuhe. »Also nichts, was ich nicht musste«, fügte sie hinzu.

»Das Opfer«, fragte Klaudia. »Hat es erbrochen?«

»Da ist ein Klecks, ich wär fast reingetreten«, bestätigte die Ärztin. »Aber ich weiß natürlich nicht, ob er vom Opfer stammt«, fügte sie zögernd hinzu. »Von dem Gesicht ist nicht viel übrig.« Sie lachte dieses kurze abgehackte Adrenalinlachen, das so unangemessen wie unvermeidlich war.

»Was ist mit dem anderen Mädchen?«

»Welchem anderen?« Die Ärztin runzelte die Stirn.

»Der Fahrer«, Klaudia nickte in Richtung des Treckers, »sprach von einem zweiten Mädchen, das verletzt gewesen sei.«

»Davon weiß ich nichts.« Die Ärztin schaute zu den Sanitätern, die rauchend mit ihrer Trage am Waldrand standen. Auch sie schüttelten den Kopf.

Zwischen Klaudias Zwerchfell und ihrem Magen breitete sich ein Universum aus. Sie wandte sich ab und lief zurück zum Flieger. Demel kam ihr entgegen.

»Im Flieger ist kein verletztes Mädchen«, rief er.

»Und Dorina?«

Demel schüttelte den Kopf.

»Scheiße.« Klaudia biss sich auf die Unterlippe. »Sorg dafür, dass die Arbeiter zum Hof gebracht werden, und ich brauche unbedingt einen Dolmetscher.«

28. Kapitel

Klaudia stand mit Bauer Asche in dem tristen Gebäudeschlauch, in dem die Rumänen untergebracht waren. Sie schwitzte, und das Shirt klebte ihr am Rücken. Dunkle Wolken hatten sich vor die Sonne geschoben, und nicht einmal die Vögel sangen mehr. Das schwüle Wetter verstärkte den Geruch nach Zwiebeln, trockenem Mäusekot und seifigem Waschpulver, der sich in den abbröckelnden Putz gefressen hatte. Wie ein klebriger Film legte er sich auf die Schleimhäute.

»Wieso haben Sie Dorina nicht zurückgehalten?«, Klaudia schob ein Handtuch zur Seite, das zwischen den Betten zum Trocknen hing. Sie hatte Gabriellas persönliche Sachen durchsucht. Nach den Covern der Taschenbücher zu urteilen, die sie gelesen hatte, war sie romantisch veranlagt gewesen. Ein wenig Bargeld, ein rumänischer Ausweis, kein Handy. Klaudia sprach sich eine Notiz ins Smartphone, damit sie nicht vergaß, bei der Spusi nachzufragen. Wahrscheinlich hatten die das Handy. Sie steckte ihr Smartphone zurück in den Rucksack und schaute sich noch einmal um. Mehr konnte sie im Moment nicht tun. Wenn Sie nur wüsste, wohin Dorina geflohen war. Laut Bauer Asche war sie hier gewesen.

War gewesen. Leider bedeutete das Plusquamperfekt, dass sie jetzt nicht mehr hier war. Wahrscheinlich ist sie zu ihrem Bruder, dachte Klaudia. Aber wo verdammt noch mal konnte das sein? Ein Gedanke waberte am Rande ihres Bewusstseins, verdichtete sich und löste sich dann doch auf, bevor sie ihn fassen konnte. Zurück blieb ein ungutes Gefühl. Sie biss sich auf die Unterlippe. Was hatte sie übersehen? Die Sorge zehrte an Klaudia wie ein Geschwür. Was hatten diese vier jungen Rumänen getan, dass sie einer nach dem anderen getötet wurden oder verschwanden?

»Haben Sie denn nicht gesehen, dass sie verletzt gewesen ist?« Es war Klaudias Frustration, die sie die Frage noch einmal stellen ließ. Dabei kannte sie die Antwort. Sie hätte ihn am liebsten geschüttelt. Der Typ kriegte aber auch gar nichts mit.

»Ich hab doch nicht gewusst, was auf dem Feld passiert ist«, verteidigte sich Asche. Schweißperlen sammelten sich auf seiner Stirn.

»Wer war außer Ihnen hier?«

»Meine Mutter. Wir hatten ja die Sortierung laufen.« Asche rieb sich das kratzige Kinn. »Ich weiß überhaupt nicht, wie wir das alles noch schaffen sollen.« Er schüttelte den Kopf, und sah am Boden zerstört aus. Klaudia fragte sich, ob es wirklich nur die Sorge um seine Existenz war, die ihm zusetzte. Noch wusste sie es nicht, aber sie würde es herausfinden. »Tut mir leid, aber wir müssen mit den Arbeitern sprechen. Vielleicht weiß ja einer etwas. Wieso sind Sie überhaupt raus?«

»Wegen der Gurken natürlich. Sie müssen doch geerntet werden.«

»Nicht die Arbeiter«, klärte Klaudia das Missverständnis auf. »Ich meine Sie. Es lief doch die Sortierung, sagen sie. Warum haben Sie die Arbeit unterbrochen?«

»Ach so …« Asche hob die Schultern. »Der Hund hat angeschlagen.«

»Und Sie haben nicht mit Dorina gesprochen? Ich meine, es ist doch nicht normal, dass die Arbeiter vormittags vom Feld zurückkommen. Oder?«

»Ich hab gerufen, aber sie hat nicht reagiert.«

»Und Sie sind ihr nicht hinterher?«

»Ich hab gedacht, es sei eine Frauensache, und außerdem hatten wir ja die Sortierung laufen.« Etwas wie Ungeduld schlich sich in Asches Stimme.

»Sie hätten Ihre Mutter bitten können, ihr zu folgen.«

»Ich weiß, aber ich hab's nicht getan. Wir hatten ja ...«

»... die Sortierung laufen. Ich weiß.« Klaudia schluckte ihre Ungeduld herunter. »Wissen Sie wenigstens, in welche Richtung sie ist?«

»Keine Ahnung. Vielleicht über die Brücke. Ich meine, sonst hätte der Hund doch ...« Er schaute sich um. Der Satz klemmte wie ein Stück Stoff im Reißverschluss. Schließlich gab Asche sich einen Ruck. »... angeschlagen.«

»Hätte er wohl.« Klaudia ging an Asche vorbei in die Küche und setzte sich an den Tisch. Der Bauer folgte ihr.

»Wo ist Ihre Mutter jetzt?«

»Im Haus, Gurken einlegen. Sie weiß es noch gar nicht.«

»Und Ihre Frau?«

»Die ist in Berlin, liefert aus. Sie ist heute Morgen schon früh los. Julia ist bei ihr, sonst hätte sie vielleicht angerufen, als das passiert ist. Aber Gerhard hat wohl in dem ganzen Durcheinander nicht daran gedacht.«

»Wer ist Gerhard?«

»Der Fahrer vom Gurkenflieger.«

»Ah, der.« Klaudia erinnerte sich an den bulligen Mann, der weinend zusammengebrochen war.

»Wem gehört eigentlich der Hochstand am Feld?«

»Eigentlich uns, aber jetzt ist die Jagd verpachtet.«

»An wen?«

»Das müssen Sie meine Mutter fragen. Ich hab ehrlich

gesagt genug mit den Gurken zu tun.« Asche rieb sich das Kinn. Seine Fingernägel schabten über die Bartstoppeln. Sorgenfalten hatten sich in seine Mundwinkel gegraben. Er sah müde aus. Müde und verbittert.

»Jagen Sie auch?« Hatte nicht Anja Rohloff behauptet, alle Bauern seien Jäger?

»Nein.« Asche schüttelte den Kopf. »Ich halte nichts vom Töten.«

Was will er mir damit sagen?, dachte Klaudia. »Aber Sie haben eine Waffe?«

»Warum sollte ich? Mein Vater hatte die Jagd, nicht ich.«

»Und es gibt keine Gewehre im Haus?«, fragte sie.

»Nicht dass ich wüsste.« Asche wich Klaudias Blick aus. Ein guter Lügner war er nicht.

»Wer könnte es denn wissen?«

»Was soll das?«, fuhr Asche auf. »Glauben Sie etwa, dass ich …«

»Es geht nicht darum, was ich glaube, Herr Asche«, sagte Klaudia betont ruhig. Sie war sich sicher, dass er sie anlog. Wahrscheinlich gab es Waffen auf dem Hof. »Es geht darum, nichts zu übersehen. Also«, fügte sie hinzu, »gibt es Waffen auf dem Hof.«

»Das weiß ich nicht.« Asche verschränkte die Arme vor der Brust. »Da müssen Sie meine Mutter fragen.«

»Das werde ich«, sagte Klaudia, obwohl sie nicht glaubte, dass Gabriella mit einer der Waffen getötet worden war, die sie hier finden würden. Wahrscheinlich lag die Tatwaffe schon längst auf dem Grund der Spree.

Ihr Smartphone schnatterte. Auf einmal kam ihr der Ton schrecklich unpassend vor, und sie beschloss, bei nächster Gelegenheit die Klingeltöne zu ändern. Es war

Petra, die anrief, um ihr mitzuteilen, dass ein Dolmetscher unterwegs sei. »Übrigens kommt PH gleich rein«, fügte sie hinzu.

»Wieso das?«, fragte Klaudia, obwohl sie die Antwort wusste.

»Wahrscheinlich denkt er, die beste Mitarbeiterführung ist, anwesend zu sein, wenn sie einen brauchen.«

»Wie nett«, antwortete Klaudia. Was hatte Thang gesagt? Nett ist die kleine Schwester von scheiße? Sie drückte das Gespräch weg und massierte sich mit Daumen und Zeigefinger die Nasenwurzel. Diese Schwüle machte sie fertig. Genauso hatte das Gewitter letzte Woche angefangen, und dann hatte es so sehr geknallt, dass der Campingplatz am Schloss evakuiert werden musste. Sie konnte nur hoffen, dass heute kein vergleichbares Unwetter drohte. Und sie konnte nur hoffen, dass sie Dorina und ihren Bruder fanden und dass die beiden sie zu dem Mörder führten. Auf das Wetter hatte sie keinen Einfluss, ihre anderen Hoffnungen konnten sich nur erfüllen, wenn sie keinen Fehler machte. Noch einmal wählte sie Petras Nummer.

»Was noch?«, fragte die Sekretärin, als sie das Gespräch annahm.

»Such mir bitte noch raus, welche LESE Bereitschaft hat«, bat Klaudia. Aus Gewohnheit hatte sie die alte Abkürzung benutzt und wurde prompt von Petra korrigiert. Sie unterdrückte einen Seufzer.

»Ja, natürlich meine ich die BEPO«, sagte sie und benutzte Petra zuliebe die korrekte Abkürzung für die Bereitschaftspolizei des Landes.

»Warum?«, fragte Petra.

»Warum was?«

»Warum brauchst du die Landesbereitschaft?«

»Weil ein Mädchen verschwunden ist.« Klaudia übte sich in Geduld.

»Und du willst den Wald nach ihr absuchen?«

Diesmal fiel es Klaudia schon sehr viel schwerer, einen Seufzer zu unterdrücken. Petra konnte es einfach nicht lassen.

»Mach einfach, worum ich dich bitte«, sagte sie so freundlich wie möglich. Und überlass das Denken mir. Das sagte sie natürlich nicht, sondern drückte das Gespräch weg, bevor sie sich wieder Asche zuwandte, der mit verschränkten Armen an einem der Gasherde lehnte.

»Wann kommen Ihre Frau und Ihre Tochter zurück?«

»Bald, denke ich«, antwortete der Bauer.

»Ich würde beide ebenfalls gerne sprechen.«

»Natürlich.«

»Papa?« Eine Jungenstimme hallte über den Hof. Das A der zweiten Silbe endete in einem Kieksen.

»Die Jungen sind verwirrt.« Asche ließ die Arme sinken. Er machte einen Schritt Richtung Tür, aber dann dämmerte ihm wohl, dass er jetzt nicht einfach rausgehen konnte.

Klaudia nickte, obwohl sie eher glaubte, dass die beiden das Ganze aufregend fanden. »Was ist mit den Fahrrädern? Fehlen welche?«

»Ich weiß, ich bin Ihnen keine große Hilfe.« Asche hob die Schultern und ließ sie wieder fallen. »Aber ehrlich: Ich weiß es nicht. Die Räder stehen hier halt so rum, und jeder nimmt sich eins, wenn er eins braucht.«

»Aber Sie müssen doch wissen, wie viele Räder Sie auf dem Hof haben?«

»Nein, weiß ich nicht.« Wieder blühten rote Flecken

auf Asches Hals auf. »Ich hab echt andere Sorgen als die dämlichen Räder. Es sind mal mehr, mal weniger.«

Sachen gibt's, dachte Klaudia. Asche war zwar zu jung, aber trotzdem erinnerte er sie an die 68iger ihrer Jugend. Eigentum als Verbrechen gegen die Menschheit. Ein Wunder, dass er den Hof überhaupt zusammenhalten konnte. Aber vielleicht tat er das gar nicht. Vielleicht taten es ja die Frauen in seinem Leben. Klaudia stand auf. Das Herumsitzen in der stickigen Küche zerrte an ihren Nerven. Sie ging in den Flur, schaute noch einmal in den Schlafraum und öffnete dann die nächste Tür. Eine Toilette. Blut am Waschbecken. Dorina musste ihre Wunde selbst versorgt haben, bevor sie aufgebrochen war. Das sprach dafür, dass sie zumindest nicht schwerverletzt war. Klaudia rief Petra noch einmal an. »Schick mir bitte einen Mantrailer zu Asche.«

»Woher soll ich den denn kriegen?«

»Was weiß ich.« Klaudia ärgerte sich eher über sich als über Petra. In ihrer alten Dienststelle hätte sie gewusst, wo einer dieser Spezialhunde stationiert war, die noch nach Wochen in der Lage waren, der Geruchsspur eines Menschen zu folgen.

»Frag in Potsdam nach, oder in Eberswalde. Oder besser noch in Berlin.« Klaudia verdrehte die Augen, während ihr Petra erklärte, dass sie keine Ahnung hatte, wen in Berlin sie anrufen solle, schließlich sei sie keine Sachbearbeiterin, sondern Sekretärin und sie hätte eh schon Ärger, weil sie so viele Überstunden machte.

»Ruf doch einfach PH an«, unterbrach Klaudia schließlich Petras Wortschwall. »Das machst du doch sonst auch wegen jedem Scheiß.« Sie drückte das Gespräch weg.

Natürlich gab es auf dem Asche-Hof einen Waffenschrank, wenn auch keine Waffenbesitzkarte. Oma Asche zeigte ihnen nur sehr widerstrebend den alten Schrank in einer Ecke der Scheune. So viel zum Thema, Bauer Asche wüsste nichts vom Waffenschrank seines Vaters. Eine Lüge mehr, die man einsortieren musste. Oma Asche hatte sich erst einmal setzen müssen, als Klaudia ihr sagte, dass sie die Gewehre ihres verstorbenen Mannes nicht einfach so behalten konnte. Aber die Jagd sei doch verpachtet, hatte sie eingewendet.

Nachdem die Waffen abtransortiert waren, saß Klaudia mit Demel am Holztisch in der heimeligen Küche des Asche-Hofes. Oma Asche hatte Gläser und eine Karaffe mit Wasser, in dem Eiswürfel und Zitronenscheiben schwammen, auf den Tisch gestellt. Zwar war ihr Klaudia dankbar, doch sie bezweifelte, dass diese freundliche Geste ausreichen würde, der Ordnungsstrafe zu entgehen, die ihr drohte.

Die Gewitterfront war Richtung Berlin abgezogen, und die Vögel sangen wieder in den Bäumen rund ums Haus. Die tief im Westen stehende Sonne schickte ihre Strahlen durch das niedrige Fenster, und Staub tanzte in einem Lichtstrahl. Auf der anderen Seite des Tisches saß der Dolmetscher, ein freundlicher älterer Herr mit einer runden Brille und einer schweißglänzenden Glatze, neben einer Saisonarbeiterin. Nervös knibbelte die Kleine an ihren Fingern herum.

Klaudia schaute auf ihr Smartphone. Sie hatte es an ihr Taschenladegerät angeschlossen, um genügend Saft für die Befragungen zu haben. Demel kritzelte etwas in sein Notizbuch. Klaudia hätte zu gerne gewusst, was er da schrieb. Allzu viel sagte die Kleine nämlich nicht. Der amerikanische Kühlschrank in Klaudias Rücken sprang an und füllte mit seinem Brummen das Schweigen. Die Kleine drückte den Rücken durch und starrte knapp an Klaudias Gesicht vorbei. Die meisten rumänischen Erntehelfer hatte Klaudia bereits befragt und auch mit den diversen Frau Asche gesprochen. Niemand wusste etwas, niemand hatte etwas gehört oder gesehen, und wenn, sagte niemand etwas.

Einigermaßen frustriert griff Klaudia nach der Wasserkaraffe und füllte ein Glas, das sie dem Mädchen zuschob. Schon längst waren die Eiswürfel geschmolzen, und sie waren immer noch keinen Schritt weiter. Klaudia hatte das Gefühl, dass ihnen die Zeit davonlief.

Mit einem scheuen Kopfnicken bedankte sich das Mädchen, griff aber nicht nach dem Glas. Klaudia wusste bereits, dass die Kleine Jenny hieß oder zumindest so genannt werden wollte, denn der Name, der auf ihrem Block stand, klang zwar so ähnlich, endete aber mit dem Buchstaben a. Wie die Verschwundenen und die meisten der anderen Saisonarbeiter stammte sie aus Sibiu. Klaudia hatte die Stadt mit ihrem Smartphone gegoogelt und wusste jetzt, dass sie in Siebenbürgen lag, früher Hermannstadt geheißen hatte und mit knapp 150 000 Einwohnern nicht ganz klein war. Aber so groß, dass niemand der anderen Erntehelfer die Geschwister gekannt hatte, war das Kaff auch nicht. Und diese Jenny war so alt wie Dorina.

»Und Sie studieren?« Klaudia fand es an der Zeit, Umwege zu gehen, um ans Ziel zu gelangen. Sie hatte zwei Morde aufzuklären und keine Lust mehr auf diese Spielchen. Auch wenn sie durchaus das Misstrauen der jungen Leute verstand. Selbst in Deutschland wollte niemand etwas mit der Polizei zu tun haben, wie viel stärker musste dann der Impuls, die drei Affen zu machen, in einem Land wie Rumänien sein. Sie wusste zwar nicht viel über die rumänische Geschichte, aber natürlich kannte sie Namen wie *Securitate* und *Ceauçescu*. Aber jetzt reichte es ihr.

»Ab Herbst«, sagte der Übersetzer. Doch Klaudia war nicht entgangen, dass das Mädchen geantwortet hatte, bevor er die Frage übersetzt hatte.

»Sie verstehen deutsch?«, fragte sie und hob die Hand in Richtung des Übersetzers, damit er schwieg.

Das Mädchen nickte. Kurz streifte ihr Blick Klaudia, dann starrte sie wieder knapp an ihrem Gesicht vorbei. Klaudia bewunderte ihre Haltung. Obwohl sie selbst bestimmt alles andere als klein und dick war, fühlte sie sich plump in Jennys Gegenwart. Dieses Mädchen passte mit seinen straff zu einem Knoten zusammengefassten Haaren, dem biegsamen Körper und der kerzengeraden Haltung, die nicht einmal angestrengt wirkte, eher in die Rolle des sterbenden Schwans als auf einen Gurkenflieger. Das könnte der Haken sein, den sie auswerfen musste.

»Hatten Sie Ballettunterricht?« Klaudia lächelte ihr freundlichstes Lächeln.

Wieder nickte das Mädchen. Diesmal schaute sie Klaudia dabei ins Gesicht. Ihre Augen waren von einem blassen Braun, das je nach Lichteinfall grün schimmerte.

»Das wollte ich auch immer als Kind«, sagte Klaudia und spielte dabei mit ihrem Smartphone. Es sah aus, als sei sie in Gedanken weit weg, und das sollte es auch. »Aber ich war zu dick«, fügte sie nicht ganz wahrheitsgemäß hinzu. Doch es half.

Während Demel sich räusperte, als wolle er sie daran

erinnern, wo sie war, entspannte sich Jenny bei dem Gedanken an ein dickes kleines Mädchen. Klaudia erzählte noch, wie sehr sie die Mädchen in ihrer Klasse bewundert hatte, die schlank und biegsam gewesen waren. Während der gesamten Zeit hinderte sie den Dolmetscher daran, zu übersetzen. Es ging ihr nicht darum, dass Jenny jedes Wort verstand. Sie wollte, dass die Kleine sich ihr überlegen fühlte. »Welche Schule haben Sie besucht?«, fragte sie scheinbar nebenbei.

»Das Bruckenthal-Gymnasium«, antwortete Jenny prompt. Sie saß immer noch kerzengerade, aber jetzt spielte ein Schmunzeln in ihren Mundwinkeln.

»Wie Dorina?«

Das Mädchen nickte und realisierte im gleichen Augenblick, dass sie Klaudia in die Falle getappt war. Das Schmunzeln verschwand. Klaudia sah das Flattern ihres Herzschlages an ihrer Kehle.

»Sie wollen Dorina helfen.« Wieder nutzte Klaudia eine Phrase, um das Mädchen in Sicherheit zu wiegen. »Und ich möchte das auch.« Sie nickte dem Dolmetscher zu und wartete, bis er übersetzt hatte, bevor sie fortfuhr. »Sie ist verletzt, verängstigt. Vielleicht in Lebensgefahr.«

Demel räusperte sich wieder. Okay, möglicherweise hatte sie zu dick aufgetragen. Klaudia verschränkte die Finger, um nicht wieder mit ihrem Smartphone zu spielen. Jede Bewegung konnte jetzt ein Fehler sein. Sie ließ dem Mädchen Zeit.

»Ich weiß nichts«, sagte Jenny schließlich. »Sie waren komisch, seit Dorin weg ist.«

»War Dorina in Ihrer Klasse?«

Wieder nickte das Mädchen.

»Sie waren Freundinnen, nicht wahr?«

»Ja«, sagte das Mädchen gedehnt. »Ich will ja auch helfen. Aber ich weiß nicht, wie.«

Oh, dachte Klaudia, da wüsste ich schon etwas. »Dorinas Handynummer wäre ein Anfang«, sagte sie.

Bereitwillig holte das Mädchen ein Handy aus der Seitentasche ihrer Sporthose. Klaudia notierte die Nummer, die ihr der Dolmetscher diktierte.

»Ruf sie an«, bat Klaudia, zum vertraulicheren Du wechselnd. Erstaunt schaute das Mädchen auf.

»Versuch es.«

Das Mädchen tippte auf ihr Smartphone. Klaudia streckte die Hand aus und nahm das Gerät ans Ohr. Noch vor dem ersten Freizeichen meldete sich die Mobilbox. Sie drückte auf den roten Hörer und gab dem Mädchen das Smartphone zurück.

»Hast du Gabriellas Nummer?« Von Wibke wusste Klaudia, dass Gabriellas Handy verschwunden war. Die Wahrscheinlichkeit war groß, dass Dorina es hatte.

Das Mädchen schüttelte den Kopf. »Gabriella war nicht Freundin.«

Klaudia bedankte sich bei ihr und verabschiedete sich auch von dem Dolmetscher. Die Befragungen waren abgeschlossen. Die Saisonarbeiter waren alles Studenten oder Schüler aus Sibiu. Nur Gabriella und Vlad nicht. Sie waren Außenseiter. Nicht aus der Stadt, sondern vom Dorf. Und beide hatten noch etwas gemeinsam. Sie waren tot.

Sie schaute hinüber zu Demel. »Was schreibst du da eigentlich die ganze Zeit?«

»Nichts Besonderes«, antwortete Demel und klappte sein Notizbuch zu.

»Was ist das für eine Welt, in der selbst Polizisten lügen?«

»Wenn du mich suchst, ich bin draußen.« Demel stemmte sich in die Höhe.

»Rauch eine für mich mit.« Klaudia schaltete die Aufnahmefunktion ihres Handys aus und steckte es zurück in den Rucksack. Sie würden sich um die Mobilfunkgesellschaft kümmern müssen. Und vor allem brauchte sie unbedingt eine Info aufs Handy, wenn Dorinas Handy sich irgendwo einwählte. Sie musste PH fragen, wie das in Brandenburg funktionierte.

Reifen knirschten im Hof, und sofort kläffte der Hofhund los. Mittlerweile klang er schon sehr heiser. Was kein Wunder war, bei der Menge an Fremden, die sich auf dem Hof herumtrieben. Klaudias Handy schnatterte.

»Du kannst frühestens morgen Nachmittag einen Mantrailer haben.« Petras Stimme klang angefressen. »Außerdem hat die Rechtsmedizin angerufen. Eure Leiche ist morgen früh um sieben dran. Kann ich vielleicht sonst noch etwas für dich tun?«

»Mach Feierabend«, sagte Klaudia. »Und danke«, fügte sie hinzu.

Die Hände in den Hosentaschen, kehrte Demel in die Küche zurück. »Das war nicht schlecht, wie du die Kleine eingelullt hast.«

»Danke.« Klaudia ertappte sich dabei, wie sie sich eine Haarsträhne hinters Ohr schob. Demel schien ihre Verlegenheit nicht zu bemerken. Er griff nach der Karaffe und schüttete sich Wasser in eins der Gläser, die die Bäuerin bereitgestellt hatte. Er trank, während Klaudia ihn auf den neuesten Stand brachte.

»Fahren wir zusammen?«

»Klar«, antwortete Klaudia.

»Ich bin um sechs bei dir.«
»Danke.«
»Wir brauchen etwas für den Hund«, sagte Demel.
»Dann lass es uns holen.«

29. Kapitel

Klaudia lehnte die Stirn gegen die Seitenscheibe. Jenny hatte ihnen Dorinas Herzkissen gegeben, das eingetütet auf dem Rücksitz des Dienstwagens lag. Demel schaltete das Radio ein, und fröhliche Moderatorenstimmen und Hits aus den Achtzigern füllten den Dienstwagen.

Müdigkeit sickerte wie Sand in Klaudias Glieder. Nur einen Moment die Augen schließen. Nur einen winzigen Augenblick.

Das Schnattern von Gänsen ließ sie hochschrecken. Ihre Zunge lag wie ein trockener Putzlumpen in ihrem Mund. Klaudia bückte sich nach ihrem Rucksack, stieß sich den Kopf am Handschuhfach und registrierte, dass Demel den Dienstwagen in den Hof des Reviers lenkte. Scheiße. Sie war tatsächlich eingeschlafen. Hoffentlich hatte sie nicht geschnarcht. Hitze wanderte ihren Nacken hoch, während sie mit fliegenden Fingern nach ihrem Smartphone kramte. Unbekannte Nummer, schluchzende Stimme. Klaudia rieb sich die Augen, brauchte einen Augenblick, um zu begreifen, dass sie mit Uwes Schwiegermutter sprach.

»Was ist mit Annalene?« Ihre Stimme war kaum mehr als ein Krächzen.

Demel warf ihr einen Seitenblick zu und ging unwillkürlich vom Gas. Schritttempo. Trotzdem rasten die Garagen und abgestellten Streifenwagen an Klaudia vorbei.

Kaninchen – Drogeriemarkt – verschwunden. Klaudias Beine zitterten, als ihr Verstand aus den Einzelteilen die Geschichte zusammensetzte. Jeder Satz von Marianne traf ihren Solarplexus. »Und wo ist sie jetzt?«, fragte sie. »Wie? Du weißt es nicht?« Sie konnte nicht verhindern, dass ihre Stimme schrill klang. Nichts konnte sie verhindern. Sie fühlte sich so hilflos. Da war sie die ganze Zeit sehenden Auges auf den Abgrund zugelaufen, und nun stürzte sie ab.

Demel lenkte den Dienstwagen in eine freie Parkbucht an den Gleisen und drehte sich zu ihr um.

»Ich komme.« Klaudia drückte das Gespräch weg.

»Was ist passiert?«

»Es ist was mit Annalene …« Klaudia biss sich auf die Unterlippe. »Sie können Uwe nicht erreichen.«

»Unfall?«

»Nein.« Klaudia lachte heiser auf. Es war kein fröhliches Lachen, sondern gehörte eher in die Kategorie hysterisch. »Sie hat geklaut. In einem Drogeriemarkt.«

»Das ist jetzt nicht toll«, sagte Demel, und zum ersten Mal fiel Klaudia auf, wie beruhigend seine Stimme klingen konnte. »Und wahrscheinlich würde ich meinem Junior was anderes erzählen, aber so ein Ladendiebstahl ist kein Weltuntergang.« Er grinste. Kategorie: ›Ich verstehe dich‹ und ›Nichts wird so heiß gegessen, wie es gekocht wird‹.

»Wenn's nur das wäre.« Klaudia zerrte die Autoschlüssel aus ihrem Rucksack, während sie wiedergab, was Marianne gesagt hatte. »Und nun ist sie weg.«

»Ach du Scheiße.« Ein Stirnrunzeln wischte das teilnahmsvolle Lächeln aus Demels Gesicht. Er legte ihr die Hand auf den Unterarm. »Auf keinen Fall fährst du in diesem Zustand Auto.«

»Ich werd nicht mit dem Zug fahren.«

»Ich fahr dich.«

»Du musst doch auch mal nach Hause.« Klaudia wusste nicht, ob ihr der Gedanke gefiel, sich von Demel nach Hause bringen zu lassen. Auch wenn er überwiegend in Ordnung war, wollte sie ihn nicht zu nah an sich herankommen lassen.

»Auf mich wartet doch sowieso niemand.« Demel war hartnäckig. Auf eine andere Art hartnäckig als damals, als er dauernd Fotos von ihr machen wollte. Eine eher beruhigende Art. Er machte sich Sorgen, das spürte Klaudia. Richtige Sorgen.

»Aber wie kommst du nach Hause?« Klaudia wusste selbst, dass diese Frage schon zum Rückzugsgefecht gehörte.

»Mach dir um mich mal keine Sorgen.« Er streckte die Hand aus, und Klaudia ließ ihre Autoschlüssel hineinfallen.

Als er den Wagen startete, schallte Celine Dions Stimme aus den Lautsprechern. Hastig schaltete Klaudia den CD-Player aus. Ihre Vorliebe für die Sängerin war ein Geheimnis, das sie nicht unbedingt mit Demel teilen wollte.

»Deine Lenkung schlackert etwas«, sagte Demel, als sie die Landstraße erreichten.

»Was?« Klaudia schreckte aus ihren Gedanken auf.

»Deine Lenkung. Sie schlackert«, wiederholte Demel.

»Ach so. Ja. Ich weiß. Wahrscheinlich eine Unwucht.«

»Meine Ex hätte so ein Wort nicht einmal gekannt.«

»Nicht?« Klaudia driftete wieder in ihre Gedankenwelt ab.

»Annelene taucht wieder auf«, sagte Demel zuversichtlich.

Hoffentlich, dachte Klaudia. Ein stechender Schmerz schoss ihr in die Speiseröhre und raubte ihr die Luft zum Atmen.

Marianne stand in der Einfahrt und wartete schon auf sie.

»Wo ist Gerd?«, fragte Klaudia.

»Er sucht sie. Vielleicht ist sie ja bei Chantalle.«

»Und Bhanu?«

»Im Garten. Sie ist völlig aufgelöst. Gut, dass den Kaninchen nichts passiert ist.« Marianne schlug die Hände vors Gesicht. »So aufgelöst war sie nicht mal, als ihre Mutter gestorben ist.«

»Ich geh zu ihr.« Klaudia warf Demel einen Blick zu. Irgendwie waren sie ein gutes Team geworden, denn er verstand sofort, was sie von ihm wollte.

»Lassen Sie uns erst mal reingehen«, sagte er zu Silkes Mutter. »Ich ruf sofort die Kollegen an, die halten dann auch Ausschau. Wär doch gelacht, wenn wir Annalene nicht finden.«

»Es ist meine Schuld«, sagte Marianne.

»Na, na«, brummte Demel. »Mädchen in dem Alter schlagen schon mal über die Stränge.«

Klaudia hatte seinen Satz noch im Ohr, als sie in den Garten kam. »Über die Stränge schlagen« umschrieb sehr euphemistisch das Chaos, das Annalene hinterlassen hatte. Das Kaninchendorf war zerschmettert. Als einziges Gebäude stand noch die Kirche, allerdings schmückte eine Axt ihren Giebel. Inmitten der Trümmer saß Bhanu mit gesenktem Kopf und streichelte Petra Pan die Dritte. Klaudia hockte sich zu ihr ins Gras. Bhanu schaute auf. Ihre wasserblauen Augen schwammen in Tränen. Schmutz und Rotz klebten auf ihren Wangen.

»Dein Opa macht das wieder heil«, sagte Klaudia, weil ihr nichts Besseres einfiel.

Bhanu schüttelte den Kopf.

»Wir helfen auch alle mit.« Klaudia legte den Arm um Bhanu, und die Kleine schmiegte sich an sie.

»Annalene hat das nicht so gemeint«, schniefte sie an Klaudias Busen. Es zerriss ihr fast das Herz. Obwohl Bhanus Kaninchenwelt in Trümmern lag, verteidigte sie ihre große Schwester. »Sie ist nur so traurig.«

»Wir alle vermissen deine Mum.«

»Aber Annalene hat niemanden.« Bhanus einfache Feststellung schnitt Klaudia ins Herz. Es stimmte: Annalene war immer einsamer geworden in den letzten Monaten. Nicht, dass Familie und Freunde nicht versucht hatten, ihr zu helfen, aber sie hatte jeden und zum Schluss wohl auch Chantalle von sich gestoßen.

»Hat sie deshalb die Schule geschwänzt?«

Bhanu nickte.

»Und im Drogeriemarkt geklaut?«

Wieder nickte Bhanu. Es war erstaunlich, wie sehr dieses achtjährige Mädchen seine Schwester verstand. Im Gegensatz zu allen Erwachsenen, die es nicht geschafft hatten, Annalene zu helfen.

»Sagst du ihr, dass alles gut ist?«, fragte Bhanu mit erstickter Stimme.

»Mach ich.« Klaudia streichelte das unbeteiligt mümmelnde Kaninchen. Weich versank ihre Hand in dem seidigen Fell. »Versprochen.« Noch einmal drückte sie Bhanu an sich, dann stand sie auf.

»Ist es nicht schrecklich?«, fragte Marianne, die auf die Terrasse getreten war. »Und es ist alles meine Schuld.«

Demel wollte sie wieder beruhigen, doch Klaudia kam ihm zuvor. »Warum denkst du das?«

»Ich war so wütend. Das Baby wird schon wieder operiert. Irgendwas mit den Augen. Wir haben doch wirklich Sorgen genug, und dann geht sie hin und klaut.«

»Und das hast du ihr gesagt.«

»Ich weiß, dass das falsch war.«

»Was hat sie denn gestohlen?«, fragte Demel.

»Das ist ja das Verrückte.« Marianne legte die Hand auf den Mund, um ein Schluchzen zu unterdrücken. Ihre Augen füllten sich mit Tränen. »Sie hat einen Schnuller geklaut«, sagte sie, als sie wieder sprechen konnte. »Einen dämlichen rosa Schnuller, dabei ist Tim doch ein Junge.«

»Einen Schnuller?«, wiederholte Klaudia. In ihrem Kopf rastete eine Erinnerung ein. Marianne mit einem Schnuller in der Hand. Ihre verständnislose Frage: Wer macht so was?

»Wir fahren zum Friedhof.«

»Ich komme mit.« Marianne hatte auf einmal den gleichen verbissenen Zug um den Mund, den Klaudia von Annalene kannte.

»Und was ist mit Bhanu?«, fragte Klaudia.

»Oh.« Mariannes Schultern sackten nach vorn. Sie nahm Klaudias Hand und drückte sie. »Aber du rufst mich sofort an, versprich mir das.«

»Meinst du wirklich, sie ist da?« fragte Demel, während er den Peugeot durch die ruhige Wohnstraße lenkte, die zum Friedhof führte. Du kennst die Geschichte doch auch.

»Phh.« Demel atmete gequält aus. »Das Mädchen kann einem echt leidtun.«

»Die ganze Familie kann einem leidtun.«

»Und das alles wegen eines Verrückten. Weißt du«, fuhr Demel nachdenklich fort, »das Irre ist, wir haben all die Jahre mit ihm zusammengearbeitet. Ich meine, wir sind Bullen. Wir hätten doch was merken müssen.«

»Da ist ihr Fahrrad.« Annalenes signalgelbes Rennrad lehnte am Zaun. Klaudia sprang aus dem Wagen. Seit Silkes Beerdigung war sie nicht mehr auf dem Friedhof gewesen, und in einem Anflug von Panik fragte sie sich, ob sie das Grab überhaupt finden würde. Sie rannte auf den Vorplatz, schaute sich um. Gießkannen rumpelten in ihrem Gestell. Die meisten Besucher verließen bereits den Friedhof. Klaudia versuchte sich zu orientieren. Links war die Kapelle, daran erinnerte sie sich. Der Sarg war dort inmitten eines Blumenmeeres aufgebahrt gewesen. Von den meisten kannte Klaudia nicht einmal die Namen. So viele Blumen, aber keine einzige Rose. Nach der Trauerfeier waren sie dem Sarg gefolgt. Die Träger waren hinausgegangen und …

Klaudias Blick wanderte nach rechts. Alte Frauen strebten dem Ausgang zu und schoben sich mit ihren Rollatoren eine Rampe hinunter. Nicht mehr lange, und das Tor würde für die Nacht geschlossen.

»Da lang.« Klaudia erinnerte sich jetzt wieder. Über eben diese Rampe hatten die Sargträger Silke getragen. Sie nahm die Abkürzung über die Stufen, schaute nach links und rechts, bog ein in das Gewirr der Wege, hielt inne, drehte sich im Kreis, überlegte, ob sie Marianne anrufen sollte. Aber dann sah sie ihn. Den Baum mit dem hellen Stamm, der ihr schon im Frühjahr aufgefallen war. In seinem Schatten ruhte Silke.

Klaudia rannte an steinernen Herzen vorbei, hörte Demels keuchenden Atem. Ihre Waden brannten, trotzdem rannte sie immer schneller. Mit jedem Schritt steigerte sich das Gefühl, zu spät zu kommen. Und dann sah sie Annalene. Zusammengesunken hockte sie auf der Marmorbank vor dem Grab ihrer Mutter. Klaudia stoppte so abrupt, dass Demel in sie hineinrannte.

»Warte du hier«, keuchte sie.

»Annalene?« Klaudia zwang ihren Atem in einen gleichmäßigen Rhythmus. Sie lebte. Es war alles gut. »Annalene«, wiederholte sie, als das Mädchen nicht reagierte. Noch zwei Schritte. Klaudia streckte die Hand nach ihr aus, Annalene hob den Kopf.

Wie unendlich blass du bist, dachte Klaudia noch. Und dann sah sie das Blut, das von Annalenes Armen tropfte.

30. Kapitel

Klaudia stand im Schlafshirt am Fenster und schaute in den Garten hinunter. Im blassen Mondlicht sah sie, dass Uwes Schwiegervater das Trümmerfeld beseitigt hatte.

Fröstelnd zog sie die Schultern hoch. Es war alles so schnell gegangen. Erst die Erleichterung, dann der Schock und dann die Hektik, als die Helfer eintrafen. Annalenes verlorener Blick hatte sich in Klaudias Netzhaut gebrannt. Das Mädchen war schon in der Klinik, als sie Uwe endlich erreichten. Vielleicht war es besser so. Er war gerade erst nach Hause gekommen, und jetzt hockte er auf der Terrasse, und Zigarettenrauch stieg Klaudia in die Nase. Der Wind wehte Glutfetzen über den nächtlichen Rasen.

Klaudia wandte sich ab. Sie sollte ins Bett gehen und schlafen, aber sie konnte nicht. Das Leben nahm keine Rücksicht. Weder auf Dienstpläne noch auf alte Wunden. Darauf durfte man nicht hoffen. Man konnte sich nicht einfach verkriechen. Nicht die Decke über den Kopf ziehen und die Welt aussperren. So funktionierte es halt nicht. Das zumindest hatte sie in all den Jahren bei der Polizei gelernt. Das Leben ging weiter, und lag man zerschmettert am Boden, dann stapfte es halt über einen hinweg.

Klaudia zog sich eine Jogginghose über, ging in ihre Kochecke und holte zwei Flaschen Babbenbier aus dem Kühlschrank. Sie straffte die Schultern und lief hinunter in den Garten.

»Wie geht es ihr?« Klaudia stellte eine der Flaschen vor Uwe und setzte sich ihm gegenüber an den Tisch. Sie stellte die Fußsohlen auf die Stuhlkante und zog das Schlafshirt über die Knie. Er sah zum Gotterbarmen aus. Die verschwitzten Haare standen wirr ab, seine Augen waren gerötet, die Lippen verkrustet.

»Sie behalten sie erst einmal da.« Uwe griff nach der Flasche und drehte sie in den Händen.

Klar, dachte Klaudia. Und verbinden ihre Handgelenke mit Mull und ihre Seele mit Psychopharmaka. Kein Gedanke, den man jetzt aussprechen sollte. »Und wo ist Bhanu?«

»Marianne und Gerd haben sie mitgenommen. Sie sagen, es sei erst mal besser für sie.«

»Mit Petra Pan?«

»Mit Petra Pan.« Uwe stellte die Flasche ab. »Ich kann das nicht«, sagte er plötzlich. Seine Stimme klang flach vor Erschöpfung. »Sie fehlt mir so.«

»Ich weiß.« Klaudia streckte die Hand aus und legte sie auf seine. Schaudernd hielt sie die Kälte seiner Haut aus.

»Und das Schlimmste ist«, fuhr Uwe fort, »ich lass sie im Stich. Ihre Kinder. Und alles. Es entgleitet mir.« Er entzog Klaudia seine Hand, drehte die Handflächen herum und starrte darauf, als lese er in einem Buch. »Ich müsste es doch zusammenhalten können«, flüsterte er. »Aber ich bin immer am falschen Ort. Bin ich hier, passiert etwas in Berlin. Bin ich in Berlin ...« Uwe schluckte.

Klaudias Hals wurde eng. Sie fühlte sich so hilflos. »Du brauchst ...«, setzte sie an.

»... professionelle Hilfe?«, unterbrach Uwe sie mit einem bitteren Lachen. »Wolltest du das sagen?«

»Nein. Äh. Ja.« Klaudia senkte den Blick. Sie ertrug den Anblick seines Schmerzes nicht länger.

»Ich brauch Silke, verdammt noch mal. Sie fehlt mir bei jedem Atemzug. Ich kann nicht mehr.« Uwe setzte die Flasche an und trank gierig. Mit einem Ruck stellte er die Flasche ab. Bierschaum quoll aus dem Flaschenhals und rann auf den Tisch.

»Du darfst jetzt nicht aufgeben.« Klaudia fühlte sich so hilflos wie an Silkes Grab. »Deine Kinder brauchen dich.« Floskeln, nichts als Floskeln.

»Die sind doch verraten und verkauft mit mir.« Uwe schüttelte den Kopf. Annalene ist in der Klapse, und Bhanu ist bei Marianne und Gerd sowieso besser aufgehoben. Ich kann ja nicht mal auf ihr Karnickel aufpassen.« Klaudia wusste, dass er an Petra Pan die Zweite dachte, die im Frühjahr verhungert war, weil Uwe sie schlichtweg vergessen hatte.

»Hör endlich auf!« Klaudia griff nach ihrer Flasche und trank hastig. Wie hatte sie das nur tun können. Ihn anschreien. Nach allem, was er durchgemacht hatte.

Uwe starrte sie an, als sei sie sein schlimmster Alptraum. Und vielleicht war sie das auch. Er gehörte definitiv zu ihrem schlimmsten Alptraum. War Teil davon, und das schweißte sie zusammen, ob es ihr gefiel oder nicht.

»Weißt du.« Uwes Blick verlor sich in der Nacht. Es war, als würde er nicht mit ihr, sondern mit jemandem anderen reden. Jemandem, der hinter ihr stand. Klaudias Nackenhaare richteten sich auf. Fast körperlich spürte sie Silkes Anwesenheit.

»Ich wollte nie sein wie mein Vater«, flüsterte Uwe.

»Wer will das schon«, murmelte Klaudia.

»Er ist einfach abgehauen«, fuhr Uwe nach einer Weile fort. »Nach der Scheidung. Ich hab ihn nie wieder gesehen. So wollte ich nie sein.« Wie aus weiter Ferne kehrte sein Blick zurück zu Klaudia.

»Aber du bist doch hier.«

»Aber bin ich auch für sie da?«, fragte Uwe. »Erst hab ich den Kleinen nicht gewollt, und dann hat er sie am Leben gehalten, und ich hab bis zum Schluss gedacht, sie schafft es. Wenn er erst einmal da ist, hab ich gedacht, schlägt sie die Augen auf. So etwas passiert.«

Tränen stiegen Klaudia in die Augen. Hilflos hob sie die Flasche und trank. Das Geräusch ihrer Schlucke war nicht laut genug, um seine Stimme zu verdrängen.

»Aber dann war der Kleine da, und sie war tot. Da konnte ich ihn nicht auch noch im Stich lassen.«

»Das hast du doch auch nicht.«

»Aber Annalene hab ich im Stich gelassen, und Bhanu.«

»Du kannst dich nicht zerteilen.«

»Nein.« Uwe setzte die Bierflasche an und trank in langen, durstigen Zügen.

Klaudia wünschte sich, Pfarrer Vollmer wäre da. Er würde die richtigen Worte finden. Gleich morgen würde sie mit ihm telefonieren. Er musste mit Uwe reden. »Es ist nicht deine Schuld.« Sie sagte den Satz, an den sie sich selbst klammerte.

»Ich weiß.« Uwe wischte sich über den Mund.

Klaudia hätte beruhigt sein sollen. »Ich weiß« klang so vernünftig. Aber sie war es nicht, im Gegenteil. Sie hatte das Gefühl, an einem bröckelnden Abgrund zu stehen.

»Ich muss mich entscheiden.«

»Was meinst du?« Hilflos starrte sie Uwe an. Wovon verdammt noch mal sprach er?

»Ich hab mit der Sozialarbeiterin im Krankenhaus gesprochen«, sagte er schleppend. »Es gibt Familien, die warten auf so ein Kind wie Tim.«

Klaudia hatte das Gefühl, einen Faustschlag in den Magen erhalten zu haben. Ihr blieb die Luft weg.

»Das solltest du nicht jetzt entscheiden«, sagte sie, als sie wieder atmen konnte.

»Wann denn?«, fragte Uwe. »Wenn Annalene sich nicht nur die Arme aufritzt, sondern die Pulsadern?«

»Nein.«

»Oder wenn Bhanu nur noch zu Besuch kommt? Weil es bei Oma und Opa so viel besser ist?« Bei jedem Wort schlug er mit der Flasche auf den Tisch. »Oder wenn Tim nach Hause kommen kann, und da ist niemand, der sich um ihn kümmert? Irgendwann muss ich wieder arbeiten. Wie soll das gehen mit einem Kind wie Tim?«

»Aber er kann doch gesund werden.« Im letzten Augenblick unterdrückte Klaudia das unausgesprochene Fragezeichen am Ende ihres Satzes.

»Ich weiß es nicht.« Uwe stützte die Ellbogen auf und griff sich mit beiden Händen ins Haar. »Ich weiß überhaupt nichts mehr. Vielleicht hat er bessere Chancen, wenn er eine Familie hat, die nicht so …« Er brach ab.

Klaudia biss sich auf die Unterlippe.

»Die glücklich ist«, sagte Uwe schließlich. Wieder setzte er die Flasche an. »Hast du noch eine?« Er musterte die Flasche in seiner Hand.

Klaudia schüttelte den Kopf.

»Ich weiß nicht, mit wem ich sonst reden soll.«

»Ist klar.« Klaudia atmete gegen den Schmerz in ihrer Kehle an. »Aber das mit dem Kleinen solltest du nicht jetzt entscheiden. Wirklich nicht. Warte erst einmal ab, was mit Annalene wird. Vielleicht sieht ja dann alles ganz anders aus.«

»Ich schaff das nicht alleine.«

»Du bist nicht alleine«, sagte Klaudia. »Du hast Marianne und Gerd. Du hast … deine Töchter.« *Mich,* hatte sie sagen wollen, aber das Personalpronomen hatte sich in ihrer Kehle verkantet, und da klemmte es immer noch. Wie kam dieses Wort überhaupt zwischen ihre Stimmbänder? Natürlich wollte Sie helfen, aber gleichzeitig nahm ihr der Gedanke an die damit verbundene Nähe die Luft zum Atmen.

Uwes Telefon rettete sie. Als er schon lange im Haus

verschwunden war, saß sie immer noch auf der Terrasse und starrte in die Dunkelheit zwischen den Bäumen.

Mich?

31. Kapitel

»Ich hab echt damit gerechnet, dass du anrufst.« Demel beugte sich vor und öffnete ihr die Beifahrertür. Gestern Abend hatte er ihren Wagen genommen, um nach Hause zu fahren. Klaudia setzte sich auf den Beifahrersitz. Demels Haare kringelten sich feucht über den Ohren, und der Innenraum ihres Wagens roch nach seinem Duschgel, nach Arnos Duschgel.

Unwillkürlich zog Klaudia die Schultern hoch, aber dann rief sie sich selbst zur Ordnung. Es war nur ein Geruch, und er war nicht Arno.

»Warum hätte ich anrufen sollen?« Sie schnallte sich an. Die Müdigkeit nistete in ihren Knochen. Aber nach zwei Tassen extrastarkem Kaffee und einer doppelten Dröhnung Kopfschmerztabletten fühlte sie sich fit genug, den Tag zu überstehen. Allerdings nicht fit genug für Small Talk.

»Na ja.« Demel blinkte. »Nach allem, was gestern los war.«

»Ich kann eh nichts machen.« Klaudia dachte an ihr Gespräch mit Uwe. Auf keinen Fall durfte sie vergessen, den Pfarrer anzurufen.

»Was sagen denn die Ärzte?«

»Nichts, was Uwe verstanden hätte.« Klaudia verstaute ihren Rucksack im Fußraum. »Sie haben ihn mit irgendwelchen Abkürzungen zugetextet.«

»Bin ich froh, dass ich kein Mädchen hab.«

»Du solltest froh sein, dass dein Sohn nichts von dem durchmachen musste, was Annalene widerfahren ist.«

»Tut mir leid.«

»Mir auch.« Klaudia lehnte sich zurück und schloss die Augen.

Den Rest der Fahrt legten sie schweigend zurück.

»Gehen Sie durch die Sicherheitsschleuse.« Die Sekretärin an der Anmeldung gab Klaudia und Demel die Dienstausweise zurück. »Sie werden erwartet.« Für einen Moment runzelte sie die Stirn, als streife sie eine Erinnerung.

Klaudia hoffte, dass das nicht der Fall war, denn im Gegensatz zu Frau Tod, so hieß die Sekretärin nämlich, erinnerte sie sich noch gut an ihren ersten Besuch in der Rechtsmedizin. Als Frau Tod damals durch ein Telefonat abgelenkt gewesen war, hatte sie sich mit Hilfe eines Sicherheitsbeamten Zutritt zum nichtöffentlichen Bereich verschafft.

Die Tür öffnete sich, und eine Frau in knallrotem Shirt mit dem Aufdruck *Gerichtsmedizin Berlin* stellte eine gelbe Postkiste auf ein Sideboard.

»Danke.« Klaudia steckte ihre ID ein und ging zu Demel, der bereits vor der Sicherheitsschleuse wartete.

Ein Summen ertönte, und die Tür schwang auf. Wie schon bei ihrem ersten Besuch hielt Klaudia unwillkürlich die Luft an. Obwohl die Klimaanlage auf Hochtouren rauschte, legte sich die für eine Rechtsmedizin übliche Duftmischung aus Desinfektionsmitteln und dem süßlichen Geruch des Todes wie ein Film auf ihre Schleimhäute.

»Hi.« Irina Klaas' raspelkurzer, blonder Kopf, gefolgt von ihrem in dunkelblauer OP-Kleidung versinkendem schmalen Körper, tauchte neben Klaudia auf. Eine OP-Maske hing unter ihrem Kinn. »Hier geht's zum Einkitteln.«

Klaudia und Demel folgten ihr zu einem Vorraum. Im Gegensatz zu ihrem ersten Besuch wimmelte es heute auf dem Gang von Menschen in OP-Kleidung.

»Wir arbeiten heute Morgen an drei Tischen«, sagte Dr. Klaas. »Es ist also ein bisschen wuselig.« Sie stieß eine Tür auf, und sofort flammte Neonlicht auf. Sie standen in einem schmalen Durchgang mit deckenhohen Metallregalen. »Einmalkittel sind hier«, sie zeigte auf das Regal zu ihrer Linken, »Überschuhe dort in der Kiste.« Sie zeigte nach rechts. »Und da drüben«, sie zeigte auf einen Spender neben einer weiteren Tür, »OP-Masken und Händedesinfektionsmittel.«

»Aber die Hände bürsten müssen wir uns nicht?«, fragte Demel.

»Versprechen Sie mir einfach, nichts anzufassen.« Dr. Klaas zwinkerte ihm zu und zog sich die OP-Maske über die Nase. »Wir sehen uns an Tisch zwei.« Sie öffnete die Tür, die in den Sektionssaal führte.

»Habt ihr unsere Tote von gestern auch schon auf dem Tisch?«, fragte Klaudia.

»Von gestern?« Dr. Klaas kratzte sich den Nacken. »Ich denke nicht. Die wird in Potsdam sein. Da läuft der Betrieb jetzt wieder normal.«

»Schade«, sagte Klaudia.

»Wieso? Gefällt Ihnen Berlin so gut?«

»Ich arbeite halt gerne mit Ihnen zusammen.«

»Ach wenn's nur das ist.« Dr. Klaas drückte auf den Desinfektionsmittelspender und verrieb die Lösung in den Händen. Der Geruch von parfümiertem Alkohol breitete sich in dem engen Durchgang aus. »Ich wechsle ebenfalls nach Brandenburg«, sagte sie. »Ich bleibe Ihnen also erhalten.«

»Willst du auch?«, fragte Demel, als Klaas den Durchgang verlassen hatte. Er zog eine kleine Tube unter seinem Papierkittel hervor.

»Was ist das?«, fragte Klaudia.

»Für drinnen.« Umständlich schraubte er sie auf und drückte eine weiße Paste aus der Tube, die er unter seiner Nase verteilte. »Hab ich von einem alten Kollegen. Das hilft gegen das ...« Er nickte in Richtung der Tür, die sich hinter Klaas geschlossen hatte.

»Danke.« Klaudia streckte den Zeigefinger vor. Kühl legte sich die Paste auf ihre Fingerkuppe. Sie verstrich sie unter der Nase und der scharfe Duft der Minze ließ sie die Luft anhalten.

»Bereit?«

»Gleich.« Klaudia zog die blauen Plastiktüten über ihre Sneakers, desinfizierte sich die Hände, die alkoholische Lösung biss kurz und schmerzhaft in einem aufgekratzten Mückenstich, und schaute zu Demel, dessen Mund und Nase die OP-Maske verbarg.

»Ein schönes Paar, nicht wahr?« Er verdrehte die Augen.

»Wahre Schönheit kann nichts entstellen.« Klaudia strich mit den Händen über den stumpfen Papierkittel.

»Na dann.« Demel öffnete die Tür und ließ ihr den Vortritt.

Klaudia kannte diesen Saal noch nicht. Ihre Erfahrungen mit gerichtsmedizinischen Instituten beschränkten sich aufs Ruhrgebiet mit seinem chronisch klammen Landeshaushalt. Dort waren die Wände bis zur Decke mit grünen Fliesen gekachelt, die Tische aus Metall und ebenso die Regale. Metall gab es hier auch, ansonsten sah der Saal jedoch aus, als habe sich jemand tatsächlich Gedanken über die Farbgestaltung gemacht. Er wirkte weniger steril und strahlte trotz des hellen Lichtes eine diskrete Wärme aus. Die Wände waren von einem hellen Beige, über das rote Linien liefen. Obwohl an drei Tischen gearbeitet wurde, war das Rauschen der Umluftanlage, die die Luft über den Tischen absaugte, das lauteste Geräusch im Raum.

Klaudia und Demel gingen hinüber zu Dr. Klaas, die ihnen winkte.

»Das ist mein Kollege Doktor …«

Klaudia verstand den Namen des Arztes nicht. In ihren Ohren rauschte das Blut, und ein Knoten wuchs in ihrer Kehle. Dies war der schwerste Augenblick. Sehr viel schwerer als die Auffindesituation. Dort konnte sie aktiv werden, Entscheidungen treffen, handeln. Ihre Rüstung aus Erfahrung und Routinehandlungen schützte sie vor dem direkten Kontakt mit dem Toten. In der Gerichtsmedizin war die Situation eine andere. Hier waren sie zum Zuschauen verdammt, und nichts lag zwischen ihr und der Endgültigkeit des Todes. Klaudia starrte auf den nackten Körper, bis seine Konturen wie in Wasser getaucht flirrten. Vlad schien geschrumpft zu sein, und seine Haut hatte das fleckige Gelb des Todes angenommen.

»Alles in Ordnung mit Ihnen?«, fragte Klaas besorgt

über den Tisch hinweg. Ihr Kollege schaute stirnrunzelnd auf. Seine Gedanken standen ihm wie mit Edding auf die Stirn geschrieben: Hoffentlich fällt sie nicht um.

»Ja, klar.« Klaudia zwinkerte die Tränen fort, die ihr jedes Mal kamen, wenn sie an einem Obduktionstisch stand. Das war ihr persönlicher Moment der Trauer. Der Moment, in dem aus dem Fall wieder ein Mensch wurde. Ich finde ihn, versprach sie dem Toten und wischte sich hastig über die Augen. Sie spürte Demels besorgten Seitenblick.

»Können wir?«

»Wenn alle so weit sind.« Der Rechtsmediziner, dessen Name Klaudia nicht verstanden hatte, legte die Kamera, mit der er Vlad fotografiert hatte, zur Seite und schaltete das Mikrofon ein, das über dem Tisch hing. Er diktierte die Leichennummer, den Obduktionsort, nannte den Namen seiner Kollegin und seinen eigenen, der aus einer Ansammlung von Zischlauten zu bestehen schien. Anschließend beschrieb er das Aussehen des Toten. Vermaß eine alte Blindarmnarbe, ebenso wie die Hautabschürfungen an Fingerknöcheln und Zehen, die er als mögliche Treibverletzungen interpretierte. Schließlich drehten er und Dr. Klaas die Leiche auf den Bauch. Vlad hatte ein Muttermal auf der linken Schulter, und in seinem Haar klebten Knochenfragmente, die von der hässlich gezackten Wunde stammten. Klaudia hatte das Bild des blutverschmierten Kilometersteins vor Augen.

»Könnte die todesursächlich gewesen sein?«, fragte sie.

»Möglich.« Dr. Klaas beugte sich vor und schob eine Knopfsonde in die Tiefe der Wunde. »Oder vielleicht auch: hätte sein können«, fügte sie hinzu.

Klaudia verstand die Anspielung auf die Auffindesituation. Es war gut möglich, dass Vlad zwar ertrunken war, ihm der Tod durch Ertrinken aber nur einen längeren Todeskampf oder lebenslanges Siechtum erspart hatte.

Die Ärzte wendeten den Toten wieder und begannen mit der Obduktion. Klaudia schloss für einen Moment die Augen. Als sie sie wieder öffnete, zog Klaas die Gesichtshaut vom Schädel, deutlich waren die Quetschungen und Einblutungen im Wundbereich zu erkennen, und dann frästen sie den Schädel auf. Das hochfrequente Sirren ließ Klaudia die Zähne zusammenbeißen.

»Knochensplitter in Kleinhirn und Hirnstamm. Großflächige Einblutungen«, murmelte der Arzt. »Du hast recht«, sagte er zu Klaas. »Alt wäre er damit nicht geworden.«

Die Öffnung der beiden anderen Körperhöhlen erfolgte durch den typischen Y-Schnitt. Der Arzt griff nach einem Instrument, das wie eine Astschere aussah, und versenkte sie in Vlads Brustkorb. Das dumpfe Knacken, mit dem er die Rippen zerschnitt, klang, als würde der Junge noch einmal getötet. Klaas stand mit einer Suppenkelle in der Hand neben ihm und schöpfte Gewebsflüssigkeit ab.

»Ihr Toter hat auf jeden Fall noch geatmet, als er ins Fließ gefallen ist«, sagte der Arzt zu Demel.

»Aber nicht mehr lange«, ergänzte Klaas, die jetzt dabei war, die inneren Organe zu entnehmen und abzuwiegen.

Darf's ein bisschen mehr sein. Klaudia verschluckte sich fast an dem Gedanken.

»Gesoffen hat er auf jeden Fall nicht«, sagte Klaas, während sie die Leber präparierte.

»Zumindest nicht so, dass es sich schon ausgewirkt

hätte«, fügte ihr Kollege hinzu. »Sie wissen ja, die Leber wächst an ihren Aufgaben.«

Demel gab ein Geräusch zwischen Prusten und Husten von sich, und Klaas lachte kurz auf, wie man es tut, wenn ein Vorgesetzter einen schlechten Witz macht.

Klaudia wusste auf einmal, dass es keinen Grund gab, sich den Namen des Arztes zu merken.

Ebenso schweigend, wie sie nach Berlin gefahren waren, fuhren sie auch zurück. Unterwegs erreichte sie ein Anruf von Petra, die ihnen mitteilte, dass eine Einsatzbesprechung geplant sei.

PH und Demeter-Anders standen vor dem Flipchart und sprachen leise miteinander. Er hatte sich etwas vorgebeugt, wie er es immer tat, wenn er mit jemandem sprach, der kleiner war als er. Selbst auf die Entfernung konnte Klaudia erkennen, wie sehr Demeter-Anders diese Körperhaltung hasste.

PH sah erholt aus. Die Fortbildung schien ihm gutgetan zu haben. Seine grauen, fast weißen Haare wirkten frisch geschnitten und passten gut zur Bräune seines Gesichtes. Er schaute auf und runzelte die Stirn, als er Klaudia sah. Allzu viel schien er nicht gelernt zu haben.

»Wie schön, dass Sie einsatzfähig sind«, sagte Demeter-Anders. Sie setzte sich neben PHs Stammplatz und klappte ihr Notebook auf. Wahrscheinlich gab es niemanden, der nicht wusste, was gestern mit Annalene passiert war.

Der Rest der Besprechung war Routine. PH schluckte selbst die Tatsache, dass sie mit ihren Berichten im Rückstand waren. Möglicherweise hatte er also doch etwas gelernt. Klaudia nutzte die Gelegenheit und fragte ihn, was sie machen musste, um benachrichtigt zu werden, falls Dorinas Handy in einem Funknetz auftauchte.

»Ich organisier das für Sie, äh dich«, bot PH an. »Das geht aber nur für Deutschland«, fügte er hinzu. »Wenn sie schon in Rumänien sind, funktioniert das nicht. Habt ihr die Kollegen um Amtshilfe gebeten?«

Scheiße, dachte Klaudia. Genau das hatte sie nicht getan.

»Wollte ich gleich nach der Obduktion machen«, antwortete Demel an ihrer Stelle.

»Ich muss dann auch los.« Klaudia schaute auf ihr Smartphone. »Der Mantrailer wartet.«

»Und bitte.« Demeter-Anders lächelte wie Zuckerguss. »Keine Extratouren.«

»Wissen Sie wirklich so sicher, dass Ihr Schoßhund nichts mit den Morden zu tun hat?« Klaudia hatte einfach zu viel Koffein, Paracetamol und Leichengeruch intus, um diplomatisch zu sein.

»Ja.« Die Staatsanwältin nickte. »Er läuft an einer sehr kurzen Leine.«

Klaudia verzichtete auf eine Entgegnung. Demeter-Anders gehörte zu den Frauen, die immer das letzte Wort haben mussten.

Beim Asche-Hof angekommen, parkte Klaudia vor dem Zwinger und stieg aus dem Wagen. Eine dichte Wolkendecke verbarg die Sonne, und ein frischer Wind blies ihr die Haare aus dem Gesicht.

Vom Hofhund war nichts zu sehen. Vielleicht hatte die Familie ihn ins Haus genommen. Die Hundeführerin erwartete sie bereits.

Sie begrüßten sich per Handschlag. Die Hundeführerin war sehr jung und trug die Haare zu einem praktischen Pferdeschwanz gebunden. Der Hund saß bei Fuß und schaute hechelnd zu seiner Chefin auf.

Klaudia gab der Hundeführerin Dorinas Kissen.

»So eins hab ich mal auf der Kirmes gewonnen«, sagte die Berliner Kollegin, während sie ihrem Hund das Herzkissen vor die Nase hielt. Schnuppernd machte er sich auf den Weg.

»Ich hoffe, sie sind gut zu Fuß«, sagte sie zu Klaudia, die ihr folgte.

Der Hund führte sie über die Brücke hinter der Baracke und an einem vermoosten Fließ entlang. Erste Regentropfen klatschten auf Klaudias Scheitel. Der Hochsommer schien endgültig vorbei zu sein.

»Sie sind ganz schön bepackt.« Klaudia keuchte hinter der Hundeführerin her.

»Der Tag kann lang werden. Da sollte man vorbereitet sein.« Die Hundeführerin schaute kritisch auf Klaudias Sneaker.

Der Hund führte sie in einem Bogen zur Landstraße und dann zum Hof zurück. Winselnd drehte er sich im Kreis.

»Na, das war mal ein kurzer Einsatz«, murmelte die Hundeführerin. »Ich hoffe, ihr habt mehr Glück mit eurer Handy-Ortung.«

»Das hoffe ich auch.« Klaudias Schienbeine schmerzten vor Enttäuschung und Erschöpfung. Wohin verdammt noch mal war das Mädchen verschwunden?

Ein Gedanke waberte am Rande ihres Bewusstseins, verdichtete sich, und diesmal löste er sich nicht auf, sondern formte ein Haus, das Klaudia sofort erkannte. Natürlich! Sie zog ihr Smartphone aus dem Rucksack, um

Demel Bescheid zu sagen. Als sie mit dem Finger übers Display strich, leuchtete das Briefsymbol auf. Dorinas Handy hatte sich tatsächlich eingewählt.

Diesmal würden sie alles auffahren, was das Land Brandenburg zu bieten hatte, und das war nicht wenig. Dafür hatte Demel gesorgt. Selbst das Wetter spielte mit. Ostwind hatte die Wolken vertrieben, und plötzlich war wieder Sommer. Eine Einsatzhundertschaft stand an verschiedenen Sammelpunkten bereit, ein fahrbarer Sendemast kreiste um das Zielgebiet und pingte ständig Dorinas Handy an. Nicht einmal eine Maus würde noch an ihnen vorbeikommen.

Klaudia fuhr zur mobilen Einsatzzentrale nach Burg und grübelte. Was hatten sie eigentlich? Zwei tote Saisonarbeiter und eine Verletzte. Alle jung. Möglicherweise alle bereit, ein Ding zu drehen. Zum Beispiel Gurken zu präparieren? Klaudia rollte den Gedanken hin und her. Egal in welches Szenario sie die Fakten stellte: Erpressung, Gurken und tote Saisonarbeiter passten irgendwie nicht in einen Satz. Es wirkte wie mit Kanonen auf Spatzen schießen. Verdammt noch mal. Klaudia schlug mit der Faust aufs Lenkrad. Was hatte sie übersehen?

Der Einsatzleiter sprach in das Mikro am Kragen seiner schwarzen Uniform, dann begrüßte er Klaudia per Handschlag und zeigte ihr auf einer computeranimierten Grafik, welches Gebiet die Hundertschaft durchkämmte.

»Wahrscheinlich werden sie hier sein. Plus-minus 150 Meter.« Er tippte in einen blinkenden roten Kreis.

»Wer ist denn sonst noch so am Fall?«, fragte er, und etwas in seiner Stimme ließ Klaudia aufhorchen.

»Warum fragst du?« Sie musterte ihn genauer. Ein bulliger Typ mit Goldrandbrille und kurzgeschorenen, an den Schläfen ergrauten Haaren. Insgesamt wirkte er zu alt für die Einsatzhundertschaft. Aber vielleicht war er auch nur frühzeitig ergraut.

»Nur so.« Der Kollege wich ihrem Blick aus. Klaudia konnte sehen, wie sein Adamsapfel über den Hals wanderte.

»Es ist das Haus der alten Frau Nowak, nicht wahr?« Klaudia räusperte die Panik weg, die sich in ihrer Kehle ausbreitete. »Sie sind in dem Haus. Natürlich sind sie da. Es ist der ideale Ort, um sich zu verstecken.«

»Das muss nicht sein«, sagte der Einsatzleiter. »Aber vielleicht kann jemand anderes …« Er beendete den Satz nicht. Das musste er auch nicht. Klaudia wusste auch so Bescheid. Sie trat einen Schritt zurück.

»Du warst da?«

Der Kollege nickte. Hitze kroch Klaudias Hals hoch. Jeder Herzschlag vibrierte in ihren Backenzähnen. Sie räusperte sich, strich sich die Haare aus dem Gesicht, straffte die Schultern und sackte auf den nächsten Stuhl. Sie wäre wohl eher neben den nächsten Stuhl gesackt, wäre der Kollege nicht so geistesgegenwärtig gewesen und hätte dem Stuhl einen Stoß versetzt. Er reichte ihr eine Wasserflasche.

»Trink«, sagte er.

Klaudia griff mit beiden Händen nach der Flasche und schluckte gegen die Panik an. Konnte sie das wirklich? Konnte sie dort mit einem SEK reingehen?

Sie schüttelte den Kopf. Nein, nicht mit einem SEK.

»Ich brauche eine Arbeiterin vom Asche-Hof«, sagte sie schließlich. »Und ein Boot.«

PH würde sie einen Kopf kürzer machen, aber das musste sie riskieren.

»Was ist mit dem SEK?«

»Die sollen warten. Ich will erst mit dem Mädchen reden.«

»Wenn du das kannst.«

»Das Handy ist an. Wer immer es hat …«, sagte Klaudia, obwohl sie eine sehr genaue Vorstellung hatte, wer mit Dorina in dem Haus am Fließ war. Dorin und Dorina. Pat und Patachon. »… hat keine Ahnung von unseren technischen Möglichkeiten.«

»Was schon ein Wunder ist«, brummte der Kollege. Wie ein besorgter Vater schaute er auf sie herab. »Ich finde nicht, dass du da reingehen solltest.«

»Es ist nur ein Haus«, sagte Klaudia, obwohl ihre Zähne immer noch klapperten.

»Du bist echt ein harter Knochen.« Es klang eher mitleidig als bewundernd. »Aber du gehst da nicht ohne SEK rein.«

»Alles bereit.« Auf ein Zeichen von Klaudia schaltete der Bootsführer den Außenbordmotor aus und schob das Boot zum Ufer. Sie hatten zwei Ringe um das Haus gezogen, einen äußeren mit den zwei Zügen der Landesbereitschaft und einen inneren, der aus Beamten des SEK bestand. Klaudia griff nach einem tiefhängenden Ast und half, den Kahn parallel zum Ufer auszurichten. Das Haus duckte sich hinter den Erlen. Nichts, außer vielleicht die unnatürliche Stille, deutete darauf hin, dass vier Scharfschützen und zwanzig Kollegen in Sturmausrüstung das Haus umstellt hatten. Klaudias Nackenmuskeln waren steif vor Anspannung. Der kleinste Fehler, eine unerwartete Störung, ein herabfallender Zweig konnten die Situation eskalieren lassen. Aber das allein war es nicht, was sie den Kopf zwischen die Schultern ziehen ließ. Sie fürchtete sich vor dem Haus. Ihre Erinnerungen prasselten so auf sie ein, dass sie ihre schweißfeuchten Hände an der Hose abwischen musste.

»Alles klar?«, fragte sie Jenny, die neben ihr im Kahn saß. Ihre Stimme kratzte über ihre trockenen Schleimhäute. Das Mädchen nickte. Auch sie war nervös. Aber sie hielt sich gut.

Klaudia legte ihr die Hand auf die Schulter. Mit ihren Sonnenbrillen und den hellen Windjacken sahen sie aus wie Touristinnen. Mutter und Tochter vielleicht. Auch der Bootsführer trug das typische weiße Hemd über der schusssicheren Weste. Man musste schon sehr genau hinschauen, um den Knopf in seinem Ohr und das Mikro an seinem blauen Tuch zu sehen. Klaudia war ebenfalls nahezu unsichtbar verkabelt. Nicht, dass andere Touristen vorbeigekommen wären. Das Fließ war in beide Richtungen gesperrt. Ein Entenpärchen – der Erpel mit blau schillerndem Kopf, das Weibchen unscheinbar braun – näherte sich dem Kahn. Als niemand sie fütterte, drehten sie ab.

Zögernd zog Jenny ihr Smartphone aus der Hüfttasche. Sie wischte über das Display, schaltete auf ein Handzeichen von Klaudia die Freisprechfunktion ein. Das Freizeichen tutete: Einmal. Zweimal. Vor dem dritten Mal meldete sich eine Mädchenstimme. Jenny sagte hastig etwas auf Rumänisch. Klaudia hielt die Luft an, konnte nur hoffen, dass Jenny sich an die Abmachungen hielt.

Schließlich drückte das Mädchen die Freisprechfunktion weg und reichte Klaudia das Smartphone. Tränen liefen ihr über die Wangen. Mit dem Handrücken wischte sie sich die Nase.

»Ich bin's«, sagte Klaudia. »Frau Wagner von der Polizei.« Sie sprach betont langsam. »Kannst du sprechen, Dorina?«

Ein erschrockener Atemzug war die Antwort, ein Flüstern. Nicht für Klaudia. Im Hintergrund eine Stimme: jung, männlich, sich überschlagend. Ängstlich, nicht aggressiv.

Als Polizist lernte man, Stimmen einzuschätzen. Der Druck zwischen Klaudias Schulterblättern löste sich.

»Ja«, krächzte Dorina schließlich.

»Dorina«, fuhr Klaudia fort. »Es stehen Polizisten ums Haus herum. Hast du das verstanden?«

Sie wartete auf das nächste erstickte Ja.

»Und ich möchte«, fuhr sie langsam fort, »dass ihr mit erhobenen Händen herauskommt. Kannst du das?« Sie dachte an die Verwundung des Mädchens.

»Wir haben nichts getan.« Dorinas Stimme klang wie durch ein Wasserkissen gepresst.

»Es passiert euch nichts«, sagte Klaudia und schickte ein kurzes Stoßgebet an die Himmelsabteilung, die für Polizeieinsätze zuständig war. Ein zugriffbereites SEK war immer ein Risiko. Hoffentlich hatte keiner der Scharfschützen, die mit dem Finger am Abzug bereitlagen, Heuschnupfen. Ein Niesen zur Unzeit konnte tödlich enden.

»Ich will nur mit euch reden. Hast du das verstanden?«

Nach dem zweiten krächzenden Ja drückte Klaudia das Gespräch weg.

»Sie kommen«, flüsterte sie in ihr Headset. Der Wind raschelte in den Zweigen.

32. Kapitel

Klaudia lehnte mit verschränkten Armen an der Leiter des Schuppens. Eigentlich hätte sie schon auf dem Weg nach Lübben sein können. Hier gab es nichts mehr für sie zu tun. Die Geschwister hatten mit erhobenen Händen das Haus verlassen, und Dorina war verarztet worden. Demel brachte die beiden bereits zum Revier, wo sie zunächst verhört und anschließend nach KW ins Polizeigewahrsam gebracht wurden. Er hatte nur genickt, als sie ihn gebeten hatte, schon mal vorzufahren. Vielleicht hatte er gespürt, dass sie noch Zeit brauchte. Auch wenn sie hier nichts mehr tun konnte. Das Haus war sicher, und die uniformierten Kollegen sperrten das Gelände ab. Bevor nicht Wibke und ihre Kollegen im Haus gewesen waren, durfte keiner mehr hinein.

Ein Einsatzwagen, der Klaudia nach Lübben bringen würde, wartete an der Landstraße. Sie musste nur einsteigen. Aber Klaudia stand wie angetackert an der Leiter und starrte aufs Haus. Sie spürte die besorgten Blicke der Kollegen. Jeder wusste, was hier passiert war. Was ihr hier passiert war.

Die Leitersprossen drückten gegen ihre Rippen, gaben ihr Halt. Genau hier hatte Annalenes Fahrrad gestanden. Dort hatte der Fahrradschlüssel gelegen. Schlammig war es gewesen, kalt. Sie hatte ihre Sig Sauer in der Hand gehalten, die Waffe, die sie seitdem nie wieder angefasst hatte. Die Bilder wirbelten durch Klaudias Schädel. Ihr schwindelte. Nur die Leitersprossen gaben ihr Halt. Ein Traktor ratterte hinterm Haus vorbei, die Leiter vibrierte. Es fühlte sich an, als würde sie fallen.

Klaudia griff nach dem Leiterrahmen. Ohne es zu merken, setzte sie den Fuß auf die unterste Sprosse und stieg hinauf. Sie bemerkte nicht, wie der Einsatzleiter verhinderte, dass jemand sie zurückhielt. Schließlich stand sie auf dem Dachboden und schaute hinaus, sah nichts als Bäume, Fließe und Wiesen. Wären die Stimmen der Kollegen nicht gewesen, sie hätte sich einbilden können, sie sei ganz allein auf der Welt. So wie damals. Erst hatte sie dieses Gefühl geängstigt, dann beruhigt. Die Stille hatte ihr gutgetan. Klaudia drehte sich um. Es sah noch genauso aus wie bei ihrem ersten Ausflug auf diesen Dachboden. Jetzt im Sommer roch es nach Heu, obwohl hier schon lange keines mehr gelagert wurde. Klaudia ging hinüber zu der ausrangierten Kiste, die in einer Ecke stand und die weder romantische noch geheimnisvolle Gegenstände, sondern nur mottenzerfressene Vorhänge enthielt.

Und Mäusenester, dachte Klaudia. Sie erinnerte sich noch gut daran, wie ihr der Deckel aus der Hand gefallen war, als sich die Vorhänge bewegt hatten. Ohne darüber nachzudenken, klappte sie ihn hoch. Ihr Herzschlag stolperte. Sie hätte etwas empfinden müssen: Panik vielleicht? Wut? Verzweiflung? Nichts. Nur Schwärze, die wie Teer von den Schädelknochen zur Wirbelsäule floss. Klaudia starrte auf den blutigen und nach Erbrochenem stinkenden Flokati, der einmal ihr gehört hatte und den irgendwer in die Truhe gestopft haben musste. Zu den Vorhängen, in denen die Mäuse lebten. Mit einem lauten Knall rutschte ihr der Deckel aus der Hand. Sich die Finger an den Oberschenkeln abwischend, wich Klaudia zurück.

Der Einsatzleiter mit dem väterlichen Gesichtsausdruck fing sie auf, nahm sie in den Arm und strich ihr über den Rücken, bis ihr Schluchzen verebbte. Dann gab er ihr ein Taschentuch und half ihr die Leiter hinunter. Niemand schien ihre roten Augen zu bemerken. Klaudia stand wieder an der Leiter, atmete die leicht modrig duftende Luft ein, die vom Fließ herüberwehte, und den Geruch von Rasierwasser. Sie fühlte sich leichter als am Morgen, leichter als an jedem Tag seit damals. Es fühlte sich an, als hätten die Tränen die Gewichte von ihren Schultern gespült.

»Kann ich bitte noch ein Taschentuch haben?« Ihre Stimme kiekste ein wenig. Aber Klaudia spürte, dass ihr zumindest ein Lächeln gelang. Der Einsatzleiter drückte ihr eine ganze Packung Papiertaschentücher in die Hand.

»So viel du willst, holca«, sagte er.

»Danke.« Klaudia stopfte das feuchte Taschentuch in ihre Hüfttasche. »Ich fahr dann wohl mal.«

»Lass dir Zeit.«

»Mach ich.« Klaudia straffte die Schultern und nickte dem Kollegen zum Abschied zu.

»Das schaffst du«, sagte ein anderer Kollege. Er wandte sich ab, als sich ihre Blicke trafen.

»Das wird wieder«, sagte ein weiterer Kollege.

»Halt die Ohren steif«, ein dritter.

Hastig wischte sich Klaudia die Tränen aus den Augen. Sie rannte fast gegen den Rücken des uniformierten Kollegen, der am Einsatzwagen auf sie wartete.

»Sie können hier nicht lang, gute Frau«, sagte er. Klaudia hielt seine Bemerkung für einen Scherz, bis eine zittrige Altfrauenstimme antwortete: »Aber hier sind überall Russen.«

Klaudia trat neben ihn. »Können wir über Lübbenau fahren?«, fragte sie. »Ich weiß, wo sie hinmuss.«

Frau Nowak sah zum Erbarmen aus. Die Schleife ihrer Seidenbluse hatte sich gelöst, ihre Stützstrümpfe waren zerrissen und ihre Hände zerkratzt, als wäre sie durch Brombeerbüsche gerobbt. In ihren Haaren klebten Kletten, und die Schuhe sahen aus, als sei sie durch Wasser gelaufen. Sie musste seit Stunden unterwegs sein. Es grenzte an ein Wunder, dass sie es unbemerkt bis zum Haus geschafft hatte. Klaudias Herz zog sich vor Mitleid zusammen.

Ein Lächeln wie ein Sonnenstrahl wanderte über Frau Nowaks erschöpftes Gesicht, als sie Klaudia sah.

»Ach Katka«, sagte sie. »Da bist du ja.«

Sie griff nach Klaudias Hand und tätschelte sie.

»Dein junger Mann will mich nicht ins Haus lassen, dabei sind hier überall Russen.« Ängstlich schaute sie sich um.

Klaudia legte ihren Arm um die knochigen Schultern der alten Frau. »Wir bringen Sie zum Bunker«, sagte sie langsam. Sie ignorierte das Stirnrunzeln des Kollegen. Es hatte keinen Zweck, Frau Nowak in eine andere Wirklichkeit als ihre eigene zu zwingen. »Da sind Sie sicher.«

»Aber Katka. Die Russen sind doch überall.« Frau Nowak summte eine zittrige Melodie, dann formte ihr Mund Worte und Sätze. »Die Männer bei den Armen, die Frauen bei den Beinen.«

Es klang wie ein Kinderlied. Ein Kinderlied, das immer lauter gesungen wurde, immer schneller.

»Die Männer bei den Armen! Die Frauen bei den Beinen!«

Schließlich überschlug sich Frau Nowaks Stimme. Kreischend und die Augen panisch aufgerissen, wich sie vor dem Kollegen zurück. Klaudias Arm fiel ins Leere.

Unwillkürlich streckte der Kollege die Hand nach Frau Nowak aus. Er wollte ihr helfen, sie stützen. Aber es war nicht mehr Katkas junger Mann, den Frau Nowak jetzt sah. In ihrer Welt war der Polizist jetzt ein russischer Soldat, der sie vergewaltigen wollte.

»Die Männer bei den Armen! Die Frauen bei den Beinen!« Ihre Stimme erstickte in einem Schluchzen. Sie stürzte zu Boden. Ihre Finger krallten sich in die staubigen Grasbüschel am Wegrand, als sie verzweifelt versuchte wegzukriechen.

»Geh«, sagte Klaudia zu dem Kollegen. »Geh um Himmels willen hinters Haus, und sieh zu, ob die Rettung noch da ist.« Sie sackte neben Frau Nowak in den Staub.

»Es ist gut, Oma«, flüsterte sie. »Ich bin hier, hörst du?«

Sie streichelte die Schulter der alten Frau, die mit zuckendem Gesicht und verdrehten Augen vor ihr lag. Mit dem Daumen wischte sie ihre Tränen von der pergamentdünnen Haut der alten Frau. »Ich bin hier.«

Jemand griff ihre Schultern, half ihr auf, zog sie zurück, hielt sie.

»Wir kümmern uns um Ihre Großmutter.« Die Ärztin nahm Klaudias Platz an der Seite der alten Frau ein. »Auf drei«, sagte sie zu den Sanitätern.

Klaudia öffnete den Mund, um zu widersprechen. Sie ist nicht meine Oma, wollte sie sagen, schwieg dann aber. Es kam nicht mehr drauf an. Sie ließ sich von dem Kollegen zum Auto führen. Er beugte sich über sie, schnallte sie an wie ein Kleinkind und sorgte dafür, dass sie eine Wasserflasche leerte. Erst dann setzte er sich hinters Lenkrad.

»Jemand muss Schiebschick Bescheid sagen«, murmelte Klaudia. »Und im Heim anrufen.«

»Soll ich dich nach Hause bringen?«, fragte der Kollege.

»Nein.« Klaudia schüttelte den Kopf. »Ich hab einen Fall zu lösen.«

»Du bist nicht der einzige Bulle auf dieser Welt.« Er startete den Motor.

Klaudia wollte nicken. Natürlich war sie nicht allein, aber in diesem Moment fühlte es sich genauso an.

33. Kapitel

Demel lehnte am Hintereingang des Reviers und rauchte eine Zigarette. Als Klaudia aus dem Streifenwagen stieg, warf er die Kippe weg und kam ihr entgegen. Mit hängenden Armen lief er neben ihr her.

»Haben sie dich angerufen?« Klaudia wusste nicht, ob sie sich über die Sorge der Kollegen freuen oder ob sie kreischend weglaufen sollte. Am liebsten wäre ihr gewesen, sie könnte die Zeit zurückdrehen. Dann wäre sie nicht die Leiter hinaufgestiegen, wäre fort gewesen, als Frau Nowak am Haus auftauchte. Allein bei dem Gedanken kroch ihr die Hitze wieder in die Kehle.

»Du solltest nach Hause fahren.«

»Wir haben zwei Morde aufzuklären.«

»Die Betonung liegt auf wir«, antwortete Demel.

»PH hat die Rumänen bereits befragt.«

»Das ging aber flott.« Klaudia zerrte ihren Transponder aus der Jeanstasche.

»Und?«, fragte sie. »Was sagen Sie?« Sie drückte die

Tür auf. Wie immer roch es ein wenig nach feuchtem Putz und Kaffee. Irgendwo lachte ein Kollege, das Schlagen einer Tür, knarrende Stufen. Vertraute Geräusche und doch fremd. Klaudia rieb sich den Nacken, doch auch das vertrieb nicht das leise Echo in ihrem kranken Ohr. Sie musste aufpassen.

»Alles klar?«, fragte Demel.

»Mir geht's gut«, log Klaudia. Vielleicht log sie aber auch nicht. Der Gedanke, allein in ihrer Wohnung zu sein, verstärkte das sirrende Echo in ihrem kranken Ohr. Vorsichtig drehte sie den Kopf. Noch hinkte die Welt ihrer Kopfbewegung nicht hinterher. Noch war sie in Sicherheit.

»Sie beschuldigen den Bauern, sagt PH.« Demels Atem pfiff beim Treppensteigen. »Er schreibt gerade das Protokoll.«

»Asche?«, vergewisserte sich Klaudia. Ein nur allzu vertrautes Kribbeln breitete sich unterhalb ihres Zwerchfells aus. »Wegen der Gurken?«

»Nein. Sie sagen wegen des Mädchens.«

»Wegen Julia?« Klaudia drehte sich zu Demel um. Asche als eifersüchtiger Vater? Passte irgendwie nicht zu ihm. Aber schließlich konnte man den Menschen nur vor den Kopf schauen.

»Der Junge behauptet, ein Gespräch belauscht zu haben.« Demel schaute zu ihr auf. Von ihrem erhöhten Standpunkt aus konnte Klaudia erkennen, dass sich sein blondes Haar auf dem Hinterkopf lichtete.

»Weißt du, warum er abgehauen ist?«

»Hatte Stress mit dem ersten Opfer. Wegen seiner Schwester. Außerdem hat er ihn wohl beim Pokern abgezogen. Da hat er Schiss gekriegt.«

»Wer hat wen beim Pokern abgezogen?« Klaudia hatte das Gefühl, dass ihre Gedanken ebenso hinkten wie ihr Gehör.

»Vlad ihn«, antwortete Demel.

Klaudia nickte nachdenklich. Beim Pokern abgezogen. Sie war neugierig, wie Demeter-Anders ihr Schoßhündchen weiterhin aus den Ermittlungen halten wollte. Muss sie gar nicht, warf ihr Polizistenhirn ein. Sie beschuldigen ja den Bauern.

»Schade«, murmelte Klaudia und handelte sich mit dieser Bemerkung einen erstaunten Seitenblick Demels ein. Allein der Gedanke an diesen Fiedler weckte in ihr den Wunsch, ihr Krav-Maga-Training wieder aufzunehmen.

»Ich hab Kaffee für dich.« Petra erwartete sie mit einer dampfenden Tasse in der Hand. »Ich hab ordentlich Zucker reingetan.«

»Danke.« Irritiert nahm Klaudia die angebotene Schäfchentasse. Die Kollegen mussten ja heftig übertrieben haben, wenn Petra ihr freiwillig Kaffee kochte. Über den aufsteigenden Dampf hinweg scannte sie gewohnheitsmäßig das schwarze Brett über der Spüle: Postkarten, vergilbte Dienstanweisungen, natürlich kein Schnappschuss von ihr. Wahrscheinlich würde sich Demel eher den Finger abhacken, als sie noch einmal zu fotografieren. Trotzdem fühlte sie diesen Moment der Erleichterung.

»Kannst du bitte im Krankenhaus anrufen und fragen, wie es der alten Frau Nowak geht?«, bat sie die Sekretärin.

»Mach ich.« Petra nickte ihr zu. »Und ich bin grad dabei herauszufinden, welches Netz das Opfer benutzt hat. Von dem Jungen haben wir die Handynummer des zweiten Opfers bekommen, laut Aussage des Mädchens hat sie eine SMS verschickt.«

»Keine Spur von ihrem Handy?«, fragte Klaudia.

Demel schüttelte den Kopf.

»Ich nehme an, keiner der beiden weiß etwas davon?«, fragte Klaudia ironisch.

Diesmal nickte Demel.

»Na super. Sie haben es wahrscheinlich irgendwo versenkt.« Klaudia bedankte sich bei Petra, bevor sie Demel fragte: »Was ist mit Asche?« Mit der Tasse in der Hand nahm sie die nächsten Stufen in Angriff.

»Ist auf dem Weg hierher.«

»Gut.« Klaudia drückte die Tür zu ihrem Büro auf. »Er wird uns einiges zu erklären haben.«

»Die beiden verarschen uns doch«, sagte Demel, der ihr gefolgt war.

»Gut möglich.« Klaudia stellte die Tasse auf den Tisch und bückte sich, um ihren Rechner hochzufahren. Die Routinehandgriffe gaben ihr ein Gefühl von Sicherheit. Mit Polizeiarbeit kannte sie sich aus. Da wusste sie, dass auf A in der Regel B folgte. »Meinst du, ich sollte noch mal mit ihnen sprechen?«

»Sind schon auf dem Weg nach KW«, antwortete Demel.

»Schade, dass wir hier keine Arrestzellen mehr haben.« Klaudia fühlte sich unwohl bei dem Gedanken, den Kollegen vertrauen zu müssen. Andererseits konnte sie nicht alles allein machen. So funktionierten Ermittlungen nicht, und außerdem saß ihnen die Zeit im Nacken.

»Ich glaube, der letzte Bürger hat hier vor der Wende eine Nacht im Gewahrsam verbracht.«

»Und nun ziehen sich die armen Kolleginnen der

Schutzpolizei dort um.« Ein Klopfen ließ Klaudia aufschauen. PH lehnte im Rahmen. Ob er seine Tasse sucht? Klaudia schob den absurden Gedanken zur Seite. Wahrscheinlich gab es mehr als eine Schäfchentasse im Revier.

»Du bist schon im Bild?« PH steckte den Kopf zur Tür herein, ohne den Körper folgen zu lassen. Wahrscheinlich wollte er dadurch demonstrieren, dass er vielbeschäftigt und auf dem Sprung war. Immerhin gelang ihm das kollegiale Du diesmal auf Anhieb. Das war nicht immer der Fall. Aber immer öfter. Klaudia nickte und versuchte ein Lächeln. Das gelang ihr nicht immer, wenn sie es mit ihrem Chef zu tun hatte, aber immer öfter. »Ich spreche mit Asche, sobald er da ist.«

»Bist du sicher, dass du das kannst?«, fragte PH, und jetzt war Klaudia klar, warum er so auf dem Sprung war.

Ihre Nackenhaare kräuselten sich. Es gab wahrscheinlich niemanden im Revier, der nicht von ihrem Zusammenbruch wusste.

»Mir geht's gut«, sagte sie. Es gelang ihr, das Lächeln festzuhalten. »Es war schwierig am Haus.« Sie schaute PH fest in die Augen und nutzte die klassische Taktik aller Profis: Sie gab zu, was man ihr nachweisen konnte. »Aber jetzt geht's mir gut.«

»Wenn du meinst.« PH räusperte sich. Offensichtlich hatte sie genau das gesagt, was er hören wollte, denn jetzt erschien auch der Rest seines schlaksigen Körpers. Nachdem nicht mehr zu Erwarten war, dass sie ihm schluchzend vor die Füße fiel, lehnte er mit entspannt verschränkten Armen im Türrahmen.

»Wie war dein Eindruck von den Geschwistern?«, fragte sie ihn.

PH hob die Schultern und ließ sie wieder fallen. »Verängstigt würde ich sagen.«

»Schuldig?«

»Es spricht einiges gegen sie.«

»Und der Junge hätte auch mehr als ein Motiv«, warf Demel ein. »Nämlich ...« Er griff sich an den Zeigefinger der linken Hand, »... Spielschulden und ...« Er griff nach dem Mittelfinger, »... er hatte was dagegen, dass Vlad mit seiner Schwester rumgemacht hat.«

»Außerdem hat diese Dorina bei ihrer ersten Befragung gelogen«, fügte PH hinzu.

»Ich wusste es.« Klaudia schlug sich mit der Faust in die Handfläche. »Da war irgendetwas, aber ich hab gedacht, sie hätte mir nur den Streit verheimlicht, den Gabriella vor dem *Hecht* beobachtet hat.«

»Laut der Aussage des Jungen müssen Asche und Vlad ein zweites Mal aneinandergeraten sein. Auf dem Heimweg. Am Fließ.«

»Dann hätten also Asches Ehefrau und Tochter gelogen«, sagte Demel.

»Wär ja nicht das erste Mal in der Geschichte der Polizeiarbeit, dass Angehörige lügen. Leider ist es kaum nachzuweisen. Was meinst du?«, Klaudia schaute zu ihrem Chef. »Sagt er die Wahrheit?«

»Er schwört beim Leben seiner Mutter«, entgegnete PH. »Vlad soll rumgebrüllt und den Bauern beschuldigt haben, selbst«, PH zeichnete mit beiden Zeigefingern Anführungsstriche in die Luft, »ranzuwollen.«

»Wie: Ranzuwollen?« Auch Demel sprach das Wort mit Luftgänsefüßchen aus.

»Ging es bei dem Streit denn nicht um Julia?«, fragte Klaudia.

»Doch.«

»Aber sie ist Asches Tochter.« Demel schüttelte den Kopf.

»Das ist heftig«, murmelte Klaudia. Sie dachte an die Befragung des Mädchens. Julia hatte einen selbstsicheren Eindruck gemacht, hatte nicht im Mindesten verschüchtert gewirkt. Nicht missbraucht, dachte Klaudia, und dabei wusste sie, dass viele Opfer lernten, ihre Ängste und ihr Leiden hinter vermeintlichem Selbstbewusstsein zu verstecken.

»Da kann man schon mal zuschlagen«, ergänzte PH. »Wenn einem so etwas um die Ohren fliegt.«

»Aber wie passt das zweite Opfer da rein?«, fragte Klaudia.

PH fing den Ball auf, den sie mit ihrer Frage geworfen hatte.

»Erpressung.«

»Aber Asche hat für die Tatzeit ein Alibi«, gab Demel zu Bedenken.

»Ja, praktischerweise hat er mit Muttern Gurken sortiert.« Klaudia verdrehte die Augen.

»Was die alte Dame bestätigt«, sagte PH.

»Wie zu Erwarten ist.« Klaudia strich sich die Haare hinters Ohr. Trotz dieser Bemerkung fiel es ihr schwer, sich Asche als kaltblütigen Killer vorzustellen. Totschlag im Affekt war das eine, etwas völlig anderes war, auf einem Hochsitz versteckt auf sein Opfer zu warten und es dann kaltblütig abzuknallen.

»Natürlich kann dieser zweite Streit auch eine Erfindung des Jungen sein«, räumte PH ein, der ihre Bedenken zu teilen schien. »Er hatte Zeit genug, sich etwas auszudenken.«

»Also doch die Rumänen.« Diesmal nahm Demel den Ball auf. »Wie wär's denn damit: Es gab einen Streit zwischen ihnen und Vlad.«

»Wegen der Gurken oder wegen Dorina.« Klaudia schloss die Augen und versuchte, sich die Situation vorzustellen. Konnte es so gewesen sein?

»Eine Prügelei«, ergänzte PH. »Deshalb ist der Junge auch abgehauen. Aber da hätten wir doch Spuren am Tatort gefunden.«

»Ein blaues Auge hat er leider auch nicht.« Klaudia zwang ihre Gedanken vorwärts. »Immerhin wäre es ein möglicher Grund für sein Verschwinden. Bleibt die Frage: Warum würde er Gabriella töten?«

»Auch Erpressung«, sagte PH. »Sie kann ihn ebenso erpresst haben wie Asche.«

»Sie war seine Freundin.« Trotzdem. Klaudia dachte an ihre Begegnungen mit dem Mädchen. Gabriella wusste ihren Vorteil zu nutzen. Oder auch nicht, korrigierte sich Klaudia in Gedanken. Schließlich war sie tot.

»Bei Geld hört die Liebe auf.« Demel klang resigniert. Aus ihm sprach wohl die Erfahrung.

»Aber warum sollte Dorin auf seine Schwester schießen?« Klaudia griff nach ihrer Tasse.

»Ablenkung?« Demel lehnte an Thangs Schreibtisch. Sein Rücken verschob den wachsenden Aktenstapel. »Es war nur ein Streifschuss. Er könnte absichtlich vorbeigeschossen haben, damit wir genau das denken: Warum sollte der Junge auf seine eigene Schwester schießen.«

»Möglich.« Klaudia unterdrückte ein Schaudern. Der Kaffee war wirklich widerlich süß.

»Nehmen wir also mal an, es war so: Vlad hat versucht, sein eigenes Ding zu machen.«

»Und deshalb haben sie ihn umgebracht«, ergänzte Demel.

»Und Gabriella wollte aussteigen oder Schweigegeld und wurde ebenfalls gekillt«, fügte Klaudia hinzu. »Mit einem Präzisionsgewehr, das nicht aufzufinden ist.« Sie atmete den aufsteigenden Dampf aus ihrer Tasse ein. »Mal ehrlich: das Gewehr, das Boot, klingt das für euch nach jemandem, der hier fremd ist?« Der Kaffee roch auf jeden Fall besser, als er schmeckte.

»Aber zu dieser These würde passen, dass Gabriellas Handy verschwunden ist«, sagte Demel.

Klaudia nickte. Das mit dem Handy war ein Punkt.

»Es hat sich zuletzt bei einem Sendemast in der Nähe vom Asche-Hof eingewählt, dann ist es aus der Ortung verschwunden«, fügte er hinzu.

Klaudia schaute auf. Diese Info war neu für sie.

»Wahrscheinlich hat Dorina es mitgenommen«, sagte PH.

»Und dann ins Fließ geworfen«, ergänzte Demel. »Weil etwas drauf war, was sie belastet.«

»Oder Asche hat es weggeworfen«, sagte Klaudia.

»Der ein Alibi hat.«

»Ein mütterliches.« Klaudia stellte die Schäfchentasse ab. Ihre Gedanken trudelten im Kreis. Aber das war der Sinn dieser Übung. Man schob das, was man wusste, so lange hin und her, bis ein schlüssiges Bild entstand. Ein bisschen wie ein Gedankenpuzzle.

»Und wenn der Täter jemand ist, den wir überhaupt noch nicht auf dem Schirm haben?«, fragte PH.

Ein neues Puzzleteilchen. Der große Unbekannte. Klaudia nahm es auf. »Das würde bedeuten: Was immer die Rumänen gemacht oder gesehen haben, hat einen

Mörder auf den Plan gerufen.« Auch diese Bemerkung von Klaudia quittierten die Kollegen mit einem Nicken.

»Also lassen wir sie laufen?«, fragte PH.

»Auf das Mädchen wurde bereits geschossen«, sagte Klaudia. »Ich würde sagen, wir sollten die beiden aus dem Verkehr ziehen.«

»Du denkst also, Asche war's?«

»Ich denke nur, was ich beweisen kann«, sagte Klaudia. Das klang besser als: Ich hab keine Ahnung. Mein Bauch ist anderer Meinung. Ich weiß nicht, was ich denken soll.

»Aber wie überzeugen wir den Haftrichter?«, fragte PH.

»Klingt schwierig«, räumte Demel ein. »Doch wir sollten es zumindest versuchen. Fluchtgefahr müssten wir beim Jungen doch hinkriegen.«

»Schreiben ...«, setzte PH an, doch Demel war schneller. »Schreibst du den Vorführbericht?«, fragte er Klaudia. Soweit reichte das Mitleid der Kollegen dann doch nicht, dass sie nicht versucht hätten, diese ungeliebte Aufgabe auf ihre Schultern zu laden. Kaffee musste als Sympathiebekundung reichen.

»Mach ich«, sagte Klaudia. Auch wenn das bedeutete, dass sie sich mit Demeter-Anders verständigen musste.

»Was ist mit Dorina?«, fragte sie. »Kein Haftrichter lässt die einfahren.« Sie lehnte sich zurück. Der Austausch mit den Kollegen vertrieb den Hall aus ihrem kranken Ohr. »Also Version zwei: Das erste Opfer ist scharf auf die Tochter des Bauern.«

»Asche will ihn fernhalten, und es kommt zum Streit«, ergänzte Demel.

»Totschlag«, fuhr PH fort.

»Es gibt Zeugen.« Wieder Demel.

»Erpressung«, ergänzte Klaudia.

»Mord.« Demel kratzte sich das Kinn. »Klingt schlüssiger.«

»Damit wäre das Mädchen eine wichtige Zeugin. Und: Zwei Rumänen sind schon tot, oder?«, sagte Klaudia.

»Einsperren können wir sie deshalb trotzdem nicht«, sagte PH.

»Aber auf den Hof kann sie auch nicht zurück.« Demel kratzte sich den Nacken.

»Ich könnte mit ihr sprechen und ihr anbieten, sie in einem Frauenhaus unterzubringen. Vielleicht in Cottbus.«

»Das wäre eine Möglichkeit.« PH nickte. »Wenn sie mitspielt.«

»Ich denke, sie wird mitspielen«, sagte Demel. »Immerhin haben wir ihren Bruder.«

»Was ist mit den Nadeln?«, fragte Klaudia.

Betretenes Schweigen.

»Können wir die untern Tisch fallen lassen?« Demel grinste schief.

»Wahrscheinlich nicht.« Klaudia seufzte, das wäre ein Polizistenleben, wenn man sich die Fälle stricken könnte. Zwei links, zwei rechts und eine fallen lassen. »Aber vielleicht hat Demeter-Anders eine Idee.« Sie versenkte die Nase wieder im Kaffeebecher.

»Das vielleicht nicht.« Die Staatsanwältin tauchte neben PH auf. Klaudia verschluckte sich und prustete Kaffeenebel über die Tastatur. Demeter-Anders lächelte ihr schmallippig zu. »Aber ich habe den zuständigen Richter …«, sie schaute auf ihre zierliche Golduhr, »… um exakt 15:46 Uhr angerufen. Sie können Ihre richterliche Anordnung beantragen. Wie's aussieht sind Sie der Lösung Ihres Falles ein ganzes Stück nähergekommen. Gratuliere.«

»Dank Ihrer Unterstützung«, sagte PH aalglatt. Klaudia hoffte, dass die Staatsanwältin auf der Schleimspur, die er gerade absonderte, ausrutschen würde.

»Hab ich was verpasst?«, fragte ihr Chef, als nur noch der Duft der Staatsanwältin nach Coco Mademoiselle im Raum hing. Sein Blick wanderte von Demel, der aussah, als wäre sein Verstand gerade in Pause, zu Klaudia. Petra befreite Klaudia von der Notwendigkeit einer Antwort.

»Herr Asche ist da.« Ihr Lächeln verrutschte etwas, als sie die gespannte Atmosphäre bemerkte. »Und das ist der Provider.« Sie legte Klaudia einen Zettel auf den Schreibtisch.

»Was ist los?«, formten ihre Lippen lautlos. Klaudia bewegte verneinend den Zeigefinger.

»Sein Rechtsanwalt ist übrigens unterwegs.« Petra richtete sich auf. Wahrscheinlich würde sie sich PH krallen, sobald er Klaudias Büro verlassen hatte. »Er reist extra aus Berlin an. Was dauern kann.« So wie Petra den Namen der Hauptstadt aussprach, kam das einer Vorverurteilung des Anwaltes gleich.

»Dann warten wir wohl am besten auf ihn.« Klaudia wischte Kaffeetropfen von Tastatur und Bildschirm.

34. Kapitel

Bauer Asche stand auf, als Klaudia und Demel ins Besprechungszimmer kamen. Falten, die Klaudia bei ihrer letzten Begegnung nicht aufgefallen waren, kerbten sich von den Nasenflügeln bis zum Kinn. Sein rundes Gesicht sah eingefallen aus, die Schultern gebeugt, als trage er eine Last.

Die Polizisten begrüßten ihn und den Rechtsanwalt, dessen graues Haar im Nacken zu einem Lagerfeldzöpfchen gebunden war. Beide erwiderten den Gruß, der Rechtsanwalt stellte sich mit einem falschen Lächeln vor, und die Befragung begann.

Wie zu erwarten, leugnete Asche alles. Er sei nicht am Feld gewesen. Das könne seine Mutter bezeugen.

»Und was war nach dem Hechtfest?«, fragte Klaudia. »Die Geschwister sagen übereinstimmend, dass Sie am Fließ mit Vlad gestritten haben.«

»Ich kann mir nicht erklären, warum die lügen« sagte Asche. »Julia hatte nichts mit dem Jungen, und ich habe ihn nicht umgebracht. Und Gabriella schon gar nicht«, fügte er hinzu.

»Aber Sie haben Ihre Tochter weggezogen«, erinnerte ihn Klaudia. »Auf dem Hechtfest.«

»Ja, aber doch nur wegen der Schlägerei. Julia kann doch tanzen, mit wem sie will.«

»Kann sie auch schlafen, mit wem sie will?«

»Sie ist alt genug. Hören Sie.« Asche hob beide Hände, um seinen Worten Nachdruck zu verleihen. »Ich liebe Julia wirklich, aber ich würde niemanden umbringen, weil sie mit ihm schläft. Das würde ich nicht einmal tun, wenn sie meine eigene Tochter wäre.«

»Ist sie das nicht?« Klaudia schaute von ihrem Block auf. »Sie trägt ihren Namen.«

»Natürlich ist sie meine Tochter.« Asche nahm die Brille ab und rieb sich die Nasenwurzel. »Meine Frau war schwanger, als sie nach Berlin kam.«

»Von wem?«

»Ich kann mir nicht vorstellen, dass das jetzt relevant ist«, mischte sich der Rechtsanwalt ein.

»Fällt es Ihnen schwer, darüber zu sprechen?« Es gehörte mehr als ein Lagerfeldzöpfchen dazu, um Klaudia zu bremsen.

»Ja, ich meine, nein.«

»Also, noch einmal: Wissen Sie, wer der Vater ist?«

»Nein.« Asches Hände sackten auf die Tischplatte. »Es war nie wichtig. Und das ist es auch jetzt nicht.«

»Wie sehr lieben Sie Ihre Tochter?«, fragte Demel. Klaudia hielt die Luft an. Die Frage war wichtig, trotzdem war sie froh, dass Demel sie ausgesprochen hatte.

»Ich glaube, es reicht«, mischte sich sofort wieder der Rechtsanwalt ein. Mit einem Ruck, der den Stuhl übers Linoleum scharren ließ, stand er auf und griff nach seiner Aktentasche.

»Wir ermitteln in zwei Mordfällen«, erinnerte ihn Klaudia.

»Für den Mord an dem Rumänen hat Herr Asche ein Alibi, und wie es aussieht, auch für den zweiten.«

»Ihr Mandant war nicht sehr kooperativ, als es um die Waffen ging.«

»Mein Mandant wusste nichts von den Gewehren, die sich im Besitz seiner Mutter befanden. Und selbst wenn: Keine Waffenbesitzkarte zu haben, ist bestenfalls eine Ordnungswidrigkeit. Außerdem gehen wir fest davon aus, dass die Untersuchung der Gewehre die Unschuld meines Mandanten bestätigen wird.« Er hob die Augenbrauen. »War's das?«

Klaudia nickte freundlich lächelnd, dabei kochte es in ihr. Familienalibis, dachte sie. Du Arsch im Anzug weißt eben so gut wie ich, dass diese Alibis nichts taugen. Und selbst wenn die ballistische Untersuchung negativ ist, bringt ihn das noch lange nicht aus unserer Schusslinie. Doch noch hatte sie nichts in der Hand. Aber sie würde danach suchen. »Es wäre hilfreich, wenn sich Herr Asche zu unserer Verfügung hält«, sagte sie an den Rechtsanwalt gewandt.

»Mein Mandant wohnt hier.« So wie der Rechtsanwalt das »hier« betonte, kam das einer Vorverurteilung des Spreewaldes gleich. »Natürlich stehen wir Ihnen für weitere Fragen zur Verfügung.« Sein »wir« klang wie eine Drohung.

»Vielen Dank für Ihre Hilfe.« Klaudia stand nun ebenfalls auf und streckte die Hand über den Tisch. Lagerfeldzöpfchen blieb nichts anders übrig, als sie zu ergreifen. Er drückte fester zu als unbedingt nötig.

Machogriff, dachte Klaudia, die dieses Phänomen von einigen Männern kannte. Zöpfchen hin, Zöpfchen her. Sie mussten beweisen, dass sie ihr im Zweifelsfall körperlich überlegen waren. Dabei ist Kraft nicht alles. Klaudia ließ den Händedruck über sich ergehen.

Dann wandte sie sich Asche zu. Der wischte sich erst umständlich die Hand am Hemd ab, bevor er ihre ausgestreckte Hand ergriff. Kaum berührten sich ihre Handflächen, zog er seine Hand auch schon wieder zurück. Dabei vermied er es, ihr in die Augen zu schauen. Klaudia hatte nichts anderes erwartet. Asche war kein Macho.

Trotzdem flatterte ihr Zwerchfell. Zu sehr erinnerte er sie gerade wieder an Joe.

»Nicht seine Tochter«, murmelte Demel, als sie wieder in Klaudias Büro waren. »Ob das eine Rolle spielt?«

»Einfacher scheint der Fall dadurch nicht zu werden.« Klaudia rieb sich die Augen. »Ich mach den Antrag für den Verbindungsnachweis nach TKÜ für Gabriellas Handy fertig.« Sie griff nach Petras Zettel und loggte sich ins System der Telefonkommunikationsüberwachung ein.

»Wir sollten was essen.« Demel klopfte sich auf den Bauch. »Mir hängt der Magen in den Kniekehlen.«

Zu ihrem eigenen Erstaunen knurrte auch Klaudias Magen. »Jetzt könnte ich ein paar von Thangs Frühlingsrollen vertilgen«, murmelte sie, während sie versuchte, sich in dem Formular zu orientieren.

»Ich könnte uns 'nen Döner holen«, schlug Demel vor. »Drüben …« Er nickte in Richtung der Bahngleise.

»Ich weiß«, unterbrach Klaudia ihn. Auf der anderen Seite der Bahngleise war ihr persönlicher Ruhrpott.

Der Spreewald hatte zwar viele schöne Ecken, aber an den sozialen Rändern franste er ebenso aus wie der Pott, und das bedeutete: Billigläden und Dönerbuden.

»Ich will einen mit viel Peperoni.«

35. Kapitel

Die Telefongesellschaft hatte sich bis Dienstschluss nicht zurückgemeldet. Was auch nicht zu erwarten war. In der Regel dauerte es bei solchen Anfragen zwei bis drei Tage, bis die Antwort gefaxt wurde. Keine Telefongesellschaft gab Verbindungsnachweise raus, bevor nicht ihre eigenen Rechtsanwälte ihr Okay gegeben hatten. Obwohl es Klaudia in den Fingern juckte, gab es nichts, was sie aktuell tun konnte. Gabriella war in der Rechtsmedizin, ihr Handy war leider nicht aufgetaucht. Die Spusi hatte ebenfalls ihre Arbeit gemacht und jetzt eine Unmenge an Spuren, die es zu untersuchen galt. Die Ballistiker würden auch noch Zeit brauchen, und der Vorführbericht für den Haftrichter war auf dem Weg zu Demeter-Anders.

Klaudia blätterte durch Dorinas Vernehmung. Die Protokolle hatte ihr PH sozusagen als letzten Amtsakt des Tages auf den Schreibtisch gelegt. Nicht ohne den Hinweis, dass sie sich einen schönen Abend machen sollte. Klaudia hatte geantwortet, dass sie so gut wie weg sei, und nach dem Bericht gegriffen, kaum dass die Schritte ihres Chefs im Treppenhaus verhallt waren.

Nicht schlecht, Herr Specht, dachte sie. Klaudia hatte genügend Berichte gelesen, um einen Meister zu würdigen. PH formulierte sachlich und auf den Punkt, und das auch noch ohne Buchstabendreher oder Rechtschreibfehler. Soweit sie das beurteilen konnte, schienen selbst die Satzzeichen an den richtigen Stellen zu sitzen. Klaudia fischte ein Zwiebelstück von der Tastatur und steckte es beeindruckt in den Mund, bevor sie zum zweiten Vernehmungsprotokoll griff. Eigentlich hätte sie wirklich nach Hause gehen und die Berichte morgen lesen können.

Sie hätte es machen können wie Demel. Der hatte sich bereits vor einer Stunde verabschiedet. Er wollte mit seinem Sohn ins Kino. Andererseits zog sie nichts nach Hause. Wobei »nach Hause« ein viel zu großer Begriff für ihr Wohnklo bei Uwe unterm Dach war. Stickig war es und eng, aber das war es nicht, was sie im Büro hielt.

Ich hab Angst, gestand sich Klaudia ein. Angst, Uwe zu begegnen. Klaudia gefiel ihre Feigheit bedeutend weniger als das Vernehmungsprotokoll. Sie hatte Angst vor dem, was Uwe sagen, oder schlimmer, fragen würde.

Hätte ich nur den Pfarrer angerufen. Vielleicht hätte ich dann eine Antwort? Klaudia bezweifelte es. Es gab einfach keine richtige Antwort. Was sagte man zu einem Vater, der sein Baby weggeben wollte? Zur Adoption freigeben, korrigierte sich Klaudia. Klang sachlicher, aber nicht besser.

Seufzend begann sie zu lesen. Je häufiger sie das Protokoll las, desto absurder erschien ihr die Wortwahl. Es passte nicht. Warum sollte Vlad zu Asche sagen, er sei selbst scharf auf seine Tochter? Okay. Er war wütend gewesen, aber reichte das wirklich? Hatte er etwa gewusst, dass Julia nicht Asches Tochter war? Aber woher, wenn nicht einmal Julia es wusste? Klaudia schloss die Augen und versuchte sich die Situation vorzustellen.

»Träumst du? Oder wachst du?«

Klaudia fuhr zusammen und riss die Augen auf. Obwohl sie die Stimme sofort erkannte, schlug ihr das Herz in der Kehle.

»'tschuldigung«, sagte Wibke und warf einen schmalen Schnellhefter auf den Schreibtisch.

»Alles gut.« Klaudia erwischte sich dabei, wie sie sich eine nicht vorhandene Haarsträhne hinters Ohr klemmte. Entweder war heute wirklich Schachtelteufeltag, oder ihr gesundes Ohr schwächelte jetzt auch noch. Der Gedanke trug nicht gerade dazu bei, ihre Pulsfrequenz zu senken. Sie griff nach dem Spurenbericht, aber Wibke zog ihn weg.

»Heute nur die Zusammenfassung. Wir haben eine Menge Spuren. Aber nichts, was uns zum jetzigen Zeitpunkt weiterbringt. Es ist noch zu früh. Wir fangen erst mit dem Vergleichen an.«

»Und trotzdem bringst du mir den Bericht vorbei?«

»Einer muss ja dafür sorgen, dass du hier rauskommst.« Wibke zog Thangs Stuhl an Klaudias Schreibtisch. »War ein langer Tag, was?« Sie drehte die Akte zu sich. »Was sagt der Junge denn so?«

»Lies selbst.« Klaudia war neugierig, ob Wibke über die gleiche Stelle stolpern würde.

Wibke las schnell und konzentriert, dabei zwirbelte sie mit den Fingern ihren Zopf. »Dieser Vlad scheint ja ein echtes Früchtchen gewesen zu sein.« Sie schob die Akte wieder herum.

»Kannst du laut sagen.«

»Komische Bemerkung, oder?«

»Und wenn es stimmt?« Klaudia erzählte Wibke, dass Asche nicht Julias Vater war.

»Ehrlich.« Wibke blies die Wangen auf. »Das kann ich mir von Thomas nicht vorstellen. Vor allem: Wie soll dieser Vlad davon gewusst haben? Ich meine, damit geht man doch nicht hausieren.«

»Vielleicht durch Julia.«

»Hat sie es denn gewusst?«

»Asche sagt, nein.«

»Und selbst wenn sie es gewusst hat«, gab Wibke zu bedenken. »Warum sollte sie es ausgerechnet Vlad erzählen? Hatte sie nicht einen Freund?«

»Du meinst also, Vlad hat einfach nur um sich geschlagen?«

»Oder die Zeugen haben gelogen.« Wibke warf den Zopf zurück.

»Oder sich geirrt, und es war nicht Asche, mit dem Vlad sich am Fluss gestritten hat.«

»Der große Unbekannte?«

»Der Fall wird nicht einfacher durch diese Variante.« Klaudia seufzte.

»Was hast du jetzt vor?«, fragte Wibke.

»Keine Ahnung. Wohl erst mal nach Hause gehen.« Klaudia schaffte es nicht, ihre Stimme enthusiastisch klingen zu lassen.

»Was hältst du von einem Absacker?«

»Solange du mich nicht zum Piratenbowlen schleifst.« Klaudia griff nach ihrem Rucksack. »Eine Weinschorle könnte ich wohl vertragen.«

»Hier trinkt man Babbenbier.«

»Heute nicht.« Klaudia hängte sich bei Wibke ein.

»Hast du schon was gegessen?«

»Einen Döner.«

»Hätt ich mir ja denken können.« Wibke rümpfte die Nase. »Wir treffen uns am *Charleston*.«

Klaudia wusste, wo das *Charleston* war, auch wenn sie bisher noch nicht in dem Restaurant am Markt gewesen war. Irgendwie hatte es sich nie ergeben.

Wibke saß bereits mit einem Glas Schwarzbier neben

einem Grammophon, das auf der Theke stand, und schwatzte mit der Bedienung. Die Wände des Charleston waren in einem warmen Rotton gestrichen und mit Blechschildern von längst verstorbenen Stars und Werbung aus den Zwanzigerjahren geschmückt. Auf den weiß eingedeckten Tischen lagen Langspielplatten als Sets.

»Meine Freundin kriegt 'ne Weißweinschorle.« Wibke rutschte vom Barhocker und steuerte einen freien Tisch am Fenster an.

»Nett hier.« Klaudia setzte sich ebenfalls. »Coole Idee.« Mit dem Finger fuhr sie über die Rillen der Langspielplatte, die an ihrem Platz lag. »Schade, dass meine Platten bei Arno geblieben sind.«

»Deinem Ex?«, fragte Wibke, ohne von der Speisekarte aufzuschauen.

»Jepp.« Auch Klaudia versenkte ihre Nase im Menü. Irgendwie sprach es sich einfacher im Schutz der Speisekarte. »Er würde einen Herzriss kriegen, wenn er das sehen würde.«

»Echt?«

»Ja.« Klaudia dachte an das Musikzimmer, das sich Arno eingerichtet hatte. »Er hat die Dinger immer nass abgespielt.«

»Muss ja ein richtiger Freak gewesen sein.«

»Was seine Platten anging, schon. Die Einführung der CD war so etwas wie ein Sündenfall für ihn.«

»Und trotzdem trauerst du ihm nach?«

»Ja, schon.« Klaudia klappte die Karte zu. »Ich nehm einen gemischten Salat.« Der Gedanke an Arno schlug ihr immer noch auf den Magen.

»Ist nicht dein Ernst«, sagte Wibke. »Mehr nicht? Also ich nehm eine Soljanka vorneweg«, murmelte sie, »... und dann das Spätzle-Pilz-Gratin. Bist du immer noch sicher, dass du nur einen Salat willst?« Sie legte die Karte zur Seite.

»Klingt verlockend, aber ja.«

»Oder hat dir meine Frage nach deinem Ex den Appetit verdorben?«

»Nein.« Klaudia schüttelte den Kopf. »Okay, ein bisschen«, räumte sie ein, als Wibke skeptisch den Kopf schief legte.

»Dann reden wir doch besser nicht von ihm.« Wibke prostete ihr zu.

Klaudia hob die leere Hand, aber da kam die Kellnerin bereits mit ihrer Weinschorle und nahm ihre Bestellung auf.

»Vorneweg hätten wir gerne einen Aperitif.« Wibke hob abwehrend die Hand, als Klaudia widersprechen wollte. »Wir nehmen zwei Gurken-Lutkis.«

»Wir nehmen was?«, fragte Klaudia, als die Kellnerin hinter der Theke verschwunden war.

»Lass dich überraschen.«

»Ich hasse Überraschungen.« Klaudia schlug die Karte auf und las, dass diese Lutkis aus Gurken und Sekt hergestellt wurden. »Wird hier eigentlich alles aus Gurken gemacht?«

»Es wird dir schmecken«, prophezeite Wibke, und sie sollte recht behalten.

»Da sind ja meine holcas.« Schiebschick zog sich die Mütze vom Kopf und setzte sich neben Wibke.

»Heute ist wirklich Schachtelteufeltag«, entfuhr es Klaudia, und sie erntete zwei erstaunte Blicke.

»Ganz so schlimm ist es nicht«, sagte Wibke, nachdem Klaudia ihre Bemerkung erklärt hatte. »Ich hab am Anleger geparkt und Schiebschick gesagt, dass wir hier sind.«

»Wie geht's Frau Nowak?«

»Nicht gut.« Schiebschick wischte sich mit einem Taschentuch über die Augen. »Der Schlag hat sie getroffen, sagt der Arzt.«

»Das ist schlimm.«

»Vielleicht ist es gut so.« Schiebschicks Altmännerstimme klang noch brüchiger als üblich, als er weitersprach. »So richtig gelebt hat sie ja auch nicht mehr.«

»Was wird denn dann mit dem Haus?«, fragte Wibke.

Klaudia trank hastig einen Schluck Weißweinschorle. Ans Haus wollte sie gerade wirklich nicht denken.

»Keine Ahnung. Sind ja alle tot. Wa?«

Die Kellnerin stellte ein Köstritzer und einen Gurkenschnaps vor Schiebschick.

»Die kennen aber deine Gewohnheiten, was?«

»Ist 'ne Cousine von meinem Neffen«, murmelte Schiebschick. »Von der anderen Seite«, fügte er hinzu.

»Was macht Achims Kleine?«

»Wie bitte?« Klaudia verschluckte sich an ihrer Schorle. Hustend stellte sie das Glas ab.

»Ich mein die Kleine vom Uwe.« Schiebschick legte seine Hand auf Klaudias. »Musst du 'nem alten Mann nachsehen, wa? Für mich ist er halt Achim, wie sein Opa.«

»Geht klar.« Klaudia nickte ihm zu. Achim war nur ein Name. Nichts weiter.

»Sie ist in Lübben in der Klinik. Mehr weiß ich nicht.«

»Und sie hat sich wirklich die Pulsadern aufgeschnitten?«

»Also echt jetzt, Schiebschick«, maulte Wibke. »Das ist gerade nicht das richtige Thema.«

»Stellt euch mal nicht so an, wa? Ihr seid schließlich bei der Polizei.«

»Nein, hat sie nicht«, sagte Klaudia. »Sie hat sich selbst verletzt, aber nicht in suizidaler Absicht.«

Sie merkte selbst, dass sie sich hinter den Fremdworten versteckte.

»Wa?«

»Sie wollte sich nicht umbringen«, übersetzte Wibke.

»Warum sachste das dann nicht?«

»Das hat sie gesagt, wenn auch in OSL-Manier, und hack nicht auf ihr herum. Immerhin hat sie das Mädchen gefunden, und das ist auch für eine Polizistin hart.«

»In was für einer Manier?«, fragte Klaudia.

»OSL«, wiederholte Wibke.

»Und was ist OSL?«

»Na, unsere Nummernschilder hier?«

»Bitte«, Klaudia trank einen Schluck von ihrem Gurken-Lutki. »Was habe ich mit den Nummernschildern zu tun?«

»Weißt du nicht, wofür die Abkürzung steht?«

Je verwirrter Klaudia war, umso mehr Spaß schien die Sache Wibke zu machen. Klaudia hatte sie im Verdacht, dass sie die ganze Show nur abzog, um sie abzulenken.

»Oberspreewald Lausitz oder so«, antwortete Klaudia.

»Oberschlauer Lübbenauer«, murmelte Schiebschick, und Wibke hielt sich lachend den Bauch.

»Hör nicht auf die.« Schiebschick griff nach Klaudias Hand. »Du bist dem alten Schiebschick aber jetzt nicht böse, wa?«

Die Kellnerin brachte Klaudias Salat und Wibkes Suppe.

»Lass die beiden bloß in Ruhe essen, sonst sitzt du bei

mir an der Theke. Hast du verstanden?«, sagte sie zu Schiebschick und drohte ihm mit dem Finger, als sie die Hände wieder frei hatte.

Schiebschick schwor beim heiligen Hecht und unterhielt sie für den Rest der Mahlzeit mit Geschichten über kenternde Touristen und andere Attraktionen des Spreewaldes. Klaudia hörte ihm nur mit halbem Ohr zu. Sie dachte an die alte Frau Nowak und ihr Haus am Fließ. In ihrem kranken Ohr rauschte der Wald.

36. Kapitel

Die Sonne war bereits untergegangen, als Klaudia die Haustür aufschloss. Uwes Van stand nicht im Hof, und das Haus wirkte wie ausgestorben. Ihr Blick fiel auf den Kellereingang. Hier hatte sie mit Annalene gesessen. Es schien Jahre her zu sein. Sie fragte sich, ob sie etwas hätte verhindern können, wenn sie an dem Morgen keinen Bereitschaftsdienst gehabt hätte. Sie wusste es nicht. Was sie allerdings wusste, war, dass ihr eine schlaflose Nacht bevorstand, wenn sie diese Frage nicht aus dem Kopf kriegte. Also entschied sie sich für eine Schlaftablette und traumloses Koma. Entsprechend gerädert war sie, als die Weckfunktion ihres Handys am nächsten Morgen losplärrte.

Irgendwie versackte sie mal wieder in dem Zeitloch zwischen Dusche und Wasserkocher. Beduselt wie sie war, brauchte Klaudia zwei Anläufe, um ihren Peugeot an Uwes Sharan vorbeizumanövrieren. Er war also irgendwann heute Nacht nach Hause gekommen. Sie mochte sich lieber nicht vorstellen, wie leer ihm das Haus vorkommen musste.

Klaudia kam im Revier an, als Petra bereits den Tisch im Besprechungszimmer abräumte.

»Die Vorführung ist um 11 Uhr. Und ich soll dich daran erinnern, dass du ins neue Amtsgericht musst. Willst du einen Kaffee?« Petra schwenkte die Thermoskanne. »Ein Schluck ist noch drin.«

»Danke. Wo ist das neue Amtsgericht?« Klaudia kramte ihr Smartphone aus dem Rucksack und gab die Adresse ein, die Petra ihr nannte. »Sonst noch was?«

»Oh ja.« Petra setzte ihr sonnigstes Lächeln auf. Unwillkürlich zog Klaudia die Schultern hoch. Dieses Lächeln konnte nichts Gutes bedeuten. Klaudia sollte mit dieser Vermutung recht behalten.

»Du sollst bitte den Vorführbericht überarbeiten, soll ich dir ausrichten.«

»Oh.« Klaudia verdrehte die Augen.

»Die beste Freundin der Staatsanwältin bist du nicht gerade, was?«

»Sieht nicht so aus.« Klaudia strich sich eine Haarsträhne hinters Ohr.

»Du bist zu taff.« Petra sah aus, als würde sie gleich schnurren. Offensichtlich hatte sie nur auf eine Gelegenheit gewartet, Klaudia mit ihrer Einschätzung der Situation zu beglücken.

»Im Gegensatz zu Demeter-Anders?«, fragte Klaudia.

»Sie ist in der richtigen Position, du nicht.« Petra wedelte wieder mit der Kanne. »Willst du jetzt vielleicht Kaffee?«

»Ja, danke.« Klaudia würde sich eher die Zunge abbeißen, als dieses Thema zu vertiefen.

Auch Petra schien der Ansicht zu sein, dass sie genug Weisheit verbreitet hatte. Milde lächelnd reichte sie Klaudia den Becher.

»Wo sind die anderen?«

»PH ist bei einer Besprechung im Rathaus, und Demel ist in Potsdam. Sie haben eure Tote vorgezogen.«

»Sonst noch was?«

»Erst mal nicht.«

»Okay. Dann woll'n wir mal.« Klaudia schaute auf ihr Smartphone. Obwohl sie zu spät war, blieb ihr reichlich Zeit, um die Spurenberichte zu lesen und den Vorführbericht zu ändern.

Kinderkram, dachte Klaudia, während sie die Änderungswünsche der Staatsanwältin las. Aber in einem hatte Petra recht: Demeter-Anders war in der richtigen Position, um ihr das Leben schwerzumachen, und offensichtlich war sie nachtragend. Klaudia fuhr zeitig genug los, um wirklich pünktlich am Amtsgericht zu sein.

Der ehemalige Bürokomplex war aufwendig saniert worden und roch, als wären die Maler noch nicht fertig mit ihrer Arbeit. Klaudia passierte die Sicherheitsschleuse und ließ sich von den Kollegen den Weg zum Verhandlungszimmer erklären. Noch schimmerten die Böden auf Hochglanz poliert im Sonnenlicht. Klaudia setzte sich in den Wartebereich und blätterte im Vorführbericht. Sie hatte ihn sicherheitshalber ausgedruckt.

Schließlich wurde sie aufgerufen. Vielleicht lag es tatsächlich an ihren Änderungen, vielleicht hatte der Haftrichter auch nur Kopfschmerzen wegen des Farbgeruches, oder vielleicht wollte er sich auch nur nicht mit Demeter-Anders anlegen, die einen sehr verkniffenen

Zug um den Mund herum hatte, auf jeden Fall wurde dem Antrag stattgegeben, und auch der Pflichtverteidiger schaute nicht einmal von seinen Unterlagen auf. Routine. Klaudia ging zu Dorina, die weinend ihrem Bruder hinterherschaute, als er abgeführt wurde. Tröstend legte Klaudia ihr die Hand auf die Schulter.

»Was macht Ihr Arm?« Sie führte Dorina hinaus, weil bereits der nächste Fall aufgerufen wurde.

»Danke, geht schon.« Das Mädchen griff sich an die Schulter. Sie trug noch immer die Jeans und das Shirt, das sie bei ihrer Verhaftung getragen hatte. Sie roch nach Schweiß und ungeputzten Zähnen. Die Nacht im Gewahrsam war ihr nicht gut bekommen. Sie setzten sich auf die am Boden festgeschraubten Sitzgelegenheiten im Wartebereich. Klaudias Sitz hatte noch nicht einmal Zeit gehabt, wieder auszukühlen.

»Tut's weh?«

»Bisschen.« Leise schniefend wischte sich Dorina mit dem Handrücken die Nase.

»Wissen Sie schon, wohin Sie gehen können?« Klaudia kramte ein Taschentuch aus ihrem Rucksack und reichte es ihr.

»Ich weiß nicht. Ich geh nicht zurück zum Hof.« Dorina putzte sich die Nase. »Er hat es nicht getan. Meine Eltern sterben vor Scham.«

»Wenn Ihr Bruder unschuldig ist, werden wir es beweisen.«

»Aber Sie stecken ihn ins Gefängnis«, fuhr Dorina auf. »Und den Bauern nicht.« Ihre Logik war einfach. »Weil er Ausländer ist«, fuhr sie fort. »Sie wollen gar nicht wissen, wer es war. Sie wollen nur einen … einen …«

»Sündenbock?« Klaudia schüttelte den Kopf. »So einfach machen wir es uns nicht. Aber dazu brauchen wir Ihre Hilfe. Wenn Sie wollen, bringe ich Sie hier in der Stadt unter.«

»Aber ich kenne niemanden hier.«

Das ist auch gut so, dachte Klaudia. »Ich würde Sie zu einem Frauenhaus bringen.«

»Was ist das? Ein Frauenhaus?«

»Ein sicherer Ort für Frauen.«

»Oh«, sagte Dorina. Sie biss sich auf die Unterlippe.

Klaudia ließ ihr Zeit. Das Mädchen zu drängen, würde keinen Sinn machen.

»Glauben Sie, dass mein Bruder Vlad und Gabriella ...« Dorina beendete den Satz nicht. Ihre dunklen Augen hingen an Klaudia.

»Es ist nicht wichtig, was ich glaube.« Klaudia schüttelte den Kopf. »Wichtig ist, was ich beweisen kann.«

»Sie glauben mir nicht.«

»Was ist mit Gabriellas Handy?«

Dorina senkte den Kopf. Tränen tropften auf ihre Oberschenkel. »Ich hab's genommen. Es lag da. Sie war tot.«

»Und wo ist es jetzt?«

»Ertrunken.«

»Warum?«

»Ich weiß nicht.«

»Doch«, entgegnete Klaudia. »Das wissen Sie.«

»Es war was mit Geld.«

»Weiß Ihr Bruder das?«

»Kann ich ihn sehen?« Wieder schossen Dorina Tränen in die Augen.

»Ich weiß nicht.« Klaudia schaute sich suchend um. Es war nicht die beste Situation, aber jetzt war Dorina bereit

zu sprechen. Wer konnte schon sagen, wie es in einer oder zwei Stunden um ihre Aussagebereitschaft bestellt war.
»Ich frag nach.«

Die Arrestzellen waren im Keller des Gebäudes. Ein Kollege zeigte ihr den Weg. Selbst hier unten war alles auf Hochglanz poliert. Klaudia erwischte sich bei einem Anflug von Sozialneid. Wenn ein wenig von dem Geld, was hier verbaut worden war, in Lübben angekommen wäre, würde sich die Sicherheitsfolie vor den Fenstern nicht aufrollen.

Der Kollege führte sie in einen karg möblierten und leider ebenfalls frisch gestrichenen Raum. Tische und Stühle waren fest am Boden verschraubt, und Luft kam durch ein Lüftungsgitter hoch oben in der Wand. Klaudia schaute auf, als Dorin hereingeführt wurde. Auch ihm war die Nacht in Gewahrsam nicht gut bekommen. Seine Augen waren verquollen und blutunterlaufen, Trainingshose und Shirt schmutzig.

»Erinnern Sie sich an mich?«, fragte Klaudia, nachdem sie sich vorgestellt hatte.

»Ich muss nicht mit Sie sprechen.«

»Natürlich nicht«, sagte Klaudia sanft. Aber du wirst, dachte sie. Weil ich dich in eine ausweglose Situation manövrieren werde.

»Aber wenn Sie wollen, dass wir den Mörder finden, sollten Sie das. Außer natürlich«, fügte Klaudia hinzu, »Sie belasten sich selbst.«

»Ich hab nichts getan.« Dorin hob in einer hilflosen Geste die Hände und ließ sie wieder fallen. Seine Fingernägel waren bis unter die Kuppen abgekaut.

»Ich habe Ihre Aussage gelesen.« Klaudia lächelte ihm

zu. »Wie sicher sind Sie sich, Bauer Asche gesehen zu haben?«

»Sie wollen es meinem Bruder …« Dorina beendete den Satz mit einem Wort, das so ähnlich klang wie Natascha.

»Ich will niemandem etwas anhängen«, sagte Klaudia. Auch wenn sie das rumänische Wort nicht verstanden hatte, war die Botschaft bei ihr angekommen. »Ich will einen Mörder finden.«

»Ich weiß nicht.« Dorin starrte auf die Tischplatte. »Ich hab gedacht, weil mein Schwester …« Hastig schaute er zu Dorina hinüber. »Sie hat gesagt: Ist Bauer.«

»Sie haben ihn also nicht richtig gesehen.«

»Von Rückseite.«

»Und die Stimme.«

»Ich weiß nicht. Bisschen. Mehr Vlad.«

»Und Vlad hat wirklich gesagt …« Klaudia zitierte aus dem Gedächtnis: »›Du denkst, ich fick die Kleine? Willst wohl selbst ran?‹«

»Ich schwör bei heilige Mutter Gottes.« Dorin bekreuzigte sich.

»Und das kam Ihnen nicht merkwürdig vor?«

»Merkwürdig?« Dorins Blick wanderte von Klaudia zu seiner Schwester. Sie sagte ein Wort, dass wie Tschiudat klang. Klaudia konnte nur hoffen, dass sie richtig übersetzt hatte.

»Nein«, sagte Dorin schließlich. »Zu viel Angst zu denken.«

»Und als Ihre Angst sich gelegt hat, haben Sie ihn erpresst.«

»Nein«, begehrte er auf.

»Ihre Schwester hat Gabriellas Handy verschwinden lassen«, sagte Klaudia. »Sie wissen, warum.«

»Ich weiß nicht.«

»Sie lügen.«

»Gabriella wollte Geld bringen.«

»Woher hatte sie es?«

»Ich weiß nicht. Sie hat nicht gesagt.«

Die Tür hinter Dorin öffnete sich. Eine Woge Coco Mademoiselle mischte sich in den Farbgeruch.

»Wie nett«, sagte Demeter-Anders. »Aber ich glaube, die beiden hatten jetzt genügend Gelegenheit, sich voneinander zu verabschieden.«

Auf ein Zeichen von ihr wurde Dorin hinausgeführt. Demeter-Anders trat zur Seite, um Dorina und Klaudia vorbeizulassen.

»Hören Sie endlich auf mit Ihren Extratouren«, zischte sie, als Klaudia an ihr vorbeiging. »In Ihrem eigenen Interesse.«

»Ich weiß Ihre Fürsorge zu schätzen.« Mist, dachte Klaudia. Wieder eine gute Gelegenheit verpasst, einfach mal die Klappe zu halten. Sie legte den Arm um Dorina, die wieder angefangen hatte zu weinen.

»Wir sehen uns«, sagte Demeter-Anders hinter ihr, und diesmal schaffte es Klaudia, tatsächlich den Mund zu halten.

37. Kapitel

Klaudia ließ den Wagen ausrollen und zog die Handbremse. Ihr Peugeot kam direkt vor dem Zwinger zu stehen. Für einen Moment war der Hofhund so verwirrt über ihre Dreistigkeit, dass er vergaß zu bellen. Leider dauerte die Stille nur, bis Klaudia die Fahrertür aufstieß, dann kläffte der Hund los. Sein Bellen hallte über den schattigen Hof. Vor der Scheune stand ein leerer Hänger, und am Haus parkte ein Geländewagen. Das Knarren einer Tür ließ Klaudia zum Haus schauen.

»Kusch!« Oma Asche schaute zu Klaudia herüber. »Sie schon wieder?«

»Entschuldigen Sie die Störung.« Klaudia ging hinüber zu ihr. Die Bäuerin trug wieder Kopftuch und Gummistiefel, die Scheune vibrierte vom Rattern der Maschinen.

»Dürfen Sie das eigentlich?«

»Was?«

»Einfach so auftauchen.«

»Ich bin nicht wegen Ihres Sohnes hier.«

»Warum dann?«

»Ich wollte die Sachen der Geschwister holen.«

»Ich kann überhaupt nicht verstehen, warum die beiden so was gesagt haben.« Oma Asche schüttelte den Kopf. »Sind sie im Gefängnis?«

»Was ist los, Mutter?« Sandra Asche tauchte hinter ihrer Schwiegermutter auf. Auch sie trug ein Kopftuch und gelbe Haushaltshandschuhe. Ihr Gesicht war grau vor Müdigkeit, und die Sorgen hatten Falten in ihre Stirn gegraben.

»Sie will die Sachen von Dorin und Dorina abholen.«

»Ich kümmere mich darum.« Sandra Asche zog sich die Handschuhe von den Fingern.

»Dürfen wir die denn einfach so rausgeben?« Oma Asche kniff die Augen zusammen. Offensichtlich hatte der Rechtsanwalt aus Berlin ganze Arbeit geleistet.

»Sie ist von der Polizei, Mutter. Bitte warten Sie hier.« Frau Asche verschwand wieder in der Scheune.

»Der Anwalt hat gesagt, wir sollen auf keinen Fall mit Ihnen sprechen.«

»Nur nicht, wenn Sie sich oder Ihren Sohn dadurch belasten würden.«

»Mein Sohn hat mit der ganzen Sache nicht so viel«, Oma Asche schnippte mit den Fingern, »zu tun, und trotzdem ruinieren Sie uns? Wir durften den ganzen Tag nicht aufs Feld. Überall sind ihre Leute wie Maden rumgekrochen. So was hab ich in meinem ganzen Leben noch nicht erlebt.«

Klaudia nickte. Sie musste nichts sagen. Oma Asche wollte sich ihre Sorgen vom Herzen reden.

»Wir haben die Jungens aus der Schule genommen«, sagte sie. »Darf man ja nicht, aber was sollen wir machen. Erst Vlad, dann Gabriella und nun Dorin und Dorina. Ich darf gar nicht an die Eltern denken.«

»Es tut mir leid wegen der Ernte.«

»Ist sowieso bald vorbei.« Oma Asche seufzte. »Wer weiß, wie's dann weitergeht. Vielleicht pflanz ich doch Pappeln. Soll ja gutes Geld sein.«

Anja Rohloff hatte etwas Ähnliches gesagt. Klaudia versuchte sich diese Kulturlandschaft mit Pappelschonungen vorzustellen. Kein schöner Gedanke. Aber was sollten die Leute machen?

»Kommen Sie.« Sandra Asche trat aus der Scheune. Sie hatte das Kopftuch abgenommen, und wie es aussah, hatte sie sich auch ein wenig frisch gemacht. Zumindest sah sie nicht mehr ganz so grau aus wie noch vor wenigen Minuten. Sie ging zügig hinüber zum Zwinger. Klaudia folgte ihr zögernd. Der Hund sprang hechelnd und schwanzwedelnd gegen das Gitter. Er konnte es gar nicht erwarten, herausgelassen zu werden.

Klaudia blieb unwillkürlich stehen, als der Hund auf sie zugerast kam.

»Er ist harmlos.« Frau Asche pfiff einmal kurz, und der Hund kehrte zu ihr zurück.

»Ich auch.« Klaudia folgte Frau Asche zu den Baracken. Wie jedes Mal kitzelte sie der Geruchscocktail aus Waschpulver, Zwiebeln und Mäusekot in der Nase.

»Sie sind alle auf dem Feld.«

»Ihre Schwiegermutter sagte das bereits.«

»Das sind die Sachen.« Sandra Asche zeigte auf zwei Koffer, die seitlich neben der Tür standen. »Ihre Freunde haben alles zusammengepackt.«

»Dorina sagte, sie hätten noch Lohn ausstehen.«

»Ja. Sicher.« Frau Asches Lippen wurden schmal. »Dorina sagt viel, wenn der Tag lang ist, was?«, brach es aus ihr heraus.

»Das Mädchen ist davon überzeugt, die Wahrheit zu sagen.«

»Und das glauben Sie wirklich?« Sandra Asche musterte Klaudia, als würde sie an ihrem Verstand zweifeln.

»Wer könnte es sonst gewesen sein?«

»Woher soll ich das wissen? Mein Mann war es auf jeden Fall nicht. Der ist mit uns nach Hause gefahren, und das ist die Wahrheit, ganz egal, was die beiden sagen. Sie lügen.«

»Oder sie irren sich.«

»Mein Mann hat keinen geheimnisvollen Doppelgänger.«

»Trotzdem steht Ihre Aussage gegen die der jungen Leute.«

»Das sind doch alles Schutzbehauptungen.« Frau Asche schnaubte. »Die haben bestimmt Dreck am Stecken.«

»Auch das ist möglich«, räumte Klaudia ein. »Wir ermitteln in alle Richtungen.«

»So?« Frau Asche stemmte die Fäuste in die Hüften. »Für mich sieht das so aus, als hätten Sie Ihren Täter bereits. Als glaubten sie denen mehr als mir und meiner Familie.«

Wir drehen uns im Kreis, dachte Klaudia. Es wird Zeit, in eine andere Umlaufbahn zu wechseln. »Ihr Mann hat gesagt, dass er nicht Julias Vater ist.«

»Natürlich ist er das«, widersprach Frau Asche. »Er ist der einzige Vater, den Julia je gekannt hat.«

»Aber er ist nicht der biologische Vater«, wiederholte Klaudia. Sie griff die beiden Koffer, die erstaunlich leicht waren, und verließ den Schlafraum. Der Hund lag vor der Bank und klopfte mit dem Schweif Staub auf, als sie herauskamen.

»Glauben Sie mir, selbst Julias Vater würde niemanden ermorden. Solche Leute wohnen hier nicht.«

»Also lebte er noch hier?« Bullerbü hin, Bullerbü her. Aus ihrer täglichen Praxis hätte Klaudia ihr so einiges über die Leute erzählen können, die hier wohnten, unterließ es aber. »Wer ist es?«

»Das geht Sie gar nichts an.«

»Weiß Julia das?«

Sandra Asche schüttelte den Kopf. Panik stand in ihren Augen. Der Hund knurrte und stellte sich zwischen Klaudia und sein Frauchen. »Niemand weiß es«, flüsterte sie.

»Auch nicht Ihr Mann?«

»Nein. Es ist besser so. Glauben Sie mir.«

Das war das Letzte, was Klaudia ihr zu dem Thema

entlocken konnte. Einigermaßen unzufrieden packte sie die Koffer in ihren Peugeot, quittierte den Empfang des Geldes und fuhr vom Hof.

38. Kapitel

Klaudia hatte die meiste Zeit des Tages auf der Autobahn verbracht. Sie kam sich vor wie ein Paketdienst. Erst am späten Nachmittag kehrte sie ins Revier zurück.

»Ist ein Fax von der Telefongesellschaft gekommen?«, fragte sie den Kollegen auf der Wache.

»Noch nicht.« Er schaute nicht mal von seinem Bildschirm auf. Klaudia stieg die knarrenden Stufen zu ihrem Büro hinauf. Wie immer wanderte ihr Blick hinüber zum Schwarzen Brett.

So langsam könntest du dir das wirklich abgewöhnen, dachte sie. Petras Bürotür war bereits verschlossen. Die Tür zu Demels Büro stand offen, er schaute auf und nickte ihr zu. Klaudia blieb unschlüssig stehen, brachte es aber nicht über sich, hineinzugehen.

Auch das musst du in den Griff kriegen. Sie seufzte. Es ist nur ein Büro. Trotzdem hing noch Joes Geruch nach frisch gewaschener Wäsche zwischen den Akten und schnürte ihr die Luft ab.

»Alles klar bei dir?« fragte Demel. Er stand auf und folgte ihr.

»Wie war die Obduktion?« Klaudia setzte sich hinter ihren Schreibtisch. Sie war zu müde, um den Rechner hochzufahren. Also streckte sie nur die Beine aus und genoss die Dehnung in den Waden. Die Fensterscheiben klirrten, als ein Zug vorbeiratterte.

»Was denkst du?«, fragte Demel. Weil der Betrieb in Potsdam gerade erst wieder anlief, war Gabriella bereits heute Morgen auf dem Tisch gewesen. Da Klaudia zu dem Haftprüfungstermin musste, war er allein zur Obduktion gefahren. »Kopfschuss, Kaliber 308. Ist durch den Schädel gegangen wie durch Butter. Gabriella war tot, bevor sie aufschlug.«

»Sonst noch was?«

»Die Ballistiker sagen, dass Asches Gewehre wahrscheinlich nach hinten losgegangen wären, wenn jemand versucht hätte, damit zu schießen.«

»War ja zu erwarten, oder?«

»Stimmt«, sagte Demel. »Im Zeitalter von CSI und diesen anderen amerikanischen Serien muss man schon gehirnamputiert sein, um eine Tatwaffe im Haus zu behalten.«

»Sonst noch was?«

»Nein.« Demel schüttelte den Kopf. »Mit den Tatortspuren sind wir noch nicht wesentlich weiter. Es sind einfach zu viele, sagen die Kollegen. Wann hast du eigentlich das letzte Mal was gegessen?« Er musterte sie.

»Keine Ahnung«, sagte Klaudia wahrheitsgemäß. »Wieso fragst du?«

»Du siehst aus wie ein Bettlaken. Warte.« Er verließ ihr Büro und kehrte wenig später mit einer Packung Schokoriegel zurück.

»Und«, fragte er, während Klaudia sich bediente. »Wie war dein Tag?«

»Geht so.« Klaudia biss in die Schokolade und erzählte ihm von ihrem Gespräch mit Sandra Asche.

»Meinst du, das ist wichtig?«

»Wenn ich das wüsste.« Sie nahm sich einen weiteren Riegel, legte ihn aber dann doch zurück. Ihr würde nur schlecht werden von dem Zucker-Overload.

»Du brauchst was Richtiges zu essen«, beschloss Demel, und Minuten später waren sie auf dem Weg zum Griechen in der Bahnhofstraße.

»Ist sie hier?« fragte Demel, als sie an dem verwahrlosten Gebäude der Kinder- und Jugendpsychiatrie vorbeikamen.

Klaudia musste nicht fragen, von wem er sprach. Sie wusste auch so, dass er Annalene meinte. Sie schaute hinauf zu den blinden Fenstern und lächelte vorsichtshalber, falls Annalene hinter einem stand.

Während des Essens erzählte Demel von dem Film, den er sich mit seinem Sohn angeschaut hatte.

»Du hättest mitkommen sollen«, sagte er.

»Ja«, sagte Klaudia, ohne es zu meinen, und schob den Teller zur Tischmitte. Sie hatte kaum etwas gegessen. Der Gedanke an Annalene hatte ihr den Appetit verdorben.

Nach dem gemeinsamen Essen tranken sie noch einen Kaffee im Revier, dann verabschiedete sich Demel.

Klaudia kehrte in ihr Büro zurück und schlug die Akte auf. Ihr Magen rumorte und fühlte sich an wie aufgepustet. Ihr Diensttelefon blinkte. Froh über die Ablenkung klemmte sich Klaudia den Hörer ans Ohr.

»Hier ist ein Fax für euch angekommen«, sagte der wachhabende Kollege.

»Danke.« Klaudias eilige Schritte hallten durchs Treppenhaus. Die meisten Kollegen waren mittlerweile zu Hause. Nur aus dem Bereitschaftszimmer im Erdgeschoss drangen Stimmen und der Geruch nach Knoblauch und Tomaten.

»Mein Gott, bist du geflogen?« Der Kollege schaute von seinem Computerbildschirm auf.

»Fast.«

Ohne hinzuschauen schob er ihr einen Faxbogen zu. »Dringend?«

»Ja, schon.« Klaudia griff nach dem Verbindungsnachweis. Unterhalb ihres Zwerchfells vibrierte das Jagdfieber. Mit dem Finger fuhr sie die Eintragungen der letzten Tage entlang. Kurz vor dem Ende der Liste stieß sie auf eine unbekannte Nummer. Danach hatte Gabriella nur noch mit Dorin Kontakt gehabt. Sie hatte eine SMS an diese unbekannte Nummer geschickt. Klaudias Augen wanderten noch einmal über den Bogen. Ansonsten tauchte sie kein einziges Mal auf. Nachdenklich bedankte sie sich bei dem Kollegen und kehrte in ihr Büro zurück. Warum hatte Gabriella, kurz nachdem Dorina am Feldrand den Streit des Bauern mit Vlad erwähnt hatte, eine SMS versendet? Und vor allem, an wen hatte sie die Kurznachricht geschickt? An Asche? Schließlich war sie es gewesen, die den Streit beobachtet und wahrscheinlich mehr gehört hatte, als sie zugegeben hatte. Klaudia war sich sicher, dass Gabriella sie angelogen hatte, und sie war sich ebenso sicher, dass Gabriella etwas über das Geld in Vlads Bankschließfach gewusst hatte. Aber was genau hatte sie gewusst? Dass ihr Freund abgezogen worden war? Oder hatte sie etwas anderes gewusst? Etwas, das für jemanden gefährlich werden konnte?

Unwillkürlich dachte Klaudia an Fiedler. Reiß dich zusammen, Mädchen. Nur weil du ihn gerne an den Eiern aufhängen würdest, muss er nichts mit der Sache zu tun haben. Aber vielleicht, weil er pokert? Vielleicht hatte Vlad nicht nur diesen Dorin abgezogen, vielleicht hatte er auch dieses tätowierte Arschloch über den Tisch gezogen? Klaudia versuchte, sich an die Schlägerei zu erinnern. Hatte irgendjemand etwas in dieser Richtung gesagt? Irgendetwas, das Fiedler wieder ins Spiel brachte? Klaudia gefiel der Gedanke. Vielleicht zu gut, denn ihr Polizistenhirn intervenierte. Etwas mehr professionelle Distanz bitte, du verrennst dich, grummelte ihr professionelles Ich indigniert.

Leck mich, dachte Klaudia. Es gibt einen einfachen Weg, das herauszufinden. Sie machte auf dem Absatz kehrt und lief die Treppen wieder herunter.

»Willst du einen Kaffee schnorren?«

»Eure Plörre doch nicht. Die fällt unter die Gefahrstoffverordnung.« Klaudia setzte sich zu dem Kollegen an die Zentrale. Er spielte gerade Tetris, es schien also ruhig zu sein.

Das kann sich ändern, dachte Klaudia, und das Kribbeln unterhalb ihres Zwerchfells fühlte sich an wie ein anrückendes Ameisenheer. »Ihr habt doch einen Apparat mit Rufnummerunterdrückung hier unten, oder?«

»Klar.« Er zeigte auf ein vorsintflutliches uniformgrünes Telefon. »Wen willst du denn anrufen?«

»Nur was überprüfen.« Klaudia wählte die unbekannte Nummer aus dem Verzeichnis und zählte die Freizeichen. Beim zehnten Tuten sprang der Anrufbeantworter an. »Gurkenhof Rohloff.«

Klaudia legte auf. Das hatte sie jetzt nicht erwartet. Wie, verdammt noch mal, passten die Rohloffs ins Bild? Ihr krankes Ohr sirrte. »Kann ich doch einen Schluck Kaffee haben?«

»Eine halbe Tasse ist es wohl noch.« Der Kollege nickte in Richtung Kaffeemaschine, auf der eine schwarze Flüssigkeit zu Teer einkochte.

»Wann habt ihr den denn gekocht?« Klaudia nahm sich eine Tasse aus dem Regal.

»Glaub mir«, sagte der Kollege, »das willst du nicht wissen.«

»Was uns nicht tötet, macht uns nur härter, was?« Klaudia füllte die Brühe in die Tasse.

»Du musst es ja wissen.«

Klaudia schaute auf und sah Mitleid in den Augen des Kollegen. Hastig griff sie ihre Liste und lief wieder die Treppen zu ihrem Büro hinauf. Oben angekommen, riss sie das Fenster auf und atmete tief die nach Bahndamm und Abgasen riechende Luft ein. Als sie sich einigermaßen beruhigt hatte, setzte sie sich an ihren Schreibtisch. Ihre Gedanken wanderten zurück zum Hechtfest. Sie würde noch einmal mit Frau Asche sprechen, und diesmal würde sie ihr antworten. Bevor sie ihr Büro verließ, fütterte Klaudia noch ihr Smartphone mit der Nummer der Rohloffs.

39. Kapitel

Die Sonne stand bereits tief im Westen, als Klaudia zum zweiten Mal an diesem Tag vor dem Zwinger parkte. Der Hund machte sich nicht einmal mehr die Mühe, ein leises Wuff von sich zu geben. Trotzdem öffnete sich die Tür zur Scheune, als Klaudia ausstieg.

»Was wollen Sie nun schon wieder?« Oma Asches Stimme klang resigniert. Nicht nur der Hofhund schien sich an Klaudias Besuche gewöhnt zu haben. Mit einer Kopfbewegung forderte Oma Asche Klaudia auf, ihr zu folgen. Weißes Licht, das in den Augen brannte, erhellte die Scheune bis in den hintersten Winkel. Dumpfes Motordröhnen vibrierte in Klaudias Knochen. Sie schaute sich um. Die komplette Familie Asche stand an einem Förderband und sortierte Gurken.

Bauer Asches Unterkiefer verspannte sich bei ihrem Eintreten, aber er machte keine Anstalten, seine Arbeit zu unterbrechen.

»Thomas«, sagte Oma Asche schließlich über das Rattern des Förderbandes hinweg. »Die Polizei ist da.«

»Ich wüsste nicht, was ich ohne meinen Anwalt mit Ihnen besprechen sollte.« Asche schaute nicht einmal auf. Seine Hände fuhren durch die Gurken, entfernten hier etwas oder warfen dort eine Gurke in den Eimer zu seinen Füßen.

»Ich will auch nicht mit Ihnen sprechen«, sagte Klaudia. »Sondern mit Ihnen.« Sie schaute zu seiner Frau.

»Ich habe Ihnen bereits alles gesagt.« Sandra Asche schaute auf. Ihre Hände, die in gelben Arbeitshandschuhen steckten, schwebten unschlüssig über den Gurken.

»Was wollen Sie von meiner Frau?« Thomas Asche schmiss seine Handschuhe in den Eimer und ging hinüber zu einem Sicherungskasten an der Schuppenwand. Das Band ruckelte noch etwas nach und kam dann mit einem asthmatischen Ächzen zum Stillstand.

»Das ist ja schlimmer als bei der Stasi«, sagte er.

»Ich habe meine Gründe.« Klaudia starrte Sandra Asche in die Augen.

»Wenn Sie meine Frau sprechen wollen, bestellen Sie sie ein, und sie wird kommen.«

»Thomas, bitte.« Sandra Asche streifte nun ebenfalls die Handschuhe ab, blieb aber am Band stehen.

»Das ist doch alles absurd«, murmelte Julia. »Ein absurder Alptraum.« Sie wandte sich ab und rannte in die Küche.

»Geh und schau nach deiner Schwester«, bat Frau Asche den älteren ihrer Söhne. Er musste ungefähr so alt sein wie Annalene, und für einen Moment fragte sich Klaudia, ob die beiden sich kannten.

»Und du auch«, forderte Frau Asche ihren jüngeren Sohn auf. Er war vielleicht neun oder zehn Jahre alt und hatte im Gegensatz zu seinem Bruder, dem die Hormone zu schaffen machten, ein glattes Kindergesicht. Er stand auf einer Kiste, um an die Gurken heranzureichen.

»Die kann gut auf sich selbst aufpassen«, murrte der ältere Junge. Die Pickel in seinem Gesicht glühten.

»Tu, was deine Mutter dir gesagt hat«, fauchte Asche.

Betont langsam zogen die Jungen die Handschuhe von den Händen und folgten schließlich ihrer Schwester. Auch wenn dem älteren der Schritt seiner Jeans in den Kniekehlen hing, hätten sie schneller gehen können, aber sie zelebrierten ihren Abgang.

Klaudia war sich sicher, dass sie lauschen würden, sobald sie außer Sicht waren. Sie hätte es nicht anders gemacht. Sie nutzte die Zeit, die ihr der theatralische Abgang der Brüder verschaffte, und tippte Marco Rohloffs Namen in ihr Smartphone.

»Also«, fragte Bauer Asche. »Was wollen Sie von meiner Frau?« Er verschränkte die Arme vor der Brust und musterte Klaudia feindselig.

»Ich würde gerne mit Ihnen hierüber sprechen.« Klaudia gab Frau Asche das Smartphone.

»Was ist das?«, fragte der Bauer. Er beugte sich vor, um nach dem Handy zu greifen, doch seine Frau wandte sich ab.

»Lassen Sie uns rausgehen.«

»Was wird das?« Asches Stimme überschlug sich.

»Bitte, Thomas.« Sandra Asche versuchte ein zitterndes Lächeln. »Vertrau mir.«

»Ist es wegen …?«

»Sei still«, fuhr sie ihm über den Mund.

»Aber …« Asches Gesicht fiel in sich zusammen. Er blinzelte.

»Später.« Sandra Asche ging an ihrer schweigenden Schwiegermutter vorbei in den Hof.

»Ich will nicht, dass sie es erfährt«, sagte sie, als die Scheunentür knarrend hinter ihnen ins Schloss fiel.

»Von mir wird sie es nicht erfahren, wenn es sich vermeiden lässt.«

»Woher wissen Sie es?« Sandra Asche ging zügig hinüber zum Zwinger. »Wollen wir ein paar Schritte laufen?«

»Gerne.« Klaudia unterdrückte ihre Ungeduld. Sie folgte der Frau hinüber zu den Baracken und über die Brücke hinweg zum Wald. Wie zwei Freundinnen, die sie nicht waren, schlenderten sie am Ufer entlang, während der Hund, die Nase dicht am Boden, durchs Unterholz lief.

»Denken Sie, er hat was mit …« Frau Asche suchte nach Worten. »… Ihrem Fall zu tun?«, fragte sie schließlich.

»Ich weiß es nicht.« Klaudia schaute auf den Weg. Bei jedem Schritt pufften Staubwölkchen auf. »Er ist eine Unbekannte. Weiß er, dass er Julias Vater ist?«

»Er hat's rausgefunden. Auf dem Hechtfest.« Sandra Asche blieb stehen und malte mit der Schuhspitze Kreise in den Staub. »Er war ganz närrisch.«

»Warum haben Sie es überhaupt geheim gehalten? Damals. Ich meine: Es waren nicht die 60iger.«

»Gute Frage.« Frau Asche pfiff nach dem Hund und ging weiter. »Es war nichts, worauf ich stolz war. Jung und dumm war ich. Grad achtzehn. Ich hab's nicht mal gewusst.«

»Sie haben nicht gewusst, dass Sie schwanger sind?«

»Nachher schon. Aber am Anfang nicht. Und dann war ich halt mit Thomas zusammen, und ihm war's egal. Also haben wir es dabei belassen.«

»Wollen Sie mir erzählen, was auf dem Hechtfest passiert ist?«

»Marco hat's einfach gewusst. Als wir da aufgeschlagen sind, ist er mir nicht mehr von der Seite gewichen. Und dann hat er sich an Julia rangewanzt. Mir ist ganz schlecht geworden, als ich gesehen habe, wie sie miteinander getanzt haben.«

Frau Asche blieb stehen und atmete tief ein. Das Fließ machte hier einen Bogen, und am Wegesrand stand eine verwitterte Bank. Klaudia setzte sich, und Sandra Asche folgte ihrem Beispiel. Schweigend schauten sie den Wasserläufern zu, die über die Wasseroberfläche huschten. »Ihr Papa ist Thomas. Einen anderen braucht sie nicht.«

»Aber Rohloff war anderer Ansicht?«

»Ja.« Asche zuckte mit den Schultern. »Seine Ehe ist wohl kinderlos. Aber das gibt ihm noch lange nicht das Recht, sich in Julias und mein Leben zu drängen.«

Hechelnd brach der Hofhund aus dem Unterholz hervor und drückte sich eng an Sandra Asches Bein. Sein vorwurfsvoller Bernsteinblick streifte Klaudia.

»Sie waren mit Rohloff zusammen, als Julia Sie fand.«

»Mit ihm zusammen?« Sandra Asche lachte bitter auf. »Das klingt so …« Sie beugte sich vor, ohne den Satz zu beenden, und warf einen Stock ins Wasser. Sofort sprang der Hund ihm nach. Sein Platschen scheuchte eine Ente auf. Ihre Flügelspitzen berührten die Wasseroberfläche, als sie quakend davonflog.

»Wir haben miteinander gesprochen, als Julia kam. Sie war völlig von der Rolle, und wir sind dann auch gleich los. Weil ja Thomas gewartet hat, und ehrlich gesagt war ich froh, dass ich einen Grund hatte abzuhauen.« Der Hund kletterte aus dem Wasser und schüttelte sich. Kalt spritzte das Wasser auf Klaudias nackte Arme. »Braver Hund.« Frau Asche nahm dem Hund den Stock ab und warf ihn wieder ins Wasser.

»Was hat Julia genau gesagt?«

»Dass es Ärger gegeben habe, mit Vlad. Mehr nicht. Sie war so aufgeregt.«

»Und Rohloff hat das auch gehört?« Klaudia beugte sich vor. Sie versuchte sich an die Befragung des Mädchens zu erinnern. War das überhaupt Thema gewesen?

»Marco? Ja, natürlich. Er stand ja neben mir. Aber …« Frau Asche schüttelte den Kopf. »… der könnte keiner Fliege ein Bein ausreißen.«

Und trotzdem hat Gabriella ihm eine SMS geschickt, dachte Klaudia. Ich wüsste zu gerne, was drinstand. Vielleicht sollte ich einfach mal nachfragen.

40. Kapitel

Klaudia widerstand dem ersten Impuls, allein zum Hof der Rohloffs zu fahren. Sie rief im Revier an und bat, einen Streifenwagen nach Klein Radden zu schicken. »Sagt dem Kollegen, wir treffen uns am Parkplatz Ortsmitte.«

Ob er Demel informieren solle, fragte der diensthabende Kollege.

»Ja«, sagte sie. »Nein«, fügte sie dann hastig hinzu.

»Was denn nun?«

»Schick mir einfach nur einen Streifenwagen.« Auch wenn die Zusammenarbeit mit Demel immer besser klappte, wollte sie ihn jetzt nicht dabeihaben. Sie wollte die beiden überrumpeln, und das würde ihr leichter fallen, wenn er nicht dabei war. Er und die Rohloffs kannten sich einfach zu gut. Das würde dazu führen, dass sie eher mit ihm, als mit ihr sprachen. Und das wollte sie nicht. Klaudia gab die Adresse in ihr GPS ein. Auch wenn sie schon einmal auf dem Hof des Gurkenkönigs gewesen war, würde sie sich auf den schmalen Landstraßen zwischen Autobahn und Hochwald hoffnungslos verfahren. Der dunkelblaue Abendhimmel wölbte sich über den Maisfeldern, und die Windräder am Horizont drehten sich träge. Klaudia fuhr die Seitenscheiben herunter und ließ frische Luft in den Wagen. Obwohl es noch warm war, lag schon ein Hauch von Nacht in der Luft. Nicht mehr lange, dann würde die Sonne untergehen. Klaudia überholte eine schnatternde Rentnergruppe auf E-Bikes. Sie schaute auf ihren Tacho. Die alten Herrschaften waren mit 25 Stundenkilometern unterwegs. Ganz schön flott. Klaudia gab Gas und schaute in den Rückspiegel.

Bin mal gespannt, wann wir den ersten E-Biker, den es aus der Kurve getragen hat, aus'm Fließ fischen, dachte sie.

Ein Milan kreiste über dem Streifen Wald zwischen Feldern und Autobahn. Klaudia fragte sich, ob es der gleiche war, den sie gesehen hatte, als sie mit Demel hier entlanggefahren war. Sie fuhr am Tor mit der gekrönten Gurke vorbei und parkte neben dem Streifenwagen.

Es war Demel, der rauchend am Heck des Wagens lehnte. Klaudia verdrehte die Augen. So viel zum Thema »Ein Streifenwagen reicht«.

»Ich war gerade in der Nähe.« Sorgfältig trat Demel die Kippe aus. »Da dachte ich, ich komme selbst vorbei.«

»Zufälle gibts!«, sagte Klaudia mit einem schiefen Grinsen und ergriff seine Hand, die er ihr entgegenstreckte. Sein Händedruck war ebenso fest und freundlich wie der Blick aus seinen von Lachfalten umringten Augen. Wenn er angefressen war, ließ er es sich auf jeden Fall nicht anmerken.

»Ich wollte dich nicht aus dem Feierabend holen«, stammelte Klaudia. Sie hatte das Bedürfnis, sich zu rechtfertigen.

»Kein Thema«, antwortete Demel. »Warum sind wir hier?«

»Wegen einer Nachfrage.«

»Wenn du dich mal in was verbissen hast, bist du wie ein Hecht, was?«

»Äh.« Klaudia hatte nicht den blassesten Schimmer, was dieser Vergleich ihr sagen sollte, nickte aber zustimmend.

»Wenn die einmal zugeschnappt haben, musst du sie umbringen, damit sie wieder loslassen.«

»Ah ja.« Klaudia war sich ziemlich sicher, dass ihr der

Vergleich nicht gefiel. »Ich wusste nicht, dass du Angler bist.«

»Solltest du auch mal versuchen«, antwortete Demel. »Es gibt nichts Besseres, um runterzukommen.«

»Was ich nicht schon alles versuchen sollte.« Klaudia nickte in Richtung des Weges. »Woll'n wir?«

»Klar.« Demel stieß sich vom Dienstwagen ab, und sie gingen zum Tor, das diesmal verschlossen war. Laut bellend kamen die schlanken, braunen Hunde angelaufen.

So funktioniert das also, dachte Klaudia. Abends werden sie rausgelassen, und dann passen sie auf.

Demel hatte bereits den Klingelknopf der Gegensprechanlage gedrückt. Ein Knacken, und dann knarrte Frau Rohloffs Stimme aus dem Lautsprecher. »Platz«, rief sie. Die Hunde sackten auf ihre Hinterteile, als hätte ihnen jemand die Beine weggeschlagen.

»Was wollen Sie denn schon wieder?«, schnarrte es aus dem Metallteil.

Klaudia schaute hoch. Erst jetzt bemerkte sie die Kamera über dem Tor.

»Wir haben noch ein paar Fragen an Ihren Mann.«

»Der ist nicht da.«

»Ist er wieder bei einer …«, Klaudia trat einen Schritt zur Seite und schaute zum Haus. Das Heck des weißen Geländewagens schimmerte im letzten Licht der untergehenden Sonne. »… Versammlung?«, fügte sie hinzu. Sie lächelte in die Kamera. »Es geht noch einmal um Julia Asche.«

»Schon wieder?«, schnarrte es aus dem Lautsprecher.

»Wollen Sie uns nicht reinlassen?«, fragte Klaudia.

»Nein, das will ich nicht«, schnarrte Frau Rohloffs

Stimme aus dem Lautsprecher. »Wissen Sie eigentlich, wie spät es ist? Außerdem ist mein Mann nicht da. Das sagte ich Ihnen bereits.«

Klaudia zog ihr Smartphone aus der Jackentasche und wählte die eingespeicherte Nummer des Bauern. Beim ersten Freizeichen schepperte ein Klingelton aus dem Lautsprecher.

»Hat er wieder sein Handy vergessen?«

»Ich sperr nur eben die Hunde ein.« Frau Rohloffs Stimme klang gepresst.

»Was geht denn hier ab?«, flüsterte Demel, als das Knistern des Lautsprechers abbrach.

»Das Leben«, sagte Klaudia. Ihr Zwerchfell vibrierte. Hinter diesem Zaun warteten Antworten auf ihre Fragen.

Ein kurzer Pfiff rief die Hunde zum Zwinger. Marco Rohloff schaute nicht auf, als er Klaudia und Demel das Tor öffnete. Sie folgten ihm zum Haus. Diesmal führte er sie nicht ins Büro, sondern zum Haupteingang.

»Hier entlang, bitte.« Rohloffs Stimme klang heiser, als er ihnen die Eingangstür öffnete. Ein altersgrauer Dackel stand von einer Decke auf und wackelte schwanzwedelnd auf sie zu.

»Er ist zu alt, um bei den anderen zu sein.« Rohloff bückte sich und strich dem Hund über den schmalen Kopf. Die zärtliche Geste gab Klaudia Zeit, sich umzuschauen. Sie neigte nicht zu Sozialneid, aber wenn sie dafür anfällig gewesen wäre, hätte diese Diele einen heftigen Schub auslösen können. Sie war ungefähr so groß wie ihre Wohnung und mit naturweißen Marmorplatten gefliest. Ein Kronleuchter schimmerte im einfallenden Sonnenlicht. Rechts von Klaudia ging eine Tür ab, die durch das Relief eines pinkelnden Knaben als WC gekennzeichnet war. Hinter der Tür zu ihrer linken Seite klapperte jemand mit Töpfen.

Rohloff führte sie an einer Treppe vorbei zu einer bunten Glastür, die ins Wohnzimmer führte. Über die Decke des Raumes liefen dunkle Querbalken und ließen ahnen, wo Mauern herausgebrochen worden waren, um diesen lichtdurchfluteten Raum zu schaffen. Ein leuchtendblauer Teppich bildete das Zentrum des L-förmigen Wohnzimmers. Eine Kaminecke mit rosengemusterten Sesseln aus Chintz und einem intarsienverzierten Couchtisch bildete die Grundlinie des Buchstabens, während am anderen Ende ein auf Hochglanz polierter und von hochlehnigen Stühlen umgebener Esstisch stand. Bodentiefe Fenster gaben den Blick frei auf den Hof mit seinen Hallen und dem gurkenfassförmigen Eingang des Hofladens. Neben dem Tisch stand ein ebenfalls auf Hochglanz poliertes Büfett, das dunkel und sehr gediegen aussah. Der Hund war ihnen ins Wohnzimmer gefolgt und lief jetzt zu einem Hundekorb neben einem der Sessel. Seine Krallen klackerten über das Parkett. Klaudia starrte ihm nach. Der Köter lief tatsächlich um den Teppich herum.

»Ihr Hund ist gut erzogen.«

»Meine Frau ist da sehr strikt«, sagte Rohloff.

»Ah ja.« Klaudia schauderte. Es war nicht der guterzogene Dackel, der die mikroskopisch kleinen Muskelfasern in ihrer Haut zusammenzog, sondern ein Strauß lachsfarbener Rosen, der auf dem Tisch stand.

Eine Tür, die Klaudia bisher nicht bemerkt hatte, öffnete sich, und der Raum füllte sich mit dem Duft von gebratenem Wild und Thymian. Frau Rohloff trat zu ihnen. Ihr Gesicht glänzte verschwitzt, und das heute strähnige

Haar hatte sie zu einem nachlässigen Zopf gebunden. Zur gestreiften Bluse trug sie eine cremefarbene Leinenhose, die weich auf ihre nackten Füße fiel, die in hochhackigen Sandalen steckten. Wie immer war sie geschminkt, aber nicht einmal das Make-up konnte die grauen Augenringe und die müden Falten in den Mundwinkeln verschleiern.

Lässt der Gedanke an Julia dich nicht schlafen?, dachte Klaudia. Sie versuchte, sich vorzustellen, wie es sein musste, wenn man nach so vielen Jahren von dem unehelichen Kind des Partners erfuhr.

»Wir können hier reden.« Anja Rohloff zog einen der Stühle, die wie die Sessel mit rosenverziertem Chintz aufgepolstert waren, unter dem Tisch hervor und setzte sich. Klaudia folgte ihrem Beispiel und schob unwillkürlich die Vase zur Seite.

»Stören Sie die Rosen?« Anja Rohloffs Lächeln bekam etwas Lauerndes. Natürlich wusste sie Bescheid. Jeder, der Zeitung lesen konnte, wusste es. Den Rosenkiller, so hatten sie Joe genannt. Und natürlich nutzte sie dieses Wissen. Sie war der Typ dazu.

»Alles gut«, log Klaudia und konnte nur hoffen, dass ihre Stimme nichts von dem Knoten in ihrer Kehle verriet. »Ich denke, wir werden Sie auch nicht lange vom Abendessen abhalten. Herr Rohloff?« Klaudia spielte mit ihrem Smartphone und schaltete dabei die Aufnahmefunktion ein. »Können Sie sich vorstellen, woher ich Ihre Telefonnummer habe?«

»Sie steht in jedem Prospekt«, beantwortete Anja Rohloff Klaudias Frage. Nur das Zucken der Krähenfüße, die schlaflose Nächte in die dünne Haut um ihre Augen gegraben hatten, verriet ihre Anspannung.

»Wir haben das Smartphone des toten Mädchens auslesen lassen«, fuhr Klaudia fort. »Ich war hier, als diese SMS einging, nicht wahr, Frau Rohloff?«

»Ich erinnere mich nicht.« Anja Rohloff verschränkte die Arme vor der Brust.

»Was wollte Gabriella von Ihnen?« Wieder wandte sich Klaudia an Marco Rohloff.

»Arbeit«, sagte seine Frau. »Sie wollte Arbeit.«

»Ich dachte, Sie erinnern sich nicht.«

»Jetzt schon.« Anja Rohloff beugte sich über den Tisch und zog die Vase zur Tischmitte. Ein Blütenblatt fiel auf die polierte Tischplatte. Zart wehte sein Duft Klaudia in die Nase.

Wenn du denkst, dass du mich mit Rosen ausschalten kannst, bist du schief gewickelt. Klaudia stemmte sich mit einem mentalen Stoppschild gegen die Panik, die in ihrem Magen lauerte, straffte die Schultern und tackerte ein Sicherheitslächeln in ihre Mundwinkel.

»So spät in der Saison noch?«

Dankbar schaute Klaudia zu Demel. Ob er wusste, dass er ihr mit seiner Frage die Zeit verschaffte, die sie brauchte, um sich wieder zu fangen?

»Was weiß ich? Vielleicht wollte sie weg von Asches Hof?«

»Julia Asche ist Ihre Tochter, nicht wahr?« Klaudia beobachtete Marco Rohloff genau. Seine Mundwinkel zuckten. Auch er sah übernächtigt aus und so, als sei ihm seine Haut zu groß geworden. Klaudia würde ein Monatsgehalt darauf setzen, dass das Essen, das hier so lecker duftete, auf seinem Teller kalt werden würde.

»Wir haben keine Kinder.« Frau Rohloffs Stimme schreckte den Dackel auf.

Mit klackernden Krallen kam er angelaufen und setzte sich neben ihren Stuhl. Sie beachtete ihn nicht.

»Sie nicht, aber Ihr Mann«, sagte Klaudia ruhig. »Nicht wahr?«

»Das ist eine Lüge.«

»Ist es nicht«, flüsterte Marco Rohloff. Er starrte auf seine Hände. Es waren starke Hände, die Salatkisten schleppen konnten – oder aber auch einen Mann niederschlagen. Hände, deren Fingernägel bis unter die Kuppen abgekaut waren. Dieser Mann wollte reden. Gut möglich, dass er im Prinzip wie der Dackel funktionierte, der um den Teppich herumlief und tat, was seine Frau sagte. Aber über seine Tochter wollte er reden.

»Sie ähnelt Ihnen«, sagte Klaudia mit sanfter Stimme.

»Ja, nicht wahr?« Rohloff schaute von seinen Händen auf. Tränen schimmerten in seinen Augen. »Ich hab's sofort gesehen, als sie auf dem Hechtfest in den Saal kam.«

»Wussten Sie, dass Sandra Asche schwanger von Ihnen war, als sie nach Berlin ging?«

»Nein. Ich hab erst später gehört, dass sie schwanger ist, und hab noch gedacht, die hat sich aber schnell getröstet. Ich wusste nicht, dass das Kind von mir ist. Sie hat sich ja auch nicht gemeldet, wegen Unterhalt oder so.« Ein erstickter Laut unterbrach ihn. Anja Rohloff presste die Hand gegen die Lippen. Mit einem Ruck schob sie den Stuhl zurück und rannte zur Küchentür. Knallend schlug die Tür hinter ihr zu.

»Weiß Anja nichts?«, fragte Demel.

»Doch«, entgegnete Rohloff. »Aber sie erträgt's nicht, wenn ich darüber rede. Wir konnten halt nie Kinder haben. Aber als dann die Julia reingekommen ist, hab ich's sofort gewusst.«

»Und deshalb sind Sie Vlad gefolgt.«

»Ich war so wütend. Dass ausgerechnet der sich an meine Julia rangewanzt hat.«

Marco Rohloff benutzte tatsächlich das gleiche Verb, das Sandra Asche gewählt hatte. Nur hatte sie von ihm gesprochen.

»Und dann ist der auch noch frech geworden.«

»Ja?«, sagte Klaudia.

Rohloff brauchte nur diesen kleinen Stups, um weiterzusprechen. Er war bereit. Mehr als bereit. Er wusste, dass er sich besser fühlen würde. Es war das Prinzip der Beichte. Nur würde Klaudia ihm keine Absolution erteilen.

»Er ist auf mich los …« Rohloff starrte wieder auf seine Hände. »Da am Fließ. Hat mich beschimpft, schmutzige Sachen gesagt. Über mich und über Julia.«

Klaudia und Demel schwiegen. Irgendwo im Haus schlug eine Uhr.

»Ich hab mich gewehrt. Es war ein Unfall.« Rohloffs Stimme klang gepresst. Er kämpfte mit den Tränen.

»Wer hatte die Idee mit den Nadeln?« Klaudia wechselte das Thema. Sie würde zum Unfall zurückkehren, aber sie wollte ihm Zeit geben.

»Ich.« Röte wanderte über Rohloffs Hals. »Anja war dagegen.« Er presste die Kieferknochen aufeinander. »Ich wollte, dass sie verschwinden. Erst schmeißt sich Sandra in seine Arme, und dann tut Asche auch noch, als seien wir Hinterwäldler. Er und seine scheiß Bio-Masche. Ich wollte den Hof haben. Für unsere Alterssicherung. Pappeln pflanzen und so. Aber das war, bevor ich das mit Julia wusste.«

Klaudia ließ ihn reden. Und auch wenn ihre Fragen scheinbar mäanderten wie die Fließe der Spree, flossen sie doch alle Richtung Wahrheit, und jetzt war es Zeit, zum Unfall zurückzukehren.

»Was ist mit seinem Fahrrad?« Sie stellte eine scheinbar harmlose Frage.

»Meine Frau hat es zu den anderen gestellt.«

Die Antwort war so einfach.

»War sie denn auch da?«, fragte Klaudia. »Am Fließ?«

»Nein.« Rohloff antwortete schnell, zu schnell.

»Sie ist Ihnen gefolgt, nicht wahr?«

Rohloff nickte zögernd. Er konnte einen Menschen umbringen, aber er konnte nicht lügen. Selbst wenn er es versuchte, so wie jetzt. Deshalb also hatte seine Frau ihn beschützt, und jetzt versuchte er, sie zu beschützen. »Aber sie hat mit der ganzen Sache nichts zu tun.«

»Also haben Sie Vlad ins Wasser gerollt?«

»Was?« Rohloff schaute auf. Klaudia wusste sofort, dass er keinen blassen Schimmer hatte. Er wusste nicht, wovon sie sprach. Ihre Nackenhaare richteten sich auf. Das ist falsch, dachte sie. Falsch. Sie wollte etwas sagen, doch Demel kam ihr zuvor.

»Und Gabriella?«, fragte er.

»Sie hat uns erpresst«, sagte Rohloff. »Sie hat den Streit beobachtet und wollte 2.000 Euro haben, damit sie schweigt.«

»Ich verstehe.« Klaudia nickte. Und sie verstand wirklich. Die Zeugen hatten sich geirrt. So, wie Wibke sich auf dem Hechtfest geirrt hatte. Nur Gabriella nicht, die hatte verstanden«

»Doch. Nein.« Rohloff presste die Fingerknöchel gegen die Zähne. »Anja wollte es nicht. Dann nimmt es nie ein Ende, hat sie gesagt.«

»Ihre Frau ...«

Mit einem Krachen flog die Küchentür auf, ein ohrenbetäubender Knall löschte alle Geräusche aus, und Rohloff sackte tödlich getroffen zusammen. Alles geschah rasend schnell und gleichzeitig wie in Zeitlupe. Der Stuhl kippte, der Dackel kläffte, Demel warf sich hinter dem Tisch zu Boden.

Durch Klaudias Schädel knallte das Echo des Schusses. *Joe stolpert zurück. Er sinkt neben Silke in die Knie, sein Blut strömt über ihren zuckenden Körper.*

Stopp!, gellte eine Stimme in ihrem Kopf. Sie war nicht in dem Haus am Fließ, und nicht Joe lag tot zu ihren Füßen. Und es war nicht sie, die geschossen hatte. Es war Anja Rohloff, die das Gewehr durchlud und auf sie richtete.

»Sie hätten nicht zurückkommen sollen«, schrie sie. Es klang wie ein Flüstern in Klaudias Ohren. Der Gewehrlauf zielte auf ihre Stirn. Für einen Moment spürte Klaudia keine Angst. Es war, als wäre es überfällig, als hätte sie die letzten Monate nur überlebt, um jetzt zu sterben. Es fühlte sich richtig an.

»Ich bin eine Jägerin. So wie Sie«, sagte Klaudia. »Nicht wahr? Sie haben Gabriella erschossen.«

Mit dem letzten Satz kehrte ihr Lebenswille und mit ihm die Angst zurück. Klaudia wollte nicht sterben. Sie wollte leben. Ihre Zunge war plötzlich so trocken, als wäre sie in einen Sandstrahl geraten. Sie musste Anja Rohloff am Reden halten. Hunde die bellen, beißen nicht. Menschen die sprechen, schießen nicht.

»Ich hab hinter ihm aufgeräumt.« Anja Rohloffs Gesicht war eine wütende Maske. Speichel flockte in ihren Mundwinkeln.

»Wie Sie es immer tun?« Klaudia zwang sich, den

Blickkontakt nicht abreißen zu lassen. Sie wusste, dass ihr Leben dann vorbei sein würde. Panik stieg in ihr auf. Ihre Beine zuckten, wollten losrennen. Trotzdem blieb Klaudia unbeweglich sitzen. Ihre gesamte Aufmerksamkeit fokussierte sich auf die Frau mit dem Gewehr. Sie spürte mehr, als dass sie sah, wie Demel im Schutze der Tischplatte versuchte, seine Dienstwaffe zu ziehen. Hoffentlich konnte er damit umgehen. Sie wollte verdammt sein, wenn sie ausgerechnet hier starb.

»Ja«, antwortete Anja Rohloff schlicht. Der Gewehrlauf zitterte.

»Es ist vorbei, Anja«, sagte Klaudia sanft. Das Klingeln in ihren Ohren erstarb.

»Ich weiß.« Anja Rohloff senkte das Gewehr und drehte sich auf dem Absatz um. Ihre eiligen Schritte klapperten über den Küchenboden. Aufjaulend folgte ihr der Dackel.

»Scheiße.« Klaudia stieß sich vom Tisch ab und hechtete zur Küchentür. Demel folgte ihr.

»Hast du keine Waffe?«, brüllte er.

»Nein«, fauchte Klaudia. Die Küche war leer. Der Dackel kratzte jaulend an einer Tür auf der anderen Seite des Raumes. Wenn Klaudia einigermaßen orientiert war, musste diese Tür ins Büro führen.

Klaudia stellte sich seitlich neben die Tür und griff nach der Klinke. Abgeschlossen.

»Frau Rohloff!«, rief sie.

Ein Schuss krachte. Der Dackel kläffte, kratzte an der Türfüllung.

»Mach die Tür auf«, schrie Klaudia.

Demel schob den Dackel mit dem Fuß zur Seite und schoss aufs Schloss. Einmal, zweimal. Klaudia presste die

Handballen gegen die Ohren. Ein Tritt, und die Tür schwang auf.

Sie kamen zu spät. Anja Rohloff hatte sich selbst gerichtet. Hatte den Gewehrlauf in die weiche Haut unter dem Kinn gedrückt, als sei der Kopf zu schwer, und hatte dann einfach nur den Zeigefinger gekrümmt. Ihre Hände hielten noch das Gewehr, der Zeigefinger hatte sich im Abzug verfangen. Der Dackel stellte sich auf die Hinterpfoten und leckte die Hand der Toten.

Demel würgte, und auch Klaudias Hals wurde eng. Mechanisch trat sie einen Schritt vor und griff nach der Halsschlagader der Toten. Sie spürte nur das Echo ihres eigenen Pulses. »Diesmal hast du etwas zu gründlich aufgeräumt«, murmelte sie zu sich selbst. »Ruf die Rechtsmedizin und die Spusi«, bat sie Demel, der an die Wand zurückgewichen war. »Und schaff' den Köter hier raus.«

Nachdem Demel mit dem Hund das Büro verlassen hatte, starrte Klaudia auf die blassen Hände der Frau, die sich selbst gerichtet hatte. Sie hatte kräftige Finger, die anpacken konnten. In Gedanken sah sie Anja Rohloffs Finger über die Tastatur gleiten, eine Haarsträhne unter die ausladende Haube schieben, die sie als Spreewaldbäuerin getragen hatte. Sie sah, wie diese Finger eine Zigarette ausdrückten, das Gewehr durchluden, abdrückten.

Klaudia riss die Augen auf und verließ das Büro. Den Rest würden die Kollegen erledigen. In der Küche atmete sie tief durch. Dieser nach Bratfett und Basilikum duftende Raum war das Stückchen Normalität zwischen den beiden Alpträumen. Unwillkürlich wanderte ihr Blick zum Herd. Anja Rohloff hatte ihn ausgeschaltet. Klaudia schüttelte den Kopf. Demel kehrte zurück. Sie schauten sich in die Augen. Ein Nerv in seinem Mundwinkel zuckte. Klaudia umschlang sich mit den Armen. Sie fror. Demel nahm sie in den Arm und hielt sie fest.

Sie standen noch in der Küche, als die Spusi anrollte. Wibke führte sie aus dem Haus. Dort wurden sie von PH in Empfang genommen. Er sah blass aus, aber das hätte man auch von ihr und Demel sagen können. Schweigend standen die Polizisten im Hof. Arbeiter gesellten sich zu ihnen, Nachbarn, die örtliche Presse. Schließlich brachte PH Klaudia zum Revier, kochte ihr einen Kaffee und stellte ihr Fragen. Irgendwann musste Klaudia eingeschlafen sein, vielleicht war sie aber auch nur in einem Zeitloch versackt, denn als sie das nächste Mal die Augen aufschlug, schien die Sonne ins Büro. Klaudia richtete sich auf. Sie fühlte sich klebrig, und ihr Gaumen war trocken, als hätte sie mit offenem Mund geatmet. Irritierend stieg ihr ein Hauch von Aftershave in die Nase. Klaudia blinzelte und wäre am liebsten mit der Wolldecke verschmolzen, die zusammengeknüllt am Fußende der Couch lag. PH saß frisch rasiert an seinem Schreibtisch.

»Ausgeschlafen?«

»Hast du mir was in den Kaffee getan?« Klaudia zog sich das verrutschte Polohemd über die Hüften.

»Nein.« PH schüttelte den Kopf. »Du bist einfach so umgekippt, mitten im Satz eingeschlafen.«

Klaudia rieb sich den Nacken. »Tut mir leid.«

»Ihr hättet da nicht allein reingehen sollen.«

»Ich weiß.« Klaudia räusperte sich. Ihre Lider kratzten wie Schmirgelpapier über die Pupillen, und ihre Zunge klebte bei jedem Wort am Gaumen fest. Trotzdem fragte sie nach Demel.

»Er ist zu Hause«, antwortete PH. »Wie sieht's mit dir aus? Willst du einen Kaffee, oder soll ich dich nach Hause bringen lassen?«

»Kaffee wäre gut.« Klaudia horchte in sich hinein. Erstaunlicherweise fühlte sie sich zwar zerschlagen und hatte fürchterliche Kopfschmerzen, aber das lag eher an der Nacht auf dem Sofa. Wenn man das Schlimmste überlebt hatte, konnte einen das Zweitschlimmste auch nicht umbringen. »Ich mach erst meinen Bericht fertig.«

»Der kann warten.«

»Das hab ich jetzt nicht gehört, oder?« Misstrauisch musterte Klaudia ihren Chef. Wie ein fürsorglicher Vater schaute er auf sie herab. Wer war der Typ, und was hatte er mit PH gemacht? Berichte waren heilig. Sie schaute genauer hin. Das gleiche leicht gebräunte, schmale Gesicht, dieselbe Brille, dieselben kurzgeschorenen Haare. Der Typ roch sogar wie PH. Wahrscheinlich, weil er es war. Klaudia quetschte sich ein Lächeln aus der Wangenmuskulatur. Konnte es wirklich sein, dass PH etwas in seinem Mitarbeiterführungsseminar gelernt hatte?

Klaudias Tinnitus brummte auf. Kein gutes Zeichen. Sie wollte widersprechen, aber dann dachte sie, dass PH recht hatte. Morgen war auch noch ein Tag. Vielleicht sollte sie ihren Hintern ins Bett bewegen. Doch wenn sie an ihre einsame Dachgeschosswohnung in Uwes Haus dachte, fror sie trotz der Hitze.

Unwillkürlich schüttelte sie den Kopf, was PH prompt in den falschen Hals kriegte.

»Das war kein Vorschlag, sondern eine Anordnung«, sagte er schroff. »Komm zurück, wenn du ausgeschlafen bist.«

»Was ist mit dem Jungen?«

»Wir haben ihn freigelassen. Sie sind bei Asches auf dem Hof.«

»Okay.« Klaudia faltete die Decke zusammen. »Wir sehen uns.«

»Wir sehen uns«, antwortete PH. »Und«, fügte er hinzu, als Klaudia schon fast zur Tür hinaus war, »gute Arbeit.«

41. Kapitel

Klaudia schleppte sich zu ihrem Peugeot, der an den Bahngleisen stand. Jeder Kollege, der ihr begegnete, klopfte ihr auf die Schulter, was ihre Kopfschmerzen nicht gerade verbesserte. Trotz des kollegialen Zuspruchs war sich Klaudia nicht sicher, ob sie wirklich gute Arbeit geleistet hatte. Noch immer nagte der Gedanke an ihr, ob nicht wenigstens Gabriella noch leben könnte. Sie musste mit jemandem reden. Und auf einmal fehlte ihr Arno wieder. Nicht der Liebhaber, nicht der Lebensgefährte, nein, der Kollege. Sie dachte an Thang. Sie schuldete ihm sowieso noch einen Krankenbesuch, könnte Kuchen mitbringen. Erst bei diesem Gedanken dämmerte ihr, dass sie nicht wusste, wo Thang wohnte. Nur, dass es irgendwo in Vetschau sein musste. Sie drehte auf dem Absatz um und rannte die Treppen hinauf zu Petras Büro.

»Kannst du mir Thangs Adresse geben?«

»Klar.« Petra drückte ein paar Tasten, und ein Blatt sirrte aus dem Drucker. Klaudia erinnerte sich daran, wie Anja Rohloff ihr Vlads Datenblatt gegeben hatte. Wie beherrscht sie gewesen war. Wie sie es geschafft hatte, dass sie sich gleichzeitig schlecht und verstanden gefühlt hatte. Ob sie das mit Absicht gemacht hatte? Oder hatte sie die Ereignisse der Nacht einfach nur abgekoppelt? Den Gedanken an den Jungen, den sie ins Fließ geworfen hatte? Es gab sie wirklich: die Psychopathen, die gleichzeitig Nachbarn und Freunde waren. Nette Menschen, solange niemand ihre heile Welt bedrohte. Aber wehe, sie überschritten einmal die Grenze. Dann konnte nichts und niemand sie aufhalten.

»Was schüttelst du so sinnend dein Haupt?« Petra musterte Klaudia schräg von unten.

»Tu ich das?« Klaudia strich sich eine Haarsträhne hinters Ohr. Sie fühlte sich ertappt. »Ich werde wohl langsam alt.« Sie sollte sich das Wackeldackeln schnell wieder abgewöhnen.

»Willst du ihn besuchen?«

»Ja.« Klaudia nickte. »Ich mach nur einen kurzen Boxenstopp und dann fahr ich zu ihm.«

»Ich vermisse die Frühlingsrollen seiner Frau.« Petra rieb sich sinnend den Magen. »Grüß ihn von mir.«

»Mach ich.« Klaudia wandte sich zur Tür.

»Wenn du willst, kannst du erst mal bei mir unterkommen«, sagte Petra.

Manchmal war die Sekretärin wirklich erstaunlich hellsichtig.

»Danke.« Klaudia nickte ihr zu. »Aber weglaufen ist keine Lösung, nicht wahr?«

»Pass auf dich auf.«

Klaudia fuhr nach Hause und duschte erst einmal ausgiebig. Bevor sie zum *Café Bubner* lief, um Kuchen zu kaufen, setzte sie sich noch einmal auf ihr Sofa und rief Conny an, um ihr zu sagen, dass es ihr gutging.

»Es war in den Nachrichten. Dein Vater sagt, du sollst dich ausruhen. Du stehst bestimmt unter Schock.«

»Macht euch keine Sorgen um mich. Mir geht es gut.« Klaudia legte auf und zog sich an. Sie freute sich darauf, Thang zu sehen.

Heute war weniger Betrieb im *Café Bubner.*

»Chantalle ist völlig fertig«, sagte Frau Brumme, die Klaudia bediente. Erwartungsvoll hielt sie ein Papptablett und eine Kuchenzange in der Hand. »Sie gibt sich die Schuld.«

»Das tun wir wohl alle.«

»Sie sagt, Annalene hätte sich total zurückgezogen.«

»Ja, das hat sie wohl.«

»Wirklich schrecklich.« Frau Brumme schaute Klaudia erwartungsvoll an. Erst jetzt ging ihr auf, dass die Verkäuferin auf ihre Bestellung wartete. Etwas überfordert starrte sie auf das reichhaltige Angebot.

»Und die alte Frau Nowak soll der Schlag getroffen haben.« Frau Brumme schnalzte mit der Zunge. »Und dann auch noch das mit den Rohloffs.« Sie schüttelte den Kopf. »Mit Pudding mag Herr Michalke besonders gerne«, fügte sie hinzu.

Klaudia nickte. Zerschossene Gesichter drängten sich zwischen die Plunderteilchen. Schließlich zeigte sie einfach nur mit dem Finger die Theke entlang. Auf dem Weg zu ihrem Auto wunderte sie sich über das Gewicht des Kuchentabletts.

Die Autobahn war erstaunlich frei. Klaudia gab Gas, und da war es wieder, dieses leichte Schlingern in der Lenkung. Sie nahm den Fuß vom Gaspedal. Gleich Montag würde sie den Wagen in die Werkstatt bringen.

Für einen Moment überlegte sie, ob sie Thang anrufen sollte, um sich anzukündigen. Andererseits: Wo sollte er denn sein, wenn nicht zu Hause?

Das GPS führte Klaudia zu einem engen Panzerplattenweg hinter einem Friedhof. Sie stieg aus und schaute sich um. Hier also wohnte Thang.

Nicht gerade die feinste Gegend, dachte sie, während sie die hellen Mietshäuser musterte, die aussahen wie die Firmensiedlungen, die sie aus dem Ruhrgebiet kannte. Vier Etagen hoch, drei Eingänge, dazwischen Parkplätze oder Wiesen mit Pfosten für Wäscheleinen. Der Friedhof war von einem schmiedeeisernen Zaun umgeben, und in hohen Bäumen raschelte der Wind.

Klaudia öffnete die hintere Autotür, um das Kuchentablett vom Rücksitz zu nehmen. Eine Fahrradklingel ließ sie aufschauen. Ein Mädchen mit sonnengelbem Helm radelte voran und klingelte den Weg frei, ihm folgte die Mutter, die das kleinere Kind im Kindersitz vor sich hatte. Ihr Gesicht verbarg eine dieser überdimensionalen Sonnenbrillen, die jetzt so modern waren. Ebenso wie ihre Kinder trug auch sie einen knallgelben Helm. Klaudia zog die Autotür an den Bauch, um die kleine Familie vorbeizulassen. Eine Wolke von Sonnenmilchduft zog mit ihnen an ihr vorüber.

Sie verriegelte den Peugeot und folgte der Frau mit den Kindern, die vor einem der Häuser hielten. Nirgendwo standen Hausnummern an den Eingängen. Aber Thang hatte mal erwähnt, dass er auf den Friedhof starrte, also musste sie richtig sein.

»Entschuldigen Sie«, fragte Klaudia die Frau, die gerade ihr Kind vom Rad hob. Sie trug ein ausgeleiertes Sommertop mit Spaghettiträgern und ausgefranste Jeansshorts. Die Haut auf ihren Schultern pellte sich.

»Wissen Sie, wo …« Klaudia zog den zerknitterten Zettel aus ihrer Jeanstasche, was einhändig nicht so einfach war, schüttelte ihn auseinander und las die Adresse ab.

»Sie steh'n direkt davor.« Die Frau nahm den Helm vom Kopf und schob sich die Sonnenbrille ins Haar.

»Zu wem wollen Sie denn?« Ihr Blick streifte das Kuchentablett.

Neugierig bist du gar nicht, dachte Klaudia, sah aber keinen Grund, nicht zu antworten.

»Einen Kollegen besuchen.« Sie wandte sich um und studierte die Namensschilder. Ganz oben wurde sie schließlich fündig. Sie drückte auf den Klingelknopf.

»Sie können mit mir reinkommen.« Die Frau hob einen Korb mit Obst und Gemüse vom Rad und schloss die Tür auf.

»Es scheint keiner da zu sein.« Klaudia biss sich auf die Unterlippe.

»Thang ist halt nicht so schnell im Moment.« Die Frau pustete sich die Fransen ihres Ponys aus der Stirn.

»Ja, natürlich.« Klaudia hob das Kuchentablett außer Reichweite des Kleinkindes. »Wahrscheinlich ist seine Frau nicht da.«

»Janina?« Die Nachbarin, zumindest nahm Klaudia an, dass es sich bei der jungen Frau um eine Nachbarin handelte, musterte sie so ausgiebig, dass Klaudia sich zunehmend verwirrt fragte, was sie wohl Falsches gesagt haben könnte.

»Das glaube ich eher nicht«, sagte sie schließlich. »Sie können ruhig reingehen.«

»Haben Sie keine Angst, dass ich eine Betrügerin bin?«

»Betrüger bringen keinen Kuchen mit.« Die Frau stellte ihren Korb neben die Eingangstür. »Ganz oben, die Tür ganz links.« Sie schob ihre Kinder in den Flur.

»Erster!« Das ältere der Mädchen rannte die Treppe hoch, sofort wollte die Kleine ihm folgen, wurde aber von der Mutter zurückgehalten.

»Soll ich Ihnen mit dem Korb helfen?«, fragte Klaudia.

»Danke, das geht schon.« Die Frau hievte sich das Kind auf die Hüfte und griff nach dem Korb.

Zögernd stieg Klaudia die Stufen hinauf. Ihre Schritte hallten im Treppenhaus. Auf dem zweiten Treppenabsatz hockte das Mädchen auf einer Fußmatte und zog sich die Sandalen aus. Neben der Wohnungstür hing eins dieser getöpferten Schilder, auf denen stand, wer alles in der Wohnung lebte. Das Mädchen schaute auf, als Klaudia an ihr vorbeiging. Sie lächelte zutraulich. In ihrem Oberkiefer fehlten zwei Zähne. Klaudia erwiderte das Lächeln und nahm die nächste Treppe in Angriff. Etwas außer Puste stand sie schließlich vor dem Spion von Thangs Wohnungstür.

Sie strich sich die Haare hinter die Ohren, streckte den Zeigefinger aus und drückte ihn auf die Klingel unterhalb des unscheinbaren Messingschildes mit dem Namen »Rudnik«. Der schrille Klingelton übertönte das Geräusch eines Fernsehers. Das dumpfe Klackern von Krücken näherte sich der Tür. Klaudia lächelte in den Spion.

Was für eine bescheuerte Idee, dachte sie. Warum bin ich überhaupt hier?

Je länger es dauerte, bis sich die Tür öffnete, umso falscher fühlte sich ihre Idee an. Sie spürte den unsichtbaren

Blick. Das kann doch nicht wahr sein? Die Pappe der Kuchenplatte klebte auf ihrer feuchten Handfläche. Wer immer hinter der Tür stand, schien nicht öffnen zu wollen. Klaudia atmete flacher. Schließlich öffnete sich die Tür doch. Unwillkürlich hielt Klaudia die Luft an, aus der Wohnung waberte ihr dumpfer Schweißgeruch entgegen.

»Hi«, sagte Thang. Er trug ein graues Shirt, dunkle Schweißflecken reichten bis zu den Rippenbögen, dazu Shorts aus Ballonseide. Sein rechtes Bein steckte in einer dunkelblauen Gipsschiene.

»Hi«, krächzte Klaudia. Es war nicht nur der Gestank nach Schweiß und Krankheit, der ihr die Sprache verschlug. Es war Thangs Aussehen. Sein Gesicht war grau wie das Shirt, das er trug, dunkle Schatten lagen unter seinen Augen, und in seine Mundwinkel hatten sich tiefe Kerben gefressen. Sein linkes Lid zuckte.

So sahen Menschen aus, die aufgegeben hatten. Sich aufgegeben hatten. Das war nicht der Thang, mit dem sie das Büro teilte. Das war auch nicht der Thang, mit dem sie die letzten Tage telefoniert hatte. Vor ihr stand ein Fremder, der sie mit leerem Blick anstarrte.

Das kann nicht sein. Klaudia zwang sich zu einem Lächeln. Für eine gefühlte Ewigkeit starrten sie sich an.

»Wer ist da?«, rief eine Frauenstimme. Sie klang jung, und sie klang panisch.

Thang schaute kurz über die Schulter in die Wohnung hinein, antwortete aber nicht. Noch immer machte er keine Anstalten, Klaudia hereinzubitten.

»Ich dachte, ich mach mal einen Krankenbesuch.« Wie zur Rechtfertigung hob Klaudia das Kuchentablett an. »Ich hätte anrufen sollen.« Sie starrte in Thangs undurchdringliche Augen. »Für euch.« Sie streckte die Arme vor, um ihm das Kuchentablett zu geben. Mit einem dumpfen Plopp landete es auf der Fußmatte.

»Tut mir leid.« Klaudia bückte sich und hob es auf. »Ich glaub, es ist nichts passiert.«

»Wer ist da, Thang?« Die Frauenstimme wurde immer schriller. Die Panik in der Stimme jagte Klaudias Pulsfrequenz in die Höhe. Was passierte hier gerade? Sag was, Thang, verdammt noch mal.

Aber Thang schwieg. Sein dunkles Gesicht war wie eine Maske aus Marmor.

»Es tut mir leid.« Mit dem Kuchentablett in der Hand machte Klaudia kehrt. Der Geruch und die schrille Frauenstimme verfolgten sie.

Die junge Frau, die sie ins Haus gelassen hatte und die Karin hieß, wie Klaudia von dem Schild wusste, lehnte mit verschränkten Armen in der Wohnungstür. Sie öffnete den Mund, um etwas zu sagen, aber Klaudia kam ihr zuvor.

»Hier.« Sie drückte ihr das Kuchentablett vor die Brust. Allein der Gedanke an den Kuchen drehte ihr den Magen um. Was hatte sie sich nur dabei gedacht, einfach bei Thang aufzutauchen? Mit dem Gefühl, einen Freund verloren zu haben, verließ sie das Haus. Nur nicht umdrehen. Sie stieg in die muffige Sicherheit ihres Wagens und fuhr mit quietschenden Reifen los.

Ihr Telefon keckerte, als sie kurz vor der Ausfahrt war. Nach einer Weile verstummten die Elstern, nur um Sekunden später wieder loszulegen. Klaudia schaltete den CD-Player ein. Sie wollte nicht mit Thang reden. Sie wollte nur noch nach Hause, sich die Decke über den Kopf ziehen und diesen Vormittag vergessen. Celine Dion übertönte das Keckern: *I'm Alive*.

Der Rhythmus trug Klaudia durch die langgezogene Rechtskurve der Ausfahrt. Plötzlich sackte ihr Auto vorne weg, das Kreischen von Metall auf Asphalt, Funken sprühten, das Heck drehte sich, Hupen, ein roter Golf, Klaudia versuchte gegenzulenken, die Welt drehte sich rasend schnell. Ein heftiger Ruck schleuderte sie nach vorne. Dann explodierte eine Wolke vor ihrem Gesicht.

Epilog

Klaudia schlug die Augen auf und sah die Schräge über ihrem Kopf. Trotzdem brauchte sie einen Augenblick, um sich zu orientieren. Sie war in ihrem Schlafzimmer, und die frühe Morgensonne schickte einen Lichtstrahl durch einen Spalt in den Vorhängen. Das Herz wummerte ihr in der Kehle. Sie tastete nach dem Smartphone. Endlich bekamen es ihre Finger zu fassen. Sie setzte sich auf die Bettkante und befreite ihre Füße aus dem verknüllten Laken.

»Hab ich dich geweckt?«, fragte Conny. »Das tut mir leid.« Ihre Stimme klang so panisch, wie Klaudia sich fühlte. »Ich wollte dich nicht erschrecken. Wir wollten nur hören, wie's dir geht.«

Einen Seufzer unterdrückend, ließ Klaudia sich auf das Kissen fallen. »Alles gut, ich muss sowieso gleich aufstehen.«

»Bist du denn nicht mehr krankgeschrieben?«

»Nein«, sagte Klaudia. Sie hatte das Krankenhaus einen Tag nach dem Unfall gegen ärztlichen Rat verlassen. Aber das verschwieg sie. Conny würde es ihrem Vater sagen, und der brachte es fertig, sich in den nächsten Zug zu setzen, um seine Tochter eigenhändig zu untersuchen. Dabei war sie mit dem Schrecken und Kopfschmerzen davongekommen. Sie hatte auch gleich wieder ins Büro gewollt, aber PH hatte ihr ein Disziplinarverfahren angedroht, sollte sie nicht wenigstens bis heute im Krankenstand bleiben.

»Wie kommst du denn nach Lübben?«, fragte Conny.

»Ich hab einen Leihwagen.«

»Ist das nicht teuer?«

»Zahlt die Versicherung.« Klaudia hörte das leise Murmeln einer Männerstimme.

»Deinem Vater ist es ein Rätsel, wie das passieren konnte«, sagte Conny. »Der Peugeot war doch nagelneu.«

»Drück Papa von mir.« In Klaudias Mundwinkeln kitzelte ein Schmunzeln. »Das fragen die sich in der Werkstatt auch«, log sie. Die beiden würden keine ruhige Nacht mehr haben, wenn sie die Wahrheit erfuhren: Jemand hatte die Radmuttern am rechten Vorderrad gelöst. Das also war das Schlackern gewesen, das sie in der Lenkung gespürt hatte. Jemand hatte versucht, sie umzubringen. Der Gedanke ließ das Schmunzeln in ihren Mundwinkeln verdorren. Vor allem, weil sie eine ziemlich konkrete Vorstellung davon hatte, wer dieser Unbekannte war. Nur war sein Plan nicht aufgegangen. Sie lebte.

»Wann kommst du denn mal wieder nach Hause?«

»Im Moment geht's nicht.« Klaudia versuchte ein Bedauern in ihre Stimme zu legen, das sie nicht empfand.

»Aber du hast da doch niemanden.«

»Ich hab Freunde.« Klaudia dachte an Uwe, der sofort nach dem Unfall die Garage ausgeräumt hatte, damit sie ihren Mietwagen sicher parken konnte. Wibke war jeden Tag vorbeigekommen, und Schiebschick hatte für sie eingekauft. Selbst PH hatte angerufen, und Demel war einen Abend mit einer Flasche Wein vorbeigekommen.

»Ja, schon. Aber …«, setzte Conny an.

»Ich muss los«, unterbrach Klaudia ihre Stiefmutter. »Sonst komm ich zu spät. Grüß Papa.« Und bevor Conny zu einem Vortrag über die besonderen Vorzüge der Familie ansetzen konnte, drückte sie das Gespräch weg und ging in die Küche. Steif beugte sie sich aus dem Fenster. Noch fühlte sich jede Kopfbewegung an, als würde ihr Kopf vom Hals kullern. Uwes Sharan parkte neben der Garage. Er war also nach Hause gekommen. Dem Baby ging es wohl gut. Mit Annalenes Therapeuten hatte er besprochen, erst einmal keine Entscheidung wegen der Adoption zu treffen, um Annalenes Genesung nicht zu gefährden. Tief atmete Klaudia die nach feuchtem Gras und Holz duftende Luft ein, dann trat sie vom Fenster zurück, lud die Kaffeemaschine und schlurfte ins Bad.

Der Badezimmerwecker tickte laut. Viertel nach sechs. Zeit genug, um ausgiebig zu duschen und dabei nicht in ihrem üblichen Zeitloch zu versacken. Widerwillig schaute sie in den Spiegel. Der Airbag hatte ihr zwar das Leben gerettet, aber ihr dafür ein Brillenhämatom verpasst, das sie aussehen ließ wie einen Preisboxer nach der letzten Runde.

Eine halbe Stunde später trat Klaudia mit einer überdimensionalen Sonnenbrille auf dem gestauchten Nasenrücken und einem Kaffeebecher in der Hand aus dem Haus. Noch lag der Hof im Schatten, aber es versprach wieder ein warmer Tag zu werden. Vorsichtig, um nur ja keinen Lärm zu machen, zog Klaudia die Tür ins Schloss. Dabei fiel ihr Blick auf den Briefkasten, den sie seit Tagen nicht geleert hatte. Werbeprospekte verstopften den Einwurf. Sie zog sie heraus und klemmte sie sich unter den Arm. Sie würde sie auf dem Revier entsorgen.

Noch etwas außer Atem vom Aufstieg ins Dachgeschoss hängte Klaudia ihren Rucksack an den Haken neben der Tür. Wie ein Dieb hatte sie sich an der Revierwache vorbeigedrückt, und auch an Petra war sie ungesehen vorbeigekommen. Auf Thangs Schreibtisch türmten sich die Akten, während ihr eigener Schreibtisch mit nur einem Aktenstapel seltsam leer wirkte.

»Du hast mich um einen Zwanni gebracht«, sagte Demel hinter ihr.

»Wie bitte?« Klaudia drehte sich zu ihm um.

Einen Stapel Akten tragend, stand er vor ihr und grinste sie an. »Ich hab mit Petra gewettet, dass du Donnerstag spätestens hier auf der Matte stehst.«

»Tja«, antwortete Klaudia. »Da hat sie wohl Insiderwissen gehabt.« Sie dachte an PH's Anweisung.

»Bist du auf der Jagd nach Sonderangeboten?« Demel schaute auf die Prospekte unter Klaudias Arm.

»Was anderes durfte ich ja nicht jagen.« Klaudia warf die bunten Prospekte in den Papierkorb und setzte sich hinter ihren Schreibtisch. Für einen Moment fühlte sie sich hilflos. Eigentlich müsste sie sich jetzt vorbeugen und den Computer starten, aber sie hatte keine Ahnung, wie sie das bewerkstelligen sollte, ohne dass ihr der Kopf von den Schultern rollte. Schließlich streckte sie den Fuß vor und tippte mit den Zehenspitzen gegen den Einschaltknopf.

»Steht dir gut.« Demel legte die Akten neben den geschrumpften Aktenstapel und schob beide zur Seite, um sich auf die Kante ihres Schreibtisches zu setzen. »Gibt dir so etwas Geheimnisvolles.« Er grinste.

Klaudia sparte sich einen Kommentar. »Seid ihr schon weiter?«, fragte sie. Sie war froh, dass ihre Stimme nicht so wackelig klang, wie ihre Halswirbel sich anfühlten. Als Betroffene war sie von den Ermittlungen ausgeschlossen. Ein Zustand, den sie nur schwer ertrug.

»Nein.« Demel strich sich die Haare aus der Stirn. »Wir haben keine verwertbaren Spuren. Leider«, fügte er hinzu. »Wer immer die Radmuttern gelockert hat, hat keine Spuren hinterlassen.«

»Was ja jetzt nicht so die große Leistung ist«, sagte Klaudia.

»Vielleicht bist du ein zufälliges Opfer.«

»Vielleicht geht die Sonne im Osten unter.« Klaudia lachte trocken auf. »Nein, wer immer die Radmuttern gelockert hat ...«, wiederholte sie bewusst die Formulierung des Kollegen, »... wollte mir ans Leder.«

»Du glaubst, dass es dieser Fiedler ist, oder?«

»Ich weiß es«, erwiderte Klaudia. »Irgendwann hab ich ihn an den Eiern, und das wird auch Demeter-Anders nicht verhindern.«

»Verrenn dich nicht.« Demel nahm eine Akte vom Stapel und blätterte darin. Das Klirren der Fensterscheiben, das den nächsten Zug ankündigte, legte sich über ihr Schweigen.

»Was machst du eigentlich hier?«, fragte Klaudia.

»PH meinte, ich sollte mal ein paar Akten von dir aufarbeiten.«

»Warum?«, fragte Klaudia. »Damit ich hier Däumchen drehe, während ihr nach dem Typen fahndet, der meinen Wagen manipuliert hat?«

»Er meint's nur gut.«

»Klar«, stimmte Klaudia zu. Der Weg in die Hölle war mit guten Absichten gepflastert, nur war sie es, die Richtung Hölle unterwegs war. Mit einem Seufzen schob sie den Gedanken zur Seite. Es hatte keinen Zweck, aufzubegehren. »Ist heute keine Frühbesprechung?«

»Akut liegt nichts an.«

»Klingt wie Musik in meinen Ohren«, murmelte Klaudia. Dann konnte sie sich doch nicht länger zusammenreißen. »Habt ihr ihn befragt?«

»Hast du nicht gerade gesagt, du mischst dich nicht ein?«

»Nun sag schon.«

»Ja«, antwortete Demel gedehnt. »Wir haben ihn befragt, und er hat unter Tränen gestanden.« Er legte die Akte zurück auf den Stapel. »Was glaubst du denn? Der Typ ist mit allen Wassern gewaschen. Du weißt doch selbst, dass wir uns den Arsch aufreißen, aber keine Chance haben. Niemand hat etwas gesehen, was nicht weiter verwunderlich ist, weil wir nicht einmal genau wissen, wann der Typ deinen Wagen manipuliert hat. Deine Lenkung hat schon eine Weile geschlackert.«

Klaudia wusste das alles, und sie wusste auch, dass sie ungerecht war. Die Kollegen taten, was sie konnten. Sie selbst hätte nicht mehr tun können. Sie war froh, dass die Sonnenbrille verbarg, wie ihre Augen überliefen. Während sie sich die Nase putzte, griff Demel wieder nach der Akte und las darin.

»Sag mal«, fragte er. »Wusstest du das?«

»Was denn?« Klaudia stopfte das Taschentuch zurück in die Tasche ihrer Jeans.

»Das da.« Demel reichte ihr die Akte.

»Was ist das denn für ein Fall?« Klaudia las den Laufzettel. »Das war Pfingsten. Ich erinnere mich. Dieser vietnamesische Grillbudenbesitzer.« Sie starrte auf Joes Kürzel.

Der Tote ist Vietnamese. Joe hatte ebenso wie jetzt Demel auf der Schreibtischkante gesessen. *Ihm ist wohl auf der Treppe eine Flasche Sesamöl aus der Hand gefallen.*

Klaudia zwang sich in die Gegenwart zurück und las in der Akte, bis sie auf Thangs Namen stieß. Verwirrt las sie weiter. »Was soll das?«

»Das frage ich mich auch«, sagte Demel. »Wieso steht Thang bei dem Typen mit 173 Euro und 84 Cent inklusive Mehrwertsteuer in der Kreide?«

»Wer steht in der Kreide?«, fragte Petra und klopfte zeitgleich an den Türrahmen. »Hübsche Sonnenbrille, Schätzchen. Weißt du eigentlich, dass du mich reich gemacht hast?« Sie stellte Klaudia eine dampfende Schäfchentasse neben die Tastatur.

»Thang«, antwortete Demel, als ihr Wortschwall versiegte und Klaudia keine Anstalten machte, ihre Frage zu beantworten. »Für Frühlingsrollen.«

»Ich dachte, die macht seine Frau?« Petra schaute von Demel zu Klaudia.

»Kennst du sie?«, fragte Klaudia.

»Sie ist Erzieherin. Aber schon lange krankgeschrieben. Wegen ihrer Allergien. Wieso fragst du?« Petra kniff die Augen zusammen. »Du warst doch da. Hast du sie nicht getroffen?«

»Thang war nicht da«, log Klaudia. Sie würde einen Teufel tun und die Gerüchteküche anheizen. »War wohl beim Arzt.«

»Ach so. Ja.« Petra schüttelte den Kopf. »Bestimmt gibt's eine Erklärung.«

»Bestimmt«, pflichtete Demel ihr bei.

»Na dann.« Petra schien nicht zu wissen, ob sie gehen, bleiben oder sich in Luft auflösen sollte, als ihr Blick auf den Papierkorb fiel. »Oh«, sagte sie. »Kann ich das mitnehmen? In der Grundschule sammeln sie gerade so was für ein Kunstprojekt.«

»Werbeprospekte in der Schule«, schnaubte Demel. »Früher hätt's das hier nicht gegeben.«

»Im Westen auch nicht.« Klaudia hatte das Gefühl, sich verteidigen zu müssen.

»Stellt euch nicht so an. Es sind halt andere Zeiten jetzt.« Petra zog die Prospekte aus dem Papierkorb und verschwand in ihr eigenes Büro.

»Ich mach mich dann auch mal vom Acker.« Demel nickte Klaudia zu und nahm sich einige Akten vom Stapel, bevor er ihr Büro verließ.

Klaudia starrte zu Thangs Schreibtisch. Sie sah ihn diese Tupperdose aus seiner Satteltasche hervorholen und roch fast den Geruch von Sesamöl. Der Gedanke, mit ihm über diese Rechnung sprechen zu müssen, goss ihr Blei in die Glieder. Lieber würde sie noch mal gegen einen Airbag prallen, da wusste sie wenigstens, was sie erwartete. Ein Klopfen am Türrahmen ließ sie aufschauen.

»Das war zwischen den Prospekten.« Petra reichte ihr einen amtlich aussehenden Briefumschlag.

»Danke.« Unschlüssig drehte Klaudia den Umschlag in der Hand. Sie mochte keine amtlichen Schreiben, die an ihre Privatadresse gingen.

»Ist vom Amtsgericht.«

»Das sehe ich.« Klaudia atmete tief durch und riss den Umschlag seitlich auf. Hastig überflog sie den Inhalt. »Das glaube ich nicht.« Der Brief entglitt ihren Fingern und landete auf der Computertastatur.

»Was ist denn?« Petra griff danach und las ihn ebenfalls.

»Das ist ja …«

»Eine Testamentseröffnung«, keuchte Klaudia.

»Wusstest du davon?« Petra runzelte die Stirn.

»Ich wusste nicht einmal, dass Frau Nowak tot ist. Schiebschick hat mir nichts gesagt.«

»Wahrscheinlich wollte er dich schonen.« Petra faltete das Schreiben sorgfältig zusammen und legte Klaudia die Hand auf die Schulter. »Mach dir keinen Kopf. Es wird schon nichts Besonderes sein«, sagte sie tröstend. »Höchstens eine Kleinigkeit.«

»Bestimmt.« Klaudia ertappte sich dabei, dass sie mit der Hand über die Schreibtischplatte fuhr, als wollte sie Käfer wegwischen.

Danksagung

Ein Buch zu schreiben bedeutet, dass man über Wochen und Monate in eine andere Welt abtaucht. Das ist nicht immer leicht für die Menschen, die mit einem leben, und erfordert ein hohes Maß an Toleranz und Liebe. Deshalb danke ich zuerst dem Mann, der geduldig und liebevoll die Tauchbasis betreibt, die es mir ermöglicht, frei im Meer meiner Geschichten zu tauchen. Danke, Eckhard.

Meinem Agenten Herrn Molden und seiner Frau danke ich für ihren ebenso freundlichen, wie fachkundigen Rat und das immer offene Ohr für die Sorgen und Nöte »ihrer« Autoren.

Dem Ullstein Verlag danke ich für die Zusammenarbeit und das hochkompetente Team. Gemeinsam haben sie dafür gesorgt, dass aus meinem Manuskript dieses Buch wurde, das Sie heute in Händen halten. Allen voran möchte ich an dieser Stelle meiner Lektorin Frau Rost danken, die mich angefeuert hat, tiefer in das Meer der Konflikte zu tauchen. Das hat zwar dazu geführt, dass eine reizende Figur, die mir ans Herz gewachsen war, eliminiert wurde, aber der Geschichte hat es gutgetan.

Und ganz zum Schluss danke ich Herrn Schröter für die Erlaubnis, seine wunderbare Pension *Am Spreeschlößchen* in eine Spelunke zu verwandeln, und meinem Lieblingspolizisten Mark für seine kompetente Hilfe. Alle ermittlungstechnischen Fehler, die jetzt noch im Text sind, gehen auf mein Konto.

Datteln im Oktober 2016